品大家

傅剑仁 ◎ 著

花山文艺出版社

河北·石家庄

图书在版编目（CIP）数据

品大家 / 傅剑仁著. —石家庄：花山文艺出版社，
2021.10

ISBN 978-7-5511-1292-5

Ⅰ.①品… Ⅱ.①傅… Ⅲ.①散文集－中国－当代
Ⅳ.①I267

中国版本图书馆CIP数据核字(2021)第198312号

书　　　名：	**品大家**
	PIN Dajia
著　　　者：	傅剑仁
策　　　划：	张采鑫
责任编辑：	林艳辉
责任校对：	李　鸥
装帧设计：	王爱芹
美术编辑：	胡彤亮
出版发行：	花山文艺出版社（邮政编码：050061）
	（河北省石家庄市友谊北大街330号）
销售热线：	0311-88643221
传　　　真：	0311-88643234
印　　　刷：	石家庄市西里印刷厂
经　　　销：	新华书店
开　　　本：	700毫米×1000毫米　1/16
印　　　张：	18.75
字　　　数：	220千字
版　　　次：	2021年10月第1版
	2021年10月第1次印刷
书　　　号：	ISBN 978-7-5511-1292-5
定　　　价：	50.00元

自　序

一

今天，在中国广袤的大地上，和谐地生活着五十六个民族。夜幕下你听吧，无数的高楼、田舍，甚至工棚，不断有"学而时习之，不亦说乎""礼之用，和为贵""己所不欲，勿施于人"等朗读声从窗口飞出，穿越近三千年漫长时光，与孔子的吟诵唱和。这无疑是一个标志，表明古老的中华文明具有蓬勃旺盛的生命力！

四大文明中的古巴比伦文明、古埃及文明、古印度文明今何在？

发源于幼发拉底河和底格里斯河的古巴比伦文明，今天已近乎无影无踪，留下的，是战火炙烤的一大片战场，战争年复一年地上演。

发源于尼罗河岸边的古埃及文明，今天已找不到法老的后裔了，能找到的，只是巨大金字塔中保存完好的法老木乃伊。

发源于印度河、恒河流域的古印度文明，怎么消失的都没有详细记录。

没有人能体会没有历史文明延续和传承的痛苦，也没有人能体会历史文明消失的痛苦！

发源于黄河流域的中华文明一路走来，焕发出蓬勃生机，似乎生活于その中の很多人,也没有充分体会到它的光彩,没有体会到它有什么特别。

其中的很多人,也没有充分体会到它的光彩,没有体会到它有什么特别。

因为,传承下来的古老文明,就是庄稼所需要的绵绵细雨,润物无声;就是妈妈呵护的爱,唠唠叨叨。它悄无声息地融入你的血脉,融入你的灵魂!

试试看吧,朋友!"执子之手,与子偕老""天作之合""新婚燕尔""寿比南山""投桃报李""一日不见,如隔三秋""不可救药""同仇敌忾""无所适从""人无远虑,必有近忧",等等,这样的话你是不是常挂在嘴边?是的!我们每个人都常说。可这些话的源头,离我们很远很远,是三千多年前的《诗经》里的,它融入炎黄子孙的血脉、灵魂很久很久了,也早就融入妈妈呵护你的唠唠叨叨中了!

再试试看吧,朋友!"多行不义必自毙""以小人之心度君子之腹""风马牛不相及""欲加之罪,何患无辞""先声夺人""鞭长莫及""结草报恩""病入膏肓""心腹之患""马首是瞻""有备无患""举棋不定""断章取义""疲于奔命""尾大不掉""数典忘祖""多难兴邦",等等,这样的话你是不是也常挂在嘴边?是的!我们每个人都常说。这些话的源头,在孔老夫子编纂的《春秋》里,它以精彩的历史典故为底版,穿越两千多年时空,滋养一代代炎黄子孙的灵魂,契合中华文明发展的脚步,一路走来,走到今天,走进人们的笔下,走进民众口中,走进治国安邦的思想领域,走进全社会道德、智慧、文明的广阔天地,大写着中华古老文明进化的壮美篇章!

今天的我们,似乎没有意识到,古老的中华文明,就这样浸染着我们,融入着我们,滋养着我们。

二

中华文明的内核,是思想精华。这精华,契合天地人生之至道,把脉事物、世情的发生、发展、变化、循环之天规，大则囊括宇宙万物，小则划定精妙细微，让人脑洞大开，看出去很远很远，走出去跨朝跨代。但中华文明不是一个或几个先贤的"独唱"，而是很多很多人、很多很多先贤与广大百姓的"合唱"。中华文明的步子，走到春秋战国时，呈现出百花齐放、百家争鸣的繁盛局面。易学家、儒家、墨家、道家、兵家、法家、纵横家、阴阳家、名家、农家，等等，轮番登台亮相，你方唱罢我登台，甚至你尚未唱罢，我便在台子上唱起来了。唱的不是一个调子，论的不是一个方法，但异曲同工，殊途同归。

归向哪里？归向中华文明这个思想文化宝库。

既然同工异曲、同归殊途，就少不了"异曲"的争吵，少不了"殊途"的论战。

是的！捍卫自家理论的大师们，他们以坚定的思想自信，发起了一波一波、一代一代的论战，你批判我，我反击你，吵得不可开交。不仅如此，同宗同源的一家理论圣贤，也争个没完，吵个不停。就说儒家吧，围绕人性善恶，就争个没完，最终也没有谈拢。孔老夫子没有参与争吵，他只是说了一句"食、色性也"。孟子举的是"性善"大旗，认为人性没有不善的，就像水没有不往低处流一样。荀子举的是"性恶"大旗，认为只要是人，都"目好色，耳好声，口好味，心好利，骨体肤理好愉佚"，说明人性本恶，所谓善，不过是假装出来的而已。扬雄举的是性"善恶混"大旗，认为人性中有善有恶，修养得好就"善"，修养得不好就"恶"。朱熹则另辟蹊径，提出用"天命之性"和"气质之性"来解决这个问题，他联系阴阳五行之说，得出了"存天理，灭人欲"的结论……

再看儒、道之间的争论。老子的《道德经》中写道"上德不德，是以有德；下德不失德，是以无德。"认为"上德"是道法自然的无为精神，"下德"是世俗所崇尚的仁、义、礼这一套，是失"上德"后的产物。儒、道的理论分歧，决定了儒、道两家必然展开理论交锋。儒家就对道家所倡导的小国寡民、清静无为、唯贵放逸等理论反复进行鞭挞和批判。道学大家庄子则反驳道："圣人生，而大盗起""圣人不死，大盗不止""窃钩者诛，窃国者为诸侯，诸侯之门而仁义存焉。""圣人"指谁呀？不只是孔老夫子，包括孔老夫子承续儒家礼法而崇尚的周文王、周武王、周公旦等，可能还包括黄帝、炎帝、尧、舜、禹。

是庄子要否定炎黄祖圣吗？

绝对不是！庄子修得一份真性情，他无拘无束，极而言之地为自己所崇尚的道家理论辩护，对倡导儒家礼法的祖圣张口就骂。炎黄、尧舜听到庄子的叫骂后，只会回过头来看着他笑笑。

我以为，品古代的思想理论大家，我们要抱定欣赏的态度，欣赏他们对自己创立和信奉的思想理论的高度自信！欣赏他们用犀利语言辩论的机敏和智慧！

好钢，要经过千锤百炼。中华文明，也要经过思想理论的反复交锋、反复辩论，来拓展、扬弃和升华。正是在这种不同学派的辩论中，各学派的思想理论精华闪闪发光，各学派的思想理论深度不断拓展；中华文明就这样经过千锤百炼，而汇聚起强大蓬勃的生机。

三

大胆说一句：儒学，包括其他先贤的思想理论，不是"治国"之学！

封建社会，是一个皇帝，一帮臣僚，一套从上到下的统治架构，出台政策法令，对社会实行统治的。即便是汉武帝刘彻实行"罢黜百家，独尊儒术"的思想专制时期，提拔选用了大量儒家学者主政，但儒学也没有站上"治国"的主导平台。

但是，儒学，包括其他先贤的思想理论，是"安邦"之学！

封建社会改朝换代，皇帝换了，臣僚换了，从上到下的政府架构

· 004 ·

换了，政策法令也换了，但普天之下人们传续的思想观念换不了。例如，尊老爱幼换得了吗？孝敬父母换得了吗？行善积德换得了吗？和为贵换得了吗？勤俭持家换得了吗？学而优则仕换得了吗？"修齐治平"的家国情怀换得了吗？……这些圣贤一代一代倡导、一代一代传承的中华文明价值理念，早就根植于人们的血脉灵魂，成了炎黄子孙传承的中华基因。任何一个朝代，任何一个皇帝，想把天下安抚好，都必须倡导中华文明的思想伦理，如若一刀下去割舍了，天下绝不可能得以太平！事实上，无论哪个王朝、哪个皇帝，都不可能把中华文明割舍掉！

中华文明的显著特征，即是开放、融通、包容、凝聚，它兼收并蓄，消化吸收外来思想文化，促进与各少数民族思想文化融通，从而凝聚起各民族的团结统一，凝聚起大中华的生生不息！

从北魏开始，我国就建立了第一个统治中原的少数民族政权，这个民族叫鲜卑族。

鲜卑族是游牧民族，不会种庄稼。他们打算废弃农耕，把中国变成一个大牧场。其中有些武将主张把汉人全部杀光，有些文臣主张把汉人贬为奴隶，为他们驱使劳作。

在这个中华民族或将面临灭亡的关键时刻，中华文明发挥出了挽救民族于生死存亡的重大作用！

鲜卑族皇室的冯太后，汉族人，她的血统基因，就是中华文明。她利用太后的权势，左右着朝廷的政策走向。尤其是，她倾全力用汉文化培育她的孙子拓跋宏。拓跋宏坐上皇帝（孝文帝）的大位后，与冯太后携手，做了这样几件弘扬中华文明的大事：

废除鲜卑语，所有的官员都要学会汉语；

不准再穿鲜卑族服装，必须穿汉服；

北魏首都从大同迁往洛阳，实行均田制、三长制等适合农耕文明的法律制度；

自序

推动鲜卑族的贵族，与汉族通婚。

这些重大决策，哪一件都与中华文明契合！

鲜卑族内部的抵制、反抗之猛烈，可想而知。但冯太后和北魏孝文帝的反制手段则更加猛烈！

中华文明就这样，吸收鲜卑等少数民族的优秀因子，增加了阳刚之气、野性之美，在走向丰富多彩的同时，走向了蓬勃强大；汉族与鲜卑等少数民族通婚，增强了中华民族的强健体魄，培育起了策马扬鞭的雄风气概。

这之后，云冈石窟里就有了罗马廊柱、印度佛像、希腊雕刻技巧，与中华文化的大融合……

这之后，大唐首都长安城有几十个外国使团，数万名外国留学生，他们吃阿拉伯面食，看罗马医术……

还有，李白、王维等大诗人，来到胡姬酒肆喝酒吟诗……

历史再翻，翻到北宋灭亡后的金朝，朝主是女真族，他们一度确定的统治思想，就是儒学；历史再翻，翻到金朝灭亡后的元朝，朝主是蒙古族，他们的铁骑踏响的是中华文明之歌——元曲；历史翻到清朝，汉化、儒化已经成了全社会的时尚潮流。

无论是鲜卑族，还是女真族、蒙古族和满族，他们入主中原，并非没有带来他们的传统文明，更非肩负继承弘扬汉文明的使命而来，只是他们带来的文明，在与汉文化接触、碰撞、交融之后，落地生根、开花结果的，是以儒学为代表的中华文明更加蓬勃繁盛。

这种潜移默化、不以人的意志为转移的文明交融，正是中华文明数千年来生生不息、经久不衰的生命力所在！

有人认为，是儒学的"腐蚀"，使得这些飘逸着马上雄风的王朝衰落灭亡。回答这个问题，还得回到儒学是"安邦"之学上来探讨。若是儒学，包括其他学术理论所倡导的仁政、善政、德治，还有民贵君轻、无为而治、宜于民、诚信善义、孝悌慈悯、修齐治平的家国情怀等理念，"腐蚀"到皇帝、臣僚、官吏的灵魂，"腐蚀"到统治阶级出台的"安邦"政策、法令，这些王朝的"治国"之路会走偏吗？"安邦"之策会走板吗？

中华文明，文明的不是封建王朝，而是世代传承的思想文化，及价值理念对社会、对民众的教化引导！中华大地上汉族与各少数民族的团结亲和，就是中华文明最生动的佐证！

四

《品大家》，为了什么？我想的，不是以古鉴今，指导评判现实，而是从博大精深的中华文明中，吸收一点儿自己作为华夏子孙引以为自豪和骄傲的常识。

《品大家》，其实就是学习感悟历史。在我看来，中华文明不断代，历史就不会断代！而创造历史的辉煌，得依赖中华文明基因的传承！美国前总统尼克松，把对中国"不战而胜"的宝，押在"中国的年轻人已经不再相信他们老祖宗的教导和他们的传统文化"上。我在对我国历史上二十多位思想理论大家品赏后，认定尼克松的宝肯定押瞎了！我有一种强烈预感：走向未来，我们底气十足，信心百倍！

中国古代先贤理论大家很多，我选择周文王、孔子、老子、孟子、司马迁、王阳明等二十三位品赏，完全是出于我个人的视角。至于品得对不对、准不准，不用怀疑，错误、偏差肯定难免。我这就算是抛砖引玉吧，请读者朋友接着品！

2020年12月于石家庄

自序

目　录
CONTENTS

品周文王

——用《周易》解码天地人生

中华民族是个不懈探索的民族。

炎黄子孙的智慧基因，在不懈探索中得到极大的提升。

在天地混沌的创世之初，宇宙洪荒，天地玄黄。传说位于渭水上游的一位老人，在河里捉到一只白龟，龟背上的花纹引起了他的注意：中间五块、周围八块、外围十二块、最外围二十四块。老人经过无数天的反复观察，突然灵光一闪，顿时悟出天地万物的变化规律，即一阴一阳变化无穷。于是，老人筑方坛一座，终日在方坛上观天地变化，听八方之气，并不时在地上用木条画线，以一横作阳，以两短横作阴，阴阳组合，画出八种不同图案，分别象征天、地、雷、风、水、火、山、泽，画出了最原始的八卦图。这位老人，就是华夏民族的人文始祖，三皇之一的伏羲。

这之后，炎黄子孙在历史的长河中，不断演绎八卦的智慧。

贡献最大的，当数周文王。

周文王姓姬名昌，贵族血统，今陕西岐山人，周朝的奠基者。其父死后，继西伯侯之位，故称西伯昌，后被追尊为周文王。

西伯侯只是商纣王手下的一介诸侯，但他"克明德慎罚"，礼贤下士，广罗人才，受到民众的一致拥戴。《史记·周本纪》载：虞国、芮国两个诸侯国发生田地争讼，闹得不可开交，就去找西伯侯调解。一到周国境内，看到的是耕田的人都在田间留下很宽的田界，相互谦让而不去耕种；路上的行人都对长者礼让。虞、芮两国的人非常惭愧，商议说："吾所争，周人所耻，何往为，只取辱耳。"不去找西伯侯了，掉头回去，争讼的田地双方都不要了。这件事传出去以后，各诸侯认为，西伯侯应该是受天命得天下的君主。

商纣王为博得宠妃妲己一笑，发明了一种酷刑，叫炮烙。即下面烧着熊熊大火，大火上面架一根涂满油的铜柱，待铜柱烧烫了，命犯人到铜柱上去走。又烫又滑，没人能走过去，必然掉落火坑，顿时把人烧得皮焦肉烂。商纣王的宠妃妲己就爱看这个惨况，且一看就笑个不停。对此，各诸侯和民众无不痛恨，但慑于商纣王的残暴，都敢怒不敢言。于是，西伯侯站出来，提出用周国洛河西岸的一块肥地，换取废除炮烙之刑。这是一个得大便宜的交易，商纣王答应了，废除了炮烙之刑。

西伯侯在各诸侯国的影响越来越大，引起商王朝的不安。商纣王的亲信崇侯虎趁机挑唆，鼓动商纣王找碴儿，把西伯侯囚禁起来，关在羑里（今河南省安阳市汤阴县），并以各种残酷的手段对其进行侮辱和折磨。西伯侯的长子伯邑考非常着急，召集周国臣僚商议，提出自己携珍宝去商朝作抵押，换回父亲。臣僚一致反对，他们深知商纣王的残暴，认为这么做不仅救不回西伯侯，还可能搭上伯邑考的性命。但伯邑考去意已决，坚持冒险也要这么做。见拦不住他，臣僚便将此事禀告伯邑考的母亲。他母亲也认为此一去凶多吉少，但她非常了解自己的儿子，他虽然天性纯孝，心地善良，但内心无比刚毅，一旦决定做的事儿，九牛也拉不回，只好依了他前去。

伯邑考一踏进商王朝，便被抓起来。商纣王把珍宝收下，下令把伯邑考杀掉，剁成肉馅，做成肉羹，送给被囚的西伯侯吃。

商纣王之所以这么做，是因为他听身边的臣僚说，西伯侯姬昌是个圣人，羁押狱中还似没事人一样，潜心研究《易经》。商纣王也听说了，《易经》可以预知生死，预知事件的发展变化，我把你儿子剁成肉羹，看你吃还是不吃。

西伯侯吃了，还向商纣王谢恩。

商纣王拊掌大笑，问左右臣僚：谁说姬昌是个圣人，他研究《易经》顶什么用？他连自己儿子的肉都吃了，怎么预测不出来？

据传，西伯侯知道肉羹的来历后，每天跑到"演易台"呕吐，撕心裂肺地把吃到肚里的东西吐出来。他吐出来的食物变成一只只活蹦乱跳的小白兔，飘飘然飞进了月宫……

是啊！《易经》是预测学，可儿子这一悲惨遭遇怎么就没有预测出来呢？西伯侯懊悔万分。从此以后，他一心钻进了《易经》。

西伯侯被拘七年，将伏羲的"先天八卦"，推演出六十四卦，并写了"彖辞"（总括之辞），其核心是三个字——周、易、中。"周"，即八卦的周而复始，循环往复；"易"，即变，运动；"周易"，就是宇宙万物每时每刻都处于循环往复的运动之中。"中"，即在这个运动中保持方方面面的平衡。"一阴一阳谓之道"，是《易经》阴阳观的方法论，是哲学命题中唯物论、唯心论、辩证法等的总钥匙。

《易经》起源于远古先民对自然、社会的最初认识，通过观察自然与社会现象，参悟其中所隐喻的哲思、本理。毫无疑问，它把卦象与人类生活现状紧密联系起来了，其研究、探寻的主体，是人，是人与自然天然一体的生态伦理，也即是后人始终尊奉的"天人合一"理念。其"顺""谦""节"等卦，是儒、道、墨等思想理论的源头，也是华夏思想文化的源头。

据汉代竹简载，西伯侯在位约五十年后病重，把儿子姬发叫来，面授遗训，后人称之为《保（宝）训》："隹（惟）王五十年，不豫，恐坠保（宝）训……舜既得《中》，言不易实变名……昔微假《中》于河……乃归于河……呜呼！发，敬哉！勿淫！"

遗训中的"河"，即中国古代流传下来的两幅神秘图案，叫"河

品周文王

· 003 ·

图洛书"。"河图"中的"河"意指星河、银河、宇宙，寓意极广，玄妙无穷。"洛书"意指天地空间变化脉络的图案。"河图洛书"被誉为"宇宙魔方"，是中华文明、阴阳五行术数之源。

下面试着解释一下《保（宝）训》，大意是：我在位五十年了，病越来越重，担心来不及跟你说，特地把你叫来，传授宝训……舜帝幼年时在乡间田野维持生计，就孜孜不倦地研习《中》的道理，按"中"的要求平衡阴阳得失……上甲微从河伯那里借来《中》，想以此报复"有易"部落，"有易"部落自认其罪，上甲微宽恕了他们，并把《中》还给了河伯……上甲微记下了《中》的内容，代代相传，商汤因此获得天下……可惜我接触《中》的时间太短了，你从现在起，要恭敬对待……

可见，西伯侯临终前给儿子的遗训，其核心就是一个字——中。再看《周易》，乾卦的六个爻中，九二、九五就是西伯侯说的"厥"，即"厥中"。九五的卦象是，五阳，为奇，位中，叫中正。中正即最佳位置。历代帝王所称的"九五至尊"，即出于此。西伯侯把《周易》的核心概括为一个"中"字，与华夏这片土地叫作中国，有必然的联系。因为"河图洛书"这个超越时空、永具魅力的治世经典，就产生于华夏这个区域，具有叫"中国"的历史渊源。

西伯侯姬昌就是这样站在人类哲学命题的顶点，笑看炎黄子孙，包括全天下的智者达人，演绎阴阳之道的各种哲学课题。

孔老夫子五十岁时研习《易经》，因而发出"五十而知天命"的感慨。他读《易经》，写了《十翼》。孔老夫子说："**国家将兴，必有祯祥；国家将亡，必有妖孽。**"他认为，这种预兆可以通过占卜用的蓍草和龟甲显现出来，在人的四肢间也有流露。老夫子提出的儒家思想灵魂—中庸之道，也源于阴阳之道这个源头。

虞、芮两国去周国调解土地之讼的那年，史称西伯侯元年，也是西伯侯称周文王的元年。周文王在奠基周王朝的过程中，运用《易经》的演算，得到一位辅佐周王朝的绝世贤才——姜子牙。

周文王外出狩猎或巡游之前，都要给自己占卜一卦。一次外出狩猎，周文王占了一卦。卦象显示，不宜狩猎，适宜到渭水巡视。卦象同时显示，在渭水将遇到一位钓鱼的老人，他将辅佐周王朝繁荣昌盛。

周文王依卦而行，在渭水河边果然见到一位用直钩垂钓的白发长者，这位长者便是姜子牙。姜子牙为躲避商纣王，住在东海边，听说周文王将兴起，便跑到渭水来垂钓。周文王与他一交谈，立马要接他回宫。姜子牙则以自己垂钓太久，腿麻走不动为由，提出让周文王背他过河。这有些过分，遭到周文王的随从呵斥。而周文王并不动怒，笑着背起姜子牙就走。向西走了三百来步，姜子牙突然说方向错了，应该往东走。周文王笑笑便掉头走。背着姜子牙的周文王，走了五百来步走不动了，只好将他放下。姜子牙于是对周文王说：今日你背我八百余步，日后我保你周朝江山八百年。

这当然是后人的演绎了。

但从伏羲八卦推演出《周易》的周文王，每做一件事，包括外出之前占卜，则是肯定的。

下面，我们进入《周易》，一起来学习。

《周易》六十四卦，我们就试解第一卦。这一卦可以说是励志卦，它勉励人们效法"天""龙"的阳刚、强健，奋发努力。同时要顺应事物发展规律，把握时机，善知进退。

乾卦第一：☰乾下乾上

乾：元亨，利贞。

象曰：大哉乾元，万物资始，乃统天。云行雨施，品物流形。大明终始，六位时成。时乘六龙以御天。乾道变化，各正性命，保合大（太）和，乃利贞。首出庶物，万国咸宁。

象曰：天行健，君子以自强不息。

乾卦上乾下乾，由乾卦"☰"重叠而成。"一"是阳的符号。用"一"的三叠，象征天；再用两个乾卦的重叠象征天道万物复杂的关系及其微妙变化。乾卦象征着天道刚健，运动不息。

爻辞详解：

初九：潜龙，勿用。
象曰：潜龙勿用，阳在下也。

潜是隐藏的意思，这一爻的"初阳在下，故有潜龙之象"，用"潜龙"取象，喻示"勿用"。这里的"勿用"，说的是，力量巨大的"潜龙"，不是发挥作用的时候，还需潜伏、隐藏，切不可轻举妄动。

九二：见（现）龙在田，利见大人。
象曰：见（现）龙在田，德施普也。

潜伏、隐藏的龙，已经出现在广阔的田野，说明就不再隐藏了。原因是，一个有才干的人，已经崭露头角，被人发现，但尚未站到能够施展才华的位置，需结识贵人，得以赏识提携。

九三：君子终日乾乾，夕惕若厉，无咎。
象曰：终日乾乾，反复道也。

"乾乾"，不懈努力的意思。"惕"，警惕的意思。"厉"，危险的意思。"若"，是语气的助词。"咎"，灾难的意思。这一爻说的是，处上位而不骄，处下位而不忧，不懈努力，保持警觉。这样的话，虽处境危险也不会发生危害。

九四：或跃在渊，无咎。

象曰：或跃在渊，进无咎也。

"或"，有疑惑的意思。这一爻说的是，已经到了跃跃欲试的阶段，是否要腾飞，还没有下决心。但已经在深水之中了，进退应谨慎，把握最有利的时机。

九五：飞龙在天，利见大人。

象曰：飞龙在天，大人造也。

这是最吉祥的爻辞。九五在上卦居中，又是阳爻在奇数的阳位得正。"九"是阳数的最高位，"五"是阳数的最中位，因而含有"至尊中正"的意思。龙飞腾在天，居高临下，恩泽万民。在大展宏图的时候，应当选择贤人，辅助事业。

上九：亢龙，有悔。

象曰：亢龙有悔，盈不可久也。

"亢"，是高、极的意思。这一爻说的是见好就收，也有物极必反的意思。一个胸怀大志的人，在获得很高的地位后，不要贪求更多的东西。就像龙飞到一定的高度后，就不要再往高处飞了，最好停下来，否则就要走下坡路，后悔也来不及。

用九：见（现）群龙无首，吉。

品周文王

象曰：用九，天德不可为首也。

在全部六十四卦中，只有乾卦和坤卦附"用九""用六"的断语。

乾卦从"初九"开始，解释了各爻的变化，最后以"用九"断语，所要说明的是，运用法则而不被法则约束，才能超然于事物之外，掌握事物变化的法则，用九而不被"九"所用。唯有冷静客观地把握事物的发展规律，不逞强，不妄动，通权达变，才能无往而不利。

该卦揭示了自然界万事万物潜藏、萌发、成长、全盛、衰退的发展规律。这一规律参照到人身上，就是要胸怀大志，奋发有为。当自己力量薄弱时，要隐忍待机，切忌妄动；当自己小有成就，但羽翼尚不丰满时，要积蓄力量，不可锋芒毕露；当自己力量增大，掌握一定权势时，要在奋发努力的同时，还要提高警惕，谨慎处事；当机会来临时，应果断出手，放手一搏，一举成功；当自己的成功已经获得最大值时，要见好就收，不可无限度地贪求。这就好比登山，登上最高峰，再走就是下坡路了。人生一旦踏上下坡路，后悔就晚了。

以上这一番对"乾卦第一"的解读，相信读者朋友读不出唯心论来，也读不出封建迷信来，但能读出其中的各种提示来。不难看出，这些提示，完全是遵循事物发展的客观规律的。例如，当你羽翼尚不丰满时，提示你积蓄力量，切不可锋芒毕露，这之中揭示的，不正是客观规律吗！不可否认，《周易》六十四卦，涵盖天地宇宙大观，涵盖万事万物生生不息的变化规律，因而必然涵盖一个个具体的人生发展轨迹，解开人生一些特定环节的密码。正是因为这个原因，《周易》问世以来，一代一代的学者，不仅把它与阴阳联系起来，而且与金木水火土"五行"联系起来，与占卜联系起来，进行了多领域、多学科的广泛研究，取得了丰硕成果。也正是这个原因，不少人舍去《周易》对宇宙万物客观规律的研究，一头钻进对人的发展轨迹的预测之中，把易学，变成了纯粹的算命学。

在浩瀚的历史长河中，天子、诸侯、各大世家，乃至庶民，征战要占卜，建宅要占卜，男婚女嫁要占卜……占卜在各类史典中，着墨很多。

乾卦，无疑是上上卦，占到乾卦的人，无不高兴。但乾卦能否从卦象的大吉，变成现实的大利，是个天大的未知数。我们不妨作点分析。

乾卦中的关键要素之一，是"贵人"。命主"贵人"，这是卦象显示的"命中有"。这很重要！"命中有"了，你走路被绊倒，正要发火，回头看到一块金坨坨。但这种概率是极低的。因为"命中有"是有条件的，是各种因素相互作用、相互制衡的结果。就说命主"贵人"吧，"贵人"凭什么帮助你？是你学识超群、才华出众？还是你贤德出名？你这些都不具备的话，天上掉不下来林妹妹。而你要在学识、才华、贤德等方面出名出众，不熬数不清的不眠之夜，不历接二连三的磨难之事，怎么可能呢？再说，"贵人"可不是天下有点名分的人都帮的。即便你自认为具备这个名分了，主动拿自己去向"贵人"推销，这之间又有多少环节、节点需要妥善把握处置，你知道吗？而卦象并没有在这样一些问题上给你指点，需要你自己根据事物发展去把握大势走向。把握是否得当，需要大智慧，稍有偏差，就走进死胡同了，好好一个乾卦，也就废了。

因此说，占得上上卦，万不可高兴得太早；占得下下卦，切不可悲观放弃。卦象好结果坏，卦象坏结果好，是常有的事。

让我们回到春秋时期，从《左传》中选择不同占卜案例，看看祖先对占卜的理解和智慧。

案例一：源于"民本"的准确占卜

公元前614年，邾国准备迁都绎地，邾文公命史官占卜，占出的结

果是，迁都"利于民而不利于君"。

这一占卜结果，给邾国君臣出了个大难题。

邾文公却说：如果有利于百姓，就是对我有利。上天生了百姓而设立国君，就是要有利于百姓，百姓有利，我也在其中。因而坚决主张迁都。

左右大臣齐劝：不迁都您就能长寿，迁都您就得折寿啊！何必要迁都呢？

邾文公说：君王活着就是为了百姓，我或早死或晚死，那是命中注定的。如果有利于百姓，那就迁都吧，没有比这更吉利的了！

邾国于是迁都。也是巧了，迁都不久，邾文公便死了。

这个占卜中隐含着一个深深的"民本"情结！它很准，准就准在邾国风调雨顺了数年，百姓过了若干年好日子！

案例二：吉凶颠倒的占卜

《左传》载，鲁国季平子的家臣南遗，他的儿子叫南蒯，子承父业，仍在季氏家做家臣。在季氏、孟氏等大家族瓜分鲁国公室时，南蒯背叛季氏，跑到鲁君那里，提议"以费为公臣"，代替季氏。为此，他占卜得坤卦变比卦，即六五爻由阴变阳。爻辞说"黄裳元吉"。

这无疑是个吉卦，而且是大吉。南蒯很兴奋，送给太史惠伯看，问"如果要做事，是否吉利"。

惠伯看后说：我学过《周易》，"忠信之事则可，不然，必败"。

接着，惠伯对南蒯的卦象解释了一番，他说：这卦象外面强大内里温和，是忠诚；用和顺来占卜，是信，故"黄裳元吉"。所谓黄，是内衣的颜色；所谓"裳"，是下部的服装；"元"则是善的首位。但要看到，心中不忠诚，就与颜色不相配；在下而不恭敬，就与服装不相配；做事不善，就与准则不相配。外与内和谐就是忠，办事讲信用就是恭，做到忠、信、和就是善。《周易》所揭示的规律是，内心美才能配黄，做善事才能配元，在下位恭敬才能配裳。这三者齐全了，才可以合予卦辞的预测。

结果与惠伯分析的一样，南蒯子因为不忠而没有成功，落得个众叛亲离。

这一由吉变凶的占卜告诫后人，天道循环是有客观规律的，但人心是天道循环的主宰，心地不善，占得好卦也无用！

案例三：作恶之人，占得吉卦自知凶

公元前575年，鲁襄公的奶奶穆姜，命令鲁国与诸侯结盟，她则在宫中与孙叔侨通奸，密谋夺取季、孟两大家族的财产。事情败露后，穆姜被打入冷宫。

穆姜占卜预测，请太史解卦，太史给她解释说：这叫艮卦变随卦，随，是出去的意思，预示您一定能离开冷宫。

穆姜不同意太史的分析，她说：《周易》说随，元、亨、利、贞，确没有灾祸。元，是身体的最高处；亨，是嘉礼中的宾主相会；利，是道义的总和；贞，是以诚信办事的主体。本来得随卦是没有灾祸的，但我的情况不同。她接着说：我身为妇人而参与作乱，处于低下的地位而没有仁德，不能说是"元"；我的所作所为使国家不安定，不能说是"亨"；密谋夺取他人的财产而害了自身，不能说是"利"；不安本分与他人私通，不能算是"贞"。如果我具备了元、亨、利、贞四种德行，得到随卦，就可以没有灾祸。可我四种德行俱无，难道能合予随卦的卦义吗？我自取邪恶，不可能出去了。

穆姜反倒给太史上了一课。

太史是从卦象上，看事物未来的走向。

穆姜则是从自己的所作所为上，看事物未来的走向，她心知肚明，自己作恶多端，违背道义，占卜得到再吉利的卦象，也不可能获得吉祥！

穆姜所讲的，更是《周易》。

是啊！自己欺骗不了自己。一肚子坏水，还做了很多伤天害理之事，甭说能否占得吉卦，就是占得吉卦，又有何用！

《周易》中的卦象，代表某一事物的演变过程，而卦里的六爻，则代表某个时期、某种事物的变化状态。六十四卦中有正对卦、反对卦，卦爻之象相反。如泰卦象征安吉通泰，否卦象征否塞多灾，彼此矛盾对立，但又相互依存，相互转化。这就是我们生活中的辩证法，由泰转否，即乐极生悲，由否转泰，即时来运转，柳暗花明。

以上三个占卜案例，无疑从不同的角度，论证了对《周易》的理解，这之中的"变"，是《周易》的症结所在。宇宙之中，万事万物，无时无刻都处于变化之中，人心之变、人性之变，也没有例外。虽然人的内心变化看不见，摸不着，但它必然要在一些具体的事件上表现出来。而这种变化一旦表现出来，必然影响甚至打破一些事态的平衡。世态平衡一打破，必然又会引发新的变化。如此往复，变化无有穷尽。

但不管如何变，只要你把"天行健，君子以自强不息；地势坤，君子以厚德载物"扎进灵魂，且终生恪守，你就能在《周易》闪烁着智慧的光芒照耀下，永远立于不败之地！

2020年5月20日于山东海阳

品 晏 子

——践行儒学理念的思想先驱

晏子，名晏婴，春秋后期齐国人，任齐卿，先后仕齐灵公、齐庄公、齐景公，长达半个多世纪。

晏子是践行儒学理念的伟大先驱！

儒学在创立这个名号之前，应是"德学"。因为古人高度重视自身的道德修养，做了酋长、国君、天子的，无一例外都用"德学"教化民众，教化天下，并从"德学"出发，创立了与之相适应的一整套管理社会的礼法制度，诸如君为臣纲，夫为妻纲，父为子纲，仁义礼智信等儒学的核心礼法规矩，一代一代、一朝一朝接续传承、发扬光大。

晏子所在的春秋后期，可能没有儒学一说，但儒学的一些核心内容、基本要义已经开始深入人心。特别是经过孔子等大家的授徒宣传，儒学的影响越来越大，国君、大臣、士大夫言必讲儒家理念，似乎不如此，便不入时潮一般。当然，这个时期的小国众多，周天子控制天下的能量萎缩，因而儒学理念之外的各种理论思潮不断涌现，对儒学理念形成了强大的挑战和促进。但总体看，社会思潮的主体还是儒学理念。

品晏子，主要是品赏他在齐国相位上，乃至在他为人处世的方方

面面，如何践行儒学理念的。

可以肯定地说，我们今天所认知的儒学，经历了一个漫长的发展过程，晏子是最早全方位践行儒学的圣贤之一，也是真正把握儒学真谛的圣贤之一。大史学家司马迁说："假令晏子而在，余虽为之执鞭，所忻慕焉。"可见晏子的所作所为，是多么令人钦佩！故我在本文的标题中，用"伟大先驱"尊崇他。

一、高举 "民本"大旗，践行儒学大义

晏子不似孔子那样，留下了《大学》《中庸》《论语》等儒学经典传世，晏子只有后人编纂的《晏子春秋》传世，所记载的，都是他如何在相国位置上，在国家的外交上，在政务的处理上，包括他为人处世的方方面面，如何运用儒学理念的实际做法。从《晏子春秋》看，纯粹是他高尚人格、良好道德的自然流露，而他流露出来的，契合儒学倡导的理念和修为。正是从这个意义上说，晏子是在无意间为后人作践行儒学理念的示范！

晏子长相不起眼，不仅个子矮小，而且身材比例和五官配置也不精致。如此一个其貌不扬之人，为何能相齐三君，且令当时诸侯国及后人景仰呢？《晏子春秋》读下来，冲击我意识最强烈的，是他高尚的民本思想，以及由此派生出来的民本智慧。

《晏子春秋》载，晏子因劝谏而引起齐君"不悦""忿然作色"近二十次，因此而辞相达十多次，还被罢相多次，齐灵公、齐庄公、齐景公都罢过他的相位，最长一次被齐景公罢相七年。但三位罢过晏子相位的齐君，最终还是把他召回，继续听他直言无隐的劝谏。

齐灵公有个癖好，喜欢身边的嫔妃穿男人的服饰。这一来，齐国大街小巷见不到穿花衣裳、穿裙子的女人了，引起其他诸侯国的耻笑。齐灵公于是下令，禁止女子穿男装，否则，"裂其衣，断其

带"。这一君令下去，满大街都是撕破的衣服和扯断的衣带，但女穿男装的人不仅不见减少，反而日渐增多。齐灵公不解，问计于晏子，晏子说：你宫内的女人穿男装，却禁止宫外的女人穿，这就好比挂牛头卖马肉，怎么能叫人信服呢？只有"使内勿服，则外莫敢为也"。齐灵公听计，严禁宫中女人穿男装，一个月后，大街小巷就见不到穿男装的女人了。齐灵公之后，齐庄公继位，他尚武好斗，穷兵黩武，刚愎自用，听不得逆耳之言，坚持直言相谏的晏子不被齐庄公待见。但国家安危的关键时刻，齐庄公又不得不仰仗晏子。一次，晏子出使离开齐国，齐庄公关起宫廷大门，谋划攻打莒国之事。没过两天，齐国都城发生动乱，人们以为发生了宫廷政变，纷纷操起兵器，冲向大街小巷。齐庄公慌了，急忙找人商议对策。商议出来的对策就是一句话："孰谓国有乱者，晏子在焉。"这句话一传出，人们收起兵器，纷纷回到家中。

即便晏子在齐国有如此大的稳定作用，但他的直谏还是使得齐庄公对他很是讨厌。晏子不看齐庄公的眼色，每上朝都坦言直谏。结果是，谏一次，齐庄公收回一次分封给晏子的封邑和财物。有一次，齐庄公与臣僚喝酒，见晏子不在，特地把他叫来。晏子一到，齐庄公令乐工演唱："已哉已哉！寡人不能说也，尔何来为？"翻译成白话即是，"算了吧算了吧！寡人不喜欢你，你来做什么呢？"晏子刚进宴会大厅，热热闹闹，没听清乐工演唱的是什么。齐庄公看晏子没听清，令乐工连唱了三遍。这下晏子听清了，从座席起身，面朝北一屁股坐在地上。齐庄公问他为何坐在地上，晏子回答说：打官司的人是坐在地上的，我坐在地上，就是要与你打官司。晏子的讼词是："婴闻之，众而无义、强而无礼、好勇而恶贤者，祸必及其身。"最后补充一句，这大概就是说你！齐庄公当然受不得晏子的如此数落，晏子也知道他数落的后果是什么，于是回家，把家里所剩无几的财产全部还给朝廷，带着家人徒步向东走去，一直走到海边，在那里种田

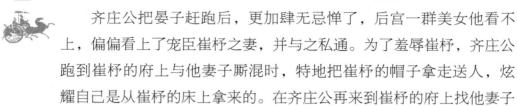

为生。

在脱下朝服时，晏子亮出了他为官的民本旗帜："**君子有力于民，则进爵禄，不辞富贵；无力于民而旅食，不恶贫贱。**"

齐庄公把晏子赶跑后，更加肆无忌惮了，后宫一群美女他看不上，偏偏看上了宠臣崔杼之妻，并与之私通。为了羞辱崔杼，齐庄公跑到崔杼的府上与他妻子厮混时，特地把崔杼的帽子拿走送人，炫耀自己是从崔杼的床上拿来的。在齐庄公再来到崔杼的府上找他妻子时，崔杼与另一大夫庆封合谋，把他杀死了。

齐庄公被杀后，崔杼、庆封拥立齐景公。齐景公在这样一种情况下登台，大权旁落。作为齐景公的左相和右相，崔杼、庆封把齐国的大夫、将军、名人、庶士劫持到姜太公祠庙，以祭祀为名，杀牲口，饮血酒，逼迫大家歃血结盟。太公祠庙里设了一个三丈高的祭坛，里里外外被上千名全副武装的官兵包围。崔杼、庆封宣布，进入祠庙的人都必须解下佩剑，"有敢不结盟者，戟钩其颈，剑承其心"。并命令大家在用手指蘸血涂到嘴上时，要朗读誓词，誓词的意思是：如有不与崔杼、庆封结盟而亲附王室的，就要遭殃。

晏子也站在被迫结盟者的行列，进入太公祠庙时，他不解佩剑，慑于他在齐国的影响力，崔、庆让步。但在蘸血涂到嘴上时，晏子不肯朗读他们规定的誓词，而是仰天长叹："呜呼！崔子为无道，而弑其君，不与公室而与崔、庆者，受此不祥！"在晏子前头，因为手指蘸血慢了一点儿，已有七个人头落地。见晏子不按规定的誓词朗读，崔杼愤而上前，用剑指着他说，你如果不改你说的话，"戟既在脰，剑既在心"。面对利剑指心时，晏子说的是："曲刃钩之，直兵推之，婴不革矣！"

面对利剑指心，晏子展现出来的，不正是"富贵不能淫，贫贱不能移，威武不能屈"的大丈夫做派吗！

恪守天地正道，即死不惧，这本就是人世间的巨大能量！崔杼剑指晏子的手发抖，不得不把利剑放下。

这之后，崔杼和庆封家族相互争权夺势，双双败亡。晏子重新走上历史舞台，相齐景公。

齐景公是个鲜活的君王，他横征暴敛，骄奢淫逸，亲近小人，大抵昏君身上有的毛病他几乎都有。但他又与昏君有所不同，他心地善良，又能纳谏，听到好的劝谏不仅喊好，而且立马诏令执行。但他每每言听计从，又每每朝令夕改，似任性的顽童。比如，齐景公建了一个豪华的宫殿，叫西曲池，他进该殿之前，自己给自己做了一番精心打扮，身穿黑色图案的上衣，白色绣花的下裳，全身五颜六色，披头散发，面无表情，一副很酷的样子。进到殿里，他问晏子，祖先的霸业是个什么样子？那意思是问，我这么酷，像不像霸主？晏子则说："万乘之君，而壹心于邪，君之魂魄亡矣，以谁与图霸哉？"翻译成白话即是，作为一个大国君王，却一门心思用在歪门邪道上，你的魂魄都丢失了，还能和谁共图霸业啊？晏子这么一说，齐景公赶紧把衣服脱了，逃也似的离开了宫殿。再比如，齐景公半夜三更找人喝酒，先到晏子家敲门，晏子一听君主是来喝酒找乐，拒绝。他掉头来到齐国著名军事家司马穰苴家敲门，司马穰苴一听君主是来喝酒找乐，也拒绝了。齐景公吃了两回闭门羹，不生气，也不放弃，转而来到宠臣梁丘据家，喝了一顿酒才回宫休息。酒喝醉了，几天不上朝，又遭到晏子一顿"教训"。不仅如此，齐景公还掏鸟窝，打猎，酗酒，玩女人。他栽了一棵树，被人砍了，要砍人家的头；他喜欢的竹子被人砍了，他亲自驾车把人逮住；他宠爱的小妾死了，他守在她的尸体旁三天三夜不合眼，还流泪……

如此性格特点的君王，言听计从、屡听屡犯是必然的。虽屡犯是不可避免的，也是君王的通病，但屡听，却不是所有君王能做到的。齐景公的屡听，使得贫弱的齐国，在春秋后期强国崛起的侵伐吞并中，摇摇晃晃走来而得以延续，也使得一部饱含中华民族优秀思想、

品晏子

文化精华的《晏子春秋》，耀然于世，传承至今。

晏子的坦言直谏，高举的是民本旗帜，表达的是民本智慧。民本思想是贯穿于《晏子春秋》的一条主线，也是该书的灵魂。晏子家住一个市场旁边，齐景公关心他，多次劝他搬走，他不搬。在晏子出使国外时，齐景公把他的房子拆了，在宫殿旁给他盖了新房。晏子回国后，坚持在原地原样把房子修复。他对齐景公说：房子是他的祖先按"非宅是卜，唯邻是卜"的占卜选定的，他作为后人不能离开。他住的地方离市场近，买东西方便。齐景公问他市场什么东西贵，什么东西便宜。晏子说："踊贵鞋贱。"即假肢贵，鞋便宜。齐景公重刑罚，砍了不少人的足，所以假肢贵，鞋便宜。晏子借题发挥，劝谏齐景公减轻对人民的刑罚。晏子就是这样，只要劝谏，便围绕民生的主题展开。

晋国的大夫叔向很纠结，他有一个两难的事情久困于心，于是请教晏子。叔向的问题是：世道混乱违背了事理，君王邪僻不施行仁义，在这种是非颠倒的情况下，为臣如言行正直，就无法顾及百姓，而顾及百姓，就要牺牲道义。困惑他的是，该坚持正直抛弃百姓呢，还是保护百姓抛弃正直呢？晏子的回答是：**"卑而不失尊，曲而不失正者，以民为本也。苟持民矣，安有遗道？苟遗民矣，安有正行焉？"**保护百姓，怎会抛弃事理？抛弃百姓，哪有正直的行为？这就是晏子在世道混乱的情况下，坚守的劝谏高地。

叔向还有问题要问，他问："哪种思想最高尚？哪种行为最淳厚？"

晏子答："意莫高于爱民，行莫厚于乐民。"

叔向又问："意孰为下？行孰为贱？"

晏子答："最卑鄙的思想是苛刻待民，最低贱的行为是作恶多端而最终害了自己。"

"意莫高于爱民，行莫厚于乐民"；**"意莫下于刻民，行莫贱于害身。"**这就是晏子高举的民本旗帜！

高举民本旗帜，人生境界随之升华，个人的名誉、地位、利益随之淡化。天下之事，有什么事比人民利益更大？为臣之道，有什么境界比维护人民利益更高？站在这样的高地，晏子才有"一日三谏"的传世，说白了，就是一天之内三次劝谏惹得齐景公不高兴，也可以说是三次得罪齐景公。

　　一次，齐景公外出游玩，站在山上往北眺望，远远看到齐国的都城，繁荣的景象与为君的权势跃然于心，于是他发出人为什么不能永远活着而不死的感慨。晏子对景公的感慨作了这样的回答：上帝认为人的死亡是好事，好人死了安息了，坏人死了不再作恶了。如果古人都不死，你只能戴着斗笠、穿着粗衣、手持大锄小耙弯腰屈膝劳作在田间，哪还会有闲工夫感慨死亡的事情。景公听了"忿然作色"。这便是"一日三谏"的第一谏。游玩中，齐景公的宠臣梁丘据乘坐六马拉的车来了，齐景公说，只有梁丘据与他和。晏子则说，你俩不是和，而是同。他的解释是：和，就好比是做羹汤，有火，有水，有作料，经过调配，增补不足的味素，减少过多的味素，达到一种美好的境界；同，就好比做羹汤用水加水，就好比弹琴，只弹一个音调，毫无味道。晏子没有就此打住，而是联系君臣关系如何相处，大谈政通人和的道理，他说："君所谓可，而有否焉，臣献其否，以成其可；君所谓否，而有可焉，臣献其可，以去其否。是以政平而不干，民无争心。"晏子说的是：君王认为合适的，其中也有不合适的，臣子指出其中不合适的，以成就其合适的；君王认为不合适的，其中也有合适的，臣子指出其中合适的，以去除其不合适的，如此政治就会平和而没有冲犯，人们也就没有争斗之心。齐景公听了也是不悦，他不是觉得晏子讲的道理不对，而是说他与梁丘据意气相投，甚至同流合污不高兴。这便是"一日三谏"的第二谏。"一日三谏"的第三谏是，游玩到天快黑了的时候，齐景公仰头望天，看到彗星，心中不快，叫人祭祷消除这个灾星。晏子则说："此天教也。日月之气，风雨不时，彗

品晏子

星之出，天为民之乱见之，故诏之妖祥，以戒不敬。今君若设文而受谏，谒圣贤人，虽不去彗，星将自亡。今君嗜酒而并于乐，政不饰而宽于小人，近谗好优，恶文而疏圣贤人，何暇在彗！茀又将见矣。"这里需解释的是后两句，说的是你来不及去掉彗星，更大的灾祸跟着就会来。这样劝谏的结果，当然是齐景公"忿然作色，不说"。

晏子的劝谏，当然不是一根直肠子，想什么就说什么，他不仅有道德修为的深厚功底，而且知识面极其丰富，因而劝谏所讲的道理，所打的比方，令人信服。

比如，齐国严重干旱，齐景公派人占卜，占卜的结果是鬼神在高山大河作怪，需征赋税祭祀灵山。晏子反对，他的理由是，灵山以石头为身躯，以草木为毛发，如今它的毛发都干枯了，它还盼雨呢，祭它有什么用！齐景公说，那就祭祀河神。晏子又反对，他说，河神以水为国，以鱼虾为民，现在它的河流都要干涸了，它的子民都快干死了，它还盼雨呢，祭它有什么用？齐景公说，那该怎么办？晏子说，请你离开宫殿，与灵山河神共担忧，或许会降雨。"与灵山河神共担忧"，即是从宫殿走出去，走到民众中去，真切地体验民众的艰辛，这样才会感动上天，降下甘露。

比如，齐景公横征暴敛，刑罚严重，导致民怨沸腾。齐景公令晏子进行整治，晏子则说：整治刑律，找个会写字的女奴就可以办妥；整治民心，你派人把百姓一个个烧死就可以了。齐景公很恼火，质问道：你就再也说不出什么办法吗？晏子说，一寸长的竹管没有底，天下的粮食也不能把它填满。如今齐国男耕女织，夜以继日，都不够用来供奉君王，这就是没底的竹管。一个小孩，手中有一缕火星，天下的柴草也不够他烧。如今你身边的近臣，贪财略地，都是手握火把的人，已经把百姓弄得水深火热了。晏子所打的这两个比方，要揭示的是：君王要节俭，对身边的臣僚要严格限制，对百姓要宽厚，只有这样，民心才能安定。

比如，齐景公身上长了疥疮，还得了疟疾，他令两个祭祀官备足牛羊祭品和美玉礼器，遍祭山川鬼神和祖宗神灵，折腾了一年，病不见好，便下令把两个祭祀官杀掉。晏子劝他说："如果祝祷有好处，那么诅咒就有害处。你疏远身边的忠臣，宠信小人，对人民横征暴敛，百姓民不聊生，怨声载道。在这种情况下，你派两名祭祀官员为你祝祷，而天下众多民众在那里诅咒你，众口铄金啊！两个人为你祝祷，怎比得上众人对你的诅咒呢？先祖如果神灵，就不会听两个祭祀官的祝祷，而会听众人的诅咒，你的病又怎么能好呢？"齐景公觉得有道理，赦免了两个祭祀官，同时驱逐身边的佞臣，下令减免赋税，减轻刑罚。两个月后，病好了。

比如，火星居于虚位整一年不走，齐景公觉得不祥，询问晏子。晏子说，虚宿的分野是齐国，说明齐国将承受上天的惩罚。齐景公问为什么，晏子说："为善不用，出政不行。贤人使远，谗人反昌。百姓疾怨，自为祈祥。"这样做的后果是，导致众星宿乱了位次，火星回转逆行，灾星就在身旁。齐景公问如何去掉灾星，晏子说："**盍去冤聚之狱，使反田矣；散百官之财，施之民矣；振孤寡而敬老人矣。夫若是者，百恶可去，何独是孽乎！**"齐景公照晏子说的做，三个月后，火星便移走了。

比如，齐景公修建路寝宫后，因为夜里有猫头鹰叫，不去居住。宠臣柏常骞于是施展骗术，把猫头鹰杀死了。如此一来，齐景公就更宠信他了，并向他询问能否通过祭祀增寿。柏常骞继续往下骗，说能为齐景公增寿七年。齐景公也有些不信，便问增寿有什么征兆。是啊！没有什么征兆给予证明，谁到死时知道是增寿了还是没增寿。柏常骞也不含糊，说增寿的征兆就是地震。齐景公讨得这个征兆后非常高兴，立即下令百官置办柏常骞为他增寿所需用品。柏常骞一脸兴奋从宫里出来，碰上晏子，忍不住给晏子炫耀。晏子问："昔吾见维星绝，枢星散，地其动，汝以是乎？"翻译成白话即是，夜里我看到维

品晏子

星不相连，枢星也离散了，这就是地震的先兆，你就是根据这个说的吧？柏常骞无语了，不得不承认。晏子告诉他，国君只有政治和道德顺应天道，才能增加寿命。这事你不要让国君知道，你该祭祀祭祀，反正祭祀没好处也没坏处，但你身为大臣，所要做的是少征赋税，不要耗费民财。

比如，齐国连下了十七天雨，百姓人家倒了不少房屋，断粮断炊的也不少，年老体弱的病倒起不来了。而齐景公夜以继日地喝酒，还派人到全国各地，召集善歌舞者来陪侍。晏子心急如焚，他把自己食邑的粮食分发给贫困人家，还特地把运载粮食的车马器具摆到路上，然后去见齐景公。他对齐景公说："老百姓饿得连酒糟谷糠都吃不上了，您却日夜不停地饮酒，您的马吃着国库里的粮食，您的狗吃着牛肉羊肉，您宫里的众多姬妾，都有充足的精粮细肉保障。您还嫌不够，又派人到各地去召集能歌善舞者陪您取乐。我晏婴为相，手捧钱粮簿籍，跟随在百官行列之中，却让百姓饥饿而无处求告，使国君沉湎酒乐、荒废国政而不体恤百姓！我的罪过太大了，特请求辞官回家。"晏子说完，掉头便走。齐景公推开酒杯，去追。天还在下雨，道路泥泞，无法追上，便驾车追赶。追上晏子后，齐景公下车，与晏子并行在雨中，诚恳地向晏子道歉，挽留他继续为相，并承诺打开国库，给民众分发救济粮。晏子这才回去，派人巡视百姓。并规定：凡家有蚕桑之业而没有饭吃的，给他们一个月的粮食储备；无蚕桑之业的，给一年的粮食储备；无柴草的人家，发给他们柴草，使之足以应付到雨停为止；凡房屋不能抵御风雨的人家，发给他们钱款。晏子明令：这些事情务必在三天内办妥，否则追究不执行相令之罪。这三天，齐景公搬出宫舍。三天后，各路官吏报告完成差事的情况：贫苦百姓一万七千家，支用粮食九十七万钟，柴草一万三千车；房屋被毁坏的二千七百家，支用钱款三千。

比如，齐国的庆封、崔杼弑了齐庄公，扶立齐景公之初，庆封当上了齐国的卿相。后因庆封专权作恶，被大夫们攻击而逃亡，庆封的家产被瓜分，也分给晏子一份，晏子不肯接受。齐景公听说晏子不接受庆封的食邑，提出把平阴和槁邑赐给他，在这些食邑中，仅赋税便可使晏子的财富迅速膨胀起来。晏子拒绝接受，不接受的原因是：齐君喜欢修建宫室，使得百姓的财力困乏；齐君喜欢游乐玩赏，还刻意打扮宫中美女，使得百姓更加贫穷；齐君还喜欢兴兵打仗，使得百姓濒临危亡。民众已经非常痛恨齐君了，所以齐君给我的食邑，我不敢接受。齐景公问："那我拿什么赏赐给您呢？"晏子主动要了三项赏赐。一是，让渔业盐业进入市场，对关卡集市不收税；二是，对耕地的农民，只收取十分之一的赋税；三是，放宽刑罚，该判死刑的判徒刑，该判徒刑的判罚款，该判罚款的就免了。齐景公实行晏子所要的三条赏赐，受到天下一致好评。大国君王说：齐国安定了；小国君王说：齐国不会再欺凌我们了。

史载："晏子相齐三年，政平民说。"

在晏子的劝谏中，诸多治国理政的重大问题都有涉及，且始终不离民本的主题。比如，齐景公问如何谋事、如何成事，晏子的回答是："谋度于义者必得，事因于民者必成"；"义谋之法也，民事之本也"。齐景公询问为君之道，晏子的回答是："为君，节养，其余以顾民，则身尊而民安。"齐景公询问为臣之道，晏子的回答是："为臣，忠信而无逾职业，则事治而身荣"；"进不失廉，退不失行"。又比如，齐景公问治国之道，晏子的回答是："举贤以临国，官能以敕民，则其道也。举贤官能，则民与君矣。"至于如何判断贤与否，晏子的回答是："观之以其游，说之以其行。无以靡曼辩辞定其行，无以毁誉非议定其身。如此，则不为行以扬声，不掩欲以荣君。故通则视其所举，穷则视其所不为，富则视其所分，贫则视其所不取。"此外，诸如教化百姓的问题，君臣和谐亲民的问题，治理国家最担心的问题，为人处世的技巧问题，如何让百姓富裕安定的问题，等等，晏子

品晏子

都从理论与实践的结合上，给出了精辟的答案。就连当今世人遭遇和困惑的诸多问题，诸如官场如何自保的问题，隐居的问题，看破红尘的问题，对财富的态度问题，等等，早在春秋后期的晏子，都从理论上指明了方向，其中不乏至今仍闪闪发光的论断。

二、晏子是儒学理念的践行者

晏子在公元前500多年的齐国担任相国，那时人们的思想意识、生活方式，包括全社会所推崇的时尚潮流，都与今天大不相同，因而他的有些做法，难以被今天的我们所理解。但我们不能超越时空去予以指责，应该以欣赏的心态去品鉴。

比如，晏子被派往齐国一个叫东阿的小邑当邑宰，三年下来，诋毁他的言辞传遍全国。齐景公很生气，决定罢免他，晏子谢罪说："婴知婴之过矣，请复治阿，三年而誉必闻于国。"齐景公于是叫他继续留任，三年后，果真如晏子所说的那样，溢美之词传遍全国。齐景公高兴了，决定奖励他，晏子辞而不受。晏子不接受奖励的理由是：头三年"当毁者宜赏"，后三年"当赏者宜诛"。解释说来就是，头三年他修路建桥，整治治安，秉公执法，得罪了邪恶之人和达官显贵，惹得诋毁他的声音传遍全国，其实那三年应是"当毁者宜赏"。后三年，他与邪恶之人、达官显贵同流合污，结果赞扬之声传遍全国，其实应是"当赏者宜诛"。

晏子为什么要违背自己的人格操守，用与邪恶之人、达官显贵同流合污，去博取社会上的所谓溢美之词呢？从他头三年"当毁者宜赏"、后三年"当赏者宜诛"的解释看，他并非没有看清这么做的不对，他是想用这种方式去劝谏齐王吗？但这个劝谏的后果是后三年百姓遭殃啊！代价太大了吧！

再比如，"二桃杀三士"，这是春秋后期一个著名典故，与齐景公、晏子有关。

齐景公好勇斗狠，豢养了三名勇士，他们勇力无比。晏子认为，齐景公豢养的三勇士，"上无君臣之礼，下无长率之伦，内不可以禁暴，外不可以威敌，此危国之器也，不若去之"。齐景公认为有道理，但担心杀不了他们。于是晏子想了个法儿，拿出两个桃子，叫他们三人凭武力吃桃。晏子深知，这三人毫无谦让之心，绝不会把两个桃分成三份来吃，必凭武力来抢，因此必死无疑。结果与晏子判断的完全吻合。徒手杀死一头大公猪、两次搏杀母老虎的公孙接第一个站出来，拿一个桃走了，他不屑于与他人共吃一个桃。曾搏杀战场、击退三军的田开疆第二个站出来，把剩下的这个桃拿走了，他也不屑于与他人共吃一个桃。不会游泳，但潜入水中逆行百步，顺流九里，抓住巨鳖，割下鳖头，像鹤一样飞跃出水的古冶子拔剑而起，喝令公孙接、田开疆把桃子放回去。这二人自知不是古冶子的对手，一旦搏杀，必死无疑，只好把桃子放回。但放回桃子，又觉得丢人，只好拔剑自杀。剩下的古冶子，义气劲儿上来了，他认为，凭武力他俩吃一个桃子是合适的，剩下一个理应归自己，但他二人受到他的羞辱自杀了，自己独吞二桃也不合适，便把桃子放回，然后也自刎了。

晏子建议齐景公诛杀他们的理由，是这三人只有勇力而不知礼节，是国家安全的隐患。但从史料记载看，公孙接、田开疆之所以自杀，除了自身勇力不及古冶子外，还有一个重要原因，是"取桃不让，是贪也；然而不死，无勇也"。古冶子之所以自杀，他自己说清了，即"二子死之，冶独生之，不仁；耻人以言，而夸其声，不义；恨乎所行，不死，无勇"。史料的这些记载，证明这三个勇士并非不仁、不义之人，与晏子诛杀他们的理由是不吻合的。

晏子还有一些做法，虽然受到孔老夫子的高度赞扬，但因时过境迁，在今天看来也是欠妥的。一次，晏子出使鲁国，回国后发现大批群众正在为齐景公兴建宫殿服劳役，当时天气寒冷，挨饿受冻的人

品晏子

很多，国人都盼望晏子早点回来，阻止建殿劳役。晏子回国后与齐景公饮酒，借着酒劲儿唱道："冻水洗我，若之何！太上瀇散我，若之何！""太上瀇散我"，意思是国君让我没法活。晏子唱完歌，叹息着流泪。齐景公知道他唱的是宫殿劳役之事，表示派人去下令停工。晏子则抢先来到工地，鞭打那些干活的人，边打还边念叨，说国君要建个宫殿，你们不卖力干。挨打的人都说，晏子这是在实行暴虐。正打着呢，齐景公派来宣布停工命令的人就到了。命令一宣布，大家欢欣鼓舞。为此，孔老夫子大发感慨，赞扬晏子替齐景公掩过。

晏子这么做，无疑是符合儒学大义的。儒学的"三纲"，是君主导臣，夫主导妻，父主导子，其主导的核心是一个"忠"字，即臣忠于君，妻忠于夫，子忠于父。"忠"的涵盖面很大，有忠诚，有孝礼，有公心等，还有一个重要方面，即是君王有了过失，臣子要站出来为君王顶过，用臣子的顶过，维护君王的光辉形象。妻为夫、子为父顶过，也是"忠"的要义。晏子劝谏齐景公的出发点，是叫他放弃繁重的建殿劳役，当齐景公听从劝谏派人去宣布停工之前，晏子火速赶过去，还用鞭子抽打干活的，边打还边骂他们干活不卖力，把人们对建殿劳役的不满、怨恨，全揽到自己头上。这是臣忠于君的鲜活例证，所以孔子大发感慨，赞扬晏子。

虽然晏子的这一做法符合儒学大义，但后人、特别是今天的人们，还是觉得晏子这一"揽过"，像拍君王马屁一样，不合适。

三、晏子与孔子在理论与实践上的分歧与碰撞

晏子出生时间不详，去世的时间是公元前500年。孔子的寿辰是公元前551年至公元前479年，与晏子同活一个时代五十一年。但孔子还没出生，晏子就已是齐国的上卿了，他应该是听着晏子的故事长大的，尤其是晏子出使楚国的故事，孔子小时候也许就听过。

故事是这样的：晏子在各诸侯国的名气很大，他出使楚国，楚君想灭灭他的名望。晏子个子很矮，其貌不扬，楚国便在大门口旁挖了个小洞，叫晏子从洞里钻过。晏子说，如楚国是个狗国，那我就从洞里钻过，如不是，我得走大门。楚君被羞辱后，又想了一招，接见晏子饮酒时，故意押着一个犯人路过，楚君问是哪国人、犯的什么罪。押解人员答，齐国人，犯的盗窃罪。楚君于是对晏子说，你看，你们齐国人到我们楚国偷盗来了。晏子则说，齐国人在齐国不偷，到了楚国，因为楚国有盗窃之风，所以也就变小偷了。晏子的机敏，使得楚君认输，他说："圣人非所与熙也，寡人反取病焉。"

可以肯定地说，当时的晏子，比当时年轻的孔子，名气要大，故事要多。但孔子并非等闲之辈，他三千弟子三千张嘴，早已把他的名声传遍天下了。因此晏子与孔子见面、打交道，是不可避免的事。

晏子出使鲁国，孔子特地派弟子前去观察他的言行。弟子回来对孔子说，按礼制规定，"登阶不历，堂上不趋，授玉不跪"，晏子全部做反了。晏子把公事办完后，去见孔子，孔子也不客气，指出他的行为不合礼制。晏子则说，礼制规定，"大者不逾闲，小者出入可也"。接着他解释：鲁君来时走得很快，所以我上台阶时越级；在堂上我小步快走，是要快点赶到我的位置；鲁君授玉时手放得很低，所以我要跪着去接。孔子无语了，教育他的弟子要"因事制宜"，不能拘泥于规定的礼节。

孔子对他的弟子说："晏子辅佐齐国三位君王，但善政不能遍及普通百姓，晏子是个小人。"晏子听说后，上门去见孔子。这回晏子不客气了，他说，听说你评价我是小人，所以我来见你。像我晏婴这样的人，不能拿大道理给人当饭吃，我家族中靠我的俸禄来祭祀祖先的有数百家，齐国贫寒之士靠我的俸禄救助活命的也有数百家，我是为这个才当官的。我并非国君，没有能力惠及每一个庶民。孔子又无语了，但事后承认，晏子是个真君子。

孔子到齐国，见齐景公而不见晏子，随行弟子觉得不合适，孔子说："吾闻晏子事三君而顺焉，吾疑其为人。"晏子听说后的应对是：君子独自站立时对影子问心无愧，独自睡觉时对魂魄问心无愧。水上人批评山中人伐木的斧头，山中人批评水中人捕鱼的渔网，不是无知吗？

············

《晏子春秋》里，公元前500多年两位大师的理论对弈，碰撞出的思想火花，是耐人寻味的。虽然两人的你来我往，看似有些较劲，但孔子都谦虚地承认晏子是他的老师，并评价晏子"久而敬之"。孔子说出了心里话，与晏子打交道越久，越敬佩他。但晏子对孔子"克己复礼"的那套儒家理论，旗帜鲜明地提出了批评：

> （孔丘）浩裾自顺，不可以教下；好乐缓于民，不可使亲治；立命而怠事，不可使守职；厚葬破民贫国，久丧道哀费日，不可使子民；行之难者在内，而儒者无其外，故异于服，勉于容，不可以道众而驯百姓。自大贤之灭，周室之卑也，威仪加多，而民行滋薄；声乐繁充，而世德滋衰。今孔丘盛声乐以侈世，饰弦歌鼓舞以聚徒，繁登降之礼以示仪，务趋翔之节以观众；博学不可以仪世，劳思不可以补民；兼寿不能殚其教，当年不能究其礼，积财不能赡其乐；繁饰邪术以营世君，盛为声乐以淫愚民。其道也，不可以示世；其教也，不可以导民。

晏子对孔子理论、做法的这番批评，非常重要。孔丘倨傲自顺，不能教育下面的人；爱好音乐放纵百姓，不能让他亲自治民；安于天命怠慢做事，不能让他担当职务；主张厚葬而使百姓破财国家贫困，丧葬时久而让人哀伤不止浪费时日，不能让他作人民的父母；实行道义难入人的内心，可儒者追求外在之美，所以服饰奇异，尽力整容修貌，不能引导民众教诲百姓。自圣贤去世，周王室就衰微了，威严的礼仪增多了，可百姓的行为却越发轻薄；声歌音乐繁多普及了，可社会道德却越发衰败。如今孔丘鼓吹音乐而使得世风奢侈，修整管弦歌舞以聚集门徒，使登堂下阶之礼越发烦琐以显示仪节，致力于行走的步法节奏来向世人示范；他虽然博学但不能做世人的表率，劳神费心却无益于百姓；人们两辈子也学不尽他的学说，半辈子也无法搞清他的礼，积聚钱财也供不起他那些音乐；他只会繁缛地粉饰他的邪说来迷惑当代国君，大肆制乐作歌以浸淫蛊惑民众。他的道术，不可向世人显示；他的学说，不可用来引导民众。

晏子对孔子推行儒学理念的批评，是系统的，完整的。他与孔子同处一个时代，对社会问题的认知和感悟，是今天的我们所无法体会的。

《晏子春秋》不是晏子本人写的，是晏子同时代的人记载并经后世学者反复修订而成的。记载人和修订者是有情感倾向的，他们把自己对孔子理论的不同看法融入该书，也未可知。因此，我们不能把晏子对孔子的批评，看成是他俩在理论上争高低，而应看作是两位理论大师，将儒学这一中华民族的思想瑰宝，充实、完善的伟大创举，是两人的携手提升！

但是，不管我们愿意还是不愿意听，我们都不得不承认，晏子对孔子的批评，在今天仍有现实意义。

2020年9月4日于石家庄

品晏子

品 老 子

——揭示宇宙、社会、人生的至理之学

老子，姓李，名耳，字聃，春秋时陈国人，为周朝史官，生活于公元前571年至公元前471年之间，是孔子的老师。老子为人类做出的最大贡献，是他写了一本《道德经》。

《道德经》共八十一章，前三十七章为《道经》，后四十四章为《德经》，后人合而称之为《道德经》。**"道可道，非常道；名可名，非常名"** 是《道经》的开篇语。**"上德不德，是以有德；下德不失德，是以无德"** 是《德经》的开头语。《道经》主要阐述宇宙之根本，含天地变化之机，蕴阴阳变化之妙；《德经》主要阐述处世之方，含人事进退之术，蕴长生久视之道。德又分为"上德"和"下德"，"上德"是"生而不为，为而不恃，长而不宰"的"玄德"，即不以德为德，不自居有德的德，这是天道自然无为精神的体现。"下德"是世俗所崇尚的德，即世俗所崇尚的仁、义、礼这一套。老子认为，"失道而后德"，即仁、义、礼是失"上德"后的产物。

这里可以看出，老子是在仁、义、礼上，与儒家分道扬镳的。老子如是说："**失道而后德，失德而后仁，失仁而后义，失义而后礼**"；"**大道废，有仁义**"。简单说即是，"道法自然"的大道不遵循，结果就是统治者开始用"下德"，即仁、义、礼这套统治术来愚

弄天下，愚弄百姓，结果是"夫礼者，忠信之薄，而乱之首也"。

其实，老子是儒学大师，他在周朝当史官，就是主持施行周公旦首创的礼仪官员。据史书记载：周朝的史官，无论大史、小史，在朝廷举行的祭祀、会盟、朝觐、射事等活动中，协同主持礼法仪式。可以说，当时的天下，周朝最懂礼仪，而周朝中最懂礼仪的是史官。老子在周朝当史官，是最懂儒学的，故有孔子向老子"问礼"一说。

最懂儒学的老子，为什么抛弃儒学，自创一套道学，而把儒家的礼法制度批得体无完肤呢？这还得从当时的社会背景说起。

东周之前的西周，可以说是"天子之周"，整个天下都属于周王室，周天子可以张口给部落封国，接受各封国的贡奉，周王室推行的一整套儒学礼法，各封国都必须实行。可是，进入东周之后，周王室衰落了，说话没人听了，各封国之间因利益争夺而引发的战争此起彼伏，刀光剑影、檑木滚石，人民处于水深火热之中。关键是，破坏社会礼法秩序的，恰恰是极力推行礼法的君王；道德缺失败坏的，恰恰是那些言必称"仁、义、礼、智、信"的人。在这种情况下，比老子晚出生的孔子，打着"克己复礼"的旗号，来给"礼崩乐坏"的社会现象纠偏。老子看清了，以儒家这种办法来救世，根本就行不通。于是，他根据自己丰富的学识储备，运用自己深邃的理性思考，创出了揭示宇宙、社会、人生的至理之学——道学。

道，即天地万物的本原，道家哲学的最高范畴。

但"道"如何用语言文字表述，老子自己就说："吾不知其名，字之曰道，强为之名曰大。"因而在《道德经》中，老子的"道"有"大象""朴""无名""小""一"等等说法。老子是这么解释"道"的："**道之为物，惟恍惟惚。惚兮恍兮，其中有象；恍兮惚兮，其中有物；窈兮冥兮，其中有精；其精甚精，其中有信。自今及古，其名不去，以阅众甫。吾何以知众甫之状哉？以此。**"说的是，道的模样，模糊不清。虽然迷离恍惚，其中却有形象；尽管缥缈迷离，其中却有实物；那样的幽深昏暗，其中却有精气。这精气清晰可知，真实而又可信。从古到今，它的功用不变。依靠它来认识万物的本始。我怎能知晓万物本始的状态？就是依据于道。

在我看来，在老子所有关于"道"的描述中，这是说得最清楚的。在老子看来，"道"是万物的本原，它先天地而生，独立而不改，周行而不殆。在宇宙产生的混混沌沌时期，本身就是模糊不清、迷离恍惚、缥缈虚无的。但有一种自然之力，推动着宇宙的变化，这种自然之力用"道"来冠名，不是让人感觉很有道理吗？既如此，**"道生一，一生二，二生三，三生万物"**，不是顺理成章吗？既如此，**"人法地，地法天，天法道，道法自然"**，不正是人们应当把握的认知规律吗？**"天之道，不争而善胜，不言而善应，不召而自来，坦然而善谋。天网恢恢，疏而不失"**，不正是人们能体悟到的人生常识吗？**"生之蓄之，生而不有，为而不恃，长而不宰"**，不正是道家最高的道德准则吗？老子的"道"，就这样站上人类最高的哲学领地，俯看着人们各式各样的哲学诠释。有说老子是唯物主义者的，有说老子是唯心主义者的，还有说老子是玄学主义者的，老子"不争"，坦然一笑，骑着青牛往西域走了。

德，即"道"的功能发挥，"道"为"德"之体，"德"为"道"之用。

老子说："**道生之，德蓄之，物形之，器成之。是以万物莫不尊道而贵德。道之尊，德之贵，夫莫之爵而常自然。**"说的是，道生化它（万物），德蓄养它，物赋予它形体，器使它完成自己。故万物没有不尊崇道而珍视德的。没有人给道加封，道的珍贵在于它的自然。在这里，老子特地强调了"道"与"德"的辩证关系。"德"是天地万物所蕴含的特性，它不能脱离具体的事物而存在；"德"是"道"内在于万物的德性，而"德"又超越具体事物，体现为"道"本身的德性和功能；二者完美统一，相互依存，相互作用。

至于"上德"，老子称之为"玄德"，是道法自然之德，也即是自然之力推动万物无穷变化之德；"下德"，实际是"人为之德"，即华夏先贤创造的社会管理的礼法制度，包括儒家倡导的仁、义、礼、智、信等教化民众的儒学内容。老子认为，儒家所倡导的礼法制度和教化内容，违背了道法自然的"上德"，愚弄了天下百姓，故而引发天下不治，国与国之间相互侵伐，君与臣之间相互谋算，民与民之间相互争利，甚至父与子之间相离不睦。

　　老子向往"小国寡民"生活，他说：**小国寡民，"使有什佰之器而不用；使民重死而不远涉；虽有舟舆，无所乘之；虽有甲兵，无所陈之；使民复结绳而用之。甘其食，美其服，安其居，乐其俗，邻国相望，鸡犬之声相闻，民至老死，不相往来。"**让人民虽有十倍百倍于人力的器械却不使用，让人民看重生死而不愿迁徙远方，有船有车却没地方可用，有武器却派不上用场，让人民重新使用结绳记事的方法，邻国之间相互望得见，鸡鸣狗吠的声音相互听得见，人民却老死不相往来。在老子的理想社会里，没有社会管理的礼法等级制度，没有儒学那套对民众的教化，没有战争，没有买卖，当然也没有科学技术，没有国与国的交往，人民自由自在，自给自足，结绳记事，老死不相往来，任由"道"的自然之力，牵着人们的小手过日子。

　　显然，生活在春秋时期的老子，看不到也回不到这样的日子了，因而他立足现实，在《道德经》中提出了一个重大命题，即"圣人之治"。老子所说的"圣人"，是"以道莅天下"的君王，是"道"在人间的化身，是道德的楷模，是人间的最高执政者。老子所说的"圣人之治"，简单说，就是无为而治。这是一种高度自由放任的政治，要求最高执政者最大限度减少强制和干预的作为，真正让人民群众自己当自己的家，做自己的主，充分尊重并信任人民的权利和能力。**"我无为，而民自化，我好静，而民自正；我无事，而民自富；我无欲，而民自朴。"**在这里，老子的"无为而治"，并非无所作为。他

·033·

强调"以正治国，以奇用兵，以无事取天下"；"为之于其未有，治之于其未乱"；"信言不美，美言不信"，强调诚信治国。老子所反对的，是扰民、侵民，所提倡的是"利而不害""为而不争"。老子还特地提出："贵以身为天下，若可寄天下；爱以身为天下，若可托天下。"说的是，只有愿意忘我治理天下的人，才可以把天下交给他；只有不顾自身来治理天下的人，才可以把天下托付给他。"愿意忘我""不顾自身"来治理天下的，能无所作为吗！

围绕"圣人之治"，老子讨论了一番个人的道德修养问题。他说："圣人无常心，以百姓心为心。"他强调，天地不为自己而生，圣人也应效法天地"不自生"，将个人利益置之众人之后，置个人安危于不顾，一心为民众谋利益，"后其身而身先，外其身而身存""圣人为腹不为目，故去彼取此"。说的是，圣人要关注民众的温饱，引导民众自觉摒弃眼睛所看到的各个美色贪欲。在个人修养上，老子反复强调"贵柔""守雌""不争""无为""常容"，主张抱一、静观、玄览。老子关于个人修养的诸多论述，与儒家提倡的"修齐治平"的修养理论是相通的，都能在国人的心中产生共鸣！

老子是孔子的老师，二人都是儒学大师，且老子是周朝的史官，掌管周朝的祭祀和礼宾迎送典礼事宜，故有孔子向老子"问礼"一说。

孔子向老子"问礼"，司马迁是这么记载的。

孔子适周，将问礼于老子。老子曰："子所言者，其人与骨皆已朽矣，独其言在耳。且君子得其时则驾，不得其时则蓬累而行。吾闻之，良贾深藏若虚，君子盛德容貌若愚。去子之骄气与多欲、态色与淫志，是皆无益于子之身。吾所以告子，若是而已。"孔子去，谓弟子曰："鸟，吾知其能飞；鱼，吾知其能游；兽，吾知其能走。走者可以为罔，游者可以为纶，飞者可以为矰。至于龙，吾不能知，其乘风云而上天。吾今日见老子，其犹龙邪！"

老子之后三百多年的司马迁，在《史记》中的这个记载，至少说明两个问题。一个是，老子已经抛弃"礼"了；另一个是，孔子听了老子讲的，很服气。

抱着学"礼"而去，终身为"克己复礼"呐喊、游说的孔子，为什么会对老子抛弃"礼"而讲的"道"服气呢？老子都讲了些什么道理？他俩有没有理论上的碰撞？有没有据理力争的对决？个中细节都是什么？司马迁的短短记载都看不出来。作为后人的探究，只能把道学、儒学两位大师一以贯之的论述，结合起来想象、填充了。

笔者斗胆想象、填充如下：

公元前五百多年的一天，天高云淡，微风习习，在鲁国设坛讲学的孔子，走下讲坛对弟子南宫敬叔说："周之守藏室史老聃，博古通今，知礼乐之源，明大道之要，今吾欲去周求教，汝愿同往否？"

南宫敬叔也仰慕老子，欣然同意。

见名誉天下的孔子前来求教，老子非常高兴，热情接待。

华夏史上两位伟大的思想家、理论家，在公元前五百多年的第一次聚首，对伏羲发明、周文王完善的《易经》所揭示的宇宙、天地、人间的自然之道，从阴阳两极进行了完美的阐释。孔子主阳，信奉儒学，提倡用仁、义、礼匡定天下，鼓励人们拼搏进取，学而求进，用儒家学说修身、齐家、治国、平天下。老子主阴，信奉道教，提倡人们遵从"道法自然"，以柔克刚，以弱胜强，循宇宙本根之源，适天地变化之机，应阴阳变幻之妙，无为而为。两位大师从阴阳两极，完成了对《易经》的全面理解和阐释，为炎黄子孙读懂理解《易经》开启了大门。

数日后，孔子向老子辞行，老子依礼相送，言道："吾闻之，富贵者送人以财，仁义者送人以言。吾不富不贵，无财以送汝，愿以数言相送。"

孔子行礼，洗耳恭听。

老子赠言道："当今之世，聪明而深察者，其所以遇难而几至于

品老子

死，在于好讥人之非也；**善辩而通达者，其所以招祸而屡至于身，在于好扬人之恶也。为人之子，勿以己为高；为人之臣，勿以己为上，望汝切记。"**

老子赠言所讲的道理源于《易经》。

《易经》被很多人视作占卜之书，是有失偏颇的。《易经》揭示的是宇宙、天地、万物、人事的发展变化规律。既然是揭示规律，那么人的命运因家庭、性格、教育、环境等不同因素的影响，呈现的命运轨迹也就各异。《易经》能揭示这种轨迹，因而能显示占卜的预测效应。但从根本上说，《易经》不专于人的命运占卜，而是教人们如何把握适应事物本源的发展变化规律。如《乾卦·象传》说的是：博大的、象征万物创始的乾卦，万物供养它而开始发展生长，它是统帅万物的本源。乾卦各爻按不同的时位组成，犹如六条龙连接驾驭天地之间。天地自然变化形成万物的规律，万物各自运蓄精气，保持太和元气。本传《象》首语即是："天行健，君子以自强不息。"接下来的初九等卦，无论是"潜龙勿用""见龙在田""君子终日乾乾"，还是"或跃在渊""飞龙在天""亢龙有悔"都是在教人如何把握、适应发展规律，即不该有所作为就不能作为，不该居上位就不能居上位。否则，"亢龙有悔"，物极必反。至于老子给孔子赠言，更多的讲的是"谦卦"，该卦的总纲是"谦亨。君子有终"。为什么？因为天的规律是使满盈亏损，使谦虚得到增益；地的规律是改变满盈，充实谦虚；鬼神的规律是加害满盈，降福谦虚；人的规律是憎恶满盈而喜好谦虚。周公如是说："**大足以守天下，中足以守其国，近足以守其身，谦之谓也。"**

可能是几天来孔子与老子的交谈，孔子的学识、言表，使得老子觉得有必要对他以谦而赠言。

孔子也许没有听懂，但他还是凭着自己对老师的尊重，顿首说道：弟子一定谨记！

行至黄河岸边，滔滔河水如万马奔腾，发出虎吼般的雷鸣。孔子不禁感叹："逝者如斯夫，不舍昼夜。"此时的孔子感慨万千，黄河之水奔流不息，人之年华流逝不止，河水不知何处去，人生不知何处归。

老子道："人生天地之间，乃与天地一体也。天地，自然之物也；人生，亦自然之物；人有幼、少、壮、老之变化，犹如天地有春、夏、秋、冬之交替，有何悲乎？生于自然，死于自然，任其自然，则本性不乱；不任自然，奔忙于仁、义、礼之间，则本性羁绊。功名存于心，则焦虑之情生；利欲留于心，则烦恼之情增。"

在这里，老子回到他的《德经》，用"失道而后德，失德而后仁，失仁而后义，失义而后礼"的"下德"理论，对孔子进行点化。

显然，孔子抱定的儒家理论，不肯就老子的点化而抛弃。

孔子解释："吾乃忧大道不行，仁义不施，战乱不止，国乱不治也，故有人生短暂，不能有功于世，不能有为于民之感叹矣。"

老子继续点化："天地无人推而自行，日月无人燃而自明，星辰无人列而自序，禽兽无人造而自生，此乃自然之为也，何劳人为乎？"顿了一下老子接着言道："人之所以生、所以死、所以荣、所以辱，皆有自然之理、自然之道也。顺自然之理而趋，遵自然之道而行，国则自治，人则自正。何须津津于礼乐而倡仁、义、礼哉？津津于礼乐而倡仁义，则违人之本性远矣！犹如人击鼓寻求逃跑之贼，击之愈响，则贼逃之愈远矣！"

见孔子翻着白眼，不知所然，老子指着奔腾的黄河言道："汝何不学水之大德欤？"

孔子问："水有何德？"

老子接着点化："上善若水。水善利万物而不争，处众人之所恶，此乃谦下之德也。故江海所以能为百谷王者，以其善下之，则能为百谷王。天下莫柔弱于水，而攻坚强者莫之能胜，此乃柔德也。故柔之胜刚，弱之胜强坚。因其无有，故能入于无间，由此可知不言之教、无为之益也。"

孔子顿悟，道："先生此番点化，使我茅塞顿开也！众人处上，水独处下；众人处易，水独处险；众人处洁，水独处秽。所处尽人之所恶，夫谁与之争乎？此所以为上善也。"

老子脸上绽出笑容，连声说道："汝可教矣！汝可教矣！"他接着点化："汝可切记：与世无争，则天下无人能与之争，此乃效法水德也。水几于道，道无所不在，水无所不利，避高趋下，未尝有所逆，善处地也；空处湛静，深不可测，善为渊也；损而不竭，施不求报，善为仁也；圜必旋，方必折，塞必止，决必流，善守信也；洗涤群秽，平准高下，善治物也；以载则浮，以鉴则清，以攻则坚强莫能敌，善用能也；不舍昼夜，盈科后进，善待时也。故圣者随时而行，贤者应事而变，智者无为而治，达者顺天而生。汝此去后，应去骄气于言表，除志欲于容貌。否则，人未至而声已闻，体未至而风已动，张张扬扬，如虎行于大街，谁敢用汝？"

在这里，老子道出了肺腑之言。之所以如此推心置腹，可能是老子看清了，孔子是难得的可塑之材，但他"骄气于言表""志欲于容貌"的表露，很可能毁掉他的前程，埋没他的才华，因而老子运用他的道家理论，对孔子进行点化、引导。

孔子开悟了，他辞谢老子言道："先生之言，出自肺腑而入弟子心脾，弟子受益匪浅，终生难忘，弟子将遂奉不怠，以谢先生之恩！"

孔子与南宫敬叔回到鲁国，众弟子围上来迎接，打探向老子"问礼"的情况。

孔子不无感慨地说："鸟，吾知其能飞；鱼，吾知其能游；兽，吾知其能走。走者可用网缚之；游者，可用钩钓之；飞者，可用箭取之。至于龙，吾不知其何以！龙，乘风云而上九天也！吾所见老子也，其犹龙乎！学识渊深而莫测，志趣高邈而难知，如蛇之随时屈伸，如龙之应时变化。老聃，真吾师也！"

以上想象、填充，似乎能从多个版本的历史典籍中得到证实。例如，《礼记·曾子问》载，曾子向孔子提出几个问题，其中一个是：送葬的队伍已经走到半道，如果此时出现日食，该怎么办？孔子回答说，我跟随老子主持过丧礼，赶上日食，老子说："丘！止柩就道右，止哭以听变。"既明反而后行。老子的解释是："夫柩不蚤出，不莫宿，见星而行者，唯罪人与奔父母之丧者乎？日有食之，安知其不见星也？"老子说的是，日食之后很可能出现星星，如果让死者顶着星星被抬走，是对死者的羞辱。尤其是，孔子回到鲁国后，潜心研究《易经》，写出了自己对《易经》理解的《易传》，由此还发出了"三十而立，四十而不惑，五十而知天命"的感叹。那年，孔子恰好五十岁。孔子甚至说："加我数年，五十以学《易》，可以无大过矣。"

孔子告别老子之后不久，老子便与自己从事的周朝史官告别了。他的高尚，使得他不可能说一套做一套，他信奉自己的学说，就绝不可能还留在周朝从事儒学那套礼法事宜。尤其是在与孔子的交流之后，他的道学理论已经基本形成，下一步所要做的，便是更伟大的事业！

周朝宫殿的高墙大院，在老子的背后渐渐远去了。他独自一人，骑着青牛向西域走去，天地之间，日月星辰，风雨雷电，伴随着他前路遥遥，心路漫漫。

是夜，函谷关守将关尹，信步登楼，仰望太空，忽见东方紫云聚集，形如飞龙，由东向西滚滚而来。这位自幼便观天文、读古籍的守将，立即意识到将有圣人至，于是，连夜派人清扫道路数十里，夹道焚香，准备迎接。

老子倒骑青牛而至，关尹跪拜迎接，言道："见紫气东来，知有圣人西行；见紫气浩荡，滚滚如龙，知来者至圣至尊，非通常之圣

品老子

也；见紫气之首白云缭绕，知圣人白发，呈老翁之状；见紫气之前有青牛星相牵，知圣人乘青牛而至也。"

关尹将老子请进官舍上座，焚香礼拜后又道："先生乃当今大圣人，圣人者，不以一己之智窃为己有，必以天下人智为己任也。今汝将隐居而不仁，求教者必难寻矣！何不将汝之圣智著为书？关尹虽浅陋，愿代先生传于后世，流芳千古，造福万代。"

这是天意！老子离开周朝，正是要完成他对道家理论的著述。于是他捉刀笔于昼夜，刻下上篇《道经》，下篇《德经》，洋洋洒洒，五千余字。为华夏，为后世留下了一部不朽之作——《道德经》。

《道德经》究天人之际，察万物之情，通古今之变，应人生之事，证大道之真，是一部关于"道德"的百科全书。

德国哲学家黑格尔说："道为天地之本、万物之源。中国人把认识道的各种形式看作是最高的学术……老子的著作，尤其是他的《道德经》，最受世人崇仰。"

德国哲学家尼采说："老子的思想集大成——《道德经》，像一个永不枯朽的井泉，满载宝藏，放下汲桶，唾手可得。"

毛主席说："《道德经》是一部兵书。"

鲁迅说："不读《老子》一书，就不知中国文化，不知人生真谛。""中国根柢全在道教。"

《道德经》外文译本近五百种，涉及三十多个语种，是继《圣经》之后，在全世界发行最多的书。即使如此，在德国总理任上的施罗德仍呼吁：每个德国家庭买一本中国的《道德经》，以帮助人们解释思想上的困惑！

《道德经》是中国的，是世界的！作为华夏子孙的我们，感到极其骄傲！

2020年9月21日于石家庄

品　孔　子
——创立儒学理论体系的圣贤

　　把华夏圣贤倡导并践行的"德学"，冠名为儒学，孔子是做出巨大理论贡献的。他整理编纂了《诗》《书》《礼》《易》《乐》《春秋》六经，探索完善了儒学的理论体系——《论语》《大学》《中庸》。他是中华民族历史上最伟大的思想家、理论家、教育家，是儒学理论的创始人，是儒学光彩耀世的伟大旗手。大史学家司马迁用"高山仰止，景行景止"评价孔子，说"自天子王侯，中国言'六艺'者折中于夫子，可谓至圣矣"！"折中于夫子"，是说都以孔子的话为最高衡量标准。

　　孔子的祖先是宋国贵族，因避祸逃到鲁国定居，后家族没落，到孔子呱呱落地时的公元前551年，家境已"贫且贱"了。孔子年轻时谋过几个类似仓库管理员、营建司空等小官做，好不容易熬到中年，且辗转齐国、卫国，最后到鲁国熬了个司寇。但他世袭的根基不厚，加之他太率性，高兴了就唱，伤心了就哭，看不顺眼就骂人，不似其他官吏那般奸猾油活，加之他口必言圣贤，行必循礼制，与其他同僚格格不入，因而遭到排挤。他竭力为自己辩解，可四周全是反对他的嘴，他辩不过人家，官也辩没了。官没的做了则罢，但这口气咽不下去咋办？于是他萌生这样的想法：讲空话没用，不如把春秋二百多年来政坛人事的正误是非写出来，用事实来说话。写了多长时间搞不准了，反正是他没官做了以后，潜下心来编纂了一部鲁国史官记载的《春秋》，搬出被杀的三十六位君主、灭亡的五十二个国家的辛酸史实，从仁、义、礼、智、信这个"仁政""善政"治国的根本问题上，好论了一番得失教训。孔老夫子挺逗，嘴巴上辩不过人家，写成文字来跟人家辩。从此以后，他广收弟子，到处游说，传播他的礼仪之学，论述他的中庸精义。

一、 孔子编纂的《春秋》集儒学理念之大成

《春秋》是鲁国史官编纂的，始于鲁隐公元年，即公元前722年，止于鲁哀公十四年，即公元前481年，前后242年。鲁国编纂的历史，当然以鲁国为主，兼及周王室及其他诸侯国。

孔老夫子是鲁国人，又是儒学泰斗，他对鲁国编纂的《春秋》，进行了全面的整理，删除了不少，也增添了不少，其最大的特点是，"约其文辞而指博"，有些事件只用一字记载，多的也不过四十余字，是褒是贬隐喻其中。由于其文字隐晦难懂，又蕴含褒贬，所以便出了专门解释《春秋》的三本书，即《左传》《公羊传》《穀梁传》。《左传》据说是战国时期的左丘明所著，该书以史料为主，以讲历史故事的方式阐释《春秋》。孔子传《春秋》于子夏，《穀梁传》据说是子夏的学生穀梁赤所著。《公羊传》据说是子夏的学生公羊高所著，公羊高传授给子孙成书。这两部著作，主要以道义和思想阐释《春秋》。

孔老夫子编纂的《春秋》，并非单纯记载历史事件，而是通过历史事件的记载，阐释儒学精义，论述治国安邦之道。《春秋》用多行不义必自毙、以小人之心度君子之腹、风马牛不相及、欲加之罪何患无辞、先声夺人、鞭长莫及、结草报恩、病入膏肓、心腹之患、马首是瞻、有备无患、举棋不定、断章取义、疲于奔命、尾大不掉、数

典忘祖、多难兴邦等精彩的历史故事为底版，穿越两千多年时空，滋养一代代国人的灵魂，契合中华文明发展的脚步，一路走来，走到今天，走进人们的笔下，走进民众口中，走进治国安邦的思想领域，走进全社会道德、智慧、文明的广阔天地，大写着古老文明进化的篇章。这是一笔宝贵的精神财富，是中国智慧的思想源头！真不敢想象，假如没有孔老夫子的《春秋》，我们追溯文明古国的步子该往哪儿走呢？我们今天提出的实现中华民族伟大复兴的中国梦，有源头吗，有底气吗？

孔老夫子的理论自信，使得他认定古老西周时代厘定的社会制度，是最完美的制度。他说："吾说夏礼，杞不足征也。吾学殷礼，有宋存焉。吾学周礼，今用之，吾从周。"周文王、周武王推翻商纣王残暴统治的伟大创举、周公旦讨伐不庭的王室宣威、成康两王治理天下的四海咸服、穆王远征四夷的开疆拓土，使得孔老夫子十分钦佩，对他们用儒家理论框定的治国秩序，更是信奉得五体投地。他的著名呐喊"克己复礼"，就是他编纂《春秋》高举的旗帜。在这面旗帜下，孔老夫子以西周王朝的儒家礼制作为衡量标准，评判春秋时期所发生的各种事件，进行"礼也""非礼"的褒扬或批判。

史学家把"春秋之始"定为鲁隐公元年，即公元前722年，在此之前，史称西周。西周始于周武王率领各部落推翻商王朝的暴政，打那以后，各部落变成了各诸侯国，周天子一口气分封了一千八百多个诸侯国，各诸侯国公认周天子为天下共主。西周王朝结束在周幽王手里，他为逗褒姒一笑，烽火戏诸侯，一把火把西周的历史烧断了。

接下来的东周历史，在周幽王的儿子周平王手里接上了。周平王叫宜臼，周幽王不喜欢他，废了他的储君地位，还对他进行追杀。宜臼逃到外公申侯家，周幽王仍不放过，发兵攻打申国，申侯一看来势不妙，请来犬戎帮忙。犬戎是我国西北地区的少数民族，犬戎一出手，周幽王大败，周都镐京沦陷，周幽王也崩了。

天下不能没有主，申国、许国、郑国等姬姓诸侯国，把宜臼扶进天子殿堂，史称周平王。与此同时，西虢国把周幽王的另一个儿子余臣，也扶进天子殿堂，史称周携王。余臣不是周幽王的嫡子，血统继位的合法性不具备，所以绝大多数诸侯国只认周平王，而不认周携王。

周平王把国都迁到洛邑，东周历史就开始写了。周平王站在东周的起始点上，也是有所开创的，他把黄河以西的大片土地给了晋国，晋国帮他把周携王灭了；他把东虢国的土地给了郑国，郑国帮他把东虢国灭了；他把被犬戎占领的大片土地给了秦国，换取了秦国对他的支持。在一次次送出大片土地后，奄奄一息的东周王朝才得以喘息。

东周王朝的这样一个开始，"春秋之乱"也就不奇怪了。令孔老夫子感到不爽的是，他所编纂的《春秋》，一下笔就是"春秋之乱"。

史学家认定的"春秋之乱"源头，是"周郑交质"。郑庄公的父亲姬友，史称郑桓公，是周厉王的小儿子、周宣王的胞弟、周幽王的叔叔，虽出自姬姓的同一血脉，但郑国是周王室分封的诸侯国，不能与周王室平起平坐。按照这种礼制，当周平王提出让自己的世子到郑国当人质时，这本身就"非礼"了。而作为郑庄公，拒绝，才符合"礼也"，可他没有拒绝，而是欣然接受，只不过派自己的世子到周朝当人质，算是扯平了。郑国与周朝地位本来就不平等，你在交换世子作人质上扯平，这一做法本身，就是僭越，就是孔老夫子所说的"非礼"。

孔老夫子对"周郑交质"非常气愤，定性为"春秋之乱"的始发点。他甚至认为，一百多年前的周夷王，为了感谢扶持他继位的诸侯，一改周天子立于殿堂接受诸侯朝拜的惯例，亲自走下殿堂接见诸侯，这一做法破坏了天子的权威性，不符合"君君臣臣"的礼制规矩，也是"非礼"。

在孔老夫子愤怒的内心深处，我们能看到他手下刀笔的纠结。他向往周朝、崇尚周朝的礼法制度，甚至发出"克己复礼"的呐喊，但周朝发生的一些七七八八的事情，与儒家礼制大相径庭。就说周平王吧，你被父亲周幽王追杀，逃到申国，申国搬来犬戎反击，攻陷镐京，把周幽王弄崩了，你穿上周幽王的天子袍，你这不是弑父吗？这弑父问题怎么下笔？孔老夫子很为难，要是实事求是写，天下诸侯怎么看，东周历史不是断代了吗？

类似违反礼制的问题实在是太多了，不好下笔，于是孔老夫子发明了"春秋笔法"。这一笔法十分考究，一件事记载时间，表明一个意思，不记载时间，又表明一个意思。如鲁隐公是摄政者，孔老夫子在他摄政的不到十一年时间里，有十年不记载正月，所表明的意思是，鲁隐公不属于正宗国君。鲁桓公继位后，鲁国的历史在他的笔下有了正月，所表明的意思是，鲁桓公是正宗国君。

"春秋笔法"，说到底是忌讳笔法，它有亲有疏，有厚有薄，是先秦史官明哲保身的记史笔法。这一笔法，不是孔老夫子首创的，但在他的手里，达到了登峰造极。

是不是这样？我们用史料说话。

孔老夫子编纂的《春秋》，把鲁国十二个世代，分为他"于所见""于所闻""于传闻"三个历史阶段。孔老夫子"于所见"的有三世，共六十一年；"于所闻"的有四世，共八十五年；"于传闻"的有五世，共九十六年。

孔老夫子对于自己经历的"于所见"，其"春秋笔法"是"微其辞，隐微其言辞"。即不用明显的言辞批评指责，表示为尊者讳。说到底，是躲避迫害，明哲保身。比如，孔老夫子"于所见"的鲁昭公二十五年发生的一件大事，他的"春秋笔法"是这样记载的："秋七月上辛大雩，季辛又雩。"单看孔老夫子的这一记载，看不出他记的是什么。真实的情况是这样的：鲁昭公昏庸残暴，搞得民怨沸腾，而鲁国的季氏家族，安抚民众，大得民心。鲁昭公想杀季氏，便以求雨祭祀的方式"雩"，打算把季氏杀掉。一个月有三个带"辛"的日子，

品孔子

第一个叫"上辛",一般求雨祭祀在"上辛"日。鲁昭公想杀季氏，"上辛"日祭祀了一次，可能是没杀成，接着又搞"季辛"日祭祀，结果被季氏打败，鲁昭公逃到了齐国。鲁昭公元年，孔子才十岁，到鲁昭公二十五年时，孔子三十五岁了，他对鲁昭公"又雩"是"于所见"的。明明知道鲁昭公做得不对，但不好指责，因为继位的是他的儿子鲁定公，指责了将引火烧身，所以用"春秋笔法"，写成"又雩"。

往前推，孔老夫子对于自己"于所闻"的记载，其"春秋笔法"是有所忌讳的，因为这是父辈所经历的年代，这个年代对孔老夫子来说是近代史，下笔重了，会惹麻烦。所以，对于鲁国所发生的国祸，下笔时写感到痛心，以表示情感倾向。比如，鲁文公十八年，他的儿子子赤，被襄仲杀死，孔老夫子的"春秋笔法"是这样记载的："冬，十月，子卒。"这个记载有月无日，为什么不记日子呢？因为国君被杀，是极痛心的事，不忍心记下那个日子。

再往前推，孔老夫子对于"于传闻"的记载，其"春秋笔法"因为年代久远，就实事求是写了。比如，鲁庄公三十二年，他的儿子子般被庆父杀了，孔老夫子的"春秋笔法"是这样记载的："冬，十月，乙未，子般卒。""十月，乙未"是十月二日。时间久了，也没什么忌讳了，就按实际情况写了。

为了更准确地领悟"春秋笔法"，我们请出郑国的姬寤生来，看孔老夫子对其他诸侯国是如何运用这一笔法的。

郑国的共叔段与母亲联手，从姬寤生手里抢夺君位这件事，孔老夫子的记载只用了六个字："郑伯克段于鄢。"这六个字集中体现了他的"春秋笔法"。姬寤生是国君，不称其国君，而称其"郑伯"，是批评他有失兄长职责，没有教育好弟弟，故意放纵弟弟走上谋反的道路；共叔段跟姬寤生争君位，是兄弟之争，共叔段自据其城，不是国君却俨然像国君一样，所以不用"征伐"，而用"克"；这件事是共叔段做得不合礼制，所以不称共叔段为"弟"，而是直接点段的名进行批评；共叔段失败后逃到共城，孔老夫子就没写，不好下笔，写成当哥哥的把弟弟逼到共城吧，不合适，写成弟弟自个儿跑到共城吧，也不合适，所以干脆就不写。

郑、齐、鲁联手攻打宋国，夺得郜邑和防地，分赃时郑庄公把这两块地给了鲁国，给齐国戴了顶高帽进行吹捧，自己什么也没要。对这件事，孔老夫子是这么记载的："夏，翚帅师会齐人、郑人伐宋。六月壬戌，公败宋师于菅。辛未，取郜。辛巳，取防。"这一记载的"春秋笔法"体现在时间上。通常情况下，孔老夫子是不记载时间的，这里特地记下攻取郜邑和防地的时间，表明打败宋国夺其城池，是违反礼制的，把日子记下来，以便后人引以为戒。左丘明觉得看不过眼，但又不好直接反驳，只好借用第三方人士的评论，表明自己与孔老夫子的不同看法。他在《左传》里写道："君子谓，'郑庄公于是乎可谓正矣。以王命讨不庭，不贪其土以劳王爵，正之体也。'"

再看姬寤生死后，孔老夫子是这么记载的："郑伯寤生卒。"这个记载的"春秋笔法"，是用违反礼制规定表达出来的。天子死叫崩，诸侯死叫薨，大夫死叫卒，这是记载的礼制规范。姬寤生是郑国国君，死了的记载规格应是"薨"，用"卒"来记载，是降格处理。你姬寤生放纵弟弟共叔段造反，还把母亲迁出都城，你如此违反礼制，能不对你矮化一下吗？

孔老夫子的"春秋笔法"也有例外，他是儒家礼制的卫道大师，"礼崩乐坏"是儒家思想文化领域的大崩塌，面对这种事情，他便会不分鲁国还是其他诸侯国，大骂："始作俑者，其无后乎！"孔老夫子大骂的是鲁隐公。

鲁惠公的正宗夫人仲子去世了，接替君位的鲁隐公特地为仲子修了一座陵寝，亲自主持典礼，大操大办。按礼制规矩，典礼是要跳舞的，跳舞的人数是有严格规定的，天子用八佾，三公用六佾，诸侯用四佾，大夫用二佾。"佾"就是人排成多少排的数量。鲁隐公为仲子

品孔子

葬礼的等级是六佾，位列诸侯之上，天子之下，这在孔老夫子看来，严重违反礼制，因而在定性为"礼崩乐坏"的同时，忍不住大骂。

鲁国是周公旦长子伯禽的封国，在诸侯国中，鲁国的一个特殊职能，是掌天子之礼，鲁国保存着天子礼乐的吹鼓手，负责王室宗正、史官、祭祀等礼仪工作。对于这些礼制，鲁隐公十分清楚，为什么在仲子的葬礼上违反呢？

这得联系鲁隐公的苦衷来说。

公元前722年，鲁惠公去世，鲁隐公继位。孔老夫子编纂的《春秋》，就没有记载鲁隐公继位的事，原因是他不是正宗的国君，而是摄政者。

鲁隐公是鲁惠公的庶子，他的母亲是声子，地位低贱。鲁隐公的母亲虽地位低贱，但他的庶子地位却很特殊。原因是，鲁惠公没有名正言顺的夫人，他这个庶长子将来继承君位，顺理成章。

鲁惠公原本也是这么安排的。

但父亲给鲁隐公找媳妇，使得他的命运逆转。

给鲁隐公找的媳妇是仲子，是宋武公的女儿，据说仲子生下来后，手掌有"鲁夫人"三个字的掌纹。鲁惠公听说后，赶忙派人到宋国给儿子提亲，宋武公也觉得这是天意，双方一拍即合，皆大欢喜。

将仲子当儿媳妇娶过来后，鲁惠公动心了，这仲子长得亭亭玉立，楚楚动人，干脆自己娶了，儿子再找不迟。这样，本来儿子将来当国君时的"鲁夫人"，直接升格为父亲这个现时国君的"鲁夫人"。

仲子没过多久，就生下儿子允，立为世子。鲁隐公的世子地位随即降格为庶子。但因为鲁惠公薨得早，世子允还是娃娃，鲁国王室把鲁隐公推举出来摄政，那意思很明确，待世子允长大了，你就一边去吧。

摄政国君不是正宗国君，很难拿捏，轻了不是重了也不是。鲁隐公之所以在仲子的葬礼上违反礼制，是为了讨好世子允。毕竟世子允慢慢长大了，将来的国君帽子是他戴的，提前做些铺垫，对自己不是坏事。但鲁隐公违反了礼制，孔老夫子对他毫不客气，大骂"始作俑者，其无后乎"。

"春秋之乱""礼崩乐坏"，是孔老夫子最不愿看到的事。但这样的事太多太多了，他不得不采用"春秋笔法"来写。

我们不得不说，"春秋笔法"是智者笔法、高明笔法，在这一笔法中留下的许多历史纠葛、盲点，孔老夫子没有作"礼也""非礼"的点评。时世变迁，后人的眼光会变，评判道德、礼制的标准会不变吗？相信后人的智慧，春秋时的诸多理不清的历史纠葛、盲点，还是留给后人去品味吧。

二、 孔子创立的儒学理论体系是中华民族思想文化宝库的珍贵遗产

孔子创立的儒学理论体系，集中体现在《论语》《大学》《中庸》三部经典之中。

《论语》是孔子儒学理论的原创主干，是儒学理论的核心构成。它所记载的，是孔子在游学、授徒讲学过程中，与弟子交谈的内容，有具体的对话环境，有人物音容笑貌的记叙，很平常，也很亲切。但在这种平常、亲切的对话中，不仅能给我们呈现出活生生的孔子形象和他那鲜明的个性特色，而且能强烈感受到孔子强烈的忧患意识，高度的社会责任感，执着的理想追求，以及积极向上的人生态度。

《大学》，可以说是帝王之学，它所针对的是执政者，尤其是最高统治者——天子，是以"仁政""善政""德治"为主旨的政治哲学。当然，《大学》所涉及的品格修养内容，既是人们初学的"入德之门"，又是整个儒家思想理论体系的最高纲领。《大学》的作者尚未定论，据推测是曾子，因为曾子是孔子众多弟子中，学习最认真、

领会最深刻、悟性最聪慧的弟子，孔子对他赞赏有加。由曾子依据孔子所讲的内容，进而阐述"仁政"的政治哲学，对后代学者来说，更有说服力和可信度。

《中庸》的作者，据《史记·孔子世家》载：子思"困于宋，作《中庸》"。子思叫孔伋，是孔子的孙子，又是曾子的弟子，是儒家思想理论发展中承前启后的关键人物。"中庸"即正确且普遍适用的真理，是一部以"仁"为指导，以"诚"为基础，以"中庸"为方法论的人生哲学专著。《中庸》完善并深化了孔子的道德理论思想，为后人指明了加强道德修养的方向。

这三部巨著涵盖天地人生、社会治理、家国情怀、个人修养等诸多方面，既极其丰富，又博大精深。显然，这不是我一篇小文能说清的，因而只能择其要义，用我的理解来学习探讨几个问题。

（一）关于"孝"道

孔子说："孝悌也者，其为人之本与？""弟子入则孝，出则悌，谨而信，泛爱众，而亲仁，行有余力，则以学文。"

孟武伯问孝，孔子说："父母唯其疾之忧。"说的是，对父母能付出自己是孩子生病时那种关爱，才是真正的孝道。

子游问孝，孔子说："今之孝者，是谓能养。至于犬马，皆能有养，不敬，何以别乎？"说的是养活父母，让父母吃饱，与养狗养马让它们吃饱一样，这不是真正的孝敬父母。

子夏问孝，孔子说："色难。有事，弟子服其劳；有酒肉，先生馔，曾是以为孝乎？"说的是在父母面前，始终保持发自内心的恭敬态度不容易。所有的事情，做儿女的服其劳；有好酒好吃的，让长者吃喝，这样就能算是孝吗？"色难"，发自内心的、一辈子不变的和颜悦色，很难。

有人问孔子为什么不从政，孔子说："《书》云：'孝乎唯孝，友于兄弟。'施于有政，是亦为政，奚其为为政？"说的是，《尚书》上说：孝顺，只要孝顺父母，兄弟间相互友爱，由此对社会风气产生一定的影响，这也算是一种从政形式啊，难道只有做官才算从政吗？

鲁国人林放问礼教的根本，孔子说："大哉问！礼，与其奢也，宁俭；丧，与其易也，宁戚。"说的是，你问了一个大问题啊！对于礼来说，与其求形式的奢华，不如简朴；对于丧礼，与其仪节烦琐，不如有真情的悲哀。

孔子说："事父母几谏，见志不从，又敬不违，劳而不怨。"说的是，服侍父母，对他们的过错要温和地劝导；如父母不听，仍要尊敬而不违抗，并做到操心忧劳而没有怨恨。

孔子说："三年无改于父之道，可谓孝矣。"

孔子说："父母之年，不可不知也，一则以喜，一则以惧。"说的是，儿女们对于父母的年龄不能不知道，一方面要为他们的高龄感到高兴，一方面要为其衰老而感到害怕。

孔子说："夫孝者，善继人之志，善述人之事者也。""敬其所遵，爱其所亲，事死如事生，事亡如事存。"孔子认为，这是孝的最高境界。

宰我对孔子说，父母死后居丧三年，时间太长了，居丧一年就可以了。孔子说："子生三年，然后免于父母之怀。夫三年之丧，天下之通丧也。"说的是，儿女生下后，三年后才能离开父母的怀抱。那三年的丧期，是天下通行的呀。

…………

在孔子的诸多论述中，孝道是一个永恒的主题。今天看，体现在祭祀祖先、丧葬方面的好些论述，因时代发展变化了好几千年，显然不能完全照搬。但他提出的诸多问题，尤其是"色难"，具有很强的针对性，就像是近三千年前的孔老夫子，专门对今天的我们所讲的一样。

我是这么理解的。

品孔子

现如今，管父母吃饱包括吃好不是问题，文化生活包括满世界旅游，也不是问题。问题是，永远保持对父母发自内心的恭敬态度难以做到。比如，父母唠叨，儿女不改内心恭敬的态度；自己心情不好，不改内心对父母的恭敬态度；自己做生意赔了，升官被卡了，恋人分手了，家里被盗了，孩子生病了，等等倒霉不顺的情况下，始终如一，就是不改对父母内心恭敬的态度。这其实很难很难！好些倒霉的情况下，仍对父母和颜悦色，甚至要强迫自己忍住，强迫自己见到父母的时候，把说话的态度端正好，把笑容挤到脸上来……这当是尽孝的最高境界！

"父母在，不远游，游必有方。"现如今，守在父母身边的子女越来越少，广大农村的"空巢"现象，就很说明这一点。外出打工、求学、找事做，甚至漂洋过海，成了社会"现代"的标志。以致一首《常回家看看》的歌曲，几乎打动了所有人的心。在这种情况下，惦记着父母，就是一门终身不懈的必修课，惦记着父母的安康，惦记着父母的温饱，惦记着父母的喜怒哀乐……这当是尽孝的心灵修为！

古人说"没有不是的父母"。今人说子女"远的香，近的臭"。谁一天到晚守着父母，谁就不是好人。父母老了，眼前的事记不住，过去的事忘不了。有些陈谷子烂糠一经翻出来，便会招来麻烦。且人老了显固执，错了的事，年轻时能放下，老了反而抱住不放了。日复一日、年复一年守在父母的唠叨声中，不烦肯定做不到。但孔老夫子的孝道要求我们，必须和颜悦色地对待父母，对于父母错了仍不肯放下的事情，就心平气和地给他们讲道理，今天讲不通，明天接着讲，明天讲不通，后天接着讲。也许再怎么讲也未必讲得通，但要怀着一颗孝心，坚持和颜悦色地讲下去……这当是尽孝的岁月常态！

（二）关于大学之道

孔子说："大学之道，在明明德，在亲民，在止于至善。"

解释一下，"大学"是相对于小学而言的，是最高学府，也可称作"大人之学"。"道"，古时有指宇宙万物本原、本体的，有指原则、规律的，有指世界观、政治观和方法、办法的，这里可理解为教育方针。孔子认为，人生来具有"明德"的天性，后天受物质利益诱惑，或受个人褊狭气质的约束，致使"明德"受蒙蔽，因此要经过学习，使"明德"保持纯洁。第一个"明"是动词，学习、教育、修养的意思。"亲民"，朱熹认为应是"新民"，即引导人们革除染上的恶习，彰明天然固有之善。"止于至善"，即达到最完善的境界。《大学》在专门列章对"明明德""亲民""止于至善"进行释义后，又分别对"格物、致知、诚意、正心、修身、齐家、治国、平天下"八个步骤，及相互之间的关系，进行了诠释。因为"大学之道"是"帝王之道"，八个步骤又分"内圣"范围的"修己"功夫，还分"外王"范围的"安人"事业。八个步骤中，"修身"是根本，前四个步骤是"修身"的途径，后三个步骤是"修身"的目的。回到"大学之道"来看，"明明德"属于"内圣"范围的"修己"之道，"亲民"属于"外王"范围的"安民"事业。目的在于，通过"明明德""亲民"的成功，达到"内圣""外王"的高度统一——"止于至善"，即天下太平，人民安居乐业，社会和谐美满。

　　应当说，"大学之道"及八个修身步骤，深刻地揭示了一个人、一个家庭与国家的关系：**格物而后知至，知至而后意诚，意诚而后心正，心正而后身修，身修而后家齐，家齐而后国治，国治而后天下平。**我们今天提倡的爱国主义教育，提倡应树立的家国情怀，孔老夫子早就给讲清楚了，且指明了修养、前进的大方向！

　　但对于朱熹的"新民"之说，我有不同的理解。

　　朱熹的"新民"之说，有理论来源。汤之《盘铭》曰："苟日新，日日新，又日新。"说的是，商汤在沐浴用的铜盘上刻的铭辞，说如果一天能洗涤自身的污垢，尔后焕然一新，那么就应该天天这样

品孔子

清洗，天天有新的面貌。并持之以恒，一天接一天的清洗，以保持永远的新面貌。朱熹因此把这一铭文与《康诰》的"作新民"联系起来，要求执政者特别是天子、君王，必须以"德治"作指导，在不断修养、完善自己"明德"的同时，还要推己及人，教化并引导民众人人都求得自新。即抛弃陋习，行为举止、精神境界焕然一新。从这样的角度诠释"新民"，完全行得通，也不违"大学之道"的本意。

但"新民"之说，有两个问题值得商榷。

一个是，孔子所处的春秋后期，多战而无义战，战火烤炙下的广大民众，奔波流离，居无定所，食不果腹。在这种情况下，告诫统治者爱护民众，让民众安居乐业——亲民，不是更现实吗？再说，仓廪实才知礼节呀！吃不饱，穿不暖，还要终日流浪以躲避战火的炙烤，你去教化大家抛弃陋习，成为举止文明，后天下之乐而乐的人，你的这种教化，不是隔山打牛、不切实际吗？民众不会理你这一套的！再说，孔子是整理编纂《尚书》的人，《盘铭》《康诰》都是后人从《尚书》里读到的，孔子会不知道"日日新""做新民"吗？他在"大学之道"中为什么不直接用"新民"呢？

另一个是，《大学》是曾子编纂的。曾子是孔子最得意的弟子，跟随孔子游学时间也最长。他在诠释孔子的"大学"时，如果孔子的原意是"新民"，他会不理解、想不起来吗？何至于要等到时光流逝近两千年的宋代朱熹，来对孔老夫子的"大学之道"作"纠偏"呢？

正是这样一些不解，我以为孔子的本意还是"亲民"。

（三）关于中庸之道

孔子认为，中庸之道是最高最好的道德标准，是为人处世的最好原则。他甚至认为，天下和国家是可以平定治理的，爵位和俸禄是可以推辞不受的，明晃晃的锋利刀刃可以踩踏而过的，但要求符合中庸之道的标准，则是很难做到的（"**天下国家可均也，爵禄可辞也，**

白刃可蹈也，中庸不可能也"）。

《中庸》认认真真地反复读下来，使我感到，中庸之道是孔老夫子对儒学做出的最伟大的贡献！它并非"和稀泥"之道、"和事佬"之道、"明哲保身"之道，而是人生修养达到最高境界且臻乎天道、人道的宝典！

中庸中的"中"，即是适度、正确、适宜的意思，代表处理事务的正确性；"庸"，即是平常、普遍的意思，代表其适用于一切事物的普遍性。坚持"中"，就要戒"过"而避"不及"，但不是在"过"和"不及"之间对半折中，也不是在"是"与"非"之间取其中性。我们不能忘了，中庸之道是以"仁"为指导，以"诚"为基点，以"中庸"为方法的人生哲学，它旗帜鲜明地提出了"中正""中和""时中""执中权达"等理论命题。所谓"中正"，就是在调节同一事物内在的两极关系时，既要取其"中"，还要取其"正"，而绝非折中主义；"中和"，就是在协调不同事物的关系上，要体现"因中致和"与"和而不同"的"中和"思想，而绝非调和主义；所谓"时中"，就是在历史发展观上，要体现因时制宜、实事求是、与时俱进的"时中"思想，避免保守主义和赶时髦两种倾向；所谓"执中权达"，就是在对待事物的"常"与"变"的关系上，既反对只讲原则性而不讲灵活性的刻板教条，又反对只讲灵活性而不讲原则性的见风使舵。此外，在人的品德修养上，要坚持"中行"原则，戒"过"避"不及"，以达到"从心所欲，不逾矩"的至德境界。

圣贤孔子就说，君子应做到中庸之道的四项内容，"丘未能一焉"。

《中庸》一展开，即是中庸之道其大无外，其小无内，时时处处，无所不在。其浅显的地方，庶民百姓也可以知道中庸之道的内容，也可以做一些符合中庸之道的事情。因为在人们的生活经验中，就无不体现中庸之道的具体运用。而其高深精妙的道理，即便是大智

品孔子

大慧的圣人，也不可能完全领悟。这种广大而精微、隐蔽而精妙的"大道"，就像人们所认为的"鬼神"一样，看不见，又觉得它存在。孔子的解释是，"鬼神"是阴阳之道的形象化，"神"代表阳气，"鬼"代表阴气，阴阳之气是无形的，无时不在的变化是无形的，宇宙万物的发生、发展、衰亡，就在阴阳之气的变化之中，其巨大无比的能量，就是阴阳这个"鬼神"。中庸就是贯穿于这巨大能量中的客观规律，而"诚"则是这巨大能量得以体现的本质。"诚"同样具有不闻不见、隐而不露的特征，但又无处不在、无时不在。而达到最高真诚境界的人，犹如神明一般灵验，国家将兴的祯祥，国家将亡的妖孽，都能提前预知。能量巨大却隐而不见的客观规律——中庸之道，必然与统治者的"仁政""善政""德治"结合起来，与人的"修齐治平"结合起来，从而构成一幅博大、精深、寻常、隐蔽的中庸之道巨画！

三、 孔子授徒游学，是传播儒学及"有教无类"的生动体现

孔老夫子是伟大的理想主义者，他崇尚西周王朝，信奉儒家礼制，不是仅仅停留在信仰的精神层面，而是用毕生精力付诸实践，付诸传授，付诸呐喊。眼见得天下"礼崩乐坏""弑君犯上""檑木滚石"的大戏，伴着生灵涂炭不断上演，孔老夫子心急如焚。他信奉西周礼制的理想付诸实践的第一大举措，就是谋求做官，企望利用官员手中的权力，治国理政，调整世道发展的方向，使之回归西周礼制的发展轨道。为此，孔老夫子先后辗转齐国、卫国，最后在鲁国谋了个司寇。在司寇的位置上三年，他特立独行，口必言圣贤，行必循礼制，同朝为官的同僚不适应，老百姓也适应不了，惹得民众用歌谣骂他："麑裘而韠，投之无戾；韠而麑裘，投之无邮。"意思是说，那个

穿着鹿皮又穿蔽膝的司寇，抛弃他没关系；那个穿着蔽膝又穿着鹿皮裘的司寇，抛弃他没罪尤。

在做官的路上被抛弃出局以后，孔老夫子没有放弃恢复西周礼制的伟大理想，他把这个理想付诸实践的第二大举措，就是设坛讲学，广收弟子，传授西周礼制，阐发儒学精义。这之后的孔老夫子，毕生走在传授、呐喊、劝谏的路上，谒见过八十多个诸侯国的君主，收了三千多个研习儒学的弟子，培养出了七十二个精通儒学的贤士。

在弟子面前，孔老夫子永不更改的是儒家礼制的言传身教。他的弟子凡是从远方来的，孔子就扛着手杖问候他说：你的祖父没灾没病吧？然后持杖拱手行礼，问候说：你的父母没灾没病吧？然后挂着手杖问候说：你的哥哥弟弟没灾没病吧？最后拖着手杖转过身去，问候说：你的妻子、孩子没灾没病吧？孔老夫子用扛着手杖、持杖拱手、挂着手杖、拖着手杖转身四种持杖问候方式，把儒家礼制的贵贱等级、亲疏关系演示出来。

在影响社会风尚的细微方面，孔老夫子对弟子的教育也独具特色。当时鲁国的法律规定，从别的诸侯国赎回做奴仆的鲁国人，可以去国库支取金钱。子贡从别的诸侯国赎回了当奴仆的鲁国人，却不去支取金钱。对此，孔老夫子对他进行了严厉批评，认为子贡这样做，没给社会起好的影响作用，大家都不支取金钱，鲁国在别的诸侯国做奴仆的人，就没人去赎了。子路救了一个溺水的人，那人牵了一头牛来酬谢他，子路收下了。对此，孔老夫子表扬了子路，认为这样做，鲁国人见到有人溺水，就会奋不顾身去救……

设坛讲学，面对黑压压一片弟子求知的目光，孔子肯定有成就感，但也很枯燥。听弟子说，东边沿海有个地方，百姓非常淳朴，非常有学识。听到这个消息，孔子动心了。分析看，满腹经纶的圣人孔子之所以动心，可能是出于求知的愿望，也可能是出于比较的心态：真的吗？还有比设坛讲学之地更有学识的地方吗？于是他带着弟子朝

东方走去，实地感受那里的百姓究竟多有学识。

东方的风景很美，孔子又是那种追求**"莫春者，春服既成，冠者五六人，童子六七人，浴乎沂，风乎舞雩，咏而归"**的人，一路且吟且诵，心情极其畅快。

大路朝东，风景如画，一群孩子在路上玩耍，见孔子一行的车马驶来，一哄而散闪开，唯有一个男孩站在路当中不动。

这个男孩叫项橐，七岁。给孔子赶车的子路大声呵斥："你这娃，老夫子路过，你怎敢挡路？"项橐一听，叉开双腿，双手叉腰，还是不动。孔子于是在马车上探出头来问："你挡在路中不走何故？"项橐说："这里有个城池，你的车马怎么过啊？"孔子说："这明明是一条路，哪有城池？"项橐往叉开的双腿下一指说："这就是城池。"孔子乐了，下车与项橐交谈，说你的双腿之间用小石子搭建的这个城池作何用？项橐说："挡你的车马，还要防军队进犯。"孔子认为这孩子顽劣，耐着性子问，那我该怎么办？项橐说，车马面对城池，必须绕城而过。孔子不跟他计较，让马车从他旁边走过。

大圣人受个七岁的小孩刁难，多少有点儿不痛快。再往前走，谁也不说话，空气很沉闷。见一老农在路边锄地，孔子下车没话找话。他问老农："你知道你每天锄地，锄头要举起多少次吗？"这是个无聊的问题，老农一时语塞。恰在这时，项橐走来，他问孔子，你一路乘马车走来，知道每天马蹄要抬起来多少次吗？把孔子问傻了。

直到这时，孔子才对这个七岁的项橐有点看重。他仔细打量项橐，说，现在你我各出一道题，互为应对，谁赢了谁当老师。项橐也不客气，小手一扬，叫孔子先出题。孔子出的题目是：天地人为三宝，可知天上有多少颗星辰，地上有多少五谷。这是个无解之题，直到科学发展到两千多年后的今天，也没有人能算出天上有多少颗星星，地上有多少粒五谷。孔子的难题一出，项橐接着作答。项橐的答案是：天高不可丈量，地广不可尺度，一天一夜星辰，一年一茬五谷。二千多年前的庄稼，一年就种一茬。小项橐的回答滴水不漏，天衣无缝，令孔子十分震惊。

小项橐先赢了一局。

接下来该项橐给孔子出题目了。他出的题目是：人有多少根眉毛。

孔子想了想，这可真不好回答，甭说没数过一个人究竟有多少根眉毛，就是数过，人与人不一样，眉毛也不会一般多，较起真儿来，项橐要当众数他孔大圣人的眉毛，就难堪了。于是，他服输拜项橐为师。

一听说孔子拜自己为师，项橐扑通跳到路边的水塘里，说拜师必先沐浴。孔子无奈，只好下到水塘，一老一少在水塘又有一段十分精彩的对话。

孔子："我没学过游泳，到水深处会沉下去的。"项橐："鸭子没学过游泳，它浮在水上不会沉呀。"孔子："鸭子有离水之毛，所以不会沉。"项橐："葫芦无离水之毛，不是浮而不沉吗？"孔子："葫芦是圆的，里面是空的，所以不沉。"项橐："大铜钟是圆的，里面也是空的，怎么沉呢？"

孔子无语了，上岸，恭恭敬敬拜七岁的项橐为师，而后打道回曲阜。

再回到曲阜的讲坛，孔子就不是只弹**"三人行，必有我师"**的老调了，而是上升一个层次，讲**"弟子不必不如师，师不必贤于弟子"**了，包括**"乡愿，德之贼也"****"道听而途说，德之弃也"**等儒学观点，以及**"君子谋道不谋食"****"君子忧道不忧贫"**等为学、为官、为人的系统儒学理论，在他的讲坛闪闪发光而令人倍感新鲜。

当然，不能只在讲坛吐唾沫星子，还得游说，还得走。

走到卫国，卫灵公夫人南子的美貌，令孔子怦然心动。于是，他悄悄见了南子。见南子，不会似电影《孔子》描绘的那般，孔子一

品孔子

本正经，肃穆端庄，看都不看南子一眼，一张嘴就是嘱咐南子劝卫灵公明明德，亲民，止于至善。南子也不会像电影里的南子那样，一见孔子就倾倒，就想扑到孔子的怀里。那会儿的孔子，没有经过两千多年来各朝封建君王的顶礼膜拜，也没有"先圣""儒祖"等头衔的加封，不过是百家争鸣中儒学一家的带头人，一个到处游说、到处碰壁的穷知识分子。美貌的卫夫人南子，能见他就算给面子了，何至于一见面就犯骚呢！

与历史上许多美貌的女人一样，南子名声不好。这名声不好，也得两说。历史上，美丽与名声是相背离的，要么美若天仙名声不好，要么名声很好长得较丑，长得好与名声好不可兼得。南子长得美丽动人，她就不可能有好的名声。孔子为什么要见这么一个女人，说法不一。维护孔子说，是孔子想通过南子给卫灵公讲治国的道理。反对孔子说发问：想给卫灵公讲治国的道理，不一定找名声不好的南子，能找的人多的是，渠道也多的是。对此，孔子的弟子子路非常生气。对于子路的生气，孔子是有些怵的。子路"性鄙，好勇戾，冠雄鸡"。他头戴鸡冠帽，腰佩剑，对孔子很忠诚。他不仅是孔子的学生，而且是孔子的车夫兼保镖。一开始孔子游说，不少地方不接待他，而且毫不客气地骂他。自从子路跟了孔子后，没人敢当面骂了。孔子曾说，当我有一天走投无路了，大概只有一个人对我不离不弃，那就是子路。

子路对孔子的忠诚，源于他对儒学的笃信。在子路看来，南子名声不好，正人君子就不该见，见就不符合儒家教义。于是子路气冲冲地对孔子说：你怎么能见这么一个女人啊！

这时的孔子又挺逗，他觉得怎么狡辩也没有说服力，也难以叫子路相信，于是他拿出叫子路不得不信的一招：对天发誓。他说："我是为了给国君讲治国的道理，才去接近南子的，如果我说了半点假话，天打五雷轰！天打五雷轰！"

是不是假话无法考证，也无须考证，即便孔子说的是假话，五雷也不会轰他。

路在脚下，学识在路上，还得走。走到郑国，弟子走散了，孔子独自一人在城外的东门转悠，急得弟子们到处寻找。有人对子贡说："东门有个老头，额头像尧，脖子像皋陶，肩膀像子产，腰比禹要短三寸，狼狈得像一只丧家之犬。"找到孔子后，子贡如实告诉孔子。孔子一听大笑，自嘲道："说我像一只丧家之犬，你们瞧瞧，是像啊！是像啊！"

笑完还得走。走到庶民百姓中接地气，用寻常百姓才有的道法勇气、见识学问来加深自己的修养，完善伟大的人格，是孔子不懈的追求。

路边休息时，孔子的马吃了庄稼，被种田人牵走了。子贡找种田人交涉，好话说尽了，人家就是不给。另一个刚来的弟子，自告奋勇，找种田人交涉，几句话一说，人家高高兴兴把马牵来了。孔子的弟子围上去，问怎么交涉的，他说，我对那个种田人说：您耕种的土地从东海一直到西海，我们的马怎么能不吃您的庄稼呢？那人一听很高兴，便把马给了我。

马要回来了，还得骑上走。这一回走的不是风景如画的东方，而是陈国、蔡国的方向，那里不仅土地贫瘠，而且战乱频仍。持刀舞戈的人，不信孔子那套离流血生死很远的高谈阔论，饥肠辘辘的百姓，全部精力都用在躲避战乱和挖野菜充饥上，顾不上看孔子一眼。孔子带着他的弟子三餐野菜果腹，已七天没见过米面了。

七天没有粮食进肚，饿得大家东倒西歪，孔子却在屋里弹瑟唱歌。子路和子贡听了心烦，说："先生在鲁国被逐，在卫国隐居，在宋国树下习礼时，被人把树伐倒，眼下在陈、蔡又挨饿。在这种情况下，先生的歌声从未中止过，难道他就没有羞耻感吗？"颜回听到后，进屋把这些话告诉了孔子。孔子正在弹瑟，推开瑟，叫子贡和子路进来。

品孔子

子贡说："像现在这种情况，可以说是困窘了吧！"

孔子火了，说："这是什么话！君子在道义上的通达叫作通达，在道义上的困窘叫作困窘。我固守仁义的原则，遭受混乱世道的祸患，这不是困窘！反省自己，在道义上不感到内疚；面临灾难，不丧失自己的品德；严寒到来，知道松柏的旺盛。这是固守仁义的原则！"说罢，孔子威严地弹瑟，子贡威武地拿着盾牌跳起舞来，孔子和弟子们饿着肚子且歌且舞，其乐融融。

一天，颜回变戏法似的弄来了一些大米，赶忙搭锅煮饭。估摸着饭快煮熟的时候，孔子看到颜回掀起锅盖，抓了把白饭往嘴里塞。孔子赶紧转过脸去，当作没看到。饭好了，颜回请孔子进食，这时的孔子又挺逗，他假装若有所思地说："我刚才打了个盹儿，梦到祖先来找我，我想把干净的、还没人吃过的饭，先来祭祀祖先。"颜回厚道，听孔子这么一说，急了，说这锅饭我已经吃了一口，不能用来祭祀祖先了。孔子看着颜回，不说话。颜回知道孔子在问他为什么偷吃，就如实交代，说，刚煮饭时，不小心掉了一块灰尘在锅里，觉得挖出来丢掉太可惜，就抓起来吃了。孔子这才感到愧疚，并对弟子们说，一个人不要过于相信自己的判断，要谨言慎行，不断修炼。

孔子这一路走来，吃了不少苦，遭了不少罪。在宋国，"与弟子习礼大树下，宋司马桓魋杀孔子，拔其树"；在卫国，孔子恐遭祸害，躲藏起来，"削迹于卫"；去陈国，途经匡地，匡人误将孔子当阳虎抓起来，囚禁了五天；陈、蔡两国大夫还出兵，把孔子围在陈、蔡交界的野地……

但，孔子的脚步没有停下来，他理想信念坚如磐石，继续迈开双腿，走成了中华民族历史上最伟大的儒学圣贤。

孔子是圣贤。圣人与凡人之间有一道深深的鸿沟，不可跨越，也不可连接。一个"圣"字，尘封起来的历史印记是，一张嘴，就是圣言，一举手一投足，就是圣行，说句梦话，就是圣哕，甚至放个屁，都是圣味。似乎不如此完美，就不成其为圣人。可孔子不，他这个圣人挺逗，说的做的好些事，与街坊邻居、乡里父老无异，甚至比普通百姓还百姓。比如，他到处游说，高兴了，也去看当地人唱歌，"子与人歌而善，必使反之，而后和之"。听人家唱得好，他也跟着唱。不高兴了，他的做法更逗："予欲无言"，不说话了。子贡劝他，你不开口，我们还怎么跟您学？孔子说出来的话还挺噎人，他说："天何言哉？四时行焉，百物生焉，天何言哉？"又比如，我们的老师长辈教育我们要以德报怨，培养宽容的美德。孔子却说："以直报怨，以德报德。"他教我们有怨以直报，有德以德报。还比如，我们认为一个人好不好，坏不坏，要看绝大多数人的评价，也就是老百姓的口碑。孔子则认为，一乡之人都说好的人，不一定好；一乡之人都厌恶的人，不一定坏。有人说，孔子这人很了不起，只是可惜他很有学问，而不能以专长成名。孔子听后对弟子说："我该做什么呢？是赶车好呢，还是做射手好呢？我还是去赶车吧。"还有人对孔子说，我们这里有个走正道的人，他父亲偷了别人家的羊，他就到官府告发了他父亲。孔子则说："这怎么行呢，应当'父为子隐，子为父隐'。"孔子的这些说法做法，就像发生在我们身边，与乡邻父老闲聊、侃大山似的。

　　《论语》就是这样闲聊、侃大山聊侃出来的，《大学》《中庸》就是跟随他游学的弟子，根据孔子聊侃的内容诠释出来的。就这样，孔老夫子的游学聊侃，变成了百姓的口碑，变成了历史的丰碑！

2020年9月10日于石家庄

品孔子

品 孙 子

——用兵法完善的华夏智慧

　　孔子记载了春秋二百四十二年几百起战争。孔子之前的战争也很多，多得不可数计。虽然那时的战争，真正开打最长也不过一两天，但一仗又一仗打下来，形成了一些战争礼仪，即"军礼"。虽有军事家阐述了一些重要理论，但总体看，没有形成集政治、经济、外交、军事于一体的战争理论体系。只是在公元前500年左右，孙子站出来，向中华民族奉献了不朽的《孙子兵法》。

　　春秋时期是中华民族思想智慧、华夏文明形成的重要历史阶段，如果在这一人类最先进的思想宝库中，没有与之相配套的战争理论、军事论述，那是残缺的，不完整的。《孙子兵法》奉天地所需而光彩耀世，完善了华夏历朝历代图强兴邦、振兴安民、不断崛起的思想理论体系。

　　孙子，齐国人。史籍对他的记述极少，后人只能从司马迁的《史记·孙子吴起列传》中，寻找他在春秋史上的痕迹。

　　司马迁说："孙子武者，齐人也。以兵法见于吴王阖庐。阖庐曰：'子之十三篇，吾尽观之矣，可以小试勒兵乎？'对曰：'可。'阖庐曰：'可试妇人乎？'曰：'可。'于是许之，出宫中美女，得百八十人。"

接下来讲的便是孙子训练吴王宫女的故事了。

孙子把这百八十名宫女分成两队，以吴王最宠爱的两个宠姬各为队长，命令她们持戟列队，并大声问道："汝知而心与左右手背乎？"宫女都回答说："知之。"孙子接着说："前，则视心；左，视左手；右，视右手；后，即视背。你们都清楚了吗？"宫女都答："诺。"这之后，孙子设钺，并反复重申纪律，告令宫女，凡敢违令者斩！申令纪律后，即击鼓操练。孙子下令向左攻击，可宫女们站着不动，反而觉得孙子下这样的号令可笑，整个操场笑声一片。

孙子说："约束不明，申令不熟，将之罪也。"于是，重复申令纪律，更加严厉地强调，不听指挥，违反军令者，斩！申令完后继续操练。

可是孙子下达向左进攻的号令后，宫女们不但不听，而是又大笑起来，整个操场都笑爆了。孙子说："约束不明，申令不熟，将之罪也，既已明而不如法者，吏士之罪也。"于是执行军令，将左右两队的队长拉出来斩首！

在观摩台上的吴王阖闾，看到他所宠爱的宫女要被斩首，吓了一大跳，急忙派人对孙子说："寡人已知将军能用兵矣。寡人非此二姬，食不甘味，愿勿斩也。"

孙子则回答说："臣既已受命为将，将在军，君命有所不受！"

还是坚持把两个队长斩了。接着操练，将副队长指定为队长，击鼓开始。再看这帮百般娇柔、百般妖媚的宫女，没有人再笑了，都挺胸昂首，号令向前即前，号令向右即右，步伐一致，一招一式中规中矩，横平竖直像绳墨拉出的线一样。操练完毕后，孙子向吴王报告："兵既整齐，王可试下观之，唯王所欲用之，虽赴水火犹可也。"

吴王阖闾因孙子斩他两个宠姬还在生气，不愿下到台下去视察检阅了，而是说："将军罢休就舍，寡人不愿下观。"

孙子则不客气，说："王徒好其言，不能用其实。"

品孙子

司马迁的记述，明确透露出这样几个信息：孙子是齐国人，赴吴之前，就研究兵法，拿出研究成果十三篇，送给吴王阖闾看了；吴王看后很感兴趣，便令孙子实际操练；在操练中，孙子斩吴王两个宠姬以严明军纪，吴王虽不高兴，但对孙子的军事理论和指挥战法还是信的，继而任命他为将军，与楚国、齐国、晋国都打过仗，使得吴国"显名诸侯"。

在我国古代军事思想史上，《孙子兵法》是一部重要的军事理论专著，其中的诸多军事理论，至今被战略家、军事家奉为经典！

下面，我们挑出几个来品赏。

"兵者，国之大事。"

《孙子兵法》写道："**兵者，国之大事，死生之地，存亡之道，不可不察也。**"孙子说，军事，包括军事理论和军队建设，是国家的大事，它关乎百姓生死、国家存亡，不能不深入研究考察。孙子的这段论述，犹如说"没有一支人民的军队，便没有人民的一切"。孙子生活在春秋晚期，他目睹了一个个诸侯国的灭亡，特别是人民群众在战火烤炙下的生死存亡和水深火热，因而得出一个著名论断："兵者，国之大事！"这是个统揽全局的大论断，是把战争与政治与经济与民生等纳入视野的大局观。因而在他的兵法中，提出一个重要课题——庙算。

所谓"庙算"，即国家高层的军事战略筹划，筹划的内容是五件大事：一是"道"，即百姓是否与国君同心同德，共赴生死；二是"天"，即昼夜、阴晴、寒暑、四时等气候情况；三是"地"，即战场位置远近，地形地貌等情况；四时"将"，即将领的能力素质等情况；五是"法"，即军队的组织架构，及管理、军费、军需等情况。五件大事的分析，要弄清"**主孰有道，将孰有能，天地孰得，法令孰行，兵众孰强，士卒孰练，赏罚孰明**"等诸多问题。在作了这样全局的统筹、比较和分析后，才能决定这仗能打还是不能打。孙子觉得做了这五件大事的分析还不够，还必须搞好战前的物资准备工作，掌握好五大指标："一曰度"，度量国家的耕地面积；"二曰量"，算算国家的粮食收成；"三曰数"，看国家能养多少兵员；"四曰称"，衡量一下兵员战斗力水平；"五曰胜"，预测一下胜负情况。"庙算"定下来要打这一仗，战前的物资准备工作也做好了，那就开打吧。可孙子又强调：**"兵贵胜，不贵久"**，速战速决。因为打仗打的是国力。管仲算过："故一期之师，十年之蓄积殚；一战之费，累代之功尽 。"孙子也算过，他说：打一场规模并不很大的战争，"内外之费，宾客之用，胶漆之材，车甲之奉，日费千金"。我国古时的军事制度规定，一有战事，兵员临事征调，车马兵甲由国家置备，临出发时"授甲"，粮秣则从民间征调。更多的时候，是车马人员甚至兵器全从民间征用。故孙子说：**"国之贫于师者远输，远输则百姓贫；近于师者贵卖，贵卖则百姓财竭，财竭则急于丘役。力屈、财竭，中原内虚于家。百姓之费，十去其七；公家之费，破车罢马，甲胄矢弩，戟楯蔽橹，丘牛大车，十去其六。"**得出的结论是**"久则钝兵挫锐""屈力殚货""国用不足"**。由此我们可以得出结论：孙子的"兵法"观，是统揽全局的！

"不战而屈人之兵"。

这是迄今为止全世界最高境界的军事理论！

孙子说：**"百战百胜，非善之善者也；不战而屈人之兵，善之善者也。"**

"善之善者"，即高明中最高明者，其战略谋划是：**"全国为上，破国次之；全军为上，破军次之；全旅为上，破旅次之；全卒为上，破卒次之；全伍为上，破伍次之。"**这里讲的"为上"，即整体、全部投降。双方开战，攻城夺隘，把敌军杀得片甲不留、血流成

品孙子

河，这不是孙子所推崇的胜利。孙子所推崇的胜利，是不通过直接的军队厮杀手段，却能使敌人放下武器投降。这无疑是孙子所追求的最高军事境界，带有明显的理想色彩。但孙子并非抱着理想不放，他接着提出："上兵伐谋，其次伐交，其次伐兵，其下攻城。攻城之法，为不得已。"说的是，最高的军事策略是挫败敌人的谋略，其次是挫败敌人的外交，再其次是打败敌人的军队，最下等的是攻破敌人的城邑，采用攻城的方法，是迫不得已。按照孙子所列的攻伐层次，先是"伐谋"，"伐谋不成伐交"，这两手都不成功，就只好开打。如这两手成功了，敌人放下武器，谈判投降，那就达到了"不战而屈人"的"全胜"目的。至于具体的战法，则是"十则围之，五则攻之，倍则分之，敌则能战之，少则能逃之，不若则避之"。说的是，兵力十倍于敌就包围它，五倍于敌就进攻它，两倍于敌就分散它，与敌兵力相当就设奇兵打它，兵力少于敌军就逃避它。孙子从"全胜"的最高境界军事理论，层层递进讲下来，讲到了"打得赢就打，打不赢就跑"，一气呵成，讲了一个军事理论循环体系，读来令人钦佩！

"兵者，诡道也。"

孙子说："兵者，诡道也。故能而示之不能，用而示之不用，近而示之远，远而示之近。利而诱之，乱而取之，实而备之，强而避之，怒而挠之，卑而骄之，佚而劳之，亲而离之，攻其无备，出其不意。此兵家之胜，不可先传也。"又说："故善动敌者，形之，敌必从之；予之，敌必取之。以利动之，以卒待之。"

孙子所说的这"之"那"之"，都是阴谋诡计，都是欺诈设陷。与春秋时所通行的"军礼"是背道而驰的。

春秋史上的数百起战争中，祖先创作了与儒家礼制相吻合的"军礼"，即战争中应遵循的礼仪。宋襄公是遵循"军礼"的典型代表，宋、楚的泓水之战，在楚军渡河时他不让进攻，在楚军尚未摆好战斗队形时他不让进攻，也就是遵循"先礼后兵""不鼓不成列""不擒二毛""不重伤"等军事礼仪，结果是宋军大败，宋襄公负伤身亡。与这套军事礼仪相配套的军事理论，也带有鲜明的"春秋特色"。如"恶诈击而善偏战"的理论，说的是约定时间、地点作战，各居一方，鸣鼓而战，不相欺诈；如"耻伐丧而荣复仇"的理论，说的是把"侵人之丧而伐之"，视作"非仁义之道"的耻行，而以复仇之战视作光荣。以致董仲舒在解释"春秋多战而无义战"时，特地提出齐国九世祖齐哀公，因遭纪国祖先的谗言而被烹杀，齐襄公为报此仇，攻伐灭纪的战争，属于正义之战。由此可说，虽战争数百起之多，所形成的军事理论，仍在"礼战"范畴。

《孙子兵法》的问世，对"礼战"是一个大的突破！

孙子提出的"诡道"，即欺骗、假象等战之阴谋。这就从根本上否定了"本于仁义"的"礼战"。循着这个"诡道"看出去，对《孙子兵法》突破春秋时的军事理论，就看得更清楚了。从战争的目的看，孙子提出的"伐大国"，战胜强敌，是对春秋时坚持的"诛讨不义""会天子正刑"的否定；从作战的方式看，孙子提出的"兵之情主速，乘人之不及，由不虞之道，攻其所不戒也"，是对春秋时崇尚"军旅以舒为主"，"虽交兵致刃，徒不趋，车不驰"的否定；从战场纪律看，孙子提出的"困粮于敌""掠乡分众"，是对《周礼》《司马法》主张的入罪人之国，"无取六畜禾黍器械"的否定；从战争的善后看，孙子提出的"拔其城，隳其国"，是对春秋提倡的"又能舍服""还复厥职"的否定，等等。

但必须看到，《孙子兵法》对春秋"礼战"的否定，适应了时代发展，契合了战争的发展规律。

与"兵以诈立"相配套的另一个问题，即间谍。

孙子强调"知己知彼，百战不殆"。培养使用间谍，是"知彼"

品孙子

的一个重要方面。孙子说："**明君贤将，所以动而胜人，成功出于众者，先知也。先知者，不可取于鬼神，不可象于事，不可验于度，必取于人，知敌之情者也。**"说的是，贤明的君主和将领，之所以一发兵就能战胜敌人，就在于他们事先已探明敌情。而要探明敌情，就不可用求神占卜的迷信手段来获取，也不可用类比于其他事物的方法来获取，还不可用推验日月星辰运行位置的方法来获取。而一定要取之于人，取之于了解敌情的人。求神拜佛占卜，推算日月星辰的位置来演算吉凶灾祥，几乎是春秋各国君主普遍采取的方法，似作战这种大事，更是要举行大型祭祀来占卜吉凶。孙子明确否决这种做法，而是提倡用了解敌情的人，即间谍，来获取敌方的情报。

如何培养使用间谍？孙子讲了五种类型："因间"，即利用敌国的乡野之人充当间谍；"内间"，即利用敌国的官吏充当间谍；"反间"，即收买敌国的间谍为我所用；"死间"，即向外传递假情报，故意传给敌方间谍，诱使敌人上当，一旦事败，我方间谍难免一死；"生间"，即能够安全返回国内报告敌情的间谍。并强调，"**三军之事，莫亲于间，赏莫厚于间，事莫密于间**"。也就是，君王凡谋划拍板重大军事行动，要与间谍的关系最亲近，给予间谍的待遇最丰厚，所赋予的任务最机密。孙子认为，培养使用间谍，不仅是军事斗争取胜的关键要素，而且是国家节约经费最有效的方法。他打了个比方，出动军队十万人，出征千里之外，国家和民众日费千金；一路上疲于运行军需物资，无法从事正常农耕的民众达七十万家。如敌我双方对峙数年，耗费的国力就不可计数。君王如吝惜爵位金钱，不愿在间谍身上下本钱，最终因不了解敌情而打了败仗，国力就会耗空，这样的国君、将领，就是不仁！

此外，孙子还特别重视军队将领的素质、能力和品质，把"智、信、仁、勇、严"视作将领的必备素养。他说，最优秀的将领"进不求名，退不避罪，唯人是保，而利合于主，国之宝也"。孙子主张文武兼施的治兵原则，主张"爱兵"而不可"惯兵"。他说："视卒如婴儿，故可以与之赴深溪；视卒如爱子，与可与之俱死。厚而不能使，爱而不能令，乱而不能治，譬若骄子，不可用也。"孙子的这些论述，至今闪闪发光，且还将永远闪闪发光！

孙子的军事理论如此博大精深，他打过仗吗？在战场上运用过吗？

司马迁回答得很肯定，吴王阖闾站到春秋霸主舞台时，孙子就披着吴国将军的战袍，率军与楚、齐、晋打过仗，且打的是胜仗。

按照司马迁提供的线索，我们到《左传》中再去查证。不错！公元前506年，吴、楚柏举之战，是吴国战胜楚国的崛起之战，楚军被吴军打得一败再败，楚国的国都沦陷，楚昭王仓皇出逃。《左传》记述了这场战争，包括记述了伍子胥掘楚平王墓鞭尸等，但没有提及孙子。但从其他史籍中，记载了孙子为将指挥吴军作战的情况。

吴军抵达淮汭后，孙子下令舍舟登陆，由向西转为向南，火速向楚国发起进攻。孙子的这一部署，一是放弃了吴军擅长水战优势，二是改由陆路进攻的路途更远。这无疑可视作"险招"。但正是这"险招"，体现了孙子高超的军事理论在作战中的实际运用。

《孙子兵法》的"虚实篇"提出："善战者，致人而不致于人。能使敌人自至者，利之也；能使敌人不得至者，害之也。故敌佚能劳之，饱能饥之，安能动之。出其所不趋，趋其所不意。"柏举之战的这一"险招"，目的就是要使楚军"出其所不趋，趋其所不意"，调动楚军"佚能劳之，饱能饥之，安能动之"，来回奔波，疲于奔命。

《孙子兵法》的"军争篇"提出："合军聚众，交和而舍，莫难于军争。军争之难者，以迂为直，以患为利。故迂其途，而诱之以利，后人发，先人至，知此先人之计也。"兵贵神速。孙子在柏举之战中，用"迂其途"，达到"后人发，先人至"的目的，迅速抢占获

品孙子

胜先机的变招，证明了由水路改由陆路长途奔袭作战，是获胜的重要原因。

结果是，吴军连战连捷，大获全胜。

从理论到实践，《孙子兵法》的科学性，得到完整证实！

春秋时期，是处于西周奴隶制度向战国封建制度的过渡阶段，诸侯间的战争，是为争霸和兼并而战，大都是野战，速战速决。好些迫在眉睫的战争，常在刀光剑影中以"求成"而结束，化干戈为玉帛。在这种时代背景下诞生的《孙子兵法》，当然脱离不了时代的印记，附着那个时代的理想色彩。但把《孙子兵法》放在两千多年后的今天来看，虽然信息战、电子战、核战、不对称战等诸多战法，已经彻底抛弃了冷兵器时代的战法要素，但《孙子兵法》的军事理论，尤其是军队对于国家重要性的论述，作战要权衡国力和民心的论述，作战外交的论述，不战而屈人之兵的"全胜"论述，以及间谍战的论述等，仍是鲜活的，管用的，具有强烈的现实指导意义。

《孙子兵法》同先秦时期儒家、墨家、道家、卦家、法家等倡导的治国理政理论一样，同属中华文明的瑰宝！

2020年9月18日于石家庄

品 墨 子
——庶民愿景的代言人

公元前468年，是《左传》的封笔之年，也是春秋从西周走来，走过东周，走到尽头的一年。放眼望去，天下还似春秋，但周天子撑不起头来了，各诸侯国也站不出霸主来了，只是南面的越国，摆出霸主的架势，逼迫鲁国与邾国画定了一下疆界……

在这个平平淡淡的年份里，鲁国（滕州）一户寻常人家，生下一个娃，长得很黑，取名墨翟，后被人尊称为墨子。

墨子出身低贱，他自称"上无君上之事，下无耕农之难"，当是个小工艺技能人才。史载，他能在不到一天的时间内，造出一辆载重三十石的车子；还发明创造了一种能够飞行的木鸟，一次在天上能连续飞三天。

墨子与孔子都生活在人文气息浓厚的鲁国，二人都"修先圣之术，通六艺之论"，学术理论同源，并称当时的"显学"。韩愈认为，墨子的兼爱、尚同、尚贤、明鬼等论述，都与孔子相通，"孔子必用墨子，墨子必用孔子，不相用，不足为孔墨"。但由于孔子出身世袭贵族，墨子出身庶民，"饥者不得食，寒者不得衣，劳者不得息"的三大社会问题，孔子缺乏体验，故而他的理论偏重于理想。墨子挨饿受冻，吃糠咽菜，终生劳作的庶民生活，使得他的理论偏重

品
墨
子

于实用。正是在理想与实用的选取上，孔子与墨子分道扬镳，针锋相对。

墨子理论的核心是"兼爱"，即"**视人之国，若视其国。视人之家，若视其家。视人之身，若视其身**"。他认为，天下之乱源于不相爱。盗贼不相爱，窃人以利己；大夫不相爱，乱他家以利自家；诸侯不相爱，攻伐他国谋取利益。反过来说，诸侯相爱，就能避免战争；君臣相爱，则惠忠；父子相爱，则慈孝；人与人相爱，则不会发生强执弱、众劫寡、富侮贫、贵傲贱、诈欺愚之类的社会问题。故此得出结论："兼相爱"就能"交相利"。用今天的话解释，就是"互惠互利""帮助别人，就是帮助自己"。

孔老夫子也讲"爱人"，他说："**大道之行也，天下为公，选贤与能，讲信修睦。故人不独亲其亲，不独子其子，使老有所终，壮有所用，幼有所长，鳏、寡、孤、独、废疾者皆有所养，男有分，女有归。货，恶其弃于地也，不必藏于己；力，恶其不出于身也，不必为己。是故谋闭而不兴，盗窃乱贼而不作，故外户而不闭，是谓大同。**"毫无疑问，这是儒家"大同"的理想世界。但现实的刀光剑影、檑木滚石、攻伐夺取将这一理想粉碎之后，孔老夫子不得不退而求其"小康"，他感慨："**今大道既隐，天下为家。各亲其亲，各子其子，货、力为己。大人世及以为礼，城郭沟池以为固。礼义以为纪，以正君臣，以笃父子，以睦兄弟，以和夫妇，以设制度，以立田里，以贤勇知，以功为己，故谋用是作，而兵由此起。**"

从纯粹的理想主义退回严酷的现实，孔老夫子仍充满理想期待，他追思禹、汤、文、武、成王、周公，企望用这些贤君的礼制，厘定天下秩序，匡正君臣、父子、兄弟、夫妻的等级关系。如此一来，孔老夫子的"爱人"就显出亲疏和等级差别了。墨子正是抓住这一点，对孔老夫子以礼为标准的"仁者爱人"进行攻击，认为这种厚此薄彼的"爱人"，正是天下之乱的根源所在，使得"饥者不得食，寒者不得衣，劳者不得息"的三大社会问题根本无法解决。

下面就墨家的基本理论，作一点儿品赏。

墨子认为："**儒以天为不明，以鬼为不神，天鬼不说，此足以丧天下。**"

儒家不信鬼神，认为阴是鬼，阳是神，宇宙间万事万物的无穷变化，是天地、阴阳运动的结果。儒家同时认为，至诚的人，能通晓天地变化，能预判阴阳鬼神。墨子是敬天信鬼神的，认定天子是被上天管理的。在《墨子》一书中，他讲了许多活灵活现的鬼神故事，批判儒家不信鬼神而学祭祀鬼神的祭礼，"犹无客而学客礼也，是犹无鱼而为鱼罟也"。但墨子的敬天信鬼神，是与他"兼相爱""交相利"的理论一致的。他认为，上天无差别地爱天下所有的人。他说："**以磨为日月星辰，以昭之道；制为四时春秋冬夏，以纪纲之；雷降雪霜雨露，以长遂五谷麻丝，使民得而财利之；列为山川溪谷，播赋百事，以临司民之善否。**""**天兼天下而爱之，撽遂万物以利之，若豪之末，非天之所为，而民得而利之。**"因此，作为统治者和天子，必须"上尊天，中事鬼神，下爱人"。

墨子说：儒家提倡"**厚葬久丧，重为棺椁，多为衣衾，送死若涉。三年哭泣，扶后起，杖后行，耳无闻，目无光，此足以丧天下**"。

墨子说，古代圣明的君王制定了丧葬法则，衣服三套，足以穿到肉体腐烂；棺木三寸，足以用到尸骨腐烂；墓穴的深度不达到地泉，不让腐烂的气味散发到地面就可以了；死人安葬后，活着的人就不要长久地服丧致哀追悼。而儒家提倡的居丧法则是：父母死了，要服丧三年；妻子和长子死了，要服丧三年；叔伯、兄弟、庶子等死了，要服丧一年；族人死了，要服丧五个月；还有姑、姐、舅等死了，也要

品墨子

服丧几个月。服丧期间，要哭泣不停止，泣不成声，穿着孝衣流泪。为父母服丧三年的，要住在茅草棚里，睡在草垫上，枕着土块，少吃饭饿着，穿单薄的衣服冻着，让自己的面颊塌陷，面色黑黄，耳眼不聪，手脚无力，服丧结束时，要人扶着才能站起来，拄着拐棍才能走路……此外还包括不能行房事，不能吃肉喝酒，不能听音乐，等等。

墨子批判说：天子如此服丧，天下要荒废；大夫如此服丧，朝政要荒废；农民、手工业者如此服丧，日子要荒废。所以，儒家提倡的这套丧葬礼仪，是丧国害民之礼仪，必须抛弃！

墨子没有就此打住，他还往下延伸，揭示了当时社会上的一个重大时弊！

儒家搞的这套繁杂的丧葬规矩，庶民百姓遵循不起，穷得今天不干活明天就没饭吃的人，因为父亲或母亲去世，按儒家规矩去苦熬三年，不早就饿死了吗！

那么，谁耗得起呢？

答案是：国君耗得起，士大夫耗得起。他们所耗的，全都是庶民百姓的纳贡，是庶民百姓从牙缝里挤出来的财富。

墨子说："富人有丧，乃大悦，喜曰：'此衣食之端也。'"

什么意思？

墨子揭示道："**夫夏乞麦禾，五谷既收，大丧是随，子姓皆从，得厌饮食，毕治数丧，足以至矣。因人之家以为翠，恃人之野以为尊。富人有丧，乃大说喜，曰：'此衣食之端也'。**"

用今天的话说即是：夏天向人求乞麦子，五谷都收获之后，就有富贵人家大办丧事，子孙都跟随其后，饮食得以满足，办几家丧礼之后，家用就足够了。借办丧事来养活自己，靠别人田里的粮食来酿酒。所以富人家有了丧事就很高兴，说"这是衣服食物的来源"。

一句话，借办丧事敛财！

这种深入骨髓的揭露，令人拍案叫绝！

历史上对"兼爱"理论持批评态度的人很多，尤其对墨家提倡的俭啬、薄葬的理念，更是火力全开，并因此与墨学分道扬镳。但史学巨匠司马迁没有随波逐流，他说："墨者亦尚尧舜道""要曰强本节用，则人给家足之道也。此墨子之所长，虽百家不能废也。"

墨子说：**"弦歌鼓舞，习为声乐，此足以丧天下。"**

儒家对礼乐极其重视，认为在所有教化民众的方法中，音乐的效果是最大的；认为音乐是动荡血脉、流通精神，而又能调和人心、端正人心最好的工具；认为德性是人性的根本，音乐是德性外观的光华。被孔子尊称为"甚德"的楚国大夫季札，出使他国时，就能从演奏的音乐中，听出该国是否政通人和、是否灾祸来临。墨子立足于实际，认为当务之急是利天下、利百姓，让百姓能吃饱饭，过上和谐的日子。至于大鼓钟鸣、琴瑟竽笙之好声，"废丈夫耕稼树艺之时"，"废妇人纺绩织纴之事"，于解决"饥者不得食，寒者不得衣，劳者不得息"的三患问题，毫无裨益。

墨子说：**"以命为有，贫富寿夭、治乱安危有极矣，不可损益也。为上者行之，必不听治矣，为下者行之，必不从事矣。此足以丧天下。"**

解释一下，墨子说的是，儒家认为人有天命，贫穷富贵长寿夭折、治安混乱安定危难，都是有定数的，不增加也不减少。在上位的人如果相信且这么做，就一定不会去处理政务；在下位的人如果相信这么做，就一定不会去从事生产，这就足以丧失天下。

墨子说的也是啊！如果真似儒家所说的那样，人的命天注定，再拼搏、再努力都没用，还去瞎折腾什么呢？墨子当然不赞同儒家这一理论，他穷苦人家出身，靠自己的天赋和努力，不仅成就了墨家理论，而且成就了自己一身的科学技能。他的《经说下》，关于光和影

品墨子

的研究，特别是小孔成像的"光沿直线传播"理论，不仅在先秦时期，乃至今天都是光学研究的前沿理论。墨子号卫星，全球运行保密质量最高水平的卫星，就是"光沿直线传播"理论的顶尖成果。墨子坚决否定"天命"，认为这是暴虐的君王以达到愚弄民众，巩固自己统治地位而编造出来的。他积极主张依靠自己的努力来达到国富民强的目的，靠自己的努力改变贫困的处境，创造美好的生活。

墨子不信天命，但他认定天子之上有个"天"，这个"天"代表民意，人权天赋，天子不为民造福，"天"就会代表民众惩罚他，换掉他。笔者认为，墨子的"明鬼"理论，是与天子之上有个"天"一脉相承的。只不过"明鬼"理论更贴近民众，也能更容易让民众接受。

因为在现实生活中，有些官吏无恶不作，老百姓拿他没辙，怎么办？叫鬼神去治吧！

不得不说，墨子的"兼爱"理论，愿景是美好的，善意的，但理想色彩也很浓。"人之初，性本善"；"人之初，性本恶"；"人之初，性不善不恶"的争论，早在春秋天下争论不休，始终没有得出令人信服的结论。人为财死，鸟为食亡的法则，决定了"兼爱"只能作为一种庶民的愿景，而不可能在现实社会中落地生根。

墨子从"兼爱"出发，"非攻"便顺理成章了。

"非攻"，即反对侵犯他国的战争。

和平，是天下之大幸，民众之大福，更是天下苍生世世代代的最大期盼！

墨子是说理高手，他说："假如有人偷盗，众人都指责他，政府还会用刑律来处罚他。为什么？因为小偷损人利己。再比如，有人杀人，构成死罪，杀人越多，罪行越重。对此，没有人怀疑，都认为这个杀人犯大逆不道，罪该处死。可是，一国发起对另一国的侵略，割掉他们的谷物，砍掉他们的树木，摧毁他们的家园，抢夺他们的牲畜，毁坏他们的祖坟，杀死他们的战士和民众，抢夺他们的财宝。如此滔天罪行，那些满口仁义道德的君子不去谴责，还称赞为'义'，这不是黑白颠倒、是非不分吗！"

从古至今，喜欢动武的人很多，战争贩子也很多，形成的战争理论也很多，其中不乏为侵略战争鼓与呼的理论。对此，墨子挑选其中几个当时美化战争的观点，进行了批驳。

批驳的第一个战争理论，即战争使国家强大。这个理论的核心论据是：楚国、齐国、晋国受封的时候，土地数百里，人口数十万，因为攻伐征战，土地扩大到数千里，人口发展到数百万，这不正说明战争的好处吗？墨子驳斥道：如果有一个医生，为天下的病人调和药剂，一万个人吃了，结果只医好了四五个人，能说这是个好医生吗？侵略战争也是一样，灭亡很多小国，兼并其土地，杀死其民众，能说这样的侵略战争是正义的吗？

批驳的第二个战争理论，即灭亡的国家丧失民众，所以该打。这个理论的核心论点是：这些被灭亡的国家，丧失民众，所以该打。墨子驳斥道：吴国战胜楚国，之后又战胜齐国，打败越国，被誉为春秋霸主，够强大吧？可是，它不施恩惠予百姓，不抚恤战死者的家属，不发展国内的生产，结果强大的吴国很快灭亡了。那些丧失民众的国家，国君暴戾，人民已然生活在水深火热之中，再把战争强加到他们的头上，这正义吗？

批驳的第三个战争理论，即祖先的贤君不是也发动过"侵略"战争吗？这难道也是非正义之举吗？墨子解释的是：三苗氏作乱，太阳在夜里出现，连着三天下血雨，夏天结冰，大地裂开，五谷不按时成熟。大禹亲自拿着上天授予的玉制信物，征讨有苗，使得天下得以安定。这不是侵略，是替天行道，为民造福。夏桀当政时，日月不定时，寒暑错乱，五谷枯萎，鬼在白天呼叫。商汤于是替天行道，将夏桀灭亡。商纣当政时，九鼎挪位，天下肉雨，有的女人变身为男人。武王于是替天行道，将纣王诛灭。所有这些圣君发起的战争，不叫"侵略"，而叫"诛灭"，是按照上天的旨意进行的义举。

墨子不仅有理论上的"非攻"，而且带领他的弟子，付诸阻止战争的实际行动。

鲁班为楚国制造云梯，准备攻打宋国。墨子听说后，立即从齐国出发，昼夜兼程，走了十天十夜，赶到楚国郢都，面见鲁班。

墨子说："北方有人欺侮我，我想请你帮我杀了他。"

鲁班一听很不高兴，你墨子打老远赶来，给我提如此荒唐的问题！我怎么能替你去杀人呢？

墨子见鲁班不高兴，便说："我给你十镒黄金。"

鲁班恼了，说："我尊崇仁义，绝不杀人！"

墨子于是言归正传，说："我听说你造了云梯，准备攻打宋国，宋国有什么罪呢？楚国土地有余而人口不足，牺牲自己本就不足的人口，去抢夺本就富裕的土地，这是明智之举吗？你自以为奉行'义'，不杀一个人，却去杀害众多百姓，你这是奉行'义'吗？"

鲁班无语了，他被墨子说服。但他还是准备践行自己对楚王的承诺。一诺千金嘛！似鲁班这样的大家，是不能把自己说过的话又收回去的，他得找到适当的理由，或者台阶，才能改变自己的主意。

墨子有的是办法，他请鲁班陪他去见楚王。

墨子对楚王说："现在有人舍弃他的华丽彩车，想去偷窃邻家的破车；舍弃他的锦绣衣裳，想去偷窃邻家的粗布短衫；舍弃他的精美食物，想去偷窃邻里的粗食糟糠。请问这是什么样的人？"

楚王立马回答："这人肯定有偷窃的毛病！"

墨子见楚王进入自己的思辨轨道，接着说："楚国的土地，方圆五千里，宋国的土地，方圆才五百里，这就好比彩车与破车；楚国有云梦湖，湖里有各种珍禽异兽，是天下少有的物产丰富之地，而宋国连野鸡、兔子都没有，这就好比精食与粗饭；楚国有松、梓、梗、楠等高大优质木材，宋国连大树都没有，这就好比锦绣服饰和粗布衣。我认为鲁班的攻宋建议，与那个有偷窃毛病的人是一样的，必定损害仁义而不会有什么收获！"

楚王也被墨子说服，但他觉得鲁班为他造好了云梯，这可是攻伐利器，他决意拿宋国试试。

墨子阻止楚国攻宋的决心毫不动摇，他要用实践证明，即便鲁班造了攻伐利器云梯，也不能将城池攻破。于是与鲁班进行沙盘推演，解下腰带围作城池，以木片作守备器材，让鲁班架着云梯来攻。鲁班巧设机关，多次发起攻城，都被墨子击溃，鲁班的攻城器械用尽、机谋用尽，也不能攻破城池，而墨子手里还有多套破攻方案没派上用场。

墨子战胜了鲁班。

这是两位大师的智慧对决，两颗强大而不肯轻易服输的心脏，在预演结束的同时，想好了下一步计谋。墨子则不仅猜透了鲁班的计谋，还做好了预防准备。

鲁班说："我已想好用什么办法来对付你了，但我不说。"

墨子说："我知道你想用什么办法来对付我，我也不说。"

二人面见楚王，楚王问他俩都想好了什么办法。

墨子说："鲁班的办法是杀死我，以为杀了我，宋国就要被攻破了。但他不知道，我的弟子禽滑釐带了三百人，拿着我制造的守城兵器，已经站在宋国的城头，只等着楚军的进攻了。"

面对如此执着、如此智慧的墨子，楚王无奈，放弃攻宋。

接下来发生的事，就很滑稽了。墨子离开楚国回国，路过宋国时，天降大雨，便跑到城下的一个大门处避雨，遭到守门人的驱赶。墨子感叹："治于神者，众人不知其功。争于明者，众人知之。"

墨子的这声感叹，令人深思！

品墨子

墨子是劳动人民的杰出代表，他不仅是机械制造专家，而且是数学家、物理学家和逻辑学家。在数学领域，如"倍，为二也"；"平，同高也"；"同长，以正相尽也"；"圆，一中同长也"；"三点共线即为直线"等等，都是华夏历史上最早出现的数学定义。在物理学领域，力的定义、动与止的定义、光与影的关系、物体的本影与副影等问题，墨子都得出了和现代物理学相同的结论。尤其在平面镜、凹面镜、凸面镜的研究上，开创了几何光学的一系列基本原理。墨子还是我国逻辑学的奠基者，现代逻辑学的排中律和毋矛盾律，最早在墨子的"辩"学中得到充分论证。特别是他总结的假言、直言、选言、演绎、归纳等多种推理方法，在古代世界独树一帜，与古代希腊的逻辑学、古代印度的因明学并立于世。

作为庶民百姓愿景的代言人，墨子不仅很有学识，而且很有气节，令人钦佩！

墨子的弟子公尚过到越国游说，越王很高兴，说你如果把墨子请到越国来，我愿分封给他五百里土地。

墨子问公尚过："你看越王能采纳我的主张吗？"

公尚过答："恐怕不能。"

墨子说："越王不了解我，你也不了解我。告诉你吧，假若越王采纳我的主张，我将衡量自己的身体穿衣，估量自己的肚子吃饭，处于客居之民的地位，不要求做官；假若越王不采纳我的主张，即使把整个越国给我，我也不要！"墨子最后强调："不用吾道，而吾往焉，则是我以义粜也。"

不用我的道术，我要去了，就是出卖道义！

毋庸作更多的解释，墨子不出卖道义，真正的大师！

2020年9月13日于石家庄

品 列 子

——寓“道”于气伟而采奇的寓言

　　列子是春秋末期、战国前期的郑国人，他晚于老子，早于庄子，是道家学术的重要代表人物之一。

　　同为道家学术，老子偏重于治“术”，坚持的是“知秉要执本，清虚以自守，卑弱以自持”。庄子偏重于修身，主张“放者为之，则欲绝去礼学，兼弃仁义”。处于老、庄之间的列子，虽在哲学基础和修身之术上，与老庄并无二致，但在人生必须面对的两个重大问题，即生与死的问题上，与他的前辈老子、晚辈庄子产生了严重的分歧。

　　老子主张“深根固柢，长生久视”，追求长生不老。庄子则坦然面对生死，认为“生也死之徒，死也生之始，孰知其纪！人之生，气之聚也；聚则为生，散则为死。若生死为徒，吾又何患”。因而以逍遥的心境跨越生死，任由遨游。

　　列子则否定了老子祈求长生的主张，认为万物出于机，入于机，生则顺之，死则捐之，不求任何虚幻；同时否定了庄子“齐生死”的主张，认为宇宙万物由天命主宰，不是人力所能掌控的。“可以生而不生，天罚也；可以死而不死，天罚也。”“可以生而生，天福也；可以死而死，天福也。”“然而生生死死，非物非我，皆命也，智之所无奈何。”

聚焦生死，即是聚焦现实。

现实太残酷了，残酷不在于天地宇宙，而在于人世！

人的尊卑、贵贱、贫富，是现实残酷的聚焦点。

列子所处的时期，"君臣日失其序，仁义益衰，性情益薄"。儒家的诗书礼乐已失去济世治乱的作用，成为弃之可惜、留之无用、革之无方的祖传摆设，君君臣臣的三纲五常，被满口诗书礼乐的君王、士大夫作为征伐攫利的遮羞布，儒家理论主导的治国方略，在天下檑木滚石、刀光剑影中风雨摇摆。

用什么来拯救这一残酷的现实？天下一片迷惘。

列子于是登场，推出他**"体神而独运，忘情而任理"**的道家理论，以企打碎主导社会的儒家学说。

为此，列子讲了一个与孔子有关的故事。说孔子在楚国，看见一位驼背老人持竿粘蝉，一粘一个准，就像用手捡拾一样。孔子很好奇，问这位老人有没有技巧。老人讲的技巧是，用丸子叠放在竿头，练到叠放五个丸子而不掉的时候，"虽天地之大，万物之多，而唯蜩翼之知"。此时的状态是，人不会因纷杂的万物而影响专注于蝉的心态，粘蝉就像用手拾取一样毫无遗漏了。

孔子听了老人的讲述，觉得受了启迪，开始给弟子们讲大道之理。

驼背老人听了则说：你们这些读书人，还是先清除你们那套旧理论，再来谈论这些道理吧！

在这里，列子的主张旗帜鲜明，毫无掩饰，即摒弃儒家那套旧理论！

只有摒弃，那是不够的，还得有一套取代那套"旧理论"的理论，于是，列子所推崇的"体神而独运，忘情而任理"的道家理论，闪亮登场。

为了论证他这套理论的正确，列子用大量篇幅、诸多寓言故事和历史典故予以佐证。

因为否定的"旧理论"是孔子扛旗的，故本文选择《列子》中与孔子有关的寓言故事和历史典故来说。

例如，孔子到泰山游览，见春秋时的隐者荣启期，身穿粗劣皮衣，腰系草绳，在郊野走来，边弹琴边唱歌。孔子的儒学理论，认为荣启期这样的人是没有也不该快乐的，于是问他为什么快乐。

荣启期回答说：我快乐的原因很多，上天养育万物，人是最尊贵的，我得以成为人，这是第一件快乐的事；男尊女卑，我得以成为男人，这是第二件快乐的事；有人不曾看见太阳月亮在母腹中死去，也有人在襁褓时夭折，我活了九十多岁，这是第三件快乐的事。最后荣启期特地对孔子强调：贫穷是读书人的常情，死亡是人生的必然结局。我处在读书人普遍的常情之中，等候着必然降临的结局，我有什么值得忧虑呢？

孔子受触动了。接下来的故事，就能看到孔子对死亡的态度了。

子贡有些厌倦学习了，禀告孔子想休息一下。

孔子告诉他，人生是没有休息的，唯有躺在坟墓才能休息。孔子说："人们都知道活着的快乐，不知道活着的痛苦；都知道年老的疲惫，不知道年老的安逸；都知道死亡的可怕，不知道死亡是休息。古人称死人为归人，那么活着的人就是行人了。远行而不知回归，就是抛弃家庭，不孝。有人离开故乡，抛弃亲人，游荡四方而不知回归，被世人贬为狂荡之人；有人热衷于做贤明之士，自以为灵巧能干，沽名钓誉，夸张炫耀自己，被世人赞为智谋之人。这一贬一赞都是不对的，只有圣人才知道该赞扬什么，该贬弃什么。"

列子在告诉孔子对待死亡的态度后，还要回到他"体神而独运，忘情而任理"的道家理论上，启发孔子的体认。

孔子在吕梁观赏风光，看到瀑布从三十仞高的山上飞落，激起的浪花飞溅三十多里，鱼鳖都无法游过。突然看到一个男子在水中游来

品列子

游去，孔子以为这男子寻短见，便打发弟子到下游去救他。只见这男子潜游数百步后上岸了，披散着头发在堤岸且歌且行。

孔子大为惊骇，以为此男子是鬼，仔细打量后，看清是人，便问他使的是什么道术。

该男子告诉孔子，自己没有道术，无非是始于本然，再顺应天命成长，最终成就自然天命。游水遵循的规则，就是和漩涡一起卷入水中，随着上涌的波流一起浮出水面，顺着水的出入而不凭主观意识去游。孔子听不懂，他不知什么叫始于本然，什么是自然天命。该男子告诉他：我出生于高地而安于高地，这就叫始于本然；我出生于水边而练习于水边，这就叫习而成性；我不知道为何这样做而做了，这就叫自然天命。活生生的事例摆在孔老夫子面前，这理儿让没有道术的人说得一清二楚，对于孔子来说，还有什么可说的。

我们不得不钦佩列子，他在讲"体神而独运，忘情而任理"的道家理论时，讲的一些道理，似乎人人都有体验，只是没有深究而已。

下面，我们不妨沉下心来，从记忆中翻出一些感受，去体验一下列子所讲的道理。

列子说："形体运动不产生形体而产生影子，声音运动不产生声音而产生回响，虚无运动不产生虚无而产生实有……"

列子说："精神，是天所具有的；骨骸，是地所具有的。精神离开了形体，各自回归它们的本原，所以称之为鬼。鬼，就是归……"

列子说："生命所造就的生物死亡了，但产生生命的本原并没有终结；物体所呈现的形状是实在的，但产生形状的本原并没有形状；声音所发出的声响可以听见，但产生声音的本原并没有发生；色彩所产生的颜色彰著了，但产生颜色的本原并没有显示；滋味所产生的味道被品尝了，但产生滋味的本原并没有呈现。这都是无为的'道'所起的作用……"

列子说："万物运动流转永无止息，天地也在悄无声息地迁移变化，可谁察觉得到呢？变化的间隙不可察觉，只有等到变化发展的结果出现之后才会明白……"

列子说："'道'不露形迹，永不变灭。掌握此'道'并穷尽此理的人，心性纯一不杂，元气保养不失，德行与大道相合，与派生万物的大道相通，这样的人自然天性能持守完全，精神没有间隙，外物便不能阻止他了，在水中潜行不会窒息，在火中踩踏不会烧伤。为此列子拿现实的例子予以佐证：喝醉酒的人从车上坠下，虽受伤但不会摔死。这是因为神全的缘故，他醉了既不知乘坐在车上，也不知坠落在地上，生死恐惧没有进入他的心中，因而从车上坠落不会摔死……"

列子所讲的这些道理，孔子算是听进去了，他对弟子说："会潜水的人即使从未见过船，也立即能驾驶，因为他看待深渊就像土山一样，看待舟船倾覆就像上坡的车子向后退一样。万物倾覆、倒退出现在他面前都无法打动他的内心，又怎能改变他的从容呢？"为了说明这一道理，孔老夫子还特地拿赌博的心态打比方。他说："用瓦片做赌注的人就会心思灵巧，用铜钩做赌注的人就会有所惧怕，用黄金做赌注的人就会心智昏乱。赌博的技巧没有发生变化，心存顾虑，心发生变化了，赌博就赢不了。所以，凡看重万物的人，内心就会笨拙。"

列子与孔子的对话是虚构的，孔子公元前479年去世，列子公元前450年才出生。列子四十岁之前，邻居都不知道这人是干啥的，有啥本事，他家徒四壁，家人吃不饱肚子，邻居见到他都是面黄肌瘦的样子。四十岁以后，列子才在历史舞台露面，按庄子《逍遥游》的描述，列子乘风而行，逍遥自在，"泠然善也，旬有五日而后反"。他驾风行到哪里，那里便枯木逢春，重现生机。这就是说，孔子死后六十多年，列子才得道成名。所以，他与孔子对不起话来。

但对于得道高人来说，时间的跨度不是对话的障碍，关键是思想

品列子

的沟通，而这沟通，正是"体神而独运，忘情而任理"的"道"所起的作用。

列子也认识到，打碎儒家那套"旧理论"，仅搬出孔子来教导一番还不够，还必须请出祖先的圣贤帮他说话。因为孔子的这套"旧理论"，源于圣贤。列子很智慧，他由近及远，从源头来打碎儒家那套"旧理论"。

列子第一个搬出的是周穆王，即西周赫赫有名的天子，用八则寓言，分别以化、幻、觉、梦、病、疾、诳等意象来比喻人生的虚幻不实。目睹大道日丧、众生昏乱于世而终不觉醒的列子，通过周穆王之口，说出唯有彻悟"感变之所起者"，才能以虚静坦荡的心怀，面对纷纭变幻的外部世界的道理。

其中有一则寓言是这么写的：秦国逢家有个儿子，小时非常聪慧，长大后却精神错乱，听见歌声以为是哭声，看见白色以为是黑色，闻到香味以为是腐臭味，尝到甘甜以为是苦涩，做错了事以为是对的。总之，天地、四方、水火、寒暑，没有他不颠倒的。父亲到鲁国去给儿子求医，路过陈国，碰上老聃，老聃告诉他：现在普天之下的人都分不清是非，被利害关系弄得昏乱糊涂。在这种情况下，悲哀欢乐、声音美色、臭气香味、是非对错，谁能给予正确的判断标准呢？背上你的粮食，趁早回家去吧！

此外，列子还写了一则当今最先进的机器人也不可能比拟的机器人寓言。

寓言写的是，周穆王西行巡查，有位名叫偃师的人献技，带来一个他制作的"艺人"，这个"艺人"能歌善舞，变化无穷，摸一下他的脸，他能唱歌；抬一下他的手，他能跳舞。表演结束时，"艺人"眨动眼睛，向穆王身边的侍妾暗送秋波。穆王勃然大怒，要诛杀偃师，偃师赶紧拆散"艺人"，让穆王看清全是皮革、木块、胶水、油漆、丹砂等合成的肢体器官。重新组装起来后，"艺人"又活灵活现。穆王试着拿掉他的心脏，"艺人"便不会说话了；试着拿掉他的肝，"艺人"的眼睛便看不见了；试着拿掉他的肾，"艺人"的腿便不能走路了。

列子最后写道：制造了云梯的鲁班，和制作了飞鸢的墨翟，听说此事后，终生不再谈论技艺。

列子第二个搬出的是殷汤，即殷朝的建立者。在这里，列子罗列旷古奇闻，笔锋横扫天下，用诸多超逸绝尘的神话传说，如"詹何持钩""扁鹊换心"等寓言故事，极言天地之广阔无垠，万物之繁荣驳杂，以突破世人的浅陋常识，说明万事万物既不可凭耳闻目见来臆断其是非有无，也不可凭通达大道的至理名言去理解其深刻内涵。

在这里，列子虚构殷汤与夏革的对话，揭示了"天地亦物"的宇宙观。还通过大禹与夏革的言论，说明自然界的生息变化及人世间的寿夭祸福，都是无所待而成，有所待而灭，即使博学多识的圣人也未必能知晓其中的规律与奥妙。

为了佐证这些道理，列子再次请出博学多闻的圣人孔子来说事。

孔子在东方游历，见两个小娃娃在争论，便问他们在争什么。原来这两个娃娃在争论太阳什么时候离人近，什么时候离人远。

一个娃娃说："太阳刚升起时，大得像车盖，到了中午却像只盘子，所以太阳刚升起时大，离得近，中午像盘子那么小，离得远。"

另一个娃娃说："太阳刚升起时人冷飕飕的，可到了中午，人热得像手伸到汤锅里似的，这不正是因为离得近才热，离得远才凉吗？"

谁说的对？请教博学多闻的孔子，孔子觉得这两个娃娃说的都有理，无法判断谁对谁错。

文章的最后写到，两个娃娃笑着对孔子说："谁说你见多识广的！"

在用虚拟的故事，通过圣贤之口，否决儒家那套"旧理论"之

品列子

后，列子又上一个台阶，搬出天命与人力进行对决。对决的结果，自然是"**天地不能犯，圣智不能干，鬼魅不能欺**"。天命超越于人间所有道德、强权、功利之上，它看似无端无常，可人世间的寿夭、穷达、贵贱、贫富全由它来决定。天命说道：彭祖的智力赶不上尧舜，却享年八百；颜渊的才华不在圣人之下，却只活了十八岁；孔子的仁德不在诸侯之下，却受困在陈、蔡两国的荒野；殷纣王的品行远不如微子、箕子、比干，却高居在国君的位置上；贤者季札在吴国没有封爵，富于心计的田桓却在齐国专权。倘若这是人力所能决定的，为什么让彭祖长寿而颜渊命短，让圣人困厄而逆者显达，让贤者卑贱而愚者尊贵，让好人贫穷而坏人富有呢？

天命拿出如此硬邦邦的论据，人力自然是辩不过的。《愚公移山》是列子写的一篇著名寓言，愚公决心很大，带领子子孙孙挖山不止，但太行山、王屋山实在是太大了，纵然一代一代无有穷尽地挖下去，也挖不掉太行山的一个角，要不是愚公的做法感动了天帝，太行山、王屋山是不可能搬走的。用这个寓言来论证，谁的能量更大，不是明摆着吗？

下面听列子讲孔子版的塞翁失马。

宋国有个三代施行仁义的人，家里喂养的一头黑母牛，竟然生出一头洁白的小牛犊，不知是凶是吉，便去请教孔子。

孔子说："这是吉祥的好事，可以把它进献给天帝。"

宋家人照孔子说的做了。一年后，宋家的父亲，无缘无故眼睛瞎了。

不久，那头黑牛又生出一头洁白的小牛犊。接连发生这种怪异的事，使得宋家人疑惑恐惧，于是，又去请教孔子。

因为父亲的眼睛瞎了，便派他的儿子去。儿子不愿去，说上回去问他，他说是吉祥之事，结果您的眼睛就瞎了，还去问他干吗？

父亲说："圣人的话往往先与现实悖逆，过后才会应验。咱家发生的这些事，尚未最终揭晓，不妨再去请教。"

儿子无奈，只得按父亲的嘱咐去做。

孔子还是说："这是吉祥的好事，并还叫他们把小白牛进献给天帝。"

儿子显然不情愿，但父亲坚持按孔子说的做。

一年后，儿子的眼睛无缘无故瞎了。

可以想见，宋家儿子对孔子说的话彻底不信了，而父亲也许还信，也许半信半疑，也许不信了。

没过多久，楚庄王率军伐宋，包围了宋国的国都，且一围便是很长时间。国人积存的粮食吃光了，柴草烧尽了。没有可吃的了，只得相互交换孩子来充饥；没有可烧的了，只得劈开尸骨当柴烧。成年男子全部登城守御作战，绝大多数战死了。而宋家父子因为都是瞎子，不能参战而幸免于难。

关键是，待楚军解除包围，宋人恢复正常的生活后，宋家父子瞎了的眼睛，重又复明了。

列子讲的这个故事，虽所揭示的是祸福相倚的辩证法，但有两个节点，不能不格外注意。

一个是，列子一开头便说，宋家"好行仁义""三世不懈"。这就是说，宋家是个仁义之家，且坚持不懈。这是祸福变化的前提，多年行善积德，积的是福报啊！

一个是，宋家父子说的"圣人之言先迕后合"。孔子当然是圣人，但今天我们也可理解为有学识、经历阅历丰富的老人、长辈。年轻人因为学识浅陋，经历阅历简单，所以遇事不能自作主张，还是要多听听老人、长辈的意见。

列子是道家始祖之一，宣扬传播道家学术，是他讲故事的基本出发点。作为后世子孙，我们不得不由衷地钦佩他的学识，特别是他寓大道理于寓言故事的丰富想象力。虽然好些故事怪诞离奇，但它留给

品列子

我们多么丰富博广的思维空间，多么强烈的好奇追索啊！也许当今世界诸多不惑的开解密码，就蕴藏在列子所讲的怪诞故事之中。

…………

不得不说，如此放任天命，其负面的影响必然是"今昏昏昧昧，纷纷若若，随所为，随所不为。日去日来，孰能知其故？皆命也夫"。于是，"且趣当生，奚遑死后"的论调，特别是"损一毫利天下不与也，悉天下奉一身不取也"的主张，在把握当下的厚味、美服、美色、音声的当生之乐中"邪"说登场。虽然列子拿"名""实"说事，列举社会上"实名贫，伪名富"的不公平现象，引导人们抛弃造作虚伪，不为功名所误，不为利禄所累，乐生逸身，任性纵情，争做悟道真人，但其放任天命、任性纵情之说，还是给社会造成了很大的不良影响。

《列子》一书的最后一篇"说符"，是呼应首篇"天瑞"的收官之作。"说符"，即"道"与人事的相互应验。文中虽然对"道"与"智"、"名"与"实"、"贵"与"贱"、"时机"与"变通"等多对关系进行了论述，但列子的本意，还是打碎儒家那套"旧理论"，弘扬"体神而独运，忘情而任理"的道学主张。

有一则寓言是这样的。

杨朱家的邻居丢了一头羊，很多人去找，没找着。杨朱问为什么找不着，邻居说：岔路之中又有岔路，不知羊跑到哪儿去了。杨朱为此很不高兴。

心都子借此事问杨朱：兄弟三人在齐鲁游学，拜的是同一位老师，修学完后三兄弟回家，父亲问仁义之道是什么样的。大儿子回答说："仁义首先让我爱惜生命而把荣誉放到次要位置。"二儿子回答说："仁义使我不惜用生命的代价来成就荣誉。"三儿子回答说："仁义教会我同时保护生命和荣誉。"这三兄弟都学的是儒学，观点却大不相同，谁对谁错？

杨朱答的是："河边居住的人熟习水性，靠撑船摆渡营生，收入供养上百口人。于是来向他学习的人很多，可几乎一半的人淹死了。这些人可不是来找死的，你认为怎样算对，怎样算错呢？"

心都子于是感叹："大道以多歧亡羊，学者以多方丧生。学非本不同，非本不一，而末异若是。唯归同反一，为亡得丧。"

拿歧路亡羊与儒学三弟子同师而不同道来说事，列子所揭示的，又回到了"以至虚为宗"的源头。当然，这个源头不是儒家君臣、父子、夫妻的礼制，而是打碎这些礼制的道学之顺其天命、道法自然、清静无为，亦即"体神而独运，忘情而任理"。

《列子》一书，文法宏妙，首尾呼应，寓言故事波谲云诡，恢奇怪诞，辞旨纵横，气伟而采奇，读来让人不忍放手。书中出现的人物，几乎全是先哲圣贤，但人物间的交往对话，却又是"关公战秦琼"似的搞笑。大量的寓言故事，如"杞人忧天""夸父追日""愚公移山""小儿辩日""偃师造倡""薛谭学讴""扁鹊换心""纪昌学射""来丹复仇"等等，恢奇壮阔，如幻如梦，所揭示的道理非常深刻，令人难忘！

春秋末期、战国初期，在儒家礼制风雨飘摇的时代背景下，看清了世态炎凉，参透了生命忽来暂住的道家，倡导顺其天命，清静无为，使得一些有志之士心寒，也使得更多的士子丢掉清心寡欲，追求唯贵放逸。这，无疑是消极的思想引导！但，作为后人，我们没有资格对两千多年前的道学大师列子指点。那时候的山，那时候的水，那时候的人，还有那时候的世道、民风，我们知道多少呢？

读《列子》，即是读先哲圣贤。

2020年9月26日于石家庄

品列子

品 庄 子

——用执一、无我构筑起精神高地

　　庄子，名周，司马迁说他是"宋之蒙人也"。"蒙"是何国之
"蒙"，司马迁没有交代清楚。由于战国时的宋国在汉代属梁，因而
有人说他是梁人。庄子的生卒年无法考证，因司马迁说他"与梁惠
王、齐宣王同时"，又说"楚威王闻庄周贤，使使厚币迎之，许以为
相"，由此推断，庄子生活的时代为战国中期。

　　庄子自述家居陋巷，以织草鞋为生，饿得面黄肌瘦，形容枯槁，
温饱得不到满足，常向人借米，被人讥嘲。司马迁说他"尝为蒙漆园
吏"，即可能是专门负责漆树种植的小官。也许是出于生活所迫，庄
子不得已做这么个小官维持家计。

　　庄子所处的战国中期，社会剧烈动荡，战火日夜燃烧，民不聊
生，生灵涂炭。在这样的土壤上，大量涌现出"士"这一社会阶层。
这些人大都有文化，有胆识，能说会道，到处游说君王或依附权贵，
各自打出旗帜，进行激烈的理论交锋。一时间，战国天下百花齐放、
百家争鸣，呈现出思想文化繁盛的景象。庄子也属于"士"这一社会
阶层，但他恪守老子"道"的学术思想，不游说，不依附，只是运用
自己宽阔的思维想象，在哲学领域的宇宙观、认识论、人生观、政治
观，包括文学艺术领域，进行了全方位的抒发和拓展，写出了彪炳炎

黄史册的《庄子》一书。庄子自叙其著述特点为"寓言十九，重言十七，卮言日出，和以天倪"。所谓寓言，就是创作一则故事，寓理于事，表明自己的看法；所谓重言，就是借古人之言，以申明自己的观点；所谓卮言，就是在自己所写的文章中，随文就势出现的一些零星议论。为的是，将自己心灵迸发的一些道理，或寄寓于一个虚设的情境之中，或借托众人所信服的先知的嘴巴说出来，或依循事理谈自己的看法。他如是说："以天下为沉浊，不可与庄语。以卮言为曼衍，以重言为真，以寓言为广。独与天地精神往来，而不敖倪于万物，不谴是非，以与世俗处。其书虽瑰玮而连犿无伤也，其辞虽参差而諔诡可观。"这样的写作思路，决定了《庄子》一书中的人物大都是虚构的，故事情景大都是创作的。例如，孔子与柳下惠相隔两百多年，竟在庄子的笔下成了好朋友，孔子因此又去劝说柳下惠的好友盗跖。这种超越时空的人物聚离，完全是庄子要表达自己思想观点的需要而拉扯来的。需要谁搬谁，契合了庄子"独与天地精神往来"的特点。

虽然庄子表白自己的出发点是不论是非，但他所推销的道学，不高举批判的大旗，不对其他学术理论进行抨击，是不可能的。

庄子说："天地与我并生，而万物与我为一。"他给"道"下的定义是：

> 夫道，有情有信，无为无形；可传而不可受，可得而不可见；自本自根，未有天地，自古以固存；神鬼神帝，生天生地；在太极之先而不为高，在六极之下而不为深，先天地生而不为久，长于上古而不为老。

在这个定义中，"有情有信""自古以固存"，是说"道"的客观性；"无为无形""可传而不可受，可得而不可见"，是说"道"超乎感知的虚无性；"在太极之先而不为高，在六极之下而不为深，先天地生而不为久，长于上古而不为老"，是说"道"超越时空限制的绝对性、终极性。

这是庄子全部哲学命题的出发点。

庄子说："有实而无乎外者，宇也；有长而无本剽者，宙也。"这就是庄子的宇宙观——无始无终，无边无垠。因此，生活在宇宙中的人，无论是其感性还是理性，对事物感知、推测的认识，都不可避免地带有相对性和局限性。庄子的认识论告诉我们：宇宙中的万事万物，存在着普遍的差异，而这种差异不是绝对的，而是相对的，因此不可能以某个特定存在的事物作为唯一的标准，来衡量世间万物。但庄子在辩证法的道路上没走多远便拐弯了。他说："以道观之，物无贵贱；以物观之，自贵而相贱；以俗观之，贵贱不在己；以差观之，因其所大而大之，则万物莫不大；因其所小而小之，则万物莫不小。知天地之为稊米也，知毫末之为丘山也，则差数睹矣。"意思是说，既然事物之间没有统一的标准来衡量，那么只要将万物都归结到一个统一的本原，就不会有任何差别了。这个统一的本原，就是"道"，"道"成了宇宙间万事万物的绝对标准。

沿着这个标准走下去，庄子的人生观，即是"避世"。

"避世"，就是"自埋于民，自藏于畔，其声销，其志无穷，其口虽言，其心未尝言，方且与世违而心不屑与之俱。是陆沉者也"。其直接目的是自我保全。这在今天看来，无疑是消极的人生观。但要看到，庄子的"避世"态度，契合了他自身精神世界的高度自信。

庄子在《秋水》篇中写道：庄子在濮水之畔钓鱼，楚国的国君派两位大臣，请他去楚国做丞相，他们说得很委婉，说"愿以境内累矣"。说的是把国家的行政事务全交给你来办理。庄子正处于忘我的垂钓之境，头也不回地问道：楚国稻田里有很多龟，这些龟是愿意到楚王那里钻到铺满锦缎、镶着金边的盒子里，尔后放在宗庙，让其"留骨而贵"呢，还是愿意继续在水田里拖着尾巴顺泥水而活着呢？

两位大臣不假思索地说，当然是在泥水里活着好了。庄子这才掉过头来，对他们说：你们去吧，我也该继续在泥水里拖着尾巴快活了。

乌龟虽贵，从水田捉到国君的宗庙，结果是"留骨而贵"，龟壳被人用来烧烤占卜凶吉。人呢？甭说庄子是否具备做楚国丞相的能力，就是具备这个能力，下场会比乌龟好吗？庄子可是精神高蹈之人，他用一生坚守精神的纯洁，不是高官厚禄能把他从精神高地引诱下来的！

庄子有个好朋友叫惠子，他可能是《庄子》一书中唯一一个与庄子长时间交往的人，也可能是庄子唯一的好朋友。庄子的妻子去世后，庄子鼓盆而歌，而惠子去世后，庄子不禁伤感，并以"匠石运斤"的故事，表达自惠子死后，自己"无以为质""无与言之"的寂寞心情。但庄子和惠子不同道，学术观点相互对立，但友谊很深。他俩的辩论主要集中在"大而无用""人故无情"和濠梁"鱼之乐"三个方面。庄子偏于美学上的观赏，惠子偏于知识论的判断，虽然观点针锋相对，但越辩两人的感情越深，越辩思想理念越深刻。

惠子有才，善辩，做了梁国的丞相。庄子路过梁国，当然要去看望老朋友，趁机再辩论一个话题。可有人对惠子说，庄子的名气和才能太大了，他这次来梁国，是打算取代你当丞相。惠子一听非常惊恐，生怕自己的丞相位置让庄子坐了，于是下令在全国搜查，结果搜了三天三夜，也没找到庄子。这事庄子到达梁国后就听说了，他没有掉头离去，而是照常去拜访惠子。两人见面后的情景没有记载，惠子是惊讶，还是尴尬，不得而知，落在文字上的记载是，庄子对惠子说：南方有一种大鸟，叫凤凰，你知道吗？它从南海出发，打算飞往北海，途中除了梧桐树之外，其他树是不栖落的，除了竹子之外也不吃别的食物，除了甘泉之外绝不饮其他水。这时，一只鹰飞过，找到了一只已经腐烂的老鼠，当宝贝一样捂在手里，当凤凰从这儿飞过时，鹰以为要和它争食，赶紧仰头吓唬凤凰，叫凤凰快走。最后庄子

品庄子

说："惠子呀！你是在拿梁国吓唬我啊！"

在庄子眼里，惠子当作宝贝的丞相高位，不过是一只腐臭的老鼠。庄子心中装满了纵横天下的豪迈，哪有去和朋友争丞相的无聊呢！

惠子是庄子的好友，庄子对惠子下令搜查他三天三夜看得很淡，老朋友嘛，搜查到了又怎样，一说开不就结了吗？但看得出来，庄子多少还是有些不爽，因而他把自己比喻为凤凰，把惠子比喻为捂着腐鼠的老鹰。这么个对比，庄子是给了惠子面子的。

面对曹商，庄子就一点儿也不留情面了。

曹商是宋国人，出使秦国时，宋君送给他几辆车，既是工作需要，也是以示激励。从秦国返回时，秦君又送给他百辆车作为奖赏。曹商得意忘形了，回宋国的路上，碰上穿着自己编的草鞋的庄子，便拿庄子开涮，说："你也只能住在破烂的小胡同里，靠织草鞋为生，形容枯槁，这真是你的所长，却恰是我曹商的所短。而一见万乘之主便能得车百辆，那才是我曹商的所长啊！当然，这些车，你庄子是用不上的……"无缘无故受了这样一番奚落，庄子必然反击，他说："我听说秦君生病找医生时，凡是能为他破痤疮挤脓血者，便可得一辆车，而为他舔痤疮者，可得五辆车，所治的病越下作，得的车就越多。你能得这么多车，肯定是为秦君舔痤疮了吧？你还有什么脸在这里炫耀啊！快滚吧！"

真痛快！庄子骂曹商这番话，让炎黄子孙听了解气！

庄子的政治观，则是"无为而治"。

老子《德经》的开头语即是："上德不德，是以有德；下德不失德，是以无德。""上德"，是指当权者为社会管理构建起的等级制度，以及教化百姓的仁义道德。道家认为，人为构建的社会管理和教化体系，是与道学关于宇宙万物顺其自然的规律相抵触的，因而道家从老祖宗到徒子徒孙，都对"上德"火力全开，进行批判。

问题是，至今仍在沿用的成套制度体系，是先辈圣贤，特别是尧、舜、禹等的发明、创作并延续发展起来的，能火力全开对准他们吗？道家可不管那么多，他们坚持自己的道学理念，首先向圣贤开火。

庄子是这么下论断的：

"圣人生，而大盗起"；

"掊击圣人，纵舍盗贼，而天下始治矣"；

"圣人已死，则大盗不起，天下平而无故矣"；

"圣人不死，大盗不止"；

"窃钩者诛，窃国者为诸侯，诸侯之门而仁义存焉"；

…………

庄子的这些论断，每一句都吓死人！

还没完，庄子借老子之口，这样评价三皇五帝：

三皇五帝之治天下，名曰治之，而乱莫甚焉。三皇之知，上悖日月之明，下睽山川之精，中堕四时之施。其知憯于蛎虿之尾，鲜规之兽，莫得安其性命之情者，而犹自以为圣人，不可耻乎？其无耻也！

译成白话是这样的：三皇五帝治理天下，名义上是治理，但扰乱人心和情理没有比它更严重的了。三皇五帝的智慧，上遮蔽了日月的光辉，下损害了山川的灵性，中毁坏了四时的运行，他们的智慧比蛎虿（一种尾巴有剧毒的虫）、鲜规（不详，可理解为毒物）还要狠毒，不能得到本性的安宁，还自以为是圣人，不可耻吗？他们太无耻了！

为什么如此糟蹋古代圣贤？

答案很简单，因为宇宙万物自有"道"的运行，而三皇五帝构

品
庄
子

建的社会管理和教化体系，违背了"道"的运行规律，人为地造成了社会的混乱。庄子认为，天下大乱的根源，来自尧、舜，尔后世代流传。圣人出现后，挖空心思地推行仁义，天下人才开始疑惑；放纵逸乐，追求礼乐，天下人才开始变坏。仁义，就是作伪；仁义，成了后世贪婪者作恶的工具；礼法制度，成了后世贪婪者因为私利而发动战争、尔虞我诈的工具；法治，成了后世统治者惩治、欺诈庶民百姓，维护统治利益的工具；仁德教化，成了摧残百姓纯洁心灵的毒计，等等。总之，宇宙万物的自然属性之"道"，天下最纯真的道德，因三皇五帝和圣贤的出现，而遭受了极大的破坏。

抨击圣贤，就不能不抨击孔子。为此，庄子特地写了一文叫《盗跖》。

庄子是这么写的：三个不同时期的历史人物，穿越时空聚到一起，一个是誉为"圣人之和也"的柳下惠，一个是杀人放火的盗贼跖，一个是儒学泰斗孔子。比孔子早两百余年的柳下惠与孔子是好朋友，与古时义军领袖跖是亲兄弟。庄子以奔腾狂放的艺术想象，通过对真实历史人物超越时空、常识的描写，把跖创作成为完美奇特的英雄。

故事情节是这样的：

柳下惠的弟弟跖，手下有九千人，他们肆无忌惮地横行天下，残暴地侵犯诸侯，穿墙破室，赶走人家的牛马，掳劫人家的妇女，贪求利益而忘了亲友，不关心父母兄弟，不祭祀祖先。跖所经过的地方，大国严守城防，小国退入城堡，人民饱受涂炭。孔子对柳下惠不教育弟弟跖大为不满，决定去教训跖。

听说孔子来访，跖怒发冲冠，说："这不就是鲁国那个善于弄虚作假的孔丘吗？替我告诉他，你制造舆论，随意称说周文王、武王的道德，头上戴着华饰繁多的帽子，系着牛皮腰带，满口繁词谬说，不耕种却吃得很好，不编织却穿得很好，议论游说，无端制造是非，迷惑天下国君，使天下学士不能回归自然本性，虚伪地称说孝悌，企图求得封侯而成为富贵之人。你罪大恶极应加重惩处，赶快滚吧！否则挖出你的心肝来做午餐！"

孔子不走，并说明与柳下惠是好友，跖才叫他进去。

孔子多次拜谢后对跖阿谀奉承，赞美他身兼多种美德，身高八尺二寸，面目炯炯有神，嘴唇像丹砂般鲜红明亮，牙齿像列贝那样整齐，声音像黄钟那样明亮。在如此赞美一番后说，盗跖是个恶名，为将军羞耻。话锋一转，回到他游说的主题，说将军如果听从我的意见，我愿向南出使吴国、越过，向北出使齐国、鲁国，向东出使宋国、卫国，向西出使晋国、楚国，让这些国家为将军建个数百里的大城，建数十万的封邑，尊奉将军为诸侯，给天下除旧布新。

盗跖听了很生气，反过来教训孔子。

盗跖说："我身材高大，面目美好，人见人爱，是父母给的。你孔子不夸赞我，难道我不知道吗？况且我知道，喜欢当面夸赞别人的人，也喜欢背后毁谤别人。你说为我造大城，聚民众，想用利益来引诱我，能长久吗？再大的城，也大不过天下……神农时代，人民只知道母亲，不知道父亲，和麋鹿一起生活，耕田而食，织布而衣，没有相互损害之心，是道德鼎盛的时代。然而黄帝没有这种道法境界，与蚩尤在涿鹿大战，血流百里。尧、舜做天子后，设立百官，流放他的国君，周武王还杀死了殷纣。汤、武之后，都是叛逆作乱之徒。你研习文王和武王的治国之道，掌握天下言论，用来教育后代，你假言伪行，迷惑天下君主，以求取富贵。盗贼之中没有比你更大的了，天下人为什么不把你叫作盗丘呢……世人所推崇的，莫过于黄帝。黄帝却不能保持高尚的自然德性，尧不慈爱，舜不孝敬，禹半身不遂，汤流放了他的国君，武王讨伐商纣，文王关押在羑里。这六人是世人所推崇的，其实他们都因追逐功利而迷惑了真性，违反了自然情性，他们的行为是非常可耻的……孔丘我告诉你吧，人长寿的是百岁，中寿的

品庄子

是八十岁，短寿的是六十岁，除去疾病、死亡、忧患外，其开口而笑的时间，一月之中不过四五天罢了。天和地是无穷无尽的，人的生死时间是有限的，以有限的形体，而寄托于无穷之境，速度就像白驹过隙一样。你讲的道理，都是失性损德、虚伪巧诈的东西。快走吧，不要再说了！"

孔子一再拜谢盗跖，急忙出门上车，马缰绳多次掉落到地上，眼睛茫然什么也看不见，面色有如死灰，扶着车前的横木，低着头，不能喘气。见到柳下惠说："我是没病引艾自灼，跑去撩拨虎头，梳理虎须，差点儿被老虎吃掉啊！"

庄子如此编排孔子，还觉得不过瘾，又在《渔父》一文中，对孔子进行教训。

说孔子到缁帷林游玩，弟子们读书，孔子弹琴吟唱。一个渔父从船上下来，指着孔子问子路和子贡："他是做什么的？从事什么行业？"子贡说："他是孔子，他这个人本性信守忠信，亲身实行仁义，修饰礼乐，择定人伦关系，对上忠于国君，对下教化平民，要为天下人谋福利。"渔父又问清了孔子不是国君、不是辅臣后，转身走了，边走还边说："孔氏的仁也算仁了，恐怕不能保全自己；内心痛苦而形体劳累，便要危害他的本性了。唉，他离大道太遥远了！"

子贡把渔父的话告诉孔子后，孔子急忙去追寻渔父，渔父于是对孔子说："你上无君主诸侯和主管官吏的权势，下无大臣掌管事务的官职，却擅自修饰礼乐，择定人伦关系，用以教化平民，不是太多事了吗？"渔父告诉孔子，人有八种毛病：并非分内之事而去做，叫管事太多；人家不理睬而强进忠言，叫巧佞；揣度他人的心思而说一些迎合的话，叫谄媚；不分是非而言说，叫阿谀；喜欢说他人的坏话，叫谗言；离间亲友，叫陷害；称赞诈伪的人来败坏有道德的人，叫邪恶；不分善人和恶人，善恶兼容以引出他人的欲念，叫阴险。此外，渔父还给孔子讲了人的四种祸患：喜欢经营大事，改变常规，用来谋取功名，叫贪多；专用私智，独擅行事，侵凌他人，刚愎自用，叫贪婪；有错不改，听到规劝反而变本加厉，叫执拗；他人不赞同自己而自我感觉良好，叫自负。渔父还告诉孔子："真正的悲痛没有声音却很哀伤，真正的发怒没有发作却很威严，真正的亲热没有笑容却很和善。"渔父最后说："可惜啊！你早就被虚伪的世俗熏染，而听到大道太晚了！"

庄子就是这样，把自古以来炎黄史上最大的学术权威、道德典范孔子，请到他的笔下，用寓言、重言、卮言等写作方式，对礼法制度、仁义道德等进行批判。

文章写到这里，我特地多说几句，谈谈看法。我以为，庄子并非不尊重孔子以及圣贤，也并非人身攻击，而是他倡导和推崇道学的写作需要，是理论上争鸣至极的一种表现手法。作为后世子孙，我们在读圣贤的著述时，要保持一种欣赏的定力，尽可能地去全面理解、领悟儒、墨、道、法、兵、卦、名、农等各个学派的理论内涵，欣赏炎黄圣贤的理论智慧，欣赏各种不同理论在创立发展过程中的智慧争鸣，而切不可钻牛角尖，钻到某句话、某个论断去辩什么人身攻击。要知道，圣贤的自身修养，以及不断修养而积淀的高尚人格，是不屑于做蝇营狗苟之事的！就像庄子和惠子那样，两人信奉的理论尖锐对立，且常常不是你主动找我、就是我主动找你辩论，争得面红耳赤，争得互不相让。但他们是最要好的朋友，是一生的知心朋友！

庄子的道学理论博大精深，但表现在文字上，却艺术飘逸。在庄子的内心世界，已无物我之分，天地万物与其内心世界的交流毫无障碍，他用抽象的哲理，把宇宙间的任何事物都表达得灵动有趣，呈现出汪洋恣肆的浪漫情怀。在庄子的笔下，一方面是"大"的玄妙，一方面是"小"的灵异。如北冥的鲲有几千里之大，化而为鹏，其翼如蔽天之云，不仅能击水三千里，而且能扶摇直上九万里。如任公子垂钓，以五十头牛为鱼饵，蹲守在会稽山上，投竿东海，等鱼上钩等

品庄子

了一年，终于鱼上钩了，顿时白浪如山，声如鬼神，搅海千里，这条大鱼可令浙江以东、苍梧以北的人饱食。再如，在《则阳》一文中，庄子写蜗角之国，蜗牛那么一点点儿，可它的左角里有一个国家叫触氏，右角里有一个国家叫蛮氏。蜗角之国已经是小而又小了，小得连一粒小米都塞不进去，可就在这么小的地盘上，触、蛮两个国家却"时时与争地而战，伏尸数万，逐北旬有五日而后反"。

庄子哲学的玄机，就蕴含在大、小同"道"的轨迹之中。尤其是庄子将死之时，弟子欲厚葬之。庄子曰："吾以天地为棺椁，以日月为连璧，星辰为珠玑，万物为赍送。吾葬具岂不备耶！何以加此！"这种穿越时空、超越生死的旷达潇洒，唯有用执一、无我构建起精神高地的庄子才配拥有！

庄子说，"天地有大美而不言"。这种"不言"的美，唯有站在执一、无我而构建起的精神高地，才可以深刻体悟到。庄子的这一思想，无疑是中国山水诗、田园诗、游记，乃至龙飞凤舞的书法、绘画的灵感之源。取天地之美而形成的中国山水之画、取浪漫情怀而产生行云流水的草书，无不蕴含着"天地有大美"的内核。

庄子还开创了"以丑为美"的美学先河，在多篇文章中，庄子不惜笔墨塑造了子舆、兀者王骀、申徒嘉、叔山无趾、瓮㼔大瘿等一批身残形丑之人，这些人不是缺胳膊缺腿，就是形貌丑陋变形。尤其是子舆，背偻腰曲、五脏脉管突起于脊背，脸缩于肚脐，肩高于头顶。如此扭曲变形的子舆，不仅不以为丑，反而"心闲无事"，晃晃悠悠走到井边，欣赏自己的样子。这些形体丑陋之人，不仅孔子对他们恭敬有加，而且老子与他们谈道论法。庄子本身很追求形体的俊美，如他描写的藐姑射山神人，"肌肤若冰雪，绰约如处子；不食五谷，吸风饮露；乘云气，御飞龙，而游于四海之外"，简直就是形体之美的极致样板。但庄子更追求精神的完美，在他看来，丑陋的形体之下，反而更能包含超越形体之外的精神之美，即"全德"。这种形丑心美的"全德"之人，在几千年的文学艺术作品中，深得国人喜欢和期盼！他们是得道高僧，是仙风道骨的过海八仙，是济公，是孙悟空，是……

华为是今天全球电子信息的领军企业，它有一种科技利器叫"鸿蒙"。庄子在《在宥》篇中写到"鸿蒙"。说云将到东方游玩，经过东海神木的枝头时，碰到"鸿蒙"正拍着大腿欢跳玩游。云将想调和六气的精华来养育万物，请教"鸿蒙"该怎么做。"鸿蒙"没给他答案。三年后，云将又碰到"鸿蒙"，再次向他请教。"鸿蒙"告诉他，要好好养心，自然无为，自生自化，与混混茫茫的自然元气浑同为一体，回复到本真无妄的道中，终生不离开大道。云将得到真传，说："天降朕以德，示朕以默；躬身求之，乃今也得。"

盘古开天地之前，叫鸿蒙时代，那时宇宙是一团混沌的元气，这种元气就叫"鸿蒙"。

这难道不是庄子的一种预示吗？

2020年7月9日于石家庄

品 庄 子

品 鬼 谷 子

——布局战国天下的谋圣

　　纵横学，主要包括合纵、连横两极。有合纵无连横，即无纵横；有连横无合纵，亦无纵横。纵横即是合纵、连横的对立统一。纵横学的核心，是立足全局的战略谋划；具体实施，是捭阖。

　　所谓"捭术"，即是想方设法让对方开口，从中揣摩对方的意图，抓住对方的破绽。

　　所谓"阖术"，即是择要害处用激烈的言辞令对方无言以对，使之完全听从游说者的主张。

　　"捭"意为开启，"阖"意为闭藏，"捭阖"是极为重要的哲学概念，是万事万物发展变化的规律，也是纵横家游说的根本方法。

　　纵横学的创始人叫鬼谷子，姓王名诩，又名王禅，战国时期著名的思想家、纵横家、军事家、谋略家。因隐居在卫国朝歌附近云梦山的鬼谷山中，故称鬼谷子。

　　鬼谷子心地极其善良，他创立纵横学，是他站在战国天下的制高点，俯视刀光剑影、檑木滚石的群雄厮杀，布局华夏历史走向的重大谋划。正是从这个意义说，鬼谷子创立纵横学，是春秋走到战国时的必然产物。

　　鬼谷子出身名望大家，父亲王错是魏国重臣，深得魏武侯宠信。

在罢相换人的权谋争斗中，王错暗中较劲，罢掉了李悝的丞相之位；在吴起训练出"魏武卒"，力抗强秦，连打胜仗后，素不与吴起交好的王错，又参与并支持对吴起的排挤，最终把吴起挤走了。

可以说，父亲王错，是儿子鬼谷子的第一任老师，虽然王错并没有专门给他上课，但从朝廷的传闻、人事的变动，以及父亲的言谈话语、喜怒哀乐中，天生聪慧的鬼谷子，已经对争权夺势、诬告陷害的权谋之术，有了深切的领悟，并初步形成了自己的理解。

家里的书不够读了，鬼谷子来到西河重镇阴晋求学。这里原是秦国的土地，被魏国反复征战拿下后，设西河郡。为使当地的秦人归附，魏文侯把当时的名士大儒请来河西讲学，有百岁大儒子夏，有子夏的弟子公羊高、穀梁赤、段干木，还有子贡的弟子田子方等，形成了儒学史上著名的"西河流派"。

鬼谷子到达阴晋时，子夏已去世多年，鬼谷子师从田子方，学的是纵横学。

田子方讲的是他的老师子贡运用纵横术搅动天下的故事。

故事发生在春秋时期，是这样的：齐国权臣田常，想抢夺齐国君位，但他担心高、国、鲍、晏四大家族联手反制，便抽调他们几家的军队去攻打鲁国，打算趁机把四大家族灭掉。

为了救鲁，孔子派子贡前去游说。

子贡先去齐国，见到田常后，大说了一番反话。他说的是，鲁国城墙短矮，护城河狭窄水浅，国君愚昧不行，臣僚虚伪无能，百姓厌恶战争，但它是最难攻打的国家。而吴国城墙高大，护城河宽阔水深，士卒百姓同仇敌忾，臣僚满腹韬略，是最容易攻打的国家。

田常认为这是子贡故意耍弄自己，非常愤怒。子贡则不慌不忙地说，国内有忧患，应以攻打强国来转移民众的视线；国外有忧患，应以攻打弱国来平息民众的不满。而齐国的忧患在国内，在四大家族。你真把鲁国打败了，齐国国君得到土地，臣僚得到封赏，这时你对四大家族下手，他们在外征战的军队反扑过来，你难有胜算。而攻打强吴，必久攻不下，且消耗巨大，这样一来，四大家族的势力被削弱了，参加作战的死伤，又使得他们掌握的军力被削弱了，在这种情况下，你去抢班夺权，不就容易了吗？

田常被子贡鼓动得心花怒放，决定攻打吴国。但有一点担忧，齐国四大家族的军队已经向鲁国开去了，往回撤，没有合适的理由，会引起四大家族猜测，要坏大事的。

子贡想好了对策，他叫田常把军队停在鲁国边境，由他出使吴国，鼓动吴国以援助鲁国为名，出兵攻打齐国，然后田常将军队回撤，攻打吴军。

吴国会按子贡的指挥棒转吗？

且看子贡，到了吴国，晋见吴王夫差，如是说："拥有百万战车的齐国，一旦攻打鲁国，那它就成为吴国的劲旅了。救援鲁国，就是救援吴国。救援奉行周礼的鲁国，天下诸侯都会称赞吴国奉行大义，你既高举奉行大义的旗帜，又压制住了强敌齐国，称霸天下也就指日可待了。"

吴王又被子贡鼓动得心花怒放，决定打齐救鲁。但他想先打完越国再说，因为越国正蠢蠢欲动，担心它趁吴出兵救鲁而从背后捅吴一刀。

子贡给吴王解释："打弱小的越国，天下会指责吴国不仁不义。而不使越国的祭祀断绝，向天下诸侯显示吴国的仁德，援助弱鲁攻打强齐显示吴国的勇敢，这是天下霸主的作为。"讲了这些道理后，子贡出使越国，又去游说越王。

面对越王，子贡是这么说的："吴王这个人，残暴凶狠，大臣难以忍受；吴国连年发动战争，弄得国力空虚，士兵疲惫，百姓苦不堪言。在这种情况下，越王如果假意出兵辅佐吴王，用金钱美女获取他的欢心，用谦卑的言辞满足他的虚荣，他便一定会攻打齐国。如吴国战败，越国兴盛指日可待；如战胜，吴王一定会北上攻打晋国。我告别您之后便去晋国，请晋国配合齐国攻击吴国。到那时，吴国的精锐消耗在齐国，重兵又被晋国牵制，您便可趁机攻打空虚的吴国，一战而得。"

越王勾践被子贡鼓动得心花怒放，送给他黄金百镒，宝剑一把，良矛二支，子贡坚辞不受。

子贡回到吴国，汇报做越王工作的情况，给吴王吃定心丸。紧随而至的是越国大夫文种，不仅给吴王送来了越国祖先珍藏的步光剑、屈卢矛等宝物，而且请求由勾践带三千越兵，协助吴军攻打齐国。吴王夫差听从子贡的劝谏，收了宝物，接受越国三千士兵，但不让越王勾践同行。

按捺不住了，吴国迅速发起对齐国的进攻。

吴国大军一开，子贡便拔腿出发，前往晋国。

子贡对晋国国君如是说："齐、吴已开战，如吴败，越便会从背后偷袭吴；如吴胜，吴国军队便会向晋国开来。"他教给晋国的办法是：做好准备，迎接战斗。

子贡从鲁到齐，从齐到吴，从吴到越，从越回吴，又从吴到晋，从晋回鲁，兜了这么一大圈后，在鲁国静候消息。

消息一个一个传来。

先传来的是：齐、吴在艾陵大战，齐军大败，七个将军及无数士兵被俘。

又传来的是：吴军大举进攻晋国，两军在黄池相遇，晋军率先发起进攻，吴军惨败。

还传来的是：越军渡江袭吴，打到距吴国都城只有七里的地方。回撤救援的吴军，斗志丧失，连城门都守不住，被越军包围了吴王宫，最后吴王夫差被杀，国家灭亡。

儒家大弟子子贡这一圈游说，先骗齐国，再骗吴国，而后鼓动越

品鬼谷子

国、晋国。骗齐，使得强齐衰落；骗吴，使得吴国灭亡；鼓动晋，使得晋国中兴；鼓动越，使得越国称霸。这一圈欺骗、鼓动下来，使得弱小的鲁国，免遭了强齐的进攻。

子贡的这次游说，历史有记载。但作为田子方教学的教材，难免夸大、渲染。

田子方给鬼谷子讲的子贡游说的故事，听得鬼谷子目瞪口呆，简直不相信自己的耳朵。他子贡可是儒学大家，他这一趟游说，使用的不是欺骗、诈术吗！在此之前，他还从来不曾想过，凭三寸不烂之舌，便能纵横天下，使天下局势发生翻天覆地的变化，好坏之状，瞬间颠倒，上下之位，顷刻坍塌。

从此，鬼谷子迷上了纵横之术。他在西河向公羊高、穀梁赤学《春秋》，了解各国的历史演变；向段干木学辅政权谋之道，特别是臣僚的权变融通；还钻研了《孙子兵法》。他认为，这些都是纵横之术最重要的基础，没有这个基础，就不可能拿出真正打动人的说辞来。

在西河学习一年后，父亲王错又把鬼谷子送到了魏国的京都太学。这里各类史书典籍琳琅满目，驳杂丰富。鬼谷子如饥似渴地博览群书，继续做领悟纵横术的积淀。太学的三位老师，一位是精通天道历法的太史皓，他给鬼谷子讲天干地支二十八星宿，再结合天人感应的道理，推算人的祸福吉凶；一位是通晓兵法的司马武，他让鬼谷子对着地图，学习排兵布阵演练；一位是擅长说辞游说的行人强，他教鬼谷子游说的方法、技巧，以及各种不同场景下游说的重点、切入点。三位老师轮流上课，如此坚持了数年，鬼谷子的学业长进很大。精通兵法的司马武，还特地把姜子牙所著的《金版六弢》一书，送给了鬼谷子。诸如**"善战者，不待张军；善除患者，理于未生；善胜敌者，胜于无形；上战与无战"**等精辟的军事论述，使得鬼谷子如醍醐灌顶，茅塞顿开。

父亲王错，与其他臣僚把吴起逼走后，又参与魏国王子继位之争，因做得太过分，被魏王罢黜。王错感到自己在魏国待不下去了，打发鬼谷子到楚国躲避。此时吴起已被王公大臣乱箭射杀，鬼谷子在楚国无亲人，也无仇敌，安全无忧。为了生计，鬼谷子扯起一面布幡，上面写着"卜卦"二字，在路边算卦赚钱糊口。凭着他学习积淀的天文地理知识和阴阳五行学识，再加上他练就的三寸不烂之舌，鬼谷子的"卜卦"生意日益红火，找他占卜的人越来越多，盘缠也越积越多。有钱了，他就不专事"卜卦"了，而是迈开双腿，游历到处是青山绿水的湘楚大地，在行走中积淀学识。不久，在魏国失宠的父亲王错，得知魏国打算偷袭韩国的消息后，便跑到韩国通风报信，并留在了韩国。鬼谷子只好辗转赴韩。

在韩国，鬼谷子又拜在刑名学家邓玉门下，补上了刑名学这一课。

父亲王错老了，儿子鬼谷子大了，王错想给儿子寻一门亲事，且想攀个高枝。当时韩哀侯的金公主久病不起，四处求医问药皆不见好。有人知道鬼谷子能瞧病，提出叫他去试着治治，治好了，便去做媒，让鬼谷子成为韩哀侯的驸马爷。这正是王错最大的愿望，但他并没有跟鬼谷子说提亲之事，只是说去瞧病。

鬼谷子去给金公主瞧病，一来二去，公主的病好了，两个人也互相瞧上眼了。经人撮合，韩哀侯也同意，这档婚事成了，鬼谷子成了韩国的驸马爷，开始登上政治舞台，多次随外相出使他国，深得韩国君臣赏识。鬼谷子则把每次出使的情况，特别是在不同国家、不同事由的游说情况记录下来，编成韩国外交的教科书，在臣僚中争相传阅。其中游说魏、楚开战，而使得韩国侵伐郑国大获其利，便是鬼谷子运用纵横之术的杰作。

事情是这样的。

韩国逐渐强盛起来后，便开始打郑国的主意。而郑国背后站立的

品鬼谷子

是楚国，韩国不是楚国的对手。怎么能在韩国攻打郑国时，楚国不出手救郑呢？鬼谷子把纵横术派上了用场。

他先是派人对魏武侯说："魏国的叛贼吴起死了，正是魏国向楚国报仇的好机会。楚国一向觊觎中原，对韩、魏更是虎视眈眈。在这种情况下，魏国如果以天子之名出师讨楚，天下诸侯定会一呼百应，韩国更会尊魏国为盟主，倾力相助。"魏武侯被说动了，决定伐楚。

鬼谷子又派人到楚国游说，对楚王如是说："魏国雄霸天下之心不死，向来视楚国为眼中钉。如今吴起死了，魏国认为楚国无人能战了，正加紧准备攻打楚国。韩、魏虽在中原为邻，但魏素有吞韩之意。如楚国出兵伐魏，韩国定助一臂之力。"楚王也被说动了，加紧军备，伺机向魏国进攻。

楚、魏果真大打出手，韩国趁机发兵攻郑，楚国腾不出手来救郑，结果韩国把郑国的国都攻占了。

鬼谷子在实际中运用的纵横之术，小试牛刀，便使得韩国大获其利。

鬼谷子与金公主成亲后，一开始两个人相亲相爱，小日子和睦温馨。但因鬼谷子擅长游说之术，断不了要作为使节派往他国，且一去便是一月或数月。金公主可能也是耐不住寂寞，便与鬼谷子的一个叫庞喜的门生鬼混上了。此事父亲王错知道，闷在心里不便说，生了一段闷气后，去世了。鬼谷子的好友给他透了口风，他自然也是心知肚明。父亲死了，妻子背叛了，韩国没有什么可留恋的了，鬼谷子离开韩国，来到宋国。

在宋国，大夫高欣把鬼谷子推荐给宋君，鬼谷子受到重用。但宋国是个小国，难以在诸多强国中出头，在齐国辩士淳于髡的游说下，鬼谷子转而投奔齐国。

齐国是强国，野心很大，且首先想拿下的便是弱宋。

宋国上下一片恐慌，不知如何是好。有人提出，鬼谷子来宋，是大夫高欣推荐的，如今宋国难保，只好派高欣去找鬼谷子，叫他要么回宋国，要么离开齐国。

高欣沮丧极了，硬着头皮叩见齐君，请求将鬼谷子要回宋国，遭到严词拒绝。又见鬼谷子，流着泪对他说："你若不回宋，或不离开齐国，我家三族数十口性命休矣！"

鬼谷子心地极其善良，为人也恪守品德。他在听了高欣的流泪诉说后，深深意识到，宋国是断然不能回的，但为了高欣三族性命，齐国也是断然不能留的。投奔哪里呢？鬼谷子回想父亲王错在魏国的权谋争斗，回想自己在韩国的婚姻悲剧，不禁仰天长叹："是老天要我远离世俗纷争啊！"

鬼谷子离开齐国，来到卫国的云梦山，在一处名叫鬼谷的山涧住下，隐姓埋名。从此，没有王诩了，也没有王禅了，只有鬼谷子。他在这里远离尘世，冷眼旁观，看战国天下的弱肉强食，看君臣争斗的权谋剧变，并在吟山诵水之余，写了一部《纵横》，作为布局华夏历史走向的重大谋划。从此，他心纳天地，收徒传艺，终老鬼谷山涧。

鬼谷子的纵横理论，大前提是观测之术，即了解天下大势，了解各国君主的脾气、性格、嗜好，了解其国家的历史、地理、经济、政治制度、文化习俗、军事实力，以及与其他国家的远近亲疏、矛盾隐患。在此基础上，再使用捭阖之术，进行离间游说。其具体的方法是：静听，即只听只琢磨，以静制动，了解其意图；反听，即主动发问，用言语试探对方；以己推人，即站在对方的立场，想对方对事物的感受和反应，附和其心，诱使其把想法和盘托出。捭阖术的五种说辞是：平言，即成事之言；戚言，即亲近之言；谀言，即迎合之言；佞言，即谄媚之言；诤言，即谏诤之言。捭阖术的五种忌讳是：忌病，即有气无力、无病呻吟、没有根据的话不能说；忌恐，即六神无主、语无伦次、唯唯诺诺的语气不能有；忌忧，即吞吞吐吐、断断续续、让人生烦的话不能说；忌怒，即条理混乱、钻牛角尖、前后矛盾

品鬼谷子

还力争的话不能说；忌喜，即随心所欲、看到对方上钩便不能节制、夸夸其谈的话不能说。捭阖术的第一要义，是制人而不制于人，重在使用阴谋，间或使用阳谋。其中的"制君之术""惑乱之术""背向之术""离间之术"等，鬼谷子也都有深刻的阐述。

在阳光洒满金色的鬼谷山涧，清风徐徐，草木摇曳，在一棵古老的梧桐树下，一位精神矍铄、仙风道骨的老人，在一群学子中间来回踱步，他如是说："揣测真实心情，一定要选择在那个人最高兴的时候，前去面见他，最大限度地刺激他的欲望，因为他被欲望所蒙蔽，便不能隐蔽真情；一定要选择在那个人最担心的时候，前去会见他，最大限度地诱发他想起所憎恶的对象，因为他被憎恶所激动，便不能隐蔽真情。还要了解那个人感情欲望的变化。如果触动了那个人的感情，还是摸不清他的变化，便暂且放开那个人，不跟他交谈，转而去询问他亲近的人，从而了解他的欲望。内心发生感情变化，一定会从外部表现出来，要从他外部表现出来的形态，深入了解他内心隐藏的思想感情……"

毋庸置疑，鬼谷子纵横术的一整套理论，虽然在人们交往的日常生活中多有使用，但上升为一种理论体系，是为儒家、墨家、道家、法家等所不齿和摒弃的。

但我们不得不说，鬼谷子的纵横术产生于战国时期是必然的，也可以说是不可或缺的。世道变了，人心不古，篡权弑君、弱肉强食、尔虞我诈等为春秋所不齿的作为，已经成了战国天下争霸的主旋律。在这样的时代背景下，恪守春秋传续下来的那套礼制，只能挨打，只有灭亡。要适应世道的变迁，在争霸征伐的战国时代生存下来，发展壮大，就不得不改弦更张，用纵横术去谋道，去拓展。

更何况，泱泱华夏总不能由如此众多的小国没完没了地打斗下去吧！春秋是多战，战国已然是血战，无论是多战，还是血战，死的、伤的、苦的，不都是普通民众吗！止战、不战，才是天下大幸、民之大福啊！

在鬼谷山涧讲学的鬼谷子，收徒众多，但从鬼谷山涧走出去，搅动天下，把战国风起云涌的历史，搅动得丰富多彩的，有他的四个高徒：庞涓、孙膑、苏秦、张仪。

鬼谷子先把庞涓、孙膑打发下山，用他俩高超的军事谋略，挑起战国纷争，把魏国独强，打成了天下诸国特别是战国七雄都强……

分析看，鬼谷子时的战国天下，小国还不少，七雄虽都积攒了问鼎天下的实力，但仍看不出哪个国家具备一统华夏的经济实力、军事实力、文化实力，特别是把政治、经济、文化和军事实力综合发挥出来的国家政权构架。他把庞涓、孙膑派出去，就是要运用这两位军事天才，挑起战国纷争，在相互的军事斗争中，看哪一个国家能够打出来，担当起一统华夏的重任。

再分析看，虽由魏国独强，打成了战国七雄都强，但一统华夏的这个国家究竟是谁，鬼谷子尚未完全看准。

于是，鬼谷子又把苏秦、张仪打发下山，一个推销"合众弱以攻一强"的合纵，一个推销"事一强以攻众弱"的连横，将相互对立的两种推销，统一于他对战国天下的布局之中……

合纵连横对弈的目的是：强者助其强，弱者助其亡！

鬼谷子布局战国天下的目的实现了，秦国独强，横扫六国，一统华夏！

鬼谷子布局战国天下的谋略告诉我们：

中华民族的版图，不是分成无数个小国才好……

国家不是越小越好，而是越大越好……

2020年中秋、国庆双节于山东海阳

品鬼谷子

品 孟 子

——理论支撑底气的智慧

"民为贵，社稷次之，君为轻。"

这是划时代的伟大见解！

其民权和民生的意义，政权和执政的意义无与伦比！

在漫长的封建社会，君是什么？君是受天命而主宰天下的天子！民是什么？民是受天子奴役、为天子供奉奢侈享受的草芥！

我们的祖先从原始社会开始，便创作了一套厘定天下等级秩序的礼数，即君为臣纲，父为子纲，夫为妻纲。君叫臣死，臣不得不死，臣要是不死，即是大逆不道，有违天理。而"民"在君眼里又算得了什么呢？"民"要是对君王翻一下白眼，那便是犯上作乱，便会遭灭三族、屠九族的大祸。

可在公元前三百多年，在那个图强争雄、血肉横飞的战国天下，孟子振臂而呼："民为贵，社稷次之，君为轻！"

他这一呼，超乎天地苍穹，穿越两千多年岁月，在当今天下仍振聋发聩，激荡人心！

孟子，名轲，山东邹城人，是继孔子之后最伟大的思想家、教育家。孟子家贫，父亲早丧，母亲守寡。孟子的一生，与孔子酷似，他带领学生游历魏、齐、宋、鲁、滕、薛等国，也想谋个大官做做，以施展自己的政治抱负；在齐国做过一段齐宣王的客卿，抱负施展不出来，便回到家乡聚徒讲学，与学生万章等人著书立说，成为仅次于孔子的一代宗师，被后人称为"亚圣"，与孔子合称为"孔孟"。

孟子的伟大，与他母亲的伟大分不开。

《三字经》有"昔孟母。择邻处；子不学，断机杼"的诗句。

孟子小的时候，家靠近一个墓地，经常有人家在那里办理丧葬事宜。孟子可能觉得有趣，也常与小伙伴们在墓地玩丧葬祭拜游戏。孟母认为这个地方不适合孩子居住，便搬家了。新安的家在一个集市旁边，孟子有样学样，又开始和小伙伴玩做买卖和杀猪杀鸡的游戏。孟母觉得这个地方也不适合孩子居住，又搬家了。最后选择的新家住址，是一个学堂旁边。果然，学堂琅琅的读书声，以及老师传授的各种礼节，深深地吸引了年少的孟子，也跟着学起来。这便是流传至今的"孟母三迁"。

孟母不只是"三迁"，她对孟子的教育也极其严格。一天，孟子放学回家，孟母一边织布，一边问他学习怎么样。孟子则心不在焉，说跟过去一样，没什么好学的。孟母一听火了，操起剪刀，把刚织好的布剪断。孟子大为惊讶，问母亲为什么要断织。孟母说：你荒废学业，如同我剪断织好的布一样。女人荒废家务劳作，男人放松自己的修养和德行，那么，一家人纵使不做强盗、小偷，也只能从事劳役了。孟子听了猛醒过来，从此学习格外用功。孟子成家后，一次回家，推开门见妻子蹲在地上，非常恼火，就对孟母说："请允许我把她休了。"孟母问为什么，他说妻子蹲在地上。孟母又问你怎么知道的，他说他亲眼看见的。孟母一听便明白了，不是儿媳妇不讲礼仪，而是儿子自己不讲礼仪。因为《礼经》规定：一个人将要进门的时候，必须先问屋里谁在；将要进厅堂时，必须用咳嗽或吟诵弄出些声响，以便让屋里的人知道；将进屋时，必须眼往下看。《礼经》这样规定，为的是防止屋里的人措手不及，不能以相应的礼仪对待。孟子进屋，推门便进，把妻子吓一跳不说，还以妻子违背礼仪为由，要将妻子休了，显然是悖理的。孟母把孟子教育一番后，孟子不再提休妻的事了。

孟子并非出身名门望族、书香门第，但他母亲对他的"家教"，还是蛮"书香"的。孟子在儒学发展史上的伟大建树，与孟母的"家教"不无关系。

孟子思想理论的核心，是"性善"说，并由此出发，把心、性、天统一起来了。孔老夫子没有在人性善恶上作什么探讨，只是提出了"食色性也"。而战国天下，诸多士人加入到了这个讨论的行列。荀子就坚持"性恶论"，对"性善论"给予了猛烈抨击。另一个学者告子，则认为人性无善无不善，与仁义也没什么联系。孟子的"性善论"观点，主要是在与告子的争辩中提出来的。

告子说："人性就像急流的水一样，东边开个口子就往东流，西边开个口子就往西流。人性就像水流不分东西一样，不分善恶。"

孟子说："流水不分东西，难道不分高低吗？人的本性向善，就像水往低处流一样。没有水不往低处流的，就犹如人的本性没有不善的。用戽斗把水引上高山，这难道是水的本性吗？是外在形式迫使的。人会做坏事，也是因为其本质受到了外在影响。"

告子认为："文王、武王的时候，百姓就喜欢向善；幽王、厉王的时候，百姓就喜欢横暴；百姓普遍向善的时候，也有人喜欢横暴；百姓跟着暴君行恶的时候，也有人喜欢行善。这不正说明人性无善无不善吗？"

孟子则说："**恻隐之心，人皆有之；羞恶之心，人皆有之；恭敬之心，人皆有之；是非之心，人皆有之。恻隐之心，仁也；羞恶之心，义也；恭敬之心，礼也；是非之心，智也。仁义礼智，非由外铄我也，我固有之也。**"

请注意！孟子把"性善"与儒学道义结合起来了。他说"**恻隐**

之心，仁之**端也**，羞恶之心，义之**端也**，辞让之心，礼之**端也**，是非之心，智之**端也**"。"端也"，起始、萌芽的意思。而这"四端"是先天的，人的"善性"是与生俱来的。只有不断扩充、培养这些"善端"，才能成为具有仁、义、礼、智等道德修养的完人。为什么文王、武王时期，百姓普遍向善，却还有人横暴呢？是因为这些人不去扩充和培养这些"善端"，没能守住自己的"良知"所致。

孟子口才极佳，是辩论高手，尤其擅长用比喻为自己的理论辩护。为了说明"性善"是天生的，为什么会有人变得"性恶"，他用牛山打了个比方。他说，牛山在都城郊外，它山上的树木受阳光雨露的滋润，长得非常茂盛。这是牛山的本来面目，天生成就的面目。可后来牛山光秃秃的，为什么会变成这样呢？是因为老是有人上山去砍伐树木，接着又有人赶着牛羊到山上放牧，把长出来的嫩芽全啃光了。人性的善恶之变，与牛山由茂盛变得光秃秃一样，有规律可循。

孟子在"性善"上的论述很多，极大地丰富了儒学"修身、齐家"的理论体系。

除此之外，孟子对儒学发展的一个重大贡献，即是把儒学道义与治国安邦紧密结合起来。孔老夫子带着弟子辗转天下，想找官做，不成，只好传授学问，走一路传授一路，理论来理论去，与"修身""齐家"联系紧密，与"治国""平天下"几乎不搭界。孟子与孔老夫子走的路子几乎一样，辗转战国天下，也谋官做。所不同的是，孟子走到哪里，都把他的"仁政"理论宣传到哪里，且与治国安邦联系起来，还在齐国还谋了个客卿的高官。

孟子见梁惠王，梁惠王问能带给他什么利益。

孟子则说："何必曰利？亦有仁义而已矣。"

他接着说："国君想的是怎么使国家获利，大夫想的是怎么使自家获利，士人和百姓想的是自己如何获利，结果上上下下争相逐利，大夫不把国君的财富夺去便不会满足，那国家就危险了，国君的君位就不保。而上上下下讲仁义，讲道德辞让，国家就能富庶安稳。"

梁惠王自吹自擂，说自己施政做得如何好，而邻国做得没自己好，土地和人口却增加了，问孟子为什么会这样。

孟子用"五十步笑百步"给他讲了一番道理。孟子如是说："战鼓敲响，兵刃相交，士兵丢下盔甲拖着兵器逃跑，有的一口气跑了百步停下来，有的跑了五十步停下来。如果跑了五十步的去嘲笑跑了一百步的，有道理吗？跑五十步的难道不是逃跑？"

从梁惠王那里出来，孟子评价梁惠王，远远望去，他不像个国君的样子；靠近他，没有一点儿威严的气势。

见齐宣王，孟子给他大讲王道。

齐宣王有一件事自以为做得很好。他坐在大殿之上，见有人牵着一头牛从殿下走过，便问牵牛干什么，得知是宰了牛祭钟。齐宣王不忍心看到牛被宰，叫人放了。牵牛的人问是否废弃祭钟仪式，齐宣王说怎么能废掉呢，用羊代替吧。对此，齐国百姓说齐宣王吝啬，齐宣王却很得意，认为自己的做法符合王道。

孟子则说："如果我的力气能举起三千斤的东西，却说举不起一根羽毛，你肯定不信。大王您的恩惠已经施加到禽兽身上了，而百姓却没得到好处。为什么呢？是因为一根羽毛你不是举不起，而是你不愿举。这就犹如您用仁政治理国家，不是做不到，而是不肯去做。"孟子接着说，"您不以仁政治理国家，不是挟泰山跨渤海之类的事情，确实做不到，而是为老人按摩捶背之类的事情，能够做得到，而您却不做。如果您实施仁政，使天下想做官的都愿在您的朝中任职，耕田的都想在您的土地上耕种，经商的都想在您的集市上经营，旅客都想在您的道路上行走，百姓的产业上足以侍奉父母，下足以养活妻儿，丰年能吃饱，荒年饿不死人，您还能不称王于天下吗？"

在孟子的仁政、王道理论中，他不仅提出了"民贵君轻""先民之忧""后民之乐"等政治主张，而且提出如果君王不仁不义，可以诛杀。他是这么说的："全国百姓说国君不行，那就进行考察，发现确实不行，就弃用他。对于弃用的国君，左右的人都说可杀，不要听；各位大夫说可杀，不要听；全国百姓都说可杀，那就杀掉他。"

孟子的类似言论在战国天下引起巨大反响，想见孟子的君王很多，孟子也就越来越忙了，从齐国出来去邹国，从邹国出来到滕国，从滕国出来到鲁国，一行几十辆车马，上百个弟子，浩浩荡荡，着实威风。

但在鲁国，孟子碰了一鼻子灰。

鲁平公出门备车，他的一个姓臧的宠臣问他见谁去，鲁平公说去见孟子。这个宠臣拦住说："您降低身份去见一匹夫，因为他贤明吗？他办理母亲的丧事大大超过父亲，完全不合礼仪。"鲁平公一听，便放弃去见孟子。因为鲁平公也听说了，孟子母亲的丧事，棺椁衣裘搞得很奢侈。

孟子听说后大骂："姓臧的小子，怎能使我不见鲁侯呢！"

骂过之后继续走。孟子内心非常强大，他才不在乎哪个君王见不见他呢！他接着来到齐国，齐王接待了他，并任他为客卿。客卿是可以参与重大国事的决策谋划的。这时的孟子，抱负膨胀，悄然萌发了"帝王师"的自我感觉。但现实又重重打击了他一回。

孟子准备朝见齐王，齐王不见，说身受风寒，明天早朝见。

孟子则回话："我也生病了，明天不能上朝。"

可第二天，孟子跑到东郭大夫家吊丧去了。齐王派人询问孟子的病情，还特地带来了医生。孟子不在，门下就给他圆事，说上朝去了，不知到了没有。随即派人去找孟子，告诉他千万不要回家。孟子也得演下去，只好去景丑家过夜，以表明自己确是上朝去了，只是患病了，走得慢，中间还得歇一歇。在景丑家，孟子说了实话："将大有为之君，必有所不召之臣；欲有谋焉，则就之。"说的是，大有作为的君主，必有不听召唤的臣子。如果有事商量，君主就要亲自

品孟子

拜访。

上述记载说明，齐王不怎么在乎孟子，孟子做"帝王师"的抱负也坚挺不起来了。没过多久，孟子便辞掉客卿回家。

往回走，慢腾腾，走了三天，还没走出齐国国境。他这么磨磨蹭蹭是期盼齐王来召唤他。他的企盼落空了，顿时脸上布满愁容。

孟子的学生充虞见他不高兴，就用"君子不怨天，不尤人"劝他。

孟子则说："五百年必有王者兴，其间必有名世者。由周而来，七百有余岁矣。以其数，则过矣；以其时考之，则可矣。夫天未欲平治天下，如欲平治天下，当今之世，舍我其谁也？"

这是孟子内心装着"帝王师"放不下的原因！孟子认为，按治世规律，五百年必有一个英明的君主出现，也必有一个命世之才出来。孟子算着，尧、舜至商汤，五百余年；商汤至周文王，五百余年；从周王朝到现在，七百多年了，论年数，已超过五百年了，从目前的形势看，应出王者和名世者了。上天不想治理天下则罢了，如想治理，当今天下，除了我还有谁呢？

这是孟子内心世界的真实道白！

在孟子看来，七百多年来，王者没出现，但"帝王师"出现了，即"舍我其谁"！

说这话时，孟子可能没有想起孔老夫子来。

从齐国走后，孟子便回到了家乡，专心授徒讲学。

应当说，孟子"帝王师"的自我意识并未放下，只是给学生讲授时自诩"帝王师"，没有什么意思了，于是变一种思路，给学生讲大丈夫！

"大丈夫"即人格论。孟子要求他的学生，用儒家的道德规范，培养自己的"浩然之气"。他说："其为气也，至大至刚，以直养而无害，则塞于天地之间。其为气也，配义与道；无是，馁也。是集义所生者，非义袭而取之也。行有不慊于心，则馁矣。"他要求他的学生，不管得志与否，都要奉行儒家道义，"居天下之广居，立天下之正位，行天下之大道；得志，与民由之；不得志，独行其道。富贵不能淫，贫贱不能移，威武不能屈"。努力培养自己"生，亦我所欲也；义，亦我所欲也，二者不可兼得，舍生而取义者也"的伟大人格。

"富贵不能淫，贫贱不能移，威武不能屈"；生、义不可兼得时，"舍生取义"等，是高尚人格的"浩然之气"。这"浩然之气"，穿越两千多年的时光，传承着中华子孙人格的光彩。

可以说，是孟子确立了士人（知识分子）的独立品格，确立了知识分子立身处世的标准，极大地升华了中国知识分子的精神境界！

孟子学识广博，思想超前，见地独特。《诗经》是我国最早的诗歌，是从众多诸侯国收集起来的。由于各诸侯国生活习性不同，语言差别很大，因而把诗读懂非常困难。孟子也读《诗经》，他在如何读诗特别是读懂诗上，创造性地提出了两条重要方法：以意逆志、知人论世。

以意逆志，即是"不以文害辞，不以辞害志"。说的是，要懂得《诗经》所特有的艺术特征，不能只抠字眼，只从字词的表意来理解，而误解全句的意思，甚至曲解诗人所表达的思想。要深入到诗人的内心世界，探求诗的写作意图。在这里，孟子特别提倡读者要根据自己的生活体验和主观感受，通过自己的想象、体验等活动，把握诗人的思想感情，从而把诗读懂。

知人论世，孟子是这样说的："以友天下之善士为未足，又尚论古之人。颂其诗，读其书，不知其人，可乎？是以论其世也，是尚友也。"孟子讲的是交友之道，却道出了一条重要的读书方法。在他看来，阅读古人的作品，必须"知其人""论其世"。所谓"知其人"，就是要了解作者的生平、受教育所形成的思想等；所谓"论其

品孟子

世",就是要了解作者的生活经历、家庭情况、当时的社会风俗,以及社会经济、政治、文化等对他的影响。在孟子看来,你读不懂作者,也就不可能读懂他的作品。

两千多年前,孟子关于读诗、读古人作品的两条重要方法,为后世指明了读书、读懂书的方向。

孟子生活的战国天下,战火纷飞,檑木滚石。战国七雄乃至诸多小国,只认肌肉,只认拳头,因而他奔走呼号的"仁政""善政",国君不响应,大夫不响应,就连学者也不响应。而奔走于战国七雄之间,一个用合纵术的苏秦,一个用连横术的张仪,拿战国天下的布局对弈,弄得风生水起,大受追捧。孟子"帝王师"的期待只是做了个美梦,而苏秦披六国相印,登上了战国六雄的盟主高位,车马、随从、财物数不尽数。张仪则从"合纵"的反面,用"连横"对战国天下的联合、结盟进行"拆解",在秦国丞相的高位,想打谁打谁,想灭谁灭谁,全凭自己高兴不高兴。与苏秦、张仪相比,孟子逊色多了。好在孟子内心强大,在他给学生的授课中,把苏秦、张仪从大夫的行列剔除,把他们贬到流氓之列。

显然,追捧者遍布战国天下的苏秦、张仪,不会对孟子的评价置之不理。据载,在齐宣王的朝堂上,张仪指着孟子的鼻子说:"孟老夫子,你何其厚颜无耻啊!"接着,张仪骂儒家人士全是小人,说假话,虚伪,骗吃骗喝,于社会毫无用处。张仪嬉笑怒骂,大殿中竟无一人吭声。孟子气坏了,一肚子的话想反驳,可喘着粗气说不出来。

这个记载似乎难以令人置信,因为孟子的内心极其强大,他认为五百年必有王者兴,自己就是"帝王师",怎么会因张仪的一顿数落而影响自己的心志呢?还因为孟子提倡的仁政、王道,在当时的战国天下,产生了巨大反响。一位掌握国政的老人,对孟子"民贵君轻"的仁政、善政,就作了最生动的阐释!

公元前266年,赵惠文王去世,赵太后执掌赵国政权。

赵惠文王尸骨未寒，秦国便发起了对赵国的进攻。赵太后迅速派出使节，前往齐国求援。因为齐国尚未受到秦国的攻击，最有实力救援赵国。齐国于是派出使节，到赵国慰问赵太后。

一见面，赵太后问了齐国使节三个问题：

"岁亦无恙耶？"

"民亦无恙耶？"

"君亦无恙耶？"

第一个问题，问的是齐国当年的收成好不好，第二个问题，问的是齐国人民的生活好不好，第三个问题，问的是齐国的国君身体好不好。

对于赵太后的提问，齐国使节很不高兴。在使节看来，首先该问的是国君，而后才是收成和人民，怎么能把这个顺序颠倒呢？

赵太后的解释是："苟无岁，何有民？苟无民，何有君？故有舍本而问末者耶？"

赵太后的这个解释，说到了问题的根本，生动、鲜活地诠释了孟子关于"民为贵，社稷次之，君为轻"的仁政、善政理念！

是啊！收成不好，怎么养活人民？没有人民，何谈社稷？又怎么会有国君呢！

2020年5月30日于山东海阳

品公孙龙

——精通辩术的古代逻辑学大师

　　公孙龙，战国后期赵国人，平原君赵胜的门客。史学家称其为"名家"，源于司马谈所说的名家，"控名责实，参伍不失"。

　　与儒、墨、道、法、兵一样，名家在春秋时期，就加入到了百家争鸣的思想文化领域，促进了百花齐放的生动局面。但春秋天下，礼制的气氛浓厚，对其他学说多有抑制，故名家未能站到争鸣的舞台中央来。进入战国后，儒家礼制的那套定律，被攻打征伐、弱肉强食的法则打乱了，从周王室到各诸侯国，只是把礼制作为一种遗传下来的王道符号，或挂在嘴上，或束之高阁，儒学礼制基本被战争打乱了。在这种情况下，思想文化的百花盛开怒放，各显神通，名家也就应运而生。

　　所谓名家，主要是运用逻辑学原理，辨析事物的"名""实"性状，并开拓出一个有着特殊探讨价值的领域。其主要表现方式，是辩论，且辩论多集中于与政治实务无关的哲学问题。

　　名家的主要贡献，是从哲学领域，推动了我国古代逻辑学的发展。

　　生逢战火纷飞的乱世，公孙龙厌弃诸侯国之间的兼并战争，主张偃兵。据《吕氏春秋·审应览·审应》载：赵惠文王谓公孙龙曰："寡人事偃兵十余年矣，而不成，兵不可偃乎？"公孙龙对曰：

"偃兵之意，兼爱天下之心也。兼爱天下，不可以虚名为也，必有其实……今有人于此，无礼慢易而求敬，阿党不恭而求令，烦号数变而求静，暴戾贪得而求定，虽黄帝犹若困。"

因为公孙龙主张"偃兵"而提倡"兼爱天下"，故有史学家认为，"名家"理论源于"墨学"。也有认为其源于道学、儒学的。事实上，"名家"是在百花齐放的战国时期，独创的一家，它把人们辩难所涉及的思维形式，以及"名""言"性状问题，拓展为一个有着特殊探讨价值的逻辑学领域，推动了我国古代逻辑学的发展。"名家"围绕用"名"于事物实际存在状况的表述，大体分两系，一系以邓析、惠施为代表发明的"合同异"之说；一系以尹文为先导、以公孙龙集大成，而发明的"离坚白"之说。两系之说并非理论的分野或对立，而是一种互补。因此说，"名家"理论既非源于"墨学"，也非道学、儒学的附庸，而是独创的一门以逻辑学为主体的学问。

司马迁是把儒、墨、道、法、阴阳、名称作六家的，他评价说："名家苛察缴绕，使人不得反其意，决于名而失人情，故曰'使人俭而善失真'。若夫控名实，参伍不失，此不可不察也。"司马迁虽不赞成"名家"拘执于名而失却真实性的辩说，但肯定其确定名实的配合，即"参伍不失"。

据说赵国一度流行传染病，导致大批战马死亡。为防止瘟疫传入秦国，秦国特地在函谷关贴出告示，严禁赵国的马入关。

公孙龙却骑着一匹白马要进关。关吏说，你人可以进去，马不能进。

公孙龙于是开始辩论了，他说："白马不是马，怎么不可以进关呢？"

关吏听了莫名其妙，白马怎么不是马呢？

公孙龙说："'白马'这个概念，分开来就是'白'和'马'。'白'和'马'，是两个不同的概念。如果说我要马，给黄马、黑马等等都可以，但如果我要白马，给我黄马、黑马等就不对了。这就证明，'白马'和'马'不是一回事，所以说'白马非马'。"

普通百姓是无论如何接受不了公孙龙辩解的这一套的！

下面，我们来学习公孙龙关于"白马非马"，以及由此延伸下去的"名家"理论。由于公孙龙的逻辑思维极其深刻缜密，本人也没有完全参透，因而体现在文字中的偏差甚至错误难免，读者权当一种参考吧。

公孙龙说："白马为非马者，言白所以名色，言马所以名形，色非形，形非色也。夫言色则形不当与，言形则色不宜从。今合以为物，非也。如求白马于厩中，而有骊色之马，然不可以应有白马也。不可以应有白马，则所求之马亡矣，亡之白马竟非马。欲推是辩，以正名实，而化天下焉。"

公孙龙说的是：白马不是马，是说"白"是用来说颜色的，马是用来说形体的，颜色不是形体，形体也不是颜色。说颜色就不能让形体参与其中，说形体也不能带上颜色。把颜色和形体混同为一回事，是不对的。譬如从马厩中找一匹白马，没有白马而只有黑颜色的马，这就不可以说有白马。既如此，就是所要找的马没有找到，没找到，就说明白马不等同于马。公孙龙想把这种辩论推行开去，以厘正名实关系，从而教化天下。

公孙龙进而说："马者，所以命形也；白者所以命色也。命色者非命形也。故曰：白马非马。"公孙龙的这一辩词，聚焦了逻辑学上的三个问题。

一是概念的内涵。公孙龙认为，凡是具有马的形态的都叫马，凡是白颜色的都叫白，"马"的内涵是一种动物，"白"的内涵是一种颜色，"白马"的内涵是一种动物加一种颜色，三者内涵各不相同，所以说"白马非马"。

二是概念的外延。公孙龙认为，马的外延，包括黄马、黑马等一切马。而白马的外延，仅限于白颜色的马，黑、黄等马就不能包含在内。因马与白马的外延不同，决定了"白马非马"。

三是个性与共性的关系。公孙龙认为，白，是一切白色的共性，而不是马；马，是一切马的共性，而不是白。白马，是白色的共性加马的共性，所以"白马非马"。在这里，公孙龙从马与白马两个概念，指出了个别与一般的差别。

但公孙龙夸大了这种差别，把个性与共性完全割裂开来，并加以绝对化，以求达到否认个性，只承认共性，使共性脱离个性而存在的目的。这无疑是把抽象的概念，当成脱离具体事物的精神实体，陷入了客观唯心主义。

"色"即名，"形"即实，围绕各种事物的名和实，作内涵和外延的深入分析，无疑是一门高深的学问。在这一学问的探寻上，公孙龙反复采取问答的方式，问方即反方，答方即公孙龙，把名家理论引向深入。

公孙龙在"白马非马"的辩论之后，便引入了另一个话题，即"离坚白"，来让我们看看他们的问答。

问："石的坚性、白色、形状，三者可以同时感知吗？"

答："不可以。"

问："石的坚性和形状，或白色和形状，二者可以同时感知吗？"

答："可以"

问："为什么呢？"

答："看不到石的坚性，看得到石的白色和形状，白色和形状二者同时感知。摸得到石的坚性和形状，摸不到石的白色，所以摸只能感知石的坚性和形状。"

公孙龙特地解释道："眼的视觉对坚性无从知晓，手的触摸对白色无从知晓。所以，石的坚性、白色、形状，三者不可能同时

品公孙龙

感知。"

辩到这里，"名家"的一个重要命题出现了，即"离"。

人的触觉和视觉不是同一种感知，因而相应于触觉的"坚"，与相应于视觉的"白"，就在同一块石上分离了。"离也者，藏也。"公孙龙认为，这种"藏"不是人想藏就能藏的，而是石的"坚"或"白"的藏。因为"白"看得见而摸不着，"坚"摸得着而看不见，这"坚"和"白"不相含于同一感官的感知结果，就是"离"。因而公孙龙得出结论，白色与坚硬并不是结合在石头里，而是脱离石头独立存在的。这便是"离坚白"的主要论点。

用哲学的视角来看，公孙龙的这个辩点，否定了一般存在于个别之中，明显带有强词夺理的诡辩色彩。

但也应看到，公孙龙辩论所分开的"石""白""白石"，源于与语言世界密不可分的概念世界。当人们把各种不同颜色、形状的"石"，命名为"石"时，这时的"石"便已经脱离了一块块具体的"石"，而进入人们的思维、语言领域了，这也即是公孙龙所辩称的"离"。同样，"白"这一概念，对于脱离了各种各样石头的颜色，进入人们的思维、语言领域，"白"也就脱离出来了。

这么写来虽有些拐，但无疑属于逻辑推理的范畴。

再辩下去的辩题，便是"名家"的"变通论"。

问："由一个概念与另一个概念结合而成的概念中，还存在原来某一个概念吗？"

答："不存在原来某一个概念。"

问："由概念左与概念右结合而成的这个概念中，还存在原来的左或右吗？"

答："不存在。"

问："概念左与概念右结合，可以称谓由它们这种结合而产生的这个概念吗？"

答："可以。"

…………

问："改变了什么？"

答："改变了概念左或概念右原来的内涵和外延。"

公孙龙解释道："羊这一概念与牛这一概念结合，可得到'牲畜'的概念，而'牲畜'这一概念不同于马这一概念；牛这一概念与羊这一概念结合，可得到'牲畜'这一概念，而'牲畜'这一概念，不同于鸡这一概念。"

是的，古人特别爱惜马，不会把马叫作畜生。鸡属家禽，也不属畜生。

公孙龙的"变通论"，其焦点在于，在一个概念与另一个概念结合而成的概念中，不再有原来的这一概念或那一概念，两个结合而成的新概念，相互构成了概念的"变通"，因而不再是原来各自独立的概念。

接下来的辩论，便与五行之说扯到一起了。以五行配五方、五色而言，木配东方而色青，金配西方而色白，火配南方而色赤，水配北方而色黑，土配中央而色黄。木与金相隔火、土，金与木相隔水，与此相应，东方与西方相隔南方、中央，西方与东方相隔北方，青色与白色相隔赤、黄色，白色与青色相隔黑色……

如此辩论的"变通"，近乎玄学，与阴阳学家的"五行终始说""五德相始说"离得很近了。

再辩下去，便是"指物论"，其论旨在于"物莫非指，而指非指"。说的是，人们认识的事物，没有不是被概念所指认的。而用以指认物的名或概念，一旦出现对物的具体指认，就不再是原来概念的那种物的概念了。

"指物论"虽理论脉络是连贯的，但解释起来更难，这里就省了。

品公孙龙

辩来辩去的目的是什么？公孙龙在"名实论"中作了总结。

公孙龙说："**天地与其所产焉，物也。物以物其所物而不过焉，实也。实以实其所实而不旷焉，位也。出其所位非位，位其所位焉，正也。**"

说的是，天地及其所产生的一切，都可称之物。某物如果体现了这类物的实质，而没有偏差，可称之为"实"。代表这类物的"实"，如果完美无缺，可称之为"位"。越出其位的，是不当其位，处在其所位的，就叫"正"。

解释一下：公孙龙所说的"实"，是物。但这个物却不是具体的某一物，而是体现了这一类物且没有偏差的物，这样的物就是"实"，这样的"实"，可称作"位"。再往下推论，就是"位其所位焉，正也"。以此为标准，衡量实际事物与其所属种类事物是否相符，就是"正其名"，也叫"正名"。"名"，是对事物的称谓。公孙龙把它与"实"联系起来，认为一类事物达到完美状态的共相，由一概念称谓，即是"名"。

看到了吧，公孙龙"名家"理论的归属，是"正名"，与孔老夫子的"正名"，遥相呼应却又通而不同。再想想孔子说的"**名不正，则言不顺；言不顺，则事不成。事不成，则礼乐不兴；礼乐不兴；则刑罚不中；刑罚不中，则民无所措手足。故君子名之必可言也，言之必可行也。君子于其言，无所苟而已矣**"。我们是不是在感受文化博大精深的同时，还能感受到古代先贤的各种思想理论，似百溪汇大江那般，殊途同归、根底融通呢！

公孙龙善辩，他的名气也因此而广泛传播。史载，当时战国天下的名人，只要路过赵国，都要找他辩论。

孔子的六世孙孔穿路过赵国，就专程到平原君府上，找公孙龙辩论"白马非马""奴隶有三只耳朵""鸡三脚"等辩题，结果被公孙龙辩得无言以对。

孔穿说："一向听说先生的义理高深，我想做先生的弟子已经很久了，只是不能苟同先生的'白马非马'之说。希望先生放弃这个说法，收我做您的弟子。"

公孙龙说："我之所以为人所知，是由于'白马非马'之说。如果我放弃它，就没有什么可施教于人的了。况且，一个人想拜他人为师，总归是才智学识不如他人吧。你叫我放弃'白马非马'之说，是先施教于我，却又说做我的弟子，这是于理相悖的。"

为了说明"白马非马"的正确性，公孙龙给孔穿讲了一个孔子的故事。

故事是这样的：楚庄王张开繁弱弓，装上亡归箭，在云梦打猎，结果把弓弄丢了。随从要去找，楚庄王拦住说："不用了，楚国人丢了弓，楚国人拾了去，何必找呢！"孔子听到后说："楚王的仁义还没有做到家，应该说，人丢了弓，人拾了去，何必要说楚人呢？""楚人"，是具体的，而"人"，是抽象的。"人"的概念，其内涵、外延比"楚人"要大很多。足见孔子高远的视野和博大的胸襟。公孙龙讲这个故事，要说的道理是：人们肯定了孔子把"楚人"和"人"区别开来的看法，为什么要否定我把"白马"与"马"区别开来呢！最后公孙龙说："你孔穿遵奉儒家学说，却反对孔子赞同的观点；你提出向我学习，却叫我放弃要教你的东西。即便一百个像我这样的人，又能做你的老师吗？"

孔穿无言以对。

儒学大家孔穿无言以对，心里是窝着火的，于是当平原君问他昨天辩得怎样时，孔穿开始撒火了，他说："公孙龙几乎能让奴婢真的长出三只耳朵来。我想请教您，现在论证三只耳朵十分困难，又不是事实，论证两只耳朵十分容易，而确属事实，不知您将选择容易的、真实的，还是选择困难的、虚假的呢？"

平原君无言以对。

品公孙龙

平原君养士三千，深受战国天下好评，他尝到了养士的甜头，因而对投奔他的各路辩士、谋士、术士、侠士等非常敬重。公孙龙辩术高超，当然在他所养的士中备受尊崇厚爱。他在孔穿对他撒火后的一天，对公孙龙说，你别跟孔穿辩论了，他道理胜于言辞，而你言辞胜于道理，再辩下去你会输的。平原君不愿自己养的士输给别人。

邹衍路过赵国，平原君请他与公孙龙辩论，邹衍明确拒绝。

拒绝的理由是："夫辩者，别殊类使不相害，序异端使不相乱。抒意通指，明其所谓，使人与知焉，不务相迷也。故胜者不失其所守，不胜者得其所求。若是，故辩可为也。及至烦文以相假，饰辞以相惇，巧譬以相移，引人使不得及其意，如此害大道。夫缴纷争言而竞后息，不能无害君子，衍不为也。"

邹衍在战国天下比公孙龙的名号更响亮，他认为，用繁文缛节作为凭据，用巧言饰辞相互诋毁，用华丽辞藻偷换概念，用诡辩纠缠不休，咄咄逼人，总要让人认输才住口，这样的辩论，有害治学大道，也有害君子风度！

养士三千，且常为公孙龙善辩而感到有面子的平原君，在听了邹衍的一席话后，渐渐冷落了公孙龙。

名家，之所以能在诸子百家中独立成家，绝非偶然。名家"不法先王，不是礼义"，其辩论也不只是展示一种口才，各种事物的关联，在他们的辩词中，甚至在诡辩中，把这千丝万缕的关联理清了，变成了一种学说，即逻辑学。

无独有偶，在公孙龙提出"白马非马""鸡三足""飞鸟未动"等辩题的同时，远在意大利南部的伊利亚，古希腊哲学家芝诺，也提出了"飞矢不动"的辩题。东西方几乎同时提出类似诡辩式论题进行呼应，是巧合呢，还是契合了人类文明发展的某个轨迹呢？

2020年10月5日于山东海阳

品 荀 子

——客观、理智的儒学大家

荀子，名况，字卿，战国后期赵国人，著名的思想家、政治家、文学家。

荀子三次出任稷下学宫的祭酒。稷下学宫是战国时期齐国的著名学府，吸引了战国天下不同学术流派的学者，一大批儒、道、兵、法等学术大家，在稷下学宫讲学授徒。该学府学科林立，学术氛围非常浓厚，兼容并包、来去自由的办学制度，学术自由、百家争鸣的办学方针，对中华民族的思想文化发展做出了巨大贡献。荀子五十岁之后到稷下学宫授徒，三十年后离开，三度被推选为祭酒，担任重要宴会、祭典的主持，足见其在该学宫的地位和影响力。

荀子培养的学生众多，其中最著名的当数李斯、韩非。

但历史上的荀子饱受争议。虽然他以儒学为宗，把儒学与治国安邦结合起来，进行了富有时代特色的阐述和创新，但一些后儒仍把他从儒家的行列踢了出去，踢到了法家一派。

作为后人，我们还是抱定学习的态度，去品赏荀子。

荀子学术思想的一个重要论点，即"性恶论"。

在这个问题上，孔老夫子没有倾向性，他只是提出"食色性也""性相近也，习相远也"。

品荀子

孟子高举"性善论"大旗，不仅把心、性、天统一起来，而且把"性善"与儒学道义结合起来，并创造性地提出了"四端"理论，即"恻隐之心，仁之端也；羞恶之心，义之端也，辞让之心，礼之端也，是非之心，智之端也"。

荀子则高举"性恶论"大旗，对"性善论"进行反驳。他认为，"饥而欲食，寒而欲暖，劳而欲息，好利而恶害"，是人生下来就有的本性；眼睛能分辨黑白美丑，耳朵能分辨声音的清浊，嘴巴能分辨酸咸甜苦，鼻子能分辨芳香恶臭，身体肌肤能分辨冷热痛痒，这也是人生下来就有的本性。人的这种本性，决定了吃东西希望有肉食，穿衣服希望有华丽的纹彩锦绣，行路希望有车马，还希望财富积累得很丰富，且一年年、一代代都不知满足。这是什么？这就是人生而就有的欲望。这说明，人的本性"固无礼义"，不像孟子说的"性善"，而是充满了对物质欲的追求，是"性恶"。

荀子没有在"性恶"上止步，而是回到儒学的源头，从孔老夫子那里搬出礼法对"性恶"进行规范、约束和教化。他说，先贤为人们制定了礼义分别高下，**"使有贵贱之等，长幼之差，知贤愚能不能之分，皆使人载其事而各得其宜，然后使悫禄多少厚薄之称，是夫群居和一之道也"**。后两句翻译一下，即是：然后使俸禄的多少与其工作相称，这是使人们能群居在一起和谐一致的办法。荀子认为，只有用礼法规范教化，农民才会竭力种好庄稼，商人才会运用自己的精明获得财富，各行各业的工匠才会利用自己的技巧制造器械，士大夫以上直至王公侯伯，没有不以忠厚才智来尽职尽责的。荀子还引用古谚"斩而齐，枉而顺，不同而一"，来说明有不齐才有齐，有不直才能归于顺，有不同才有统一的道理，以此论证礼法对于维持天下大治的重要性。

荀子的另一个重要思想，是"制天命而用之"。

简单说，就是"人定胜天"。

了解我国先秦时期思想文化的人都清楚，信天命，是普遍共识。孔老夫子就认为，"生死有命，富贵在天"。众多先贤"天人合一""天人感应"等论述很多，都聚焦在"天"是有意志的、是宇宙万物的主宰、人的命运是上天决定的等命题上。荀子旗帜鲜明地提出"制天命而用之"，一步即走到了先秦诸多思想大家的对立面，成了很多士人、儒者，甚至名流攻击的焦点。

　　但不得不说，荀子"制天命而用之"的论述，是一个光辉的命题，在中华民族的思想史上，具有划时代的意义。

　　荀子说："**天行有常，不为尧存，不为桀亡。应之以治则吉，应之以乱则凶。强本而节用，则天不能贫；养备而动时，则天不能病；循道而不贰，则天不能祸。故水旱不能使之饥渴，寒暑不能使之疾，祆怪不能使之凶。**"说的是，天道有它自身的规律，不因为尧（圣王）而存在，不因为桀（暴君）而灭亡。用仁政来适应它就吉利，用乱政来适应它就凶险。加强农业而节约费用，那上天也不能使他贫穷；衣食有备而按时劳作，那上天也不能使他生病；遵循大道而不出差错，那上天也不能使他遭祸。所以水涝旱灾不能使他饥渴，严寒酷暑不能使他生病，灾害怪异不能使他凶险。

　　荀子说："**本荒而用侈，则天不能使之富；养略而动罕，则天不能使之全；倍道而妄行，则天不能使之吉。故水旱未至而饥，寒暑未薄而疾，祆怪未至而凶。**"说的是，农业荒废而生活奢侈，那上天也不能使他富裕；衣食不足而又懒惰，那上天也不能使他健康；违背大道而胡作非为，那上天也不能使他吉利。所以水涝旱灾没有发生就挨饿，严寒酷暑没有迫近就生病，灾害怪异没有出现就凶险。

　　荀子说："**大天而思之，孰与物畜而制之？从天而颂之，孰与制天命而用之？望时而待之，孰与应时而使之？因物而多之，孰与骋能而化之？思物而物之，孰与理物而勿失之也？愿于物之所以生，孰与有物之所以成？故错人而思天，则失万物之情。**"说的是，尊崇上天

品荀子

而仰慕它，怎比得上把它作为物蓄养起来而控制它？顺从上天而歌颂它，怎比得上掌握自然规律而利用它？盼望天时而等待它，怎比得上顺应天时而使它为人类服务？随顺万物的自然生长而使它增多，怎比得上施展才能而改造它？思慕万物而想占为己有，怎比得上促进万物的成长而不失去它？希望了解万物的生产过程，哪比得上促进万物的成长？所以，舍弃人的努力而指望上天，那就违反了万物的本性。

这无疑是客观、理性的"天论"！

但放在当时的现实中，这是一种"异端邪说"。与天命观相对应的两个问题，一个是相术，一个是祈雨，在当时大行其道。这是两个天命观在民间落地的现实问题，是荀子"制天命而用之"必须跨越的两座大山！

荀子展开思维的翅膀，是这么跨越的。

相术，是一个古老的问题，在著名的史学巨典《史记》中，司马迁的刀笔就走进过多位名将、名流的相术领域，用铁一般的事实，论证了相术的绝对准确。就连几乎目不识丁的汉高祖刘邦，摸了摸侄子刘濞的后背，摸出了他的反骨，并料定若干年后他将反叛，结果他真的反了。可见，相术不仅在民间，而且在皇宫都得到认可。当然，荀子比司马迁早多了，荀子所在的战国天下，司马迁只是从各类历史典籍中读过相术。荀子就不同了，他站在"人的命天注定"的对立面，打出"制天命而用之"的旗帜时，四周的反对之声、叫骂之声，肯定充斥于耳。尤其是痴迷相术的人，会搬出一个个生动准确的相术实例，对荀子进行批判。

可以想见，荀子没有后退之路，必须拿相术问题开刀。

荀子首先指出："相人，古之人无有也，学者不道也。"说的是，观看人的相貌来推断人的吉凶祸福，古人没有这种事，学者也不谈这种事。

不对呀！史典不是记载过春秋时郑国的相术大师姑布子卿还给孔

老夫子和赵襄子看过相吗？当今魏国相术大师唐举，给人相术不是广受称赞吗？

荀子当然知道这些事，但他不去争论，而是提出"**相形不如论心，论心不如择术。形不胜心，心不胜术。术正而心顺之，则形相虽恶而心术善，无害为君子也；形相虽善而心术恶，无害为小人也**"。

是不是这个道理？还得用事实来说话。

于是，荀子搬出古时的王侯臣僚等一批大人物，有圣贤，有恶棍，用他们的相貌来说话：尧帝身材高大，舜帝身材短小，周文王身材高大，周公身材矮小。卫国贤臣公孙吕，身长七尺，脸长就有三尺；楚国名相孙叔敖，秃顶，一点点儿个，站到车子旁，还没有车的横木高。论相貌，舜帝、公孙吕、孙叔敖等都长得丑陋，有的还长得古怪，他们难道不是明君圣贤吗！所以"长短、大小、美恶形相，岂论也哉！"

好！咱再拿古时圣贤和暴君的相貌来论：大圣人孔子，脸像戴了个可怕的假面具。姑布子卿给他相面，吓了一跳，看不出个所以然来，知道孔子名气大，不能乱说，只好用"圣人无相"来搪塞。再看周公，他的身体像折断的枯树，皋陶的脸像削了皮的瓜，傅说站起身来像鱼鳍，伊尹不仅脸上没胡须，连眉毛也没有，禹帝是个瘸子，汤帝半身偏枯。反观夏桀、商纣，长得高大英俊，强壮有力，相貌出众。如果用相术来看这些人，能看出圣贤、残暴、美丑来吗？

这无疑很有说服力！

相术这座大山跨越之后，祈雨这座大山，荀子又是怎么跨越的呢？

祈雨，也是一个古老的问题，老得不只是像传说，更像传统。如今散落在全国各地的龙王庙，就是一代代传承下来的传统，笼罩在香火缭绕之中。因为相信天是有意志的，天是宇宙万物的主宰，因而我们的祖先，把很多期盼的事情，寄托给上天。古时一些地方久旱，为

品荀子

求得上天降下雨来，把当地的善男信女组织起来，叫他们全部脱得精光，在开阔的田地野合，以让上天看到，撩拨起它的激情，从而使天降下雨来。那时的人们不知道电闪雷鸣是阴电阳电相互作用的反应，而认为是天公地母交合达到高潮的反应，故用这种方法引诱上天普降甘霖。

对于祈雨，荀子虽说得很简略，但很肯定。

他说："雩而雨，何也？曰：无何也，犹不雩而雨也。日月食而救之，天旱而雩，卜筮然后决大事，非以为得求也，以文之也。"说的是，祭祀求雨就下雨了，为什么？回答说："这没什么，就像不祭祀求雨，天照样下雨一样。日食、月食发生了就去抢救，天旱就祭祀求雨，占卜然后决定大事，并不是以为能得到所求的东西，而是来文饰政事罢了。"

虽然荀子否定了求雨得雨，但民间普遍存在的"天谴"怎么解释呢？如天崩地裂、河水倒流、母鸡打鸣、猪狗开口说话等，这些奇奇怪怪的现象，难道不是上天发出的警示吗？

荀子的解释很直接：这是天地运行、阴阳相互作用的自然现象，历朝历代都有，君主英明而政治清明时有，君主昏暗而政治险恶时也有，不值得大惊小怪，更用不着恐慌。作了这样一番简单的解释后，荀子话锋一转，如是说：

> 物之已至者，人祆则可畏也。楛耕伤稼，耘耨失薉，政险失民，田薉稼恶，籴贵民饥，道路有死人，夫是之谓人祆。政令不明，举错不时，本事不理，勉力不时，则牛马相生，六畜作祆，夫是之谓人祆。礼义不修，内外无别，男女淫乱，则父子相疑，上下乖离，寇难并至，夫是之谓人祆。祆是生于乱，三者错，无安国。

荀子说的是，已经出现的事物中，人事中的怪现象才是最可怕的。比如，粗劣的耕作伤害了庄稼，马虎的锄草影响了收成，政治险恶而失去民心，田地荒芜而庄稼歉收，粮价昂贵而百姓饥饿，道路上有饿死的人，这就叫人事中的怪现象。又比如，政策法令不清明，措施不合时宜，农业生产不加管理，督促劳作不合时节，牛马就会生出怪胎，六畜就会出现怪现象，这就叫人事中的怪现象。再比如，礼仪不加修整，内外没有分别，男女淫荡作乱，父子互相猜疑，上下互相背离，外寇内乱同时到来，这就叫人事中的怪现象。这些怪现象产生的混乱，在以上三种情况交错影响下，国家就不会安定了。

不得不说，荀子是个说理高手，他对"相术""祈雨""天谴"等民间广泛存在的一些现象，从"唯物"的角度直接回答问题后，不纠缠，不穷根刨底做理论上的挖掘，而是与现实的社会治理结合起来，用"悖离善政而怪"的逻辑，站上了儒、墨、道、法等诸家思想之大成的高地，形成了我国思想史上的一座丰碑。

············

荀子的《劝学》篇，系统地阐述了他的教育思想。其开篇所写"青，取之于蓝而青于蓝"，"冰，水为之而寒于水"；"不登高山，不知天之高；不临深溪，不知地之厚也；不闻先王之遗言，不知学问之大也"；"神莫大于化道，福莫长于无祸"等，字字珠玑，朗朗上口，吟诵起来，既能使人顿增惊涛拍岸之激情，又能使人顿生高山溪流之宁静。你仿佛看见，一位瘦骨嶙峋、仙风道骨的老人，身着黑色长衫，鼻梁上架着一副只有半个腿的眼镜，吟诵着他的《劝学》篇向你走来，脸上没有笑纹，但布满慈祥。厚厚的眼镜片后面，那双睿智的眼睛仿佛在问：学习的顺序你懂吗？我告诉你，是从诵读《诗》《书》等经典开始，到阅读《礼》等史典结束……

让我们一起来聆听荀子一段"劝学"吟诵吧！

品荀子

积土成山，风雨兴焉；积水成渊，蛟龙生焉；积善成德，而神明自得，圣心备焉。故不积跬步，无以至千里；不积小流，无以成江海。骐骥一跃，不能十步；驽马十驾，功在不舍。锲而舍之，朽木不折；锲而不舍，金石可镂。蚓无爪牙之利，筋骨之强，上食埃土，下饮黄泉，用心一也；蟹六跪而二螯，非蛇蟮之穴无可寄托者，用心躁也。是故无冥冥之志者，无昭昭之明；无惛惛之事者，无赫赫之功。行衢道者不至，事两君者不容。目不能两视而明，耳不能两听而聪。腾蛇无足而飞，梧鼠五技而穷……

三度为"祭酒"的荀子，在稷下学宫受到一些人排挤，待不下去了，决定离开。

去哪里呢？年逾八旬的荀子心情沉重。

楚国的春申君黄歇仰慕荀子，把他请到楚国，担任"兰陵令"。

春申君是楚国王室公子，为楚国做出过重大贡献，被誉为战国四公子之一。楚考烈王时，春申君任楚国丞相，他便任命荀子为"兰陵令"。

兰陵位于今山东省临沂市兰陵县，是中国古代名邑。"兰"为圣王之香，"陵"为高地，寓意圣地。在这样一个山清水秀的地方为官，荀子愉悦的心情可想而知。但没过多久，春申君便把荀子赶跑了。原因是有小人进谗言，说商汤从亳地起家，周武王从鄗地起家，方圆都不过百里，结果统一天下。今给荀子百里之地，他又是天下著名的贤士，这不是给楚国埋下一个巨大的隐患吗？

一个八十多岁的老人，在稷下学宫待不下去了，衣食无着，来楚国当个"兰陵令"，无非是图个俸禄保障，他能做什么呢？能下到山林田间检查农民的耕作吗？能下到工栅作坊去指导工匠的手艺吗？不能了，他年纪太大了，他能做的，也只是在衙门断个官司。可名誉天下的春申君，竟然相信这种话，把荀子赶跑了。

荀子又一次衣食无着了，只好回到赵国老家，艰难度日。

有人给春申君戴了顶"不懂得任用贤人"的帽子，使得他心生惶恐，于是派人到赵国请荀子回兰陵。一请遭拒，二请遭拒，三请四请加之再三再四赔不是，荀子给了春申君台阶，回到了兰陵。

再次披上"兰陵令"的官服，荀子的心更加沉寂下来，除了简单料理一些官场上的事务，更多的还是写他的儒家名著——《荀子》。

2020年6月7日于山东海阳

品荀子

品 邹 衍

——华夏理论智慧的"阴阳"一说

　　邹衍，战国后期齐国人，阴阳学创始人，其主要学术成果，是"五行终始说""五德终始说"。这一学说，似乎是为秦始皇吞并六国、一统天下、秦朝代替周朝而量身打造的。

　　司马迁写道："邹衍睹有国者益淫侈，不能尚德，若《大雅》整之于身，施及黎庶矣。乃深观阴阳消息而作怪迂之变，《终始》《大圣》之篇十余万言。"

　　司马迁惜墨如金，但写邹衍，却不惜笔墨。他说，邹衍目睹一些国君越来越荒淫奢侈，不崇尚德政，不像《诗经·大雅》所要求的那样约束自己，再推及百姓。于是就深入观察万物的阴阳消长，记述怪异玄虚的变化，并写了《终始》《大圣》等文章，共十余万字。

　　司马迁的进一步解释是：邹衍所写的，宏大广阔而荒诞不经，但他都是从细微的事物观察、验证入手，然后扩展开去，验证世间大的事物，以致达到无边无际。

　　邹衍的阴阳学理论奠基深厚，他从战国上溯到天地尚未诞生的远古时代，列出华夏境内的名山、大川、深谷、飞禽、走兽，以及各种动植物的分布情况，以寻找宇宙行走变化的轨迹。尔后又从黄帝入手，循着历史一路走来的步伐，深入研究历代的兴亡，以及与兴亡相关的灾异变化，以此引述天地剖分以来，五行相生相克的循环周转，各朝所采取的相应制度设计，特别是天人感应的情况。显然，邹衍的这套大规模成系统的研究，在常人看来是极其广泛深奥、玄乎且不合常理的。但司马迁却认为，邹衍的理论是符合科学理论研究方向的，可取的。它先从细小的事物上得到验证后，再推而广之，引申到更广阔的事物上去印证，以致他的理论极其广大而繁杂。

邹衍认为，盘古开天地以来，金、木、水、火、土五行相生相克，决定物质世界的发展变化，而这五行反映到人类社会，就是五种德性。这五种德性也相生相克，与历代朝廷帝王的更替相对应。这便是人们所认知的，天降祥瑞或灾祸与人事相应。

毫无疑问，邹衍的这套理论，战国天下特别是各国的君王，没有人做过观察论证，更多的人是云里雾里听不懂。但，五种德行与历代朝廷、帝王的更替相对应一说，便足以引起天下特别是君王的高度重视。所以，邹衍是齐国人，在齐国备受尊重；他去魏国，魏王远接高迎，同他行宾主之礼；他去赵国，名重天下的平原君侧身陪行，亲自为他拂拭席座；他去燕国，燕昭王拿着扫帚清扫道路为他作先导，自己则坐在弟子的座位上，还专门为他修建了供他居住的碣石宫。

邹衍的"五德终始说"，在齐、燕两国各做过一次尝试。他很识时务，也很灵活。在齐国，他推行的是五行相生说；在燕国，他推行的是五行相胜说。

《吕氏春秋》记载他所讲的道理是："凡帝王者之将兴也，天必先见祥乎下民。黄帝之时，天先见大螾大蝼。黄帝曰：'土气胜。'土气胜，故其色尚黄，其事则土。及禹之时，天先见草木秋冬不杀。禹曰：'木气胜。'木气胜，故其色尚青，其事则木。及汤之时，天先见金刃生于水。汤曰：'金气胜。'金气胜，故其色尚白，其事则金。及文王之时，天先见火赤乌衔丹书集于周社。文王曰：'火气胜。'火气胜，故其色尚赤，其事则火。代火者必将水，天且先见水

品邹衍

气胜。水气胜，故其色尚黑，其事则水。水气至而不知数备，将徙于土。"

邹衍认为，木、火、土、金、水五种要素的循环变化，就是五行相生相克，水生木，木生火，火生土，土生金，金生水的循环为"相生"；水胜火，土胜水，木胜土，金胜木，火胜金的循环为"相克"。再配以方位、季节、色彩、数字，对应王朝变换、皇帝更迭。"五德"是"五行"的对应。例如，秦王朝取代周王朝一统天下，对应的是水胜火，相应的以"冬""黑""六"作为制度改革的参照。为了说明"五行"理论的正确性，邹衍搬出黄帝、禹帝、商汤、文王四个贤君的朝政更替历史，外加更替之前"天必先见祥乎下民"的情况，即黄帝时见大螾大蝼、禹帝时见草木秋冬不杀、商汤时金刃生于水、文王时赤色的乌鸦衔丹书集于周社，用这种世间罕见的怪异，论证朝代更替后应崇尚的不同颜色、不同数字。因而齐、燕二君在邹衍的鼓动下，先后称帝，东边的齐湣王称东帝，北边的燕昭王称北帝，把崇尚的颜色全部改为黑色。

令邹衍没有想到的是，齐、燕两国，既不是赵国、楚国的对手，更不是秦国的对手，秦国今天侵齐，明天伐燕，早把这两国打成菜鸟了，叫这两个菜鸟国家的君主称帝，天下各国都不服。加之周王室虽衰微得只剩下残喘，但好歹还是春秋延续下来的一个"共主"符号。让齐、燕两国取代周王室这个符号，天下各国都不干。

在天下一片声讨的浪潮中，齐、燕两国只好取消帝号。

虽如此，也得承认，邹衍的"五德终始说"取得了巨大成功，因为有两个国家的国君跟着他的学说动起来了。

这之后，邹衍的"五德终始说"被秦王政所接受，为他的称帝及吞并六国，作为理论旗帜高高举起。《史记》载："邹子之徒论著终始五德之运，及秦帝而齐人奏之，故始皇采用之。"秦王政以水德之治，崇尚黑色。

由此可见，理论的力量是巨大的。虽然邹衍的"五德终始说"，是否揭示出了人类社会发展的一般规律，拿今天的科学手段去验证，也未必能得出什么结论。但它是一个全新的理论，且这一理论把物质的五行，与人类社会的五德相因应，启发了人们的认同感，因而被想称王称帝的君王所接受，使得这一理论产生了强大的现实力量。

不仅如此，邹衍还创立了一个理论，叫"大九州说"。

这一理论挑战的是儒家的"中国"概念，体现了天外有天、海外有海的科学推想。古代的宇宙论，有"盖天说"，认为"天象盖笠，地法覆盘"，这一学说立足于内陆；还有"浑天说"认为水不仅载着地，而且撑着天，这一学说立足于海洋。邹衍的"大九州说"，是以海洋为基础的大九州观。

邹衍认为：**"儒者所谓中国者，于天下乃八十一分居其一分耳。中国名曰赤县神州。赤县神州内自有九州，禹之序九州是也，不得为州数。中国外如赤县神州者九，乃所谓九州也。于是有裨海环之，人民禽兽莫能相通者，如一区中者，乃为一州。如此者九，乃有大瀛海环其外，天地之际焉。"**

解释一下邹衍所说：儒家的所谓中国，其实是整个天下九九八十一的"一分"，且这"一分"是海洋中的一块陆地。从中国内部看，就是大禹勘定的九州，而中国的九州之外，"有裨海环之"；"裨海"之外，还有"赤县神州"；"赤县神州"之外，还有"大瀛海环其外"。而这些地方，与中国之间"人民禽兽莫能相通"。

这在当时无疑是惊世骇俗的理论，但无疑也是前无古人的宇宙观、海洋观！虽然他将中国说成是天下九九八十一的"一分"，不符合今天已知的世界地理划分，但中国不是全天下，中国之外还有诸多国家，中国只是海洋中一个陆地等概念，在邹衍大九州说里完全表述出来了。

邹衍的理论智慧，确实值得后世子孙自豪、骄傲！

司马迁说：阴阳家对于阴阳、四时、八位、十二度、二十四节气，各有一套教令，规定人们哪些事可做，哪些事是要禁忌的，如果人们顺守这些教令，就会昌达得福，如果违反了，不是死就是亡。这种**"阴阳之术，大祥而众忌讳，使人拘而多畏；然其序四时之大顺，不可失也"**。说的是，阴阳之术，太多而琐细，忌讳的事太多，使得人们不敢大胆去做。但阴阳家所说的春天万物发生，夏天成长，秋天收获，冬天储藏，是自然界重要的法则，如不遵守，一切事物便没有头绪了。所以说，四时的顺序是不可错乱的。

司马迁既没有全盘肯定，也没有全盘否定阴阳学，只是认为阴阳之术太琐细，容易束缚人们的手脚。至于太琐细的阴阳之术管不管用，司马迁没有说。

…………

如今的北京密云有一景，叫"黍谷先春"，与邹衍有关。

邹衍在燕国受到礼遇，他便四处游览，一年春天，来到渔阳郡，即今密云的西部。别的地方春色满园，而渔阳郡却依然是冬天，草木枯黄，寒气逼人。于是邹衍登上郡城南面的一座小山，吹起了律管，演奏春之曲，这一吹便是三天三夜不停不歇。三天之后，暖风从南面吹来，阳光普照，冰雪消融，树叶绿了，花儿开了，整个渔阳大地一派春意盎然，农民纷纷下地，播种耕作，秋收时五谷丰登。不仅当年如此，渔阳此后年年如此。当地百姓为纪念邹衍，特地把他吹律管的小山，定名为黍谷山，山上还建了祠堂，让他享受香火供奉。

邹衍在燕国的礼遇，源于爱惜人才的燕昭王。燕昭王死后，燕惠王便不再礼遇他了。加上邹衍是齐国人，在燕昭王以乐毅为将，率秦、楚、韩、赵、魏联合伐齐时，身处燕国的邹衍，既不出伐齐的主意，也不出阻止的主意，完全置身于此事之外。燕惠王身边的奸臣，便以此作为陷害他的借口，鼓动燕惠王将他逮捕入狱。

《淮南子》载："邹衍事燕惠王尽忠，左右谮之，王系之，（衍）仰天而哭，五月为之下霜。"邹衍被打进大牢时，正值夏天，而他仰天一哭，整个燕国被一层白霜覆盖了，像被雪包裹了一样。这便是"六月飞雪"的原始版本。

燕惠王很是恐惧，听人说是邹衍被冤枉，才引得"六月飞雪"，赶紧把邹衍从大牢里放出来。邹衍出牢门后，随手捡起一根竹子，吹奏了一段乐曲，顿时天空放晴，阳光普照大地，包裹大地的白霜顿时消融。

邹衍，这位在中国历史上创造过"邹衍谈天""六月飞雪"成语的大学者，必然有这样那样的趣闻逸事，在人们的口头流传中立起碑来！

2020年6月29日于石家庄

品韩非子

——战国末期法家思想的集大成者

韩非，战国末期韩国公子。"为人口吃，不能道说而善著书"。因为说话结巴，韩非似孟子那般反复找各国君王游说的记载极少，但留下的著作很多，其《五蠹》《孤愤》《说难》等名篇，深得后世推崇。

战国天下儒、墨、道、法、兵等思想理论百花齐放，竞相争鸣。其中最显眼的，当数"合众弱以攻一强""事一强以攻众弱"的"合纵连横"学说。而"合纵连横"的说辞，却无一例外都抱住了儒家仁、义、礼、智、信等"仁政"的大腿，以及拉扯着夏、商、周等古代圣贤的衣角。不同的说辞抱不同的大腿，不同的游说扯不同的衣角，公说公的道，婆说婆的理，给人的感觉是，谁都说得有道理。我以为，这大概是今天的我们，把那个时期不同流派的学术思想，捧为"国学"的一个重要原因。

有一个人例外，他不抱儒学大腿，不扯圣贤衣角，而是高举法治大旗，他的大名叫韩非！

韩非主张依法治国，"循名责实"，行动与法令相一致。

正是这个主张，使得韩非旗帜鲜明地对儒墨之道进行批判，对提倡效法先圣的行为进行抨击，并把扰乱社会风气的五种人，称为"五蠹"，专门写文章进行批判。这"五蠹"，就包括称颂先王之道、大讲仁、义、礼、智、信的学者，当然还包括制造谎言、见人说人话、见鬼说鬼话的游说家，以及聚集党徒、标榜气节的所谓"公子"，大肆行贿、巴结豪门、逃避战争之苦的士者，粗制滥造、囤积居奇的商人和手工业者。韩非高举"五蠹"大棒，一棒打下去，把他们统统打成了损害国家和人民利益的蛀虫！

那什么是国家和人民最需要的？

法治！

韩非依法治国的主张，与申不害有关。

公元前375年，韩哀侯率军消灭郑国。韩昭侯继位后，重用申不害为丞相，主持韩国的改革。申不害"内修政教，外应诸侯"，帮助韩昭侯推行"法""治""术"十五年，使韩国君主专制得到加强，国内政局稳定，贵族特权受限，百姓生活改善，史称"终申子之身，国治兵强，无侵韩者"。推行法治十五年，韩国成了战国天下的强国。

韩非是韩国公子，他对韩国历史上的兴衰感同身受，对韩国"兴"为什么"兴"，"衰"为什么"衰"，肯定有过深入研究，因而他继承申不害的法治理念，并结合战国天下的现实情况，进一步发展并形成了他自己的法治理念。

韩非秉持的是坚决而全面地推行法治，他在《问辩》中写道：

"明主之国，令者，言最贵者也；法者，事最适者也。言无二贵，法不两适，故言行而不轨于法令者必禁。"

按照这个主旨，韩非用法、术、势构建起了法治思想体系。

所谓"法"，就是立法。

韩非认为，立法权为君主独控，任何人不得染指。君主颁布的法律，具有公开性和强制性，是臣民言行的标准，全国官民都必须遵照执行；与民众密切相关的刑罚条款，一定要家喻户晓、尽人皆知。

韩非提出的立法原则是"因道全法"。所谓"道"，是指宇宙

品韩非子

万物的客观运行法则；所谓"全法"，是指社会治理的方方面面，都要全面依法而行，不能有遗漏，也不能受自己的私利、好恶所拖累。韩非认为，人的本性都是"自为"的，即自私自利、好逸恶劳的。因此君主的立法，必须因应人的趋利避害的本性，而不应为人的主观意愿或好恶、情感所左右。因为"道"的特性是不同于万物的，所以"法"的内容应体现君主至高无上的权威性和他独裁的合理性。其中要把握好"刑德"二柄。**"二柄者，刑德也。何谓刑德？曰：杀戮之谓刑，庆赏之谓德。"** "刑德"的分量应有所不同，即"重刑少赏"。韩非说：**"圣主之立法也，其赏足以劝善，其威足以胜暴。"** 这样才能"禁奸于未萌，服战于民心"。因为民众的本性是，喜欢无法无天，而不喜欢禁止约束，所以君主制定的法律，刑罚一定要重，奖赏一定要恰当。**"刑胜而民静，赏繁而奸生。故治民者，刑胜，治之首也；赏繁，乱之本也。"**

韩非"因道全法"的立法原则，愿望是美好的。他寄希望于君主颁布的法令，给臣民规定哪些不能做，做了要受到惩处；哪些应该做，做了会得到奖赏。如此，全社会人人依法行事，个个都忠于职守，社会和谐稳定，繁荣兴旺，"君人者高枕而守已完矣"。不难看出，韩非的这一美好愿望，理想色彩太浓。

我们不妨问一问韩非：为什么韩昭侯重用申不害，由他作为丞相在韩国推行法治？而你韩非跑到秦国去游说秦王政时，韩王安不任用你为丞相在韩国推行法治呢？此时的韩国正处于风雨飘摇之中，眼看就要亡国了呀！为什么不用你推行法治来拯救韩国呢？答案很简单，不明智的君主喜欢独裁、暴戾，而不喜欢法治！法治讲究人人遵循，君主颁布的法令，第一个进行践踏的，必定是君主呀！

所谓"术"，就是君主对臣下的驾驭艺术。

韩非说：**"术者，藏之于胸中，以偶众端，而潜御群臣者也。"** **"术者，因任而授官，循名而责实，操生杀之柄，课群臣之能**

者也。"

"法莫如显，而术不欲见。"韩非认为，法令要行文公布，让每个人都知道。而"术"是隐藏的、秘密的，是叫人看不出、猜不透的，只能深藏在君主一个人的心底。

对于韩非所提倡的"术"，也得两说。

一方面，韩非运用自己的智慧，联系大量的历史事件、故事，阐述了君王驾驭群臣的领导艺术。在《韩非子·内储说上七术》等多个篇目中，韩非提出的"形名参同""众端参观"等"术"的措施，对于检验名实是否相符、考察臣僚言行是否一致、功过赏罚是否恰当，还是有创意的，当属领导艺术的范畴。韩非认为，**"力不敌众，智不尽物。与其用一人，不如用一国"**；**"下君尽己之能，中君尽人之力，上君尽人之智"**。韩非强调，君主对臣僚说的做的必须加以考验，不能凭他们说什么都信，尤其不能因为宠信而只听一个人的意见，而要听多数人的意见，并亲自加以考验。这就叫"众端参观"。为此，韩非讲了个与晏子有关的故事，故事是这样的：齐国丞相晏子出访鲁国，鲁哀公问他："俗话说'莫三人而迷'，而我和全国民众共同谋划国家的发展，可鲁国还是乱，这是什么原因？"晏子回答说："所谓'莫三人而迷'，是说一个人算会失算，两个人算就会算对，三个人算就可以形成多数人的意见。而鲁国的现状是，群臣虽数千，却都听从于季氏，他们跟你所说的就像出自季氏一个人之口，这怎么算得上有很多人呢？"这个故事所要说明的是，你鲁哀公自以为与全国民众共同谋划国家大事，其实你的大权已经旁落，你任命的臣僚，全都因为追逐名利而投靠了季氏，他们这些人众口一词，你还以为是多数人，其实只是替季氏一人发声。韩非讲这个故事要说明的是，不仅一个人、少数人说的意见要考察，就连多数人说的意见，也要考察。这便是"众端参观"。

另一方面，韩非创作的"疑诏诡使""奖励告奸"等"术"，引

品韩非子

导君主除奸使用行刺暗杀、爵禄利诱等手段，不乏肮脏与卑鄙，且与韩非全面严格依法治国的主张不相一致，背离了法治的轨道。他甚至提出严惩隐士，认为古时的许由、务光、伯夷、叔齐等隐逸之士，都是些不供驱使的"不令之民"，赏之、誉之不为所动，处罚、诋毁不为所惧，对付他们的办法，就是把他们的脑袋砍下来。韩非提出控制高官和担任要职人员的三种方法：一是质押，即厚待他们的妻子亲人而暗中加以软禁；二是安抚，即爵位俸禄优厚并兑现；三是稳固，即多方检验他们的言行，威严地责求其做事的功效。韩非甚至提出，有些人留着会坏事，杀掉又会败坏君主的名声，就用饮食毒死他，或交给他的仇敌杀死他。这些"术"，都是见不得人的阴招，与韩非的人格是分离的，被后世广泛诟病！

所谓"势"，就是君主要把握好自然和人为两大趋势，当然，"人为之势"是韩非谈的重点。

"自然之势"，主要是论述一个人要登上君位，必须把握天时、人心。

"人为之势"，主要是论述君主要树立自己的权势，只有权势强大，臣僚才能配合君主，才能使"太山之功长立于国家，而日月之名久著于天地"。

法、术、势是韩非论述法治的整体理论，着墨很多，这里只作个大概介绍。

韩非的法治主张，在战国天下与孔孟唱的是反调，因而，如何评价儒学以及其他学派，是绕不过去的一个课题。为此，韩非高举批判的大旗，猛烈抨击，火力全开。

孔老夫子的儒学，源于尧、舜、禹，特别是周朝的文王、武王、周公等，他在弘扬光大儒学的同时，对这些先圣顶礼膜拜。韩非对儒学的批判，便是从分析这些先圣所处时代人们的生存状况入手，一下笔就走得很远，走到了上古时代。他分析道：上古时代，人民少而禽兽多，人民经受不住禽兽虫蛇的侵害。这时有位圣人站出来，他用树枝搭成像鸟巢一样的住处，以避免各种禽兽的侵害，人民就爱戴他，让他统治天下，这位圣人叫有巢氏。人民吃野生的瓜果和河里的蛤蜊，因为腥臊而伤害肠胃，很多人生病。这时有位圣人站出来，钻木取火，烧熟食物以去掉腥臊气味，人民就爱戴他，让他统治天下，这位圣人叫燧人氏。韩非认为，有巢氏、燧人氏统一天下，是人民的生存所需。历史走到今天，如果还有人构木为巢、钻燧取火的话，会被笑话的。同样的道理，如果今世之人赞美尧、舜、禹、汤、武那套治理人民的办法，不也会被笑话吗？因此，新时代的圣人，不羡慕远古时代，不效法永恒不变的常规，而是研究当下的实际，采取相应的治理办法。

在这里，韩非把立足当下、采取相应办法即法治，埋下了伏笔。

韩非接着说："古时男人不耕地，是因为草木的果实充足够吃；妇女不纺织，是因为禽兽的皮毛充足够穿。不用费力劳作而生活给养充足，人民数量少而财物充足，所以人与人之间不会发生争夺。在这种情况下，赏没有必要，罚也没有必要，天下自然安定。当下的情况就不同了，一人有五个孩子不算多，每个孩子分别又有五个孩子，祖父还没死就有二十五个孙子。人多财物有限，即便费力劳作也满足不了供养，因此人民相互争夺。在这种情况下，君主即便加倍奖赏、重复惩罚，也难以避免祸乱。"

在这里，韩非又把他"轻赏重罚"的法治理念，埋下了伏笔。

在这个伏笔之下，韩非对儒家尊崇古代圣贤的一些做法，进行了拆解。

韩非说："古人轻视财物，并不是讲仁慈，而是财物很多；今人争夺财物，并不是太贪婪，而是财物太少。圣人禅让，把天子之位让给别人，不是什么品德高尚，而是那时的天子权势很小；今人争夺官职和依附权贵，不是什么品德低下，而是因为今天的官吏权贵权势很

品韩非子

· 155 ·

大。"在作了这样一些分析后，韩非顺势推出了他的"罚薄不为慈，严诛不为戾"的法治理念。他说："**如欲以宽缓之政，治急世之民，犹无辔策而御駻马，此不知之患也。**"

孔子是儒学的旗手，是韩非绕不过去的话题。

虽然韩非毫不客气地批判"儒以文乱法"，但对孔子还是保留了一份尊重，他说："仲尼，天下圣人也，修行明道以游海内。"但他笔锋一转说道，天下人都说喜欢孔子的仁，赞美他的义，而愿为他效劳的，只有门徒七十二人，而真正行仁义的，只有孔子一人。

韩非说这话时，孔子早已去世，若活着的话，孔子会赞同吗？

韩非肯定是预有准备，他特地拿孔子与鲁哀公讲了一个历史故事。

鲁哀公是鲁国第二十六任君主，他问孔子："寡人生于深宫之中，长于妇人之手，寡人未尝知哀也，未尝知忧也，未尝知劳也，未尝知惧也，未尝知危也。"作为一国之君，这几个"未尝"足见他的品位是多么低下。可现实是，鲁哀公手握国君权势，全国的百姓没有不服从他的，连孔子都在他手下做臣子。而"天下圣人"孔子，满嘴讲的是"仁政""善政"，可围着他推销儒学的，全部加起来只有七十二人，而始终跟着他的，只有几个人。这说明什么呢？荀子说明白了，跟着孔子推销儒学，得不到个人的私利；而跟着鲁哀公这等春秋天下的劣等君主，就有私利可得。荀子甚至说，把世上的普通民众都当成孔子的门徒，那就坏大事了，行不通！

说来说去还得回到法治上来。荀子抨击儒学，强调法治，打了一个很能说明问题的比方。

有一个不成器的孩子，父母训斥他，他不悔改；乡老责备他，他无动于衷；老师教诲他，他也不改变。把父母的慈爱、乡老的品德、老师的智慧三样美好的东西，一起施加到他的身上，然而他始终不被触动，丝毫也不改变。直到地方官吏手执兵器，执行国家的法令，到处抓捕坏人时，这个孩子才感到恐惧，改变了坏品行，纠正了坏行为。对此荀子得出的结论是：**"父母之爱不足以教子，必待州部之严刑者，民固骄于爱、听于威矣。"**

还没完，荀子继续讲故事，有的故事还与孔子有关。

一个故事：有个鲁国人跟随君主打仗，三次上阵三次逃跑。孔子问他为什么逃跑，他回答说："我还有个年迈的父亲，如果我战死了，就没人供养他了。"孔子听了很受感动，认为他是个大孝子，特地提拔他做官。

另一个故事：楚国有个人叫直躬，为人非常正直。他的父亲偷了别人的羊，他主动向官府告发。令尹听说后，下令把直躬杀掉。理由是，直躬虽然对君主忠心，但他对父亲却是大逆不道，所以必须杀掉。

荀子讲的这两个故事，不只是特别抓人的眼球，而是严重撞击人的大脑！

因为要为父亲尽孝，在保家卫国的战场，两番三次当逃兵，没有受到惩处，反而提拔起来做官；因为遵守国家的法令，告发父亲偷羊，却被砍掉脑袋。儒学一个"孝"字，难道不足以乱国、乱家、乱民心吗！打出这个"孝"字招牌，出征御敌，可以当逃兵；好逸恶劳，可以偷盗；见财起心，可以抢劫；为报私仇，可以杀人。人世间还有什么恶行，不可以在这个"孝"字招牌下实施呢？如此，"仁政"何在？"善政"是耶？

写到这里，我想问问孔子："韩非批评'儒以文乱法'，你赞成吗？"

关键是，儒家"以文乱法"，**"微妙之言，上智之所难知也。今为众人法，而以上智之所难知，则民无从识之矣"**。韩非说的是啊！儒家特别是孔老夫子，惜字如金，他刀笔之下的简约，浪费了后代学者研究、考证、猜测的大量时光，有些文字人们至今未必真正弄懂。

如此深奥玄妙的言辞，智慧极高的人都难以理解，却把它作为民众的行为规范，民众根本就听不懂，又如何让他们遵照执行呢？

可悲的是，说话老百姓听不懂，或不会说老百姓话的人，被各国尊为上宾，享受高官厚禄；那些违反禁令、仗剑行侠的人，却得到国君丰厚的供养；那些今天教唆多国去打一国、明天教唆一国去打多国的人，损害他国利益，自己却把封地和厚禄都捞到手了……如此，庶民百姓的日子过得下去吗？天下又何谈"仁政""善政"呢！

公元前233年，秦国再攻赵国，连陷赵国的宜安、平阳、武城，把与赵国接壤的韩国吓坏了。韩国马上割地，献上国王印信，请求降格为秦国的附庸国，并派韩非到秦国拜谒秦王政。

秦王政非常欣赏韩非的贤能，读到《孤愤》《五蠹》后说："嗟夫！寡人得见此人与之游，死不恨矣！"因而听到韩非来秦的消息后，非常兴奋，打算立即召见。

但，历史在这里打了个死结！

《史记》载：韩非到达咸阳后，欣赏韩非的秦王政并没有召见他，韩非也没有请求秦王政召见，而是给秦王政写了一份"卖国上书"。

"卖国上书"写的是，韩非向秦国贡献破坏合纵联盟的具体方案。韩非信誓旦旦地写道："秦国用此方案，如不能教赵国投降、韩国灭亡、楚国和魏国屈服、齐国和燕国归顺，秦国的霸王之名不能建立，天下国君不来秦朝觐，就把我韩非杀了，用以作为对秦王不忠诚的警戒。"

这样的文字绝非出自韩非之手！疑点极多，是对韩非的诬陷！

我们不妨做点儿分析。

疑点一：韩非是名誉战国天下的法学巨匠，他深怀忧国忧民情怀，对韩国不用智者贤才，而用"五蠹"这五种蛀虫，深感焦虑。他是战国天下的法学巨匠，思想深邃，著作等身，他的骨子里永远镌刻着韩国政治清明时，王室公子独有的尊严和清高，怎么会一脚踏进咸阳，便抛弃自己的学术主张、政治主张、人格尊严和清高，立马拜倒在秦王政的脚下投降呢？

疑点二：韩非是韩国派出的使节，他的使命是韩国降格为秦国的附庸国。怎么在他的所谓"卖国上书"中，变成了鼓动秦国灭掉韩国呢？难不成作为韩国公子的韩非，早就投降了秦国、背叛了韩国？

疑点三：韩非所谓的"卖国上书"，收录在《韩非子》一书中，篇名叫《初见秦》。据考证，这里说的"见秦"，见的是秦昭襄王。秦昭襄王是秦王政的太爷爷，翻遍史书，也找不到韩非在秦昭襄王时期到过秦国的记录。况且那个时候的战国天下，并非秦国独强，而是包括韩国在内的七雄争霸，赵国、楚国、齐国，这三个国家的实力都可以与秦国单挑。在这种情况下，韩非又怎么可能跑到秦昭襄王那里，教唆秦国灭亡韩国呢？

史学家认为，《初见秦》并非韩非所作，而可能是张仪、范雎、蔡泽等假韩非之名而作。我在认真读了《初见秦》后，觉得更像李斯所作。

《初见秦》分析了四次秦国打败楚国、齐国、赵国而一统天下的良机，却被秦国谋臣毁掉的历史。这个分析，极像李斯的刀笔。比如，公元前260年，秦、赵长平大战打响，赵国精锐尽丧。秦昭襄王下令白起一鼓作气，攻陷赵国首都邯郸。而担心白起功劳和权势超过自己的丞相范雎，接受赵国厚礼，鼓动秦昭襄王撤军，使秦国丧失了一次一统天下的良机。此时的李斯，为主管秦国刑法律令的廷尉，对范雎的私心狭隘，看得十分清楚。而作为韩国公子的韩非，对这种内幕是不可能知道的。因此说，《初见秦》更像李斯所作。

问题是，李斯为什么要构陷韩非呢？

我们依据史学巨匠司马迁的刀笔走向，来做点儿分析。

司马迁写道，李斯、韩非一起拜荀子为师，同为弟子，李斯自认

品韩非子

为才识不如韩非。公元前236年，李斯奉秦王政之命出使韩国。韩非见到十多年未见的李斯，少不了宴请交谈，并将自己写的《五蠹》《孤愤》等文章送给李斯。李斯回秦后，献给秦王政。秦王政读后，大加赞赏，恨不得立即与韩非见面。三年后韩非到达秦国，李斯出面了，他对秦王政说："韩非是韩国的王子，他不可能忘情韩国而为秦国效力。但如果放他回韩国，凭他的才能，就一定是秦国的后患，不如用法律除掉他。"秦王政同意，下令逮捕韩非，李斯则派人送去毒药，令韩非自杀。

但秦王政很快后悔了，急忙派人去赦免韩非，晚了一步，韩非喝了李斯送去的毒药，已经死了。

李斯给韩非送毒药的动作，如此迅速，令人生疑！

高举法治大旗，立身战国天下的韩非，饱受史学家和后世争议，但他提出的法治思想、执法理念，在今天仍熠熠生辉！

2020年6月25日于石家庄

品吕不韦

——先秦百科全书的主创人

战国时期，吕不韦在秦国为相十三年，头三年，相庄襄王，后十年相秦王政，即秦始皇。秦王政即位时十三岁，秦国的治国方略、大政方针，都由吕不韦掌控。公元前239年，吕不韦召集天下名士，编纂了《吕氏春秋》，书成之后，将其"布咸阳市门，悬千金其上，延诸侯游士宾客有能增损一字者予千金"。吕不韦为相后，广收天下名士，引进了大批儒、墨、道、法等百家学者，让这些人对"布咸阳市门"的《吕氏春秋》挑毛病，是为了将其修改得完美无缺，好上加好。可以毫不夸张地说，天下名士共同编纂的《吕氏春秋》，是先秦著作中结构体系最完备的著作，也是收纳先秦优秀传统文化最丰富的著作，还是文字最考究、引典最准确的著作，是当时天下学者名流共同学识、智慧的结晶。作为主编吕不韦，居功至伟！

其实，在《吕氏春秋》问世之前，吕不韦已经创作了属于他自己的一部"春秋"。

吕不韦，河南濮阳人，经商，家累千金。到赵国国都邯郸做生意，见到了秦国派往赵国当人质的嬴异人，说"此奇货也，不可失"。

嬴异人是秦国太子嬴柱二十多个老婆中，最没有地位的夏姬所生的儿子，派到赵国当人质。秦国给嬴异人的待遇很差，门户装点不起来，赵国的达官贵人也懒得跟他交往。吕不韦独到的政治目光，加上他独特的经商谋划，认为嬴异人是"奇货"，可以运作起来赚大钱。他主动拜访嬴异人，对他说："我可以光大你的门户。"嬴异人听了发笑说："你还是留点劲儿去光大你自己的门户吧。"吕不韦则说："我当然要光大我的门户，但必须是在光大了你的门户之后。"

吕不韦结识嬴异人后，特地向父亲请教了三个问题。

问："种地有几倍的利润？"

答："十倍。"

问："贩卖珠宝玉器呢？"

答："那很高，起码一百倍。"

问："如果扶持一个人做国家的君主呢？"

父亲倒吸了一口凉气，答："千万倍，甚至难以估计。"

吕不韦的父亲肯定也是个商人，很懂经营行情，但对经营一个人做国君这样的大买卖，实在是不敢想，不由得倒吸一口凉气。吕不韦则从向父亲的讨教中，坚定了信心。

光大嬴异人门户的第一步，就是把嬴异人的庶子改为太子。在这个过程中，吕不韦商人的特点和政治家的特点，集中在驾驭全局、抓住本质上融通迸发。

嬴异人是秦国二十几个王孙中最没有地位的一个。没有地位，并非没有继承资格，关键在于如何运作了。这一点，吕不韦看清了。

但是，有继承资格是一回事，能否继承又是一回事，这之中的关键，是谁的手里捏着确定继承人的权柄。这一点，吕不韦也看清了。

在太子嬴柱后宫的一群老婆中，唯一能够扭动嬴柱手中权柄的，是华阳夫人。而华阳夫人最大的闹心事，就是没有给嬴柱生出一个儿子作继承人。她有能力把别人的儿子要过来做儿子，但老婆群中地位高的，华阳夫人若要她的儿子，必有一争，你没有儿子，正好我的儿子可以补上太子的位置，我干吗要给你呢！地位低的，不敢去争，争也没用，还巴不得把儿子送给华阳夫人做儿子。吕不韦选的"奇货"，是嬴柱后宫巴不得把儿子送给华阳夫人的夏姬所生的儿子。

华阳夫人干不干，认不认这个儿子，是全局中关键的关键。这一点，吕不韦不仅看清了，而且运作得极其"商人"。

吕不韦拿出二十四万两黄金，用一半让嬴异人去装点门面，广交朋友，扩大影响。赵国的君亲国戚、达官贵人，以前懒得搭理穷困潦倒的嬴异人，一夜之间看他的眼色全变了，马车豪华了，出手大方了，请客高档了，整个人焕然一新，赞誉之声不胫而走。

吕不韦用另一半黄金贿赂华阳夫人的姐姐。吕不韦虽是富商，但若揣着大把黄金直奔华阳夫人的宫殿，门卫就会把他挡住，甚至抓起来问罪。华阳夫人的姐姐就不同了，她随时可以去，送什么贵重礼物，旁人也不会多心。再说呢，华阳夫人缺儿子，不缺黄金珠宝，华阳夫人的姐姐虽然也不会缺黄金珠宝，但再多也是不嫌多的。

吕不韦用黄金珠宝把华阳夫人的姐姐拉到和自己坐一条板凳后，吕不韦要说的话，便从华阳夫人姐姐嘴里出来了：靠自己的美貌得到宠爱，一旦美貌衰退，宠爱也就消失；夫人得到的宠爱已到极致，但没有儿子，如果不在这时从庶子中培养一位贤才，确定为嫡子，万一有那么一天，色衰爱弛，说什么也不可能了；庶子群中，嬴异人最有才干，他自知上有哥哥，下有弟弟，嫡子根本没有他的份；夫人如果特别垂爱他，使嬴异人本没有国家而忽然有了国家，夫人本没有儿子而忽然有了儿子，则夫人的宠爱，将在秦国永存。

姐姐的这番话，深深地打动了华阳夫人，于是她流着泪对嬴柱说："我不幸未能为您生一个儿子，愿收嬴异人做我的儿子，我有了儿子，就可以托付终身了。"嬴柱深爱华阳夫人，不仅满口答应，而且当即剖开玉石，交给华阳夫人作为信符。嬴柱还特地赏赐给嬴异人很多金银财宝，聘请吕不韦当他的老师。

　　吕不韦用二十四万两黄金的商人式运作，大获成功。嬴异人这个在二十多位王孙中地位卑微的庶王孙，一跃成了名正言顺的太子，成了秦国的合法继承人。

　　商人的胃口是填不满的，商人兼政治家的胃口，更是填不满的。吕不韦花二十四万两黄金，买了顶秦国国君继承人的老师桂冠，虽然戴着这顶桂冠，可以谋取比二十四万两黄金高出无数倍的利益，但他并不满足，他还惦着嬴异人给他许诺"得分秦国与君共之"的半壁江山。二十四万两黄金买不来半壁江山，这个账吕不韦算得清楚。君王一旦得势翻脸不认功臣和恩人的历史演绎，吕不韦也很清楚。因而他在帮助嬴异人做合法继承人的目的达到后，开始下一步的盘算，即如何紧紧把嬴异人抓在自己的手上，叫他完全服从自己的意志。于是，在战国时期最令人叫绝的一个美人计，在吕不韦一手导演下上演了。

　　吕不韦在邯郸做生意，因为有钱，买了一个邯郸美女，叫赵姬。吕不韦成了嬴异人的老师后，经常招他到府上喝酒。民间的传说是，开始嬴异人到吕不韦府上喝酒，吕不韦不让赵姬露面，待赵姬怀孕了，才叫赵姬出来斟酒。也许是赵姬实在是太漂亮了，也许是嬴异人本身就是个淫色之辈，还也许是酒喝得半醉起了作用，嬴异人一见赵姬，顿时色眼放光，神魂飘荡，当即提出叫吕不韦赠给他。吕不韦则假装生气，教训嬴异人不能夺老师之爱。他二人一个真要、一个假不给地闹腾一番后，吕不韦最终把赵姬赠给了嬴异人。

　　一年后，赵姬生一子，名叫嬴政，即中国历史上赫赫有名的秦始皇。

　　嬴政的爷爷嬴柱继位不久便去世了，他的父亲嬴异人继位三年后去世，嬴政继位，时年十三岁，尊吕不韦为相国，号称仲父，主持秦国的国事。

　　吕不韦为相十三年，特别是因为嬴政年少，主持秦国大政方针的十年间，他亲率秦军扩张征剿，壮大国力。东周，这个名存实亡的天下共主，就是在他手里被灭掉的。接着发起了对赵、魏、楚、齐、燕、韩等战国六雄的征伐，他的出发点，就是吞并六国，一统华夏。历史这样记载：吕不韦主政时期，在对六国发起的连续征伐中，取得了一个接一个的重大胜利，极大地扩展了秦国的疆域，为秦国一统天下奠定了基础，做出了不可磨灭的贡献。不仅如此，吕不韦一反秦国独尊法术的传统政策，广收天下名流学士，特别是儒、墨、道、法等百家的名士，广泛吸取他们的学派精华，用于秦国内政的治理。吕不韦还一反我国历史上重农抑商的传统做法，主张尚农的同时，提倡"农攻粟，工攻器，贾攻货"，使得秦国的农、工、商全面发展，秦国的工商业者"礼抗万乘，名显天下"，为秦国兼并六国、一统天下奠定了丰厚的物质基础。

懂政治的商人吕不韦，就这样创作了一部属于他自己的"春秋"。

但吕不韦没有就此罢休，他丰富的人生阅历，尤其是他主政秦国的全局谋划，特别是他对治国理政的思考沉淀，使得他还要创作，创作一部《吕氏春秋》。

公元前239年，即秦王政亲自主政秦国的前两年，吕不韦将网罗天下的三千多学士名流召集起来，共同编纂了《吕氏春秋》。

吕不韦为什么选择在这个时间节点上编纂《吕氏春秋》？史学家说法不一。有的认为，吕不韦已经产生了强烈的危机感，这危机来自年轻气盛、气魄宏大的秦王政。

事情是这样的。

赵姬被送给嬴异人做老婆后，没过几年嬴异人就死了，丢下赵姬年轻轻地守寡。赵姬耐不得这种寂寞，故而与吕不韦"淫行从密"。眼看着已经当上秦国国君的嬴王政一天天长大，吕不韦害怕了，找了个叫嫪毐的人，拔光胡须，当作宦官送进太后宫，陪伴赵姬，自己从赵姬那里拔出腿来。这之后，吕不韦的腿拔出来了，可嫪毐的腿越陷越深，他与赵姬在太后宫生了两个儿子。嫪毐胆子贼大，密谋杀掉嬴王政。

因为这个原因，使得吕不韦恐惧，他预感到自己主持秦国大政的时日不长了，相国的帽子迟早也得摘掉，所以趁自己有权时，召集天下名流学士编纂《吕氏春秋》，假使他日嫪毐的脏事败露，亦可凭一部《吕氏春秋》使自己扬名立万，也可使秦王政把他当大学者看待，留一条善终之路。

也有人认为，吕不韦凭着他政治家的敏感，认定秦国一统天下是大势所趋，他作为秦国的相国，必须提早谋划统一后的秦国如何治理，实行什么方针政策维持秦国的长治久安，尤其在思想理论上，必须提出作为一统天下的秦帝国的治国纲领，以迫使秦王政依照自己的主张行事，维持他自己的权势地位。

是不是这样，我们用《吕氏春秋》说话。

《吕氏春秋》全书分纪、览、论三部分。"纪"按春夏秋冬十二个月分为十二纪，每纪五篇文章，共六十篇。春季部分主要讲养生，劝谏天子发布政令要与春天生养之季相适应；夏季部分讲教育和音乐，劝谏天子发布政令要与万物生长繁荣相适应；秋季部分主要讲战争，以"秋德肃杀"为要，劝谏天子把惩治罪恶、征伐不义放在重要位置；冬季部分主要讲"节丧""安死"的内容，劝谏天子必须顺应"冬阴闭藏之气"。"览"按"有始""孝行""慎大""先识""审分""审应""离俗""恃君"等内容分为八览，每览八篇文章。如"有始览"，以"法天地"为宗旨，把天地运行的自然之道作为人事的依据，强调"太一出两仪，两仪出阴阳，阴阳变化，一上一下，离则复合，合则复离"的自然观。"论"按"开春""慎行""贯直""不苟""似顺""士容"等内容分为六论，每论六篇文章。如"开春论"，撮取首句"开春始雷"的前二字作为篇名，主要论述"善说"，即"言尽理"，提出了"言尽理而得失利害定"的论断，意在说明节用爱人、明法慎罚等礼义仁法的道理极其重要，以契合"善说"要义。

　　吕不韦精通儒学六艺，本身就是一个大儒。因而《吕氏春秋》的主旨，还是儒学要义。但他的视野，他的博学，使得他对墨家、道家、法家、兵家等思想精华，是不肯舍弃的。因此说，《吕氏春秋》是中华民族先秦时期的百科全书，也是集儒、墨、道、法等诸子百家先进思想文化、天文、农业、科技于一体的知识宝库。

　　该书第一次完整地记载了九野及二十八星宿的名称，这可是天文学的伟大创举。我们的祖先没有在记载星宿的名称上止步，而是把每月太阳、月亮所在的位置，星星在什么位置和与之相应的节气、物候特征等对应起来，以此告诉人们，太阳、月亮、星星在什么位置，便处于什么节气，该耕种、收获什么作物。我们的祖先把彗星、天棓星、天竹星、天英星、有斗星、有宾星等九种星列为妖星，认为这些妖星在不同的季节、不同的位置出现时，人世间就会出现种种怪异，如牛马开口说话，猪狗相互交配，马长犄角等。该书警告君主，出现这样的怪异时，君主要检讨自己，爱民恤民，积德行善，只有这样，灾祸才可避免。

　　该书第一次比较全面地记载了我国音乐旋律的起源，特别是乐律的六律、六吕，及其计算的三分损益法，为后人研究古代音乐史，提供了宝贵的资料。

　　该书第一次全面系统总结了我国先秦时期种植农作物的实践经验，并对种田和供养做出了明确规定，即每个农夫要供养九个人，但种下等田的，要供养五个人，饲养的家畜包括在一个农夫的劳动之内，折合计算。在"任地"篇中，就如何使用土地的问题，包括土质改造、灌溉、除草、耕作等十个方面的具体细节，提出了明确要求。在"审时"篇中，对稻、黍、麻、豆、麦等主要农作物，什么季节种，怎么种，怎么施肥浇水，怎么除草杀虫等，讲得十分详尽。包括庄稼种好了，吃到嘴里是什么味道，吃了对人体有什么好处，等等，

品吕不韦

都详尽作了介绍。

该书到底还有多少个"第一次"，包括人体有"三百六十节、九窍、五藏、六府"，以及各个器官的生理要求等，是不是第一次论及，因本人的学识粗浅，不得而知。

全书读下来，其知识含量的丰富，使人耳目一新，眼界大开。

比如，古人不睡大房的事；古人染发，但不提倡重复染；古人有复姓叫中行、北人、公肩、东野等；古代的舞蹈分文、武两种，文舞执羽旌，武舞执盾牌、大斧；古人也赌博，并指出一心想赢的人却赢不了；古人正规的坐姿是，两膝着地，臀部靠在脚后跟上；孔子是大力士，能举起国都城门沉重的门闩；传说我国古代有不穿衣服，也不用遮挡的裸民国，有人长着三张脸的三面国；古中山国的习俗是，以日为夜，夜以继日，男女耳鬓厮磨，互相依偎，纵情享乐，唱歌喜好悲声；古代绘画，青与赤相间谓之"文"，白与赤相间谓之"章"，合起来叫"文章"，等等。这些知识，我还是平生第一次读到。

不知道的实在是太多了，面对《吕氏春秋》传授的诸多知识，我只有汗颜。也有一些知识知道一点儿，但没有完全弄明白。

比如，我们常常看到古文里出现"七尺男儿"之说，知道古时的尺长比今天的短，但究竟短多少，就不知道了。《吕氏春秋》告诉我们，古时的五尺，约合今天的一米多点儿，"堂堂七尺男儿"，气概固然宏大，但个头比我们今天的男儿要矮小很多。

再比如，"郑卫之音"，知道不是那种振奋精神的音乐，属靡靡之音。但为何把"郑卫之音"定为靡靡之音，就不得而知了。《吕氏春秋》告诉我们，"郑卫之音"又叫"桑间濮上之音"。据说一个叫师延的乐官，制作了一曲靡靡之乐，献给纣王。纣王沉迷于这个乐曲，导致亡国，师延也投濮水而亡。后卫灵公路过濮水，听到水面漂来这个乐曲，便叫乐官师涓记录下来演奏，卫国也因此衰亡。

当然，《吕氏春秋》不是蒙学教材，它是为秦王朝一统天下而做的思想理论准备，提出了一整套的政治主张作为治国的纲领。这之中，尤其难能可贵的是，儒墨道法等我国先秦之前诸子百家的先进思想理论、政治主张、治国安邦方略等，都经过严格筛选后进行了吸收。

说经过严格筛选，是有依据的。《吕氏春秋》的立言原则，是以先秦之前七十一位圣贤的论述为依据的。这七十一位圣贤，包括黄帝、炎帝、尧、舜、禹、文王、武王，春秋五霸的君主，当然还包括晏子、孔子、老子、墨子等既有治国安邦实践经验，又有重大思想理论建树的政治家、思想家、理论家和军事家。《吕氏春秋》写道："**君子之学也，说义必称师以论道，听从必尽力以光明。听从不尽力，命之曰背；说义不称师，命之曰叛。**"谈论道理，一定要引用先贤的话来阐明道义，便是《吕氏春秋》的立言原则，不坚持这一原则，就是背叛。

秦国从西北边陲一路走来，以"独尊法术"作为其治国的基本国策。显然，这一国策用于一统天下的治理是单调的，不够的。一统天下的理论涵盖，必须是儒、墨、道、法等百家理论的精华。这便是《吕氏春秋》所遵循的编纂方向。当然，在这个方向中，法家理论是笔墨很浓的。

民本思想是儒学的精华，《吕氏春秋》吸收其为政治理论，认为民众是国家存亡安危的关键，治理天下，首先要得民心。"**人主有能以民为务者，则天下归之矣。**""**古之君民者，仁义以治之，爱利以安之，忠信以导之，务除其灾，思致其福。**"在坚持民本思想的同时，《吕氏春秋》还倡导德政治国，其"劝学"篇鼓励人们加强学习，认为圣贤是"疾学"而成的，那些品德低下的人是因为"生于不学"。至于儒家倡导的诚信和孝道，《吕氏春秋》更是不惜着墨。它把诚信作为天道运行的规律来看待，认为"**君臣不信，则百姓诽谤，社稷不宁；处官不信，则少不畏长，贵贱相轻；赏罚不信，则民易犯**

品吕不韦

法，不可使令；交友不信，则离散郁怨，不能相亲；百工不信，则器械苦伪，丹漆染色不贞"。认为讲诚信，就能与天意相通。它把孝道作为治国之本，把孝说成"三皇五帝之本务，万事之纪"，**视孝为"民之本教"**，执守孝道，能使"百善至，百邪去，天下从"。认为一个人的罪过，"刑三百，罪莫重于不孝"。总之，儒家的思想精华，包括墨家的兼爱、节用、尚德等理论，在《吕氏春秋》的治国方略中交相辉映。

《吕氏春秋》的天道观非常鲜明，它吸收老子"道生一，一生二，二生三，三生万物"的自然观和宇宙起源理论，并在此基础上大胆突破创新，提出了"道"就是"太一"的主张。道家顺乎自然、清静无为的理论，在《吕氏春秋》劝谏天子的"无为""礼贤"中得以充分体现。比如"下贤"篇，歌颂了得道之人的高尚情操，赞美其不把贫贱富贵放在心上，"以天为法，以德为行，以道为宗，与物变化而无所终穷，精充天地而无竭，神覆宇宙而无望"。劝谏君主向尧帝学习，不以帝王的身份去见得道圣贤之士，而应恭恭敬敬，以礼相待。

这里，有必要也说说佛教。佛教是西汉末年从印度传过来的，在我国的先秦时期，似乎没有佛教一说。但《吕氏春秋》读下来，佛教的一些重要思想，在其治国理念中多有体现。如多处阐述的"君也者，以无当为当，以无得为得者也"；"思虑自心伤也，智差自亡也，奋能自殃，其有处自狂也"；"至神逍遥倏忽，而不见其容；至圣变习移俗，而莫知其所从；离世别群，而无不同；君民孤寡，而不可障壅"；"得道者必静，静者无知，知乃无知，可以言君道也"。这些论述，与佛教理论中"五蕴皆空""诸法空相""心无挂碍""无智亦无得"等，是完全契合的。该书中还多处着墨，倡导佛教提倡的"行善积德""以善消灾"的理念，并用很多小故事予以佐证。

有一个故事是这样的。

成汤为王时，庭院里突然长出一颗奇异的谷子，傍晚的时候发芽，第二天天亮时就长成两手合围那么粗了。臣僚提出占卜，成汤不同意，他说："怪异的事物是灾祸的先兆，如遇到怪异的事不做善事，灾祸就会降临。"于是成汤早上朝，晚退朝，探望民间病人，吊唁乡间死者，千方百计安抚百姓。三天后，庭院里的异谷便消失了。

《吕氏春秋》在阐释一系列治国安邦理论时，不是只搬出先秦圣贤的话作论断，而是选择了很多小故事予以佐证。这些小故事，不少来自民间，非常鲜活，生动地揭示了圣贤们的大智慧。

"介立"篇讲了一个小故事，是这样的：东方有位叫爰旌目的名士，行路途中饿晕倒地。狐父那个地方一个叫丘的强盗看见了，摘下盛有水泡饭的壶去喂他。喂了三口后，爰旌目醒过来了，便问他是什么人，丘说自己是狐父的丘。爰旌目一听，顿时大惊失色，说："呿！你不是强盗吗？我信守节义，绝不吃你的食物！"说罢，两手抓地往外吐吃下去的东西，吐不出来，咯咯地哕了一阵，就趴在地上死了。这个小故事要说明的道理很明确，指世人要保持高尚的节操，不能为五斗米折腰。

"疑似"篇讲了一个小故事，是这样的：梁国北部有个黎丘乡，那里有个奇鬼，善于模仿人的子孙的样子。当地有个长者上集市，喝醉了酒往家走，奇鬼就模仿他的儿子，搀扶他回家，一路上苦苦地折磨他。这位长者回家后酒醒了，斥责他的儿子，他的儿子哭着磕头，说："您这是遇到鬼了！我昨天到东乡去了，有人能作证的。"长者相信了儿子说的，也确认是那个奇鬼捣乱。第二天，长者带着利剑，特地到集市饮酒，又喝醉了。他的儿子放心不下，特地去接，长者见到他儿子，拔剑就刺，把儿子杀死了。这个小故事是劝谏君王对于"疑似之迹，不可不察，察之必于其人"。文章甚至认为，即使最贤明的舜做车夫，尧做主人，禹做车右，进入草泽也要问牧童，到了水边也要问渔夫。

在"用民"篇讲了一个小故事，是这样的：宋国有个人急于赶路，可他骑的马不肯往前走，他把马杀了，换了一匹马赶路。可这匹马还是不肯往前走，他又把这匹马杀了，又换了一匹马。如此换了三匹马，杀了三匹马。吕不韦讲这个故事要说明的问题是：有的人只想树立自己的威严，而不知道树立威严的方法。这种人在君主身边很多。有了官职地位，不去想自己应该学会什么本事，而是先把架子端起来，威风耍起来，以为这就是威严。其实，威严是要有凭借的，凭借什么？凭借爱和利。为官者，爱民之心，为民谋利之心，被民众认同了，威严才能树立起来。

…………

《吕氏春秋》讲述的这种小故事很多，故事所揭示的道理非常深刻。不仅如此，为解释某个道理而打的比方，也极其精妙！

比如，为了强调君主建功立名的关键在于求得贤人，它打的比方是：假如有这样一个良医，他给十个人治病，治好了九个，那么，找他治病的人就会成千上万。求得贤士，就好比良医治病一样，成千上万的人都会归附。再比如，为使君王认清什么是目的，什么是手段，引用了道家大师子华子劝谏韩昭釐侯时打的一个比方。韩魏两国为一块土地争得不可开交，子华子对韩昭釐侯说，假如天下所有的人给您写下铭文，"左手抓取这篇铭文就砍去右手，右手抓取这篇铭文就砍去左手，但只要抓取了这篇铭文，就一定占有天下。请问您是抓取呢，还是不抓取呢？"听了子华子所打的比方，韩昭釐侯掂量出了轻重，放弃了与魏国的争夺。

类似这样的比喻很多，就像坐在教室听课一样，担心学生听不懂，老师信手拈来，用学生经历过或知道的事情打比方，叫学生一听就懂。

此外，《吕氏春秋》在提倡顺应自然天候而养生的论述中，不少道理今天仍适用。比如：水中含盐分及其他矿物质多的地方，多有头上无发和颈上生瘤的人；水中含盐分及其他矿物质少的地方，多有脚肿和瘘躄不能行走的人；水味甜美的地方，多有美丽和健康的人；水味辛辣的地方，多有生痘疮和痈疮的人；水味苦涩的地方，多有患鸡胸和驼背的人。这些知识，就是今天行医的人，也不会不赞同。再比如，该书的养生理论，提倡饮食要按时，要无饥无饱；性欲要有所节制，不得纵情过度；要保持经常运动，以使精气流通，防治郁结生病。《吕氏春秋》特地告诫后人："出则以车，入则以辇，务以自佚，命之曰'招蹶之机'。肥肉厚酒，务以自强，命之曰'烂肠之食'。靡曼皓齿，郑卫之音，务以自乐，命之曰'伐性之斧'。三患者，富贵之所致也。"

三患者，富贵病也。

《吕氏春秋》成书两年后，嬴政亲自主政秦国，嫪毐与赵姬淫乱的事败露，吕不韦脱不了干系，相国被免，回到河南老家。一年后，也就是公元前235年，秦王政赐信给他，用严厉的斥责发出要砍他脑袋的信号，吕不韦深知自己走到人生的尽头了，于是服毒自杀。

吕不韦的一生告诉我们：商人，必须懂政治，巨商，必须是政治家。吕不韦首先是个商人，他深谙商业运筹战略，且具备商人独有的变通能力。其次是个政治家，驾驭全局，深谋远虑，节节衔扣，智慧夺人。这说明，商人和政治家之间，并没有不可逾越的鸿沟。但是，商人踏上从政之路后，必须少一些商人气息，尤其要恰当运用等价交换原则。

因为，政治上的交换，从来是不对等的。

吕不韦死了，但他留下了世代传诵的《吕氏春秋》，在这部传世之作中，吕不韦永远鲜活！

2020年10月10日于石家庄

品吕不韦

品董仲舒

——天人感应"宜于民"的高妙

公元前140年，年仅十七岁的汉武帝刘彻，下诏在全国征召贤良学士，并以"古今治国之道"为题，亲自主持考试。

全国各地以悬梁刺股之艰辛而从古代诗书中寻找升迁之道的一群儒生，汇集在汉武帝刘彻招贤纳才的旗帜下，吭吭哧哧、之乎者也地讲述从古经中搬来的治国之道之皮毛。

董仲舒，就站在这群儒生之中。

考试轮到董仲舒了，他漫步登上考试殿堂，一口气回答了武帝刘彻提出的三个问题，即大道之要、帝王之道、天人之应。

武帝刘彻一连提出这样三个问题向董仲舒发问，是有原因的。

刘彻是少年天子，他十六岁从父亲景帝手里接过帝位，戴上皇冠。刘彻的一帮兄弟姐妹和叔伯舅爷，也就是爷爷刘恒、父亲刘启的三宫六院美女姬妾所生的皇子和皇亲国戚，在年轻的武帝刘彻登基之前，就已经形成了一股掣肘他的强大政治势力。且这帮源于父辈血统的皇亲国戚，胃口大得无论享受什么特权都填不满，经常以最荒诞、最龌龊的胡作非为，包括以造反叛乱来释放其破坏性。

武帝刘彻当然知道，他的爷爷文帝刘恒，是一位宅心仁厚的皇帝，他对被高皇后吕雉迫害的皇子皇孙，极尽宽容。可爷爷的兄弟刘长，擅杀朝廷命官，罪当腰斩，爷爷却极力袒护。刘长在自己的封国出入乘坐黄盖辇车，比拟天子，在受到指责后，便南联闽越，北通匈奴，乞师大举，反叛朝廷……

武帝刘彻当然记得，他的父亲景帝刘启，克勤克俭，兢兢业业，对流淌着刘氏血脉的皇亲国戚，也是多有迁就，厚加宽容。可在父亲黄袍尚未穿热时，刘邦的一群儿子、孙子，不满足在各自封国享受的奢华富贵，在吴王刘濞的号召下，胶西王刘卬、胶东王刘雄渠、淄川王刘贤、济南王刘辟光、赵王刘遂、楚王刘戊，全都举起反叛的旗帜，向父亲刘启的帝位发起猛烈进攻……

虽深居皇宫之中，一直被人哄着捧着长大的少年天子刘彻，对皇宫之外各封国的情况也十分清楚。

燕王刘定国，与父亲的妃子私通，并生下儿子。这还不算，他还强占弟弟的老婆，后来发展到与自己亲生的三个女儿淫乱……

江都易王刘建，还是太子时，就把别人献给他父王的一个美女，留下自己享用。在他父王去世时，刘建把十个美女召到守丧庐舍，叫她们全部脱得一丝不挂，与她们群奸群宿。刘建的亲妹妹前来为父亲吊丧，刘建以国王的身份逼妹妹与他成奸。刘建游览素台宫，叫四个宫女挤在一条小船上，从小船的晃晃悠悠和四个宫女的尖叫声中寻求刺激。觉得不过瘾，又故意把小船弄翻，看着四个不会游泳的宫女在水中挣扎而放声大笑，拍手称快……

赵王刘彭祖，每当中央政府派来的丞相到任，他便装扮成下人，到客栈去迎接，设置许多巧诈的问题引诱对方，作为日后对其进行要挟的把柄。使得到赵国为相的朝廷命官，要么很快被朝廷惩治，要么睁只眼闭只眼，任其胡作非为。刘彭祖还有一个爱好，常常夜里溜出宫殿，到客栈对商人进行敲诈，吓得商家都不敢在邯郸留宿……

在各诸侯国发生的诸多龌龊中，武帝刘彻还看清了一点，即由于自己年少，太皇太后、皇太后对他的权力多有限制，因而源于刘氏血

品董仲舒

脉的这帮皇子皇孙，不仅胡作非为的胆量放大，而且对他取而代之的欲望急速膨胀。

面对这种严峻的形势，抱负宏大的少年天子刘彻，决定招贤纳才，把一批满腹经纶、各具治国才略的人士招揽到自己身边，以巩固自己的天子地位，树立起绝对权威。

董仲舒的应对，契合了武帝刘彻的心意。在大道之要、帝王之道、天人之应的三策应对中，董仲舒君权神授的论述、天子是天帝之子的论述、大一统的论述、中央政府高度集权的论述、用儒家学说教化天下的论述、"天不变，道亦不变"的论述等，正是武帝刘彻最愿意听到的理论。尤其是这么多单个的理论，从董仲舒嘴里成体系说出来，使得年少的武帝刘彻，虽然始终端着天子的架势，但掩饰不住的认同感从发问中流露出来。

董仲舒捕捉到了武帝刘彻的这一变化，故而在应对的最后，大胆提出："《春秋》大一统者，天地之常经，古今之通谊也。今师异道，人异论，百家殊方，指意不同。是以上亡以持一统，法制数变，下不知所守。臣愚以为诸不在六艺之科、孔子之术者，皆绝其道，勿使并进。邪辟之说灭绝，然后统纪可一，而法度可明，民之所从矣。"

董仲舒以"罢黜百家，独尊儒术"作为应对的总结说出来以后，长舒了一口气。

董仲舒的殿试获得巨大成功，武帝刘彻大为赞许，一张嘴把他提升为江都国丞相。董仲舒以一本《春秋》搭桥，一步登上食邑两千石的高官。政治嗅觉极其灵敏的丞相卫绾，从董仲舒的殿试及重用上嗅出了武帝刘彻的政治图谋，呈上一册奏折，建议"凡是研究申不害、韩非、苏秦、张仪言论的，都是乱政之辈，请一律罢黜"。

武帝刘彻准奏。

从此，百花齐放、百家争鸣画上了一个惨痛的句号，思想学术自由翱翔的翅膀被封杀，取而代之的是，一个天子，一种理论，一统天下。

董仲舒在汉景帝刘启时被授予博士，沿着《公羊春秋》的轨迹，专攻孔老夫子的《春秋》，并设帐讲学。他让学有所成的老弟子教新弟子，自己则关在屋里勤学苦研，三年竟没有去过一次后花园。他是做学问的，属于书呆子。一方面，他到江都国做丞相，主持一个封国的政务，不是他的长项。另一方面，学识支撑起来的人格，使得他不可能与当时流行的潜规则同流合污，因而他在江都国丞相的位置上，没有大的建树。只是在江都易王刘非提出"桓公决疑于管仲，寡人决疑于君"，想请董仲舒帮助他推翻武帝刘彻，夺取中央政权，"卒为霸主"时，董仲舒旗帜鲜明地进行了规劝，获得江都易王的认可，也使得董仲舒在江都国丞相的位置上平安无事地待了六年。

从书斋走出来的董仲舒，在江都国丞相的位置上，想做官却做不好，想搞学问又没那么多时间，想放下却又放不下。正是在这样一种状态下，董仲舒这个江都国丞相，做得晃晃悠悠，无建树，也无过错。恰在这时，公元前135年二月发生的辽东高庙和四月发生的高园殿两处火灾，使得董仲舒又拾起了他做学问的老本行。

在常人看来，发生火灾是正常的事，可董仲舒不这么看，他运用自己研究的理论，把它上升到"灾异谴告"的高度，并且与皇帝做得不好联系起来。于是，他匆匆忙忙拿起笔来，写了一篇《灾异记》，得出的结论是："在内不正者，虽贵如高园殿，犹燔灾之，况大臣乎！此天意也。"矛头直指武帝刘彻，把灾祸引到自己的头上。

《灾异记》写完之后，董仲舒就是否上书武帝刘彻有些犹豫，毕竟这么做是有危险的，他也舍不得丢弃两千石的官位和俸禄。可他写《灾异记》的风声传出去了，一向与他不和的主父偃，不知通过什么途径，"窃其书而奏焉"，把董仲舒还没想好交不交给武帝刘彻的《灾异记》，交上去了。武帝刘彻二十岁冒头，正血气方刚，一

品董仲舒

看《灾异记》便火了，"召诸生示其书，有刺讥"，于是下诏严加惩处。

查处的任务交给了吕步舒，他是董仲舒的弟子，但不知《灾异记》是董仲舒所著，认为作者是"下愚"，打算逮捕斩首。查着查着查清了，知道作者是自己的恩师董仲舒，下不去手了，转而向武帝刘彻恳求。武帝刘彻想起"天人三策"，于是对董仲舒手下留情，"幸蒙不诛"，但把他的江都国丞相帽子摘了，降为中大夫。

董仲舒幸免于难，只好打道回府，回到今河北景县河渠乡大董故庄，过着他宁静的乡村生活，开始研究他的《春秋》。

主父偃为什么陷害董仲舒？有必要说一说。

主父偃戴的也是一顶"儒者"帽子，他抱着儒家的经书寻求升迁之道，游荡了四十余年，也没有找到路径，家人亲朋都看不起他。董仲舒的应对使得儒术独尊后，主父偃觉得有可乘之机了，一连九次上书武帝刘彻。毕竟抱着儒家经书游荡了四十余年，儒家一些理论观点，主父偃也能搬出来说事，所以九次上书，八次得到武帝刘彻认可。比如，主父偃在谏伐匈奴的上书中写道："国家虽然广大，好战一定灭亡；天下虽然太平，忘战一定危险。"虽然这话是从《司马法》里抄来的，但他毕竟能抄来，且运用得恰到好处。所以他抓住机会，一年之内升了四次官，由一个流浪汉升至谒者，主管朝廷礼宾事宜。

登上谒者高位的主父偃，创造了一套"贪理"，他是这么说的："我自束发游学四十余年以来，一直不得志，以致父母不把我当儿子，兄弟不收容我，朋友也遗弃我，我穷困的日子太久了。一个男人活着的时候不能做大夫备五鼎、烹佳肴，死的时候也要备五鼎、烹佳肴来祭祀。我现在就好像路途遥远而太阳已经下了山一样，等不及了，所以我要倒行逆施，急暴从事。"

主父偃"贪理"的核心是"等不及了"。他游荡了四十余年，积攒了四十余年的怨恨，当上朝廷谒者时，已经一把年纪了。年轻的时候浑身有劲儿却没本钱去使，如今老了有本钱去使吧，又没有多大劲儿了，也使不了多长时间了。于是乎，主父偃浓缩人生，急暴从事，利用有限的时间去做无限的贪婪，大肆敛财，毫无顾忌。所以当得知董仲舒写了《灾异记》，对武帝刘彻"有刺讥"后，主父偃便不惜充当小偷，将《灾异记》偷出来，接着充当告密者，把《灾异记》交给武帝刘彻。这种下三烂的卑鄙手法，与主父偃"等不及了"的贪婪人格是完全吻合的。

董仲舒回到大董故庄后，除了研究他的《春秋》外，几乎没有演绎出任何故事，朝廷偶尔派人去看望他，顺便向他讨教一些问题，日子过得平静如水。

公元前130年，武帝刘彻再次组织全国招募人才的统一考试。此时信奉黄老学说的窦太后死了，再没人能阻止他"独尊儒术"了。一批钻研六经，特别是《春秋》的儒生，汇聚在武帝刘彻"独尊儒术"的旗帜下。已经四十九岁的董仲舒也去应试，再次被录为博士。年过六十五岁的公孙弘，也是再次被录用为博士的。

公孙弘这个博士，董仲舒是看不起的。

公孙弘庶民出身，年轻时做过几天薛县的狱吏，因犯法被免职回家。回家没事做了，便在家乡的海边放猪。成天赶着一群猪在海边游荡，与猪为伴，望着浩瀚无垠的大海发呆，无聊至极，公孙弘很不甘心。年过四十之后，公孙弘抱起一本《春秋》，从中寻找做官的路径。

武帝刘彻登基后的第一次招揽人才考试，已经年满六十的公孙弘应召赶考，把读了二十年的《春秋》搬出来应对，一考过关，被任命为博士。武帝刘彻第一次派公孙弘出使匈奴，结果公孙弘把事情办得大出其格，完全偏离武帝刘彻的意图；再派他巡视西南夷，公孙弘不接受教训，"还奏事，盛毁西南夷无所用"，以"罢弊中国以奉无用之地"为由，反对东置苍海，北筑朔方，惹得武帝刘彻很恼火，被罢官回家。回家继续放猪的他不甘心，在武帝刘彻第二次招揽人才的考试中，公孙弘又来了，结果一百多人参加考试，公孙弘考了个倒数第一名。殿试结果送到武帝刘彻手里以后，刘彻莫名其妙地御笔一勾，把最末一名勾到第一名，公孙弘再次被录为博士。

两度为博士，第一次被免官回家，这次的机会就不能再错过了。于是乎，公孙弘仍旧抱着那本《春秋》，遵从儒术的做派，把自己练成了一个既虚伪又阴险的杂合物。因为虚伪，他骗取了许多臣僚的赞许；因为阴险，他把自己隐藏包裹得很深。因而他官运亨通，爬上了汉朝丞相的高位。

骗得了其他臣僚，骗得了皇上，但骗不了满腹经纶的董仲舒。董仲舒看不起公孙弘的人格，认为"弘为从谀"，公孙弘因而对董仲舒"嫉之"。

已经登上丞相高位的公孙弘，虽然表面上对董仲舒十分尊敬，任何时候、任何场合都装出一副与董仲舒"亲密得如同生死之交"的样子，但他的骨子里就刻下了董仲舒骂他"从谀"的仇恨，找机会报复，是公孙弘虚伪加阴险的必然反应。

公元前124年，公孙弘向武帝刘彻举荐董仲舒，叫他去胶西国任丞相。

胶西国的国王刘端，是武帝刘彻同父异母的哥哥。他掌握的资产财物不让登记，府库因损毁漏雨而使得物资霉烂，损失以万万计。刘端还时不时地赶走所有侍从和警卫，封闭宫门，自己则换上粗布衣衫，常常在深夜溜出宫去，似流氓痞子一般敲诈商户，抢劫财物。尤其令董仲舒深感畏惧的是，朝廷派往胶西国食邑两千石的官员，刘端都千方百计设置陷阱，给予治罪，治不了罪的，他就亲自下手，请其喝酒时，在酒里下毒将其毒死……

去给这样一个恶棍当丞相，董仲舒知道自己会是个什么下场。权衡再三，董仲舒上任没几天，便称病辞官，回到景县老家。从此，他短暂的从政生涯画上了句号，他漫长的学术构建重新开始。

《春秋繁露》是董仲舒学术理论研究的传世佳作，其理论成果的最显著特色，是智慧。

让我们细细品赏。

董仲舒一下笔，即是对社会上、学术界对《春秋》存有疑惑的问题进行解释。孔老夫子编纂的《春秋》，"约其文辞而指博"，加之他大量运用"春秋笔法"记人记事，甭说识文断字的普通人看不懂，就连专门研究《春秋》的人，也有许多记载搞不懂。董仲舒是大学者，长时间的研究，使得他对《春秋》融会贯通，理解深透。因而在《春秋繁露》的前半部分，董仲舒挑出社会上普遍感到疑虑不解的四十多个问题，采取提问解答的方式，一一作了解释。比如，我国古代丧法规定，大丧之后不过三年不能娶妻。文公四十一个月后娶妻，过了三年，合乎丧法，可孔老夫子编纂的《春秋》，仍予以严厉批评。很多人对此不理解，孔老夫子"讥之"对吗？董仲舒旗帜鲜明地维护孔老夫子，他的解释是：人们的疑惑是源于表象，而没有看到本质。文公"取必纳币，纳币之月在丧分，故谓之丧取"。用现在的话说即是，文公娶妻虽在三年之后，但他决定娶妻，尤其是送彩礼的时间，是在三年丧期之内，这是问题的本质，所以孔老夫子"讥之"，予以严厉谴责。再比如，孔老夫子说过，春秋无义战，可在孔老夫子的《春秋》里，有两次复仇的战争称为义战，这怎么解释？董仲舒解释道：这就好比说一亩地里颗粒无收，但还是有几棵麦苗一样。近三百年之久，各种战争不计其数，但正义的复仇之战只有两次。说春秋无义战，与把只有几棵麦苗，说成"无麦苗"是类似的，并无不妥。

对《春秋》诸多问题的权威解释，董仲舒不是炫耀学识，而是向全社会宣示这样一个道理：我董仲舒提出的学术理论，不是空穴来

品董仲舒

风，而是源于圣学，是炎黄祖先的正宗理论。

沿着这个思路，董仲舒张扬了他的智慧理论。

董仲舒的智慧理论，聚焦在"天人感应"上，他首先用"君权神授"，把天子捧上天。董仲舒继承古人对天的神化，把天说成是天地万物的主宰，是至高无上的，"天不变，道亦不变"，任何力量都丝毫撼动不了天的绝对权威。皇帝就是上天派自己的儿子来主宰天下的，皇帝就是天子，是只有上天才能授予的绝对权威。董仲舒在"天人之应"的对策中，"君权神授"的阐述，少年天子刘彻听了心花怒放。他正需要这样的理论，论证他这个皇帝是神授的，是天意，是绝对权威。

接下来的理论构建，董仲舒还是沿着"天"展开的。他提出：**"天之数，人之形，官之制，相参相得也。"**他分析指出，天道莫不成于三，天有日、月、星三光，地有高、下、平三形，人有君、父、师三等。一日由早、中、晚组成，三日组成一规，三旬组成一月，三月组成一季，三季而完成事功。董仲舒说："**求天数之微，莫若于人。**"为什么？因为人的身体有四肢，每个肢体有三节，三乘以四为十二，十二节相互支撑，人的形体就立起来了。不仅如此，一年有四季，每季三个月，三乘以四为十二，十二个月相互承接，一年的时间也就结束了。官员的设置也是顺应上天的安排，天子下面有三公，三公下面有九卿，九卿下面有二十七大夫，大夫下面有八十一元士，总计一百二十人，构成了官员结构。为了强化他的天人之应，董仲舒把"天"的一年四季，与人的喜、怒、乐、哀对接起来；把十月怀胎，与天道的功效对接起来；把春夏秋冬四季，与庆、赏、罚、刑四政对接起来，形成了"天德施，地德化，人德义。天气上，地气下，人气在中间"的"人副天数，天人一致"理论。董仲舒分析指出，从类的角度看，人头圆像天，足方像地，头发像星辰，耳目像日月，鼻口呼吸像风和气。从数的角度看，人有小关节三百六十节，与一年的天数相当，大关节十二节，与一年的月数相当，人体有五脏，与五行相当，人有四肢，与四季相当，眼睛一开一合，与昼夜相当，性情有时刚强有时柔和，与冬季、夏季相当，有时悲哀有时欢乐，与阴阳之气相当。这都说明，天与人是合一的，天人之间可以相互感应、相互触动……

如果董仲舒的研究仅仅停留在这个层次，难免给人牵强、编排的感觉，没有多少新意，也不成其为理论。但细细地把《春秋繁露》读下来，一种强大的理论思维迎面扑来，创造这种理论的智慧，令人拍案叫绝！

董仲舒在对"天人感应"做了如此多的铺垫后，把自己最想说的，也是最关键的说出来了：天子是上天派到人世间的主宰，但天子是天之子，必须听命于天。请注意：经过董仲舒"天人合一"契合后的这个"天"，就是民意。他说："**天之生民，非为王也，而天立王，以为民也。故其德足以安乐民者，天予之；其恶足以贼害民者，天夺之。**"其核心是，天之子为民造福，就成其为天子，贼害民众，上天便会夺去他的天子之位。其理论依据是"天人感应"，即人民的言行举止，可以上感天，下动地，决定君主的兴废存亡，君行道，民必归之，君行不义，民必叛之。那么"道"是什么呢？董仲舒得出了结论：道即是天。天是什么呢？"天"即是儒家治理国家教化天下的儒学。"**道者，所由适于治之路也。仁义礼乐皆其具也。**"

董仲舒"天人感应"的核心在于，能量巨大无比的"天"，是一种外在的、不可捉摸的神秘力量，这种力量的施展，在于是否宜于民，宜于民，便能受天之佑，享鬼神之灵。不宜于民，虽贵为天子，终究要被推翻。

如果"天人感应"的理论构建就此打住，那是远远不够的。董仲舒清楚，武帝刘彻抱负宏大，一种上感天、下动地，决定君主兴废存亡的"民意"理论，是吓不住他的。凭武帝刘彻的脾气秉性，他会

品董仲舒

大嘴一张，大手一挥，把这一理论废弃掉。而要使武帝刘彻接受这一"民意"理论，必须延伸并嫁接一种理论，作为说服他的理由。

于是，在董仲舒"天人感应"的理论中，延伸并嫁接了一个理论，即"灾异谴告说"。

"灾异谴告说"的核心是："国家将有失道之败，而天乃先出灾害以谴告之。不知自省，又出怪异以警惧之。尚不知变，而伤败乃至。"天的谴告，并非无缘无故，而是有的放矢。"凡灾异之本，尽生于国家之失。""天子不能奉天之命，则废。"

至此，董仲舒完成了"天人感应"理论的闭合。也完成了他这一智慧理论对天子的制约，包括恐吓。

是啊！天子是上天的儿子，他的权力是上天赋予的，人世间没有力量能管束他，任由他暴虐放任，可就苦了天下百姓了！"天人感应"理论明明白白地告诉天子，你不要以为你是天子，就没人管你了，上天是你的老子，上天能管住你，你的执政宜于民，你便能受天之佑，享鬼神之灵，不宜于民，你以为上天就不管你了，上天会废掉你的天子之位。

不能只是限制和恐吓，还必须讲出一番道理，叫天子接受。于是董仲舒设计的"灾异谴告说"，有退有进，循序渐进。当发现天子的执政"有失道之败"时，第一个层次是"灾害谴告"，即以大涝、大旱，或大地震等自然灾害，向天子发出谴告。在这个层次，如果天子受到谴告，改邪归正，回到"宜于民"的轨道上来，自然灾害就会停止。如果天子在"失道之败"的道路上继续往前走，那么第二个层次就不是"灾害谴告"了，而是"怪异警惧"。如太阳被天狗吃了，星星像下雨一样坠落，彗星拖着长长的尾巴横扫天际，蝗虫铺天盖地飞来，鸟儿在天空中倒着飞，山上的巨石突然立起来，等等。在受到上天的"怪异警惧"之后，天子仍不知悔改，那么第三个层次就是"伤败乃至"，即不可挽回的祸殃降临，天子就要换人了。

这可是天子最惧怕的事情！

董仲舒清楚，作为一种理论，仅仅使天子知道惧怕还不够，还必须教他懂得解除灾异的方法。于是，董仲舒一改《尚书》关于五行排列的"天次之序"，将水火木金土的排列，改为木火土金水，尊土为五行之主。利用这个顺序，提出了五种解救灾异的方法。董仲舒提出：**"五行变至，当救之以德，施之天下，则咎除；不救以德，不出三年，天当雨石。"**具体说，当"木"发生变异，草木就会在春天凋谢，说明劳役赋税太重，解救方法是，减少征发劳役，减轻百姓税赋，开仓救济贫困的百姓；当"火"发生变异，就会出现冬暖夏冷的反常现象，说明君主不能赏善惩恶，贤良人士不得重用，隐居不仕，解救的方法是，推举贤良人士，奖赏有功人员；当"土"发生变异，大风就会横扫大地，五谷会受到损失，说明君主不信任贤者，不尊敬长辈，生活上荒淫放纵，解救的方法是，少建宫室，重用孝敬父兄之人，抚恤庶民百姓；当"金"发生变异，毕星和昴星就会回施三重，兵事不断，盗贼多有，说明君主背信弃义，贪图财货，解救的方法是，选用廉洁正直的人为官，推行教化；当"水"发生变异，冬天就会多雾，春夏就会下冰雹，说明国家法令松弛，刑罚得不到实施，解救的方法是，关心监狱的犯人，诛杀严重犯罪的人，在全国举行五天的统一搜查行动。

董仲舒提出的利用五行解救灾异的方法，所揭示的问题，都直指天子，所预期的效果，都是庶民百姓。

还没完，董仲舒又把君王的自身修养与五行对应起来。一是对应"貌"，君王对大臣没有礼貌，态度不恭敬，那么木材就不成材，夏天多暴风。二是对应"言"，君王的言论不能使百姓信服，那么金属就做不成器物，秋天多霹雳。三是对应"视"，君王的目光被佞臣蒙蔽，大火就会向上燃烧，秋天多闪电。四是对应"听"，君王的言路闭塞，听觉不清晰，水就会往下渗，春夏两季就会暴雨相连。五是对

品董仲舒

应"思"，君王心胸不宽容，农业就没有收成，秋天多雷。

不难看出，董仲舒设计的君王自身修养与五行对应，其实质，是告诫君王按儒家思想，朝着"宜于民"修炼。

为了证实"天人感应"的真实可靠，董仲舒在《春秋繁露》中大谈了一番求雨术和止雨术。他说："**天有阴阳，人亦有阴阳。天地之阴气起，而人之阴气应之而起；人之阴气起，而天地之阴气亦宜应之而起，其道一也。明于此者，欲致雨，则动阴以起阴，欲止雨，则动阳以起阳。**"他由此认为，大禹为什么治水？是因为舜帝去世，百姓如丧考妣，天下停止音乐演奏三年。这三年的时间，阳气被阴气压住了，所以大禹继任后，天下大雨滂沱，到处洪水泛滥，他不得不先治理水患，等等。在《春秋繁露》中，董仲舒不惜笔墨，完整地记载了他主持止雨时向神社的祝告词。祝告词也没有什么特别的，只是很虔诚地请求社神，停止下雨，解除百姓的困苦。至于管不管用，雨有没有停下来，就不知道了。

读完《春秋繁露》，掩卷沉思，感慨颇多。该书无疑是一部儒学宝典。董仲舒提出的各种理论，包括"灾异谴告说"和"求雨止雨说"等，在祖先的经典中都能找到原始依据。但我们还是要说，搬来祖先的经典，经过自己的深入思考，整合成新的理论体系，这是只有董仲舒才能完成的伟大创举！尤其是他对"天人感应"的阐释，高举"宜于民"的旗帜，把包括皇帝在内的天下子民，纳入儒学教化的轨道，这一理论，深刻影响了中国社会历史的发展进程！

2020年10月15日于石家庄

品 司 马 迁

——昂立于历史的正义舞台

　　司马迁，今陕西韩城人，公元前145年生，公元前108年任西汉太史令。他以"究天人之际，通古今之变，成一家之言"的史识，接续其父司马谈创作了中国第一部纪传体通史——《史记》，记载了从上古传说到汉武帝元狩元年，中华民族长达三千多年的历史，被鲁迅誉为"史家之绝唱，无韵之离骚"。

　　公元前110年冬，汉武帝刘彻以南越王国、东海王国"冒犯中国，应予惩罚"为由，遣军讨伐，大胜而返。奉命参与这次讨伐并建功而返的司马迁，路过洛阳时，特地去看望主管皇宫史典工作的父亲司马谈。面对风尘仆仆、因建马上之功而抑制不住兴奋的儿子，父亲却抑制不住老泪纵横。老太史之所以伤心落泪，是当朝皇帝去泰山举行封禅大典，在那帮由文武百官、侍从警卫组成的庞大队伍中，没有他这位掌管皇宫史典的御内笔史。在司马谈看来，跟随皇上威风八面地去参加封禅大典，那是一种身份，一种名望，也是最能显示司马家族荣誉的一种象征。可这份荣耀被洛阳那初春的寒风驱散了，留在老太史心头的，只是一份遗弃，一份痛苦，和只能用老泪来表述的一份失落。

　　但老太史毕竟是集历史、文化、天文、地理、占卜、祭礼等诸多知识于一身的当朝大家，他没有从失落中沉沦，而是扶起跪拜在地的

品
司
马
迁

儿子司马迁，哭着说："我们祖先是周朝的太史，远在唐尧、虞舜年代还官至南北正，主管天官事物，功名显赫。后家族衰微，到我这一代，将有断送祖业的危险。"老太史越说越伤感，泪眼巴巴地望着司马迁说："你若能做太史，就可以上承祖业家学了。现在皇上承接千年以来的大统，封祭泰山，我未能从行。这是命运啊！是命运啊！我死后，你一定要做太史，切莫忘了我所要完成的事业啊！"

遵照父亲的嘱托，司马迁按世袭的规矩，在汉武帝刘彻时做史官，父亲司马谈去世三年后，成为太史令。为了印证笔下的真实，他从长安出发，先去长江，溯湘水去九嶷山拜访了舜庙，又顺长江而下去会稽山拜访了禹陵。之后去齐都临淄和鲁国曲阜，感受孔子遗风。最后经梁、楚返回长安。

在我们的祖先看来，五百年是一个重大的时代界定，故有"五百年必有王者出"一说。令后人景仰的周公逝世后，经五百年出了一个大圣人孔丘。孔丘逝世后的五百多年，是个翻天覆地、英雄辈出的时代，诸侯争霸、诸子百家、秦皇汉武、儒学道教等，粉墨登场，轮番争雄称霸。记载这段历史，发掘《周易》，上接《春秋》，推考《诗》《书》《礼》《乐》的精义，等等，都是史学家应尽的责任。于是，司马迁从孔子逝世后入手，开始创作《史记》。但一下笔便走远了，走到了华夏民族的上古时期，走到了历史的起点。那是历史的神圣殿堂，是任何一位史学巨匠都领悟不透、拨弄不清的历史发祥地。可司马迁往前走了，他紧紧攥着残缺不全的《尚书》，按照史实的线索，遵从上帝的意志，书写中华民族三千多年的"史家之绝唱"。

一、书写中华祖先的精彩，彰显华夏文明的辉煌

司马迁一下笔，便是寻祖寻宗。盘古开天地时，整个天地一片浑沌，形如一个巨型鸡蛋。在这个巨蛋中长大的盘古，用斧头把巨蛋劈

开，头顶上为天，脚踩下为地，顶了很多很多年后，盘古轰然倒下，他身体的各个部位变成了日、月、山、川，世界就此诞生。司马迁也就由此下笔，书写史前时期的华夏祖宗。下笔之前，他还迈开双脚开走，西边走到了崆峒，东边走到了海边，北边走到了涿鹿，南边泛舟于长江淮河。所到之处，不仅看而且听，听当地的长老讲天皇（伏羲）、地皇（燧人）、人皇（神农）及黄帝、炎帝、尧、舜、禹的故事，以及这些帝王统领下的社会教化情况。

比如，尧帝命令羲氏、和氏主管天官，考察日月星辰的运行，定出一年的历法，把时令、节气传授给天下百姓，让百姓知道：一年中日夜长度均等，傍晚鸟星在正南方出现的这一天，是春分，是播种耕作的日子；一年中白天最长，傍晚火星在正南方出现的这一天，是夏至，是庄稼需要全力助耕的日子；一年中日夜长度均等，傍晚虚星在正南方出现的这一天，是秋分，这个时节庄稼成熟了，该收割了；一年中白天最短，傍晚昂星出现在正南方的这一天，是冬至，到了这个时节，就要将收获的果实储藏起来。同时根据日月星辰的运行，确定一年为三百六十六天，又用置闰的方法，算出哪一年闰哪个月，以调整春夏秋冬四季的误差。

再比如，三皇五帝时代，留下两幅神秘的图案，叫"河图洛书"。"河图"中的"河"，意指星河、银河、宇宙，寓意极广，玄妙无穷。"洛书"意指天地空间变化脉络的图案。"河图洛书"是远古时代，华夏祖先根据星象排布时间、方向和季节的辨别系统，其中包括天地生成数，天地变化数。他们认为，万物有气即有形，有形即有质，有质即有数，有数即有象，"气""形""质""数""象"用河洛八卦图式来模拟表达，它们之间巧妙组合，融为一体，以此构建一个宇宙时空合一、万物生成演化的运动模式。"河图洛书"被誉为"宇宙魔方"，蕴含深奥的宇宙星象之理，是中华文明、阴阳五行术数之源。流传至今的太极、八卦、六甲、九星、风水等，也都源于

品司马迁

"河图洛书"。

还比如，我们今天为之自豪的，有历史上的四大发明，即火药、指南针、造纸术、活字印刷。殊不知，祖先早就发明创造了许多与我们今天生活息息相关的东西。简单说来听听吧：传说，大桡创造了六十甲子记日，黔如创造了虏首计算法，容成创造了历法，羲和创造了计算日子的方法，尚仪创造了计算月份的方法，后益创造了计算年份的方法，胡曹创造了衣服，夷羿创造了弓，祝融创造了市肆，仪狄创造了酒，高原创造了房屋，虞姁创造了船，伯益创造了井，赤冀创造了臼，乘雅创造了用马驾车，寒哀创造了驾车的技术，王亥创造了驾牛的方法，史皇创造了绘画，巫彭创造了医术，巫咸创造了占卜术……看看吧，祖先的这些创造，我们今天谁离得了呢！

还有神农氏尝百草尝出的中草药，音乐、乐律的六律、六吕，及其计算的三分损益法，等等，天文、地理、人世间的方方面面，祖先都有过深入的探索、创造与实践。是伟大的史学家司马迁，用刀笔记录下来，告诉后世子孙，华夏文明在人类文明发祥的原始起点，便开始酝酿、发育、发展，一路走来花开百度千度，光芒千丈万丈！

二、 循着历史的千回百转，弘扬各民族的融合统一

国家的强大统一，必须建立在各民族高度融合的基础之上，这是历史发展的定律！所谓天下"合久必分，分久必合"，无非是国家进一步统一过程中各民族的深度融合！

司马迁书写历史巨典《史记》的站立点，便是中华各民族融合团结。

当然，司马迁的笔端，不能离开中原，因为以黄河为代表的中原，是中华民族的发祥地，也是中华文明的起始地。因而，司马迁的刀笔着力点，必须是从中原开始。

"三家分晋"后，中华文明进入"百花齐放，百家争鸣"的战国时代。在战国天下的打斗厮杀中，很多小诸侯国被打没了，剩下的，是战国七雄。

　　于是，司马迁从"七雄"入手，解码他们称雄的奥秘。

　　司马迁对魏国称雄的解码，是王道。魏国第一任国君魏斯，是一个明君，他奉行德治，招揽治国理政的各路人才，崇尚义战，不用战争的手段断绝他国的祭祀。魏国从秦国手里抢得西河重镇阴晋后，把百岁大儒子夏，及公羊高、谷梁赤、段干木、田子方等儒学大家，请来讲学；又把治国雄才李悝、翟璜、西门豹等人，战将吴起、乐羊等人，请到自己的麾下，让他们充分施展才华，使得魏国在战国天下的开局中陡地雄起……

　　司马迁对秦国称雄的解码，是变法。一脚从春秋迈进战国的秦国，一直被中原各国和楚国，挤压在贫瘠的黄土高原。是秦孝公站在崤山之巅，俯瞰天下，聚焦中原，发出了求贤天下的呐喊："宾客群臣有能出奇计强秦者，吾且尊官，与之分土！"于是商鞅来到秦国，得到秦孝公的全力支持，大刀阔斧地推行变法。变法触犯王室贵族的利益，遭到极大的抵制和反扑。秦太子率先站出来，带头违法，做给秦国人民看，看你商鞅敢不敢依法处置。商鞅决心不改，太子是储君，不能用刑，那就割太子师傅的鼻子，在其老师脸上刺字。这一来，反对变法的，一夜之间全部哑口；依仗财富、权势而对变法行险侥幸的人，全都规矩起来。史载，新法实行十年"秦民大说，道不拾遗，山无盗贼，家给人足，民勇于公战，怯于私斗，乡邑大治"……

　　司马迁对赵国称雄的解码，是改革。赵国处于强国和诸多少数民族诸侯国的包围之中，尤其是实力不俗的中山国，像一把利剑，把赵国分成南北两块，使得赵国在北边代郡，只有一条小路进出。与中山国一开战，中山国军队万马奔腾，冲杀迅猛，常常打得身穿宽袍大袖、马拉战车的赵军落花流水。赵武灵王实行改革，带头穿着紧身短

品司马迁

衣的"胡服"上朝，训练军队骑在马上奔驰"骑射"。赵国的"胡服骑射"改革，不仅一举扭转了与中山国作战的局面，掠夺了中山国的大片土地，彻底打通了通往代郡的道路和联络，而且虎视战国天下，成了战国后期唯一可以与秦国争霸天下的强国……

此外，司马迁的刀笔，还对楚国、齐国、韩国、燕国站到战国七雄行列的原因，逐一进行了解码。在这一解码的过程中，我们不仅看到了历史的千回百转，而且看到四个中原人口中常用的蔑称：东夷、南蛮、西戎、北狄。蔑称的对象，都是中原周围的少数民族；蔑称的原因，是这些民族很落后，不发达，如"披发文身""衣羽毛穴居""不食火者""不粒食者"等。

对此，司马迁是个什么态度呢？

就说"南蛮"吧！司马迁写道，"南蛮"的祖先，是三皇五帝中的颛顼，颛顼的第五代孙吴回，是先古时期的火神，被赐为祝融氏，其部落就在郑国的新郑附近，是正宗的中原人。当他们迈开双脚，走到长江流域后，看到长江流域茂密的丛林深处，居住着比他们更早到来的原住民，他们文身，吃生食，长发披肩……祝融氏族人没有把这些原住民看成野人，而是主动与他们示好交往，与原住民通婚。在和睦相处中，祝融氏族人努力适应原住民的生活习惯，同时积极传播从中原带去的先进文化。久而久之，祝融氏族人与原住民分不清彼此了，原汁原味的中原特色褪去了，原汁原味的原住民特色褪去了，褪色过程的水乳交融，相互取长补短，相互借鉴取舍，形成了"南蛮"独有的民族特色。

还说说"东夷"吧！司马迁写得很清楚，"东夷"就是"弃在海滨，不与姬通"的吴国和越国。

吴国是周文王两位伯父的封地，经济文化十分落后，吴人"断发文身，裸以为饰"。春秋历史演绎到公元前770年，吴国才第一次在历史的舞台上露面。越国是夏朝少康帝的庶子无余的封地，越人"断发文身""徒跣不履"。虽然越国在中华文明的道路上，步子走得比吴国还慢，但他们的血脉缘于三皇五帝，属于华夏民族这个大家庭，当是不争的历史事实！

作为史学巨匠的司马迁，他的伟大，在于他的笔端，始终循着历史的千回百转，弘扬华夏各民族的融合团结。

秦始皇虽是历史上的暴君，但司马迁的刀笔没有忘记刻写他在拓疆扩土、民族融合上的重大贡献。"南取百越之地，以为桂林、象郡"；"乃使蒙恬北筑长城而守藩篱"；"地东到海暨朝鲜，西至临洮、羌中，南至北向户，北据河为塞，并阴山及辽东"。秦始皇一统六国后，派军队向"西南夷"进行过征略，并修通了通往这些地区的五尺道，还贯通了横浦关、阳山关、湟溪关的五岭山径。秦王朝还在一些主要地区建立了秦政府管辖的行政机构，从内地选派一些官员主持政务。所谓"西南夷"，即指我国西南的广大土地上，居住着的许多语言风格、文化习俗各异的少数民族。成语"夜郎自大"，就是说生活在贵州遵义、桐梓一带的夜郎国，不知天下有多大，只知夜郎国最大。征服是手段，统一管理才是目的。管理的过程，无疑是各民族融合团结的过程。

在各民族的团结融合上，司马迁对汉高祖刘邦、汉文帝刘恒这父子俩着墨很多。

刘邦创立汉朝之初，被秦始皇派往南海郡龙川县做县令的赵佗，接任南海军事长官，率兵兼并了桂林郡、象郡，自立为"南越武王"。刘邦出于对战争的厌倦，也是出于对百姓连年遭受战争之苦的同情，放弃了对自立为王的赵佗的征讨，用一张"南越王"的诏命，把赵佗企图从华夏版图中分裂出去的念头化解掉，同时派大夫陆贾带着印信符节，给赵佗授封。

公元前196年，陆贾抵达番禺，见到了赵佗。

赵佗则完全是一副当地土著头领的打扮，头发束成一撮，紧紧

品司马迁

地竖在头顶，又开两腿，像扔在地上的簸箕那样坐着。他用这种装束和傲慢，表明他对汉王朝的不在乎。陆贾则指着赵佗说："你本是汉人，你的亲人、你家的祖坟也都在故乡正定，可你不念祖宗，穿一身土著的服装，企图以弱小的南越跟大汉帝国对抗，朝廷的宰相和将领，提议派大军向你问罪，汉天子怜悯百姓饱尝战乱之苦才没有应允。你如果再不迷途知返，我回去向朝廷一报告，尔后随便点一位将军，带上十万兵马，就能把你南越踏平！"

赵佗一听，腾地从地上跳起来，规规矩矩地坐下，道歉说："请大人原谅，我在土著部落待得太久了，忘了汉人的礼仪。"他当场表示，放弃"南越武王"的封号，接受汉王朝"南越王"的封爵，在给汉王朝带去大量进贡的同时，带去了赵佗"愿奉明诏，永为藩臣"的承诺。

刘邦的儿子汉文帝刘恒即位后，赵佗扔掉"南越王"的帽子，戴上了"南越武皇帝"帽子。原因是，刘邦死后，吕雉实际掌控朝廷，她不知听了谁的歪主意，下令"不给蛮夷南越金铁、农具、牛、马、羊，就是给牲畜，也只能给雄性的，不给雌性的"。赵佗火了，毫不犹豫地脱离与汉王朝的关系，扯起了"南越武皇帝"的旗帜。没过多久，吕雉去世，赵佗顿时胆气十足，乘机以武力威胁南越毗邻的小国，用财物拉拢闽越、西瓯等国的王侯，采用诱逼兼施两手，叫他们乖乖地归顺了南越。这一来，赵佗所控制的领土，从东到西达万余里，摆出了一副与汉帝国平起平坐的架势。

一个中国，两个皇帝，一南一北，两个太阳，照得人心一片惶然。

汉王朝群臣激愤，一片出兵攻打的喊叫声。

汉文帝刘恒没有受群臣激愤的影响，他的心里装满百姓，不愿用征伐让百姓吃战争之苦。他一面派人整修赵佗的祖坟，提拔赵佗的亲属做官，一面给赵佗写信，并再次派出陆贾出使南越。

陆贾这次与赵佗见面的情形，与上次大不相同。赵佗用周到的礼节表明了自己的心虚。陆贾心里有数了，便责问赵佗："你为什么自立为帝也不派人向汉王朝报告？"

赵佗则赶紧谢罪，说："本王所辖地势卑下，气候潮湿。在我周围，东边的闽越君称王，西边的瓯骆君也称王，我妄自窃称帝号，只是为了自娱自乐，怎么敢报告天子呢？"

陆贾取出汉文帝的信，高声朗念起来。

树高千丈叶落归根。赵佗也是年近八旬的人了，他虽然戴着"南越武皇帝"的皇冠过了一把瘾，但他的血脉怎么也挥之不去恋祖恋根。因而他紧紧拉着陆贾的手说："汉天子真是长者，我愿奉明诏，永为藩臣。并下令去掉帝制黄屋左纛，仍为汉臣。"

再看刘邦、刘恒父子处理与北方匈奴关系的故事。

司马迁写道："匈奴，其先祖夏后氏之苗裔也，曰淳维。唐虞以上有山戎、猃狁、荤粥，居于北蛮，随畜牧而转移。"司马迁说的是，在华夏版图上生活的匈奴，以及从匈奴分支出去的各少数民族，同祖同宗，血脉同源。

从我国北方看，秦始皇统一中国后，派蒙恬大将军修筑了一条从长安至辽东共一万余里的大马路，沿途设置了四十四个县城，在构建中国原始版图的同时，促进了各少数民族与汉族的融合发展。但在项羽、刘邦推翻秦王朝的混战中，周边各少数民族发展很快，其中冒顿单于所统领的北方匈奴汗国，以其兵强马壮而成了与汉王朝相抗衡的一支强大劲旅。

冒顿很小就被立为太子，后来他的父亲打算换掉他的太子地位，把他派到月氏当人质。冒顿刚到月氏，父亲便发兵攻打月氏。冒顿逃了回来，被安置在一个骑兵部队。他独自发明了一种响箭，严令官兵：他响箭所发射的目标，弓箭手不跟着射杀的，一律砍头。在用自己的良马、宠爱的妻子、父亲的良马做过反复射杀训练后，冒顿把响

品司马迁

箭射向了自己的父亲，并登上了单于的大位。

用这种手段登上单于的大位，是被周边少数民族看不起的。实力强大的东胡率先发难，提出要他父亲生前的一匹千里马，臣僚一致反对，冒顿却给；东胡得寸进尺，提出要冒顿一个心爱的阏氏，臣僚又一致反对，冒顿还是给；东胡蹬鼻子上脸，提出要与匈奴交界的一千多里空地，不少臣僚觉得无所谓，给他们算了。冒顿则一反常态，下令处死提议不要土地的臣僚，然后披挂上马，向东胡发起进攻，斩杀东胡王，全部占有了东胡的人民和财产。接着乘势向西赶跑了月氏，向南吞并了楼烦和白羊两族，向北降服了浑庚、屈射、丁零、鬲昆、薪犁等部落。再接下来，便是统兵向南，不断在汉朝的燕、代两国发起攻击。

刘邦在位时深感不安的便是北方的匈奴。公元前200年，冒顿设置了陷阱，引诱刘邦率数十万大军与匈奴在代谷决战，就在刘邦带部分官兵巡视白登山时，冒顿的四十万大军从天而降，把白登山围了个水泄不通。刘邦率军左冲右突，七天七夜未打开逃生的出口。后陈平献上一计，冒顿放开一个口子，让刘邦逃了出来。

吃了这个大苦头后，刘邦开始谋求与匈奴的长久和平之策。有人给刘邦献上一策，叫刘邦将自己的女儿送去给匈奴单于当老婆，即和亲。刘邦当即决定，打算将女儿鲁元公主送去和亲，后因皇后吕雉日夜啼哭，才从宫中选派一个皇族女子，送给了冒顿单于。史载，这之后匈奴对汉朝边境的侵扰大为减少，边境军民在偃旗息鼓中得以生息。

和亲，被刘邦之后的历代所沿用。虽然和亲并没有完全熄灭边关的烽火，但无疑起到了缓和边关烽火蔓延的作用，起到了融洽中国境内汉族与各少数民族关系和感情的作用。以融洽关系和感情的方式，体现在民族与民族的交往中，其意义不是用金钱和财富所能衡量的，它融化在人民的血脉之中，附着在人民的灵魂之上，世世代代，繁衍不息！

刘邦去世后，吕雉执掌政权，虽然也还遴选皇族女子，封为公主，送给冒顿和亲，但吕雉家族抢夺刘氏天下的做法，冒顿看不起，因而给吕雉写信，用淫亵和戏弄的语言，表达他对汉王朝的蔑视。公元前177年，匈奴汗国右贤王率军向陕西绥德一带发起进犯，已经接替皇位的汉文帝刘恒，亲自率军反击，并修书冒顿，谴责其入侵行径，倡导和亲修好的安境之策。

这之后，文帝刘恒与冒顿单于有过既机智，又顾全大局的书信往来，把两位政治家处理汉族与少数民族关系的做法，推向了历史的极致水平。冒顿表明了维护匈奴汗国与汉朝友谊的强烈愿望，刘恒表明了汉帝国维护各民族团结统一的不变立场和灵活方法，为以后的历朝历代构建了处理这类矛盾的大框架！

三、 顺应民意的是非评判，昂立于历史的正义舞台

司马迁书写《史记》的笔，是公正之笔，是正义之笔！

他循着人民的心思去下笔，书写人民的企盼。

比如，人民最最期盼的，是出来一位好皇帝，让这个太阳普照大地，让人民享受阳光的温暖，以及风调雨顺的好年景。司马迁的刀笔就没有让人民失望。

尧帝差人考察日月星辰的运行，定出了一年的历法，传授给百姓，让百姓按照节气播种收藏。尧帝在位七十年后，开始选接班人，他有个儿子，叫丹朱，但他说："把帝位传给丹朱，全天下便都痛苦，只有丹朱一人得到好处。总不能拿天下的痛苦，去造福一个人吧！"尧帝选择舜做接班人，是经过长时间考察的。舜命皋陶作狱官，能主持天下公平，百姓信服；命伯夷主持礼仪，上上下下都能礼貌谦让；命弃主持农业，天下谷物获得丰收；命契做司徒，百姓之间

品司马迁

相亲和睦；命禹治水，九州的大江大河，包括长江、黄河都疏导畅通。舜帝任命的二十二位大臣，个个忠于职守，功绩显赫。事实上，上古华夏政府管理机构的雏形，在舜的二十二位大臣身上得到最早的印证。如此好的天子，不是天下之大福吗？不是百姓之大福吗？不是百姓最深切的期盼吗！

历史反复证明。在漫长的封建社会中，只要出一个百姓期盼的好皇帝，这个朝代便能延续百年。好皇帝出世了，大范围的战争没有了，绝大多数百姓免了战火炙烤之苦；好政策出台了，经济发展了，国力增强了，人民在休养生息中能过上数十年，甚至上百年的好日子。

刘邦就是这样一个皇帝。

但刘邦不具备接替帝位的资格，他是沛县丰乡阳里村人，父亲是个老实农民，母亲是个贤良妇女，上翻他的族谱，十辈八辈也翻不出他刘邦有接替皇位的"血统"来。因为在百姓看来，皇帝是上天的儿子，被派到人世间来管辖天下的，所以叫天子。在刘邦之前，所有的皇帝，都出身于名门贵族，都有百姓认可的天子"血统"，而唯有刘邦不具备这个资格。

为了满足百姓的期盼，司马迁用刀笔之神化，帮助刘邦完全获得了"显贵"的资格。司马迁写道：刘邦是他母亲在大泽的岸堤上，与一金甲神人一番云雨后生出来的，刘邦是蛟龙之子。又写道：刘邦到村里一个酒馆喝酒，喝醉后头上显出金龙状，光怪陆离，照得人睁不开眼来；还写道：刘邦押着囚徒走到大泽起义后，黑夜中遇一条大蛇挡路，刘邦仗剑向前，把挡路的蛇斩成两段，被砍断的大蛇，是白帝子，被赤帝子斩杀了……够了！如此多如此硬的神化，刘邦还不具备当天子的资格吗！

当然，我们无论如何不能认定是司马迁对刘邦的神化！司马迁的根据、来源，是当地百姓的口口相传。这些人是刘邦的老乡、邻居，是看着刘邦长大的长辈，他们一家传一家、一辈传一辈，传得广了、久了，就刻写到祖祠、县志了，变成了世代流传的历史。

但不管怎么说，《史记》通篇读下来，始终不离的一个主调，就是满足人民群众的心愿、期盼！

比如吕雉，她是刘邦的妻子，为刘邦生了一儿一女。刘邦当皇帝后，她戴的是皇后的桂冠。刘邦对跟随他打天下的战将谋臣，有戒备有担忧，但没有把他们全杀掉的想法。吕雉则恰恰相反，她骨子里的狠毒，决定了她的阴险毒辣，绝不会跟有功之臣讲情谊。比如，战必胜、攻必克的战将韩信，在封为楚王的位上，对前来投靠的项羽的大将钟离眜给予优待。刘邦囚禁韩信后，没有杀他，而是把他降为淮阴侯。韩信心里憋屈，待刘邦率军攻打陈豨叛军时，他从后方谋反，被萧何骗到金銮殿，抓起来了。吕雉则不等刘邦回来，也不派人去向刘邦报告，立即将韩信斩首，并下令屠灭韩信三族。再比如，梁王彭越被人诬告谋反，查清他没有谋反的任何行动后，刘邦开恩，赦免彭越，将其流放到今四川的雅安。彭越在被押解的路上碰到皇后吕雉，吕雉假惺惺地深表同情，带彭越回朝廷还他清白。一到洛阳，吕雉便下令把彭越关押起来，并授意彭越的随从检举告发彭越被贬为平民后仍要谋反，结果是，彭越被杀，族人也未幸免……

吕雉的狠下杀手，不只是战将，对刘邦与其他嫔妃生的儿子，也是一个一个接着杀，一点儿也不手软。刘邦当泗水亭长的时候，与村里一曹姓妇女厮混，生一子叫刘肥。刘邦穿上龙袍后，封刘肥为齐王。刘邦死后，儿子刘盈接替帝位，刘肥前去朝觐。宴席上，吕雉命人端上两杯毒酒，放到刘肥面前，并以刘肥必须举杯向她贺寿为名，喝了这两杯酒。刘盈觉得不对劲，在刘肥端起一杯向吕雉贺寿时，赶紧站起来，端起另一杯向吕雉贺寿。吕雉一看吓坏了，急忙跑过去，一把打掉刘盈手里的酒杯……刘邦生前最宠爱的戚夫人生的儿子刘如意，被封为赵王，被吕雉用毒酒杀害了……淮阴王刘友接任赵王，被吕雉幽禁宫中活活饿死……又改派梁王刘恢接任赵王，吕雉选派一批

品司马迁

吕姓女子作为随同，日夜加以监视，刘恢被逼无奈，自杀身亡……吕雉还想叫代王刘恒接任赵王，刘恒看清了吕雉的狠毒，用婉言谢绝躲过一劫……吕雉又盯上了刘邦另一个儿子燕王刘建，正准备下手时，刘建撒手人寰，吕雉于是派人杀死刘建唯一的儿子，并以刘建无后为由，撤销了刘建的封国……

吕雉之所以对刘邦的儿子、孙子大开杀戒，是因为她要把各封国的国王和朝廷要职，由刘姓改为吕姓。

刘邦生前最宠爱的是戚夫人，只要在长安，刘邦几乎成天与这个知书达理、能歌能诗且美丽温顺的戚夫人在一起，常常当着大臣的面把戚夫人抱在怀里嬉闹，征战出巡也不忘把戚夫人带上。戚夫人深知自己的美貌在刘邦心中的分量，因而常常在撩拨得刘邦神魂颠倒的时候，且哭且闹缠着刘邦要他废掉大老婆吕雉所生的儿子刘盈的太子地位，立她生的儿子刘如意为太子。刘邦在与戚夫人的缠缠绵绵中不止一次答应过戚夫人的要求，并在满朝文武大臣朝议时实实在在操作过，但最终过不了大臣这一关，也过不了吕雉这一关。吕雉在刘邦活着的时候就恨戚夫人，只是碍于刘邦的宠爱无从下手。如今刘邦死了，吕雉会放过戚夫人吗？戚夫人作为吕雉讨伐的头号情敌，先是被赶到作坊舂米。"子为王，母为虏！终日舂薄暮，常与死相伍！相距三千里，谁当使告汝"的千古绝唱，就是戚夫人在舂米作坊的创作。吕雉当然容不得在小作坊舂米的戚夫人发出如此呼喊，派人把戚夫人从小作坊牵出来，把她的四肢砍掉、双眼挖掉、头发拔掉、嗓子熏哑，扔到厕所旁的猪圈里，当作供人参观的"人彘"。以致已经登上皇位的刘盈，被母亲吕雉叫去参观"人彘"，并得知这就是父亲生前最宠爱的戚夫人之后，当场呕吐昏死过去。

作为汉帝国第一个皇后、皇太后的吕雉，如此歹毒，如此凶残，总得治治她吧？怎么治呢？司马迁的刀笔有的是办法，他写道："吕后祓，还过轵道。见物如苍犬，据高后掖，忽弗复见。卜之，云赵王如意为祟。高后遂病掖伤。"说的是，吕雉祭祀回来经过轵道时，有人看到她腋下有一种变幻如云的东西盘附着，忽然间就消失了。占卜的结果说是赵王如意作祟，吕雉此后苦于腋病，叫苦不迭，谢罪不止，直至疼痛而死。

《史记》中还有不少皇亲国戚、高官高爵的大人物，为非作歹，作恶多端，法律治不了他们，朝廷治不了他们，但普通百姓气不过，司马迁都以不同的刀笔刻写，把他们治了，为百姓出了气。

公元前99年，司马迁戴上一顶"诬蔑主上"的帽子，极其残忍地被处以腐刑。

司马迁何以会受到如此残忍的酷刑？

原因很简单，是因为他为李陵说了几句公道话。

李广的孙子李陵，继承了祖辈的血统，骑马射箭，无不精通。他还有一个与爷爷李广一样的品质，就是厚爱部属，他所带领的官兵无不乐意为他而死。李陵不愧为名将之后，血管里奔涌着在战场上展示人生志向的强烈欲望，奔涌着在兵戈刀刃的大战中展示军事才华的忠勇。正因为这个原因，武帝刘彻派他率五千名楚地官兵，驻守在酒泉、张掖一带抗拒匈奴入侵。恰逢贰师将军李广利出击匈奴，李陵请战，率不足五千名楚地勇士，徒步进发，孤军挺进浚稽山，配合作战。

李陵率他的步兵，从甘肃居延县出发，向北挺进，三十日后到达蒙古肯特山，遇到了匈奴主力，展开了一场堪称中外战争史上绝无仅有的以寡敌众的殊死战斗，谱写了一曲悲惨壮伟的战歌。

匈奴单于亲自调动东部、西部兵团共八万余人，与李陵兵团接战近十次，每次都被徒步的李陵兵团斩杀千人。毕竟兵力悬殊，李陵兵团死伤惨重，但他下令："士兵负伤三次的可以坐车；负伤两次的，充当驾驶；负伤一次的，继续战斗！"战到无力再战了，李陵对他的官兵说："苍天啊苍天！再赐我数十支箭，我们就可以突围。如今我们没有武器，没有箭，天明以后，敌人进攻，我们势必全军覆没。"

于是他下令解散部队，各自逃命。他对大家说，如果有人脱险逃回中国，就把情况奏报天子。

当天夜里，李陵率十多位壮士向南突围，匈奴数千名骑兵追击，马蹄扬起的沙尘蔽天遮月，跟随他的战友全部战死，他也被俘。解散后的李陵兵团有四百余名官兵，侥幸逃回了边塞。

李陵兵团深入匈奴腹地，朝廷上下和武帝刘彻知道；被匈奴大部队包围，单于亲自率军督战，朝廷上下和武帝刘彻知道；李陵兵团拼死苦斗，今天击杀匈奴数千，明天又击杀匈奴数千，朝廷上下和武帝刘彻也知道，且捷报传回后，朝野欢庆，上下赞颂。但是，唯有不足五千名徒步的步兵，与匈奴近十万之众铁骑殊死苦战的兵力对比极其悬殊，需要派兵增援这一点，满朝文武大臣和武帝刘彻怎么也不知道。武帝刘彻的真实想法是，期望李陵战死。当他听说李陵被俘后，龙颜震怒，大发雷霆。就在这种情况下，一帮张嘴仁义孝悌，闭口效忠朝廷的文武臣僚，跟着武帝刘彻的震怒而震怒起来，异口同声地谴责起李陵来。

也站在文武臣僚中的史官兼天文台长的司马迁，看到这种情形后非常痛心，他不明白这些稳坐高堂、拥妻抱子、享受荣华富贵之辈，为什么要对为祖国拼命战斗的李陵将军落井下石。

武帝刘彻大概看出了司马迁的情绪与众不同，就点名叫他发表意见。司马迁不假思索地陈述："李陵对父母至为孝顺，对士兵更有恩信。常常奋不顾身，赴国家急难。这都是他平日的志愿，有国士的风范。如今不幸失败，我们在后方的臣僚，不思量战场的艰苦，反而落井下石，实在使人痛心。"他接着说，"李陵率不足五千人的步兵，深入匈奴汗国心脏，面对数万强敌，致使敌人抢死救伤不停，不得不动员全国武装部队，大举围攻。李陵兵团转战千里，箭尽路绝，战士们赤手空拳，冒着刀锋，仍苦苦搏斗，李陵的部下如此忠勇，即令古代名将，也不能超过。现在，李陵身虽陷敌，然而他给敌人的创伤，仍足以激励天下。"司马迁特地强调，李陵之所以不死，并不是真的投降，而是等待适当时机，报效国家。

司马迁这样一番入情入理、有据有证的陈述，武帝刘彻感到震怒，于是下令对司马迁处以腐刑。

按照当时的法律规定，司马迁只要缴出一笔赎金，就可以免罪。但是，司马迁倾全部积蓄也凑不起这样一笔赎金，只能以自己的血肉之躯去任人宰割……

学识有多深，痛苦就有多深。司马迁这位编著中国古代史的巨匠，他的学识，他对历史特别是对朝代更替的深切认识，决定了他在面对腐刑这种人生最大羞辱的刑罚时的痛苦，比常人要巨大得多。他为此写道："猛虎在深山之中，百兽震恐，一旦落入牢笼，不得不摇尾乞怜，向人求食。为什么？因为在受到强制的压力之后，威严逐渐消失。所以，地上画个圆圈，当作监狱，有品德的人都不愿进去。削一块木头，当作审判官，有品德的人也不肯面对。宁愿在没有受到刑罚前，自杀一死。"

但是，司马迁不能死。因为他的"罪过"只是讲了几句公道话。公道是天之道、是地之道、是人之道，眼下被扭曲的公道，终有一天会得到澄清，世间不得澄清的公道古来没有！还因为，他正在编著《史记》。正如他所言："书稿未完成，就在这个时候遭受惨祸，惋惜白白浪费这番心血。这才使我面对酷刑，而坚持下来……"

是的，是天之道、地之道、人之道决定了他司马迁承受这份痛苦。也正是这份痛苦，决定了他的《史记》，通篇贯穿着天之道、地之道、人之道的主题。诸如赞美，诸如鞭挞，诸如讥讽，诸如鄙视，诸如期望，诸如等等，都在他的《史记》中活灵活现，都在他的《史记》中接受检阅、洗礼和审判！

司马迁就是这样，被武帝刘彻，被刘彻的臣僚，被历史，更被他自己，推上历史的正义舞台。

品司马迁

203

四、 记录鲜活的世人高尚，追寻历史的笔端走向

《史记》中大大小小的人物和事件闪烁着人性的光芒、善良的光芒、正气的光芒。

先看儒士。

儒家在司马迁的笔下，总体是正面形象。毕竟这些人有文化，又从内心接受儒学理论的修养，因而绝大多数儒士，在司马迁的笔下很正气。如孔子的第六代孙孔斌，就是这样一位儒士。

孔斌在战国声望很高，魏国国王魏圉，敬慕孔斌的贤能，派使节送上黄金绸缎，请孔斌担任魏国丞相。孔斌说："如果魏王采纳我的建议，而我的建议可以使魏国长治久安，就是叫我吃蔬菜喝凉水，我也心甘情愿。如果只是利用我的名声，给我优厚的待遇，魏王难道缺少一个平民吗？"使节坚决敦请，孔斌才去魏国。孔斌上任后，大刀阔斧地整顿内政，把靠关系占据各部门官位而又没有本事的人，一律撤换，换上贤能的人；把一大批吃闲饭没事干的人员，全部裁撤，把省下的经费用到国家需要的事业上。没过多长时间，魏国政府的风气大变，办事效率也大大提升，官员的精神面貌为之一振。

被撤销官职和被裁撤的官员，开始散布谣言，对孔斌进行攻击。孔斌的态度是：不介意任何攻击。他如是说："任何一个政治家，改革之初，都会遭到反对。春秋时郑国的子产，当丞相三年之后，才没有人再抨击他；我祖先孔丘当鲁国司寇，一开始人们编歌谣骂他，说'那个穿鹿皮长袍的家伙，干掉他，心里一点也不难过；那个穿鹿皮长袍的家伙，干掉他，不知用什么方法'。三个月之后，人们从改革中获利，又编歌谣夸他，说'那个戴大帽穿皮袄的人，满足我们的需要；那个戴大帽穿皮袄的人，对人民没有偏私'。所以，我不会因为

遭受抨击而放弃改革。"

当时的战国天下，赵国在与秦国的长平之战中，几乎丧失了全部的主力部队，在赵国的巨大伤痛尚未缓解之时，秦国又发兵攻赵。面对这种形势，魏王召集大夫商议，魏国该怎么应对。大家一致的意见是：秦国如果获胜，魏国就向秦国臣服；秦国如果战败，魏国就趁它疲惫，向它发起攻击。

孔斌不赞同，于是讲了一个燕雀在屋梁筑巢的故事：燕雀在屋梁上筑巢，母子相亲相爱，叽叽喳喳，相互依偎，相互喂食，那种幸福快乐的场景，令人好生羡慕。燕雀自以为非常安全，不成想炉灶失火，房屋眼看要烧毁倒塌，而燕雀毫不惊慌，不知道大祸就要临头。讲完这则故事后，孔斌说："秦国战胜赵国后，下一个就轮到魏国遭殃。我真不明白，为什么你们的见解跟燕雀一样呢？"

遗憾的是，孔斌用如此浅显的故事所揭示出的如此深刻道理，魏国君臣似燕雀般听不懂。不仅如此，孔斌所提的建议，凡涉及魏国大政方针的，一概不被采纳。于是他毅然辞去丞相，原因是，当魏国的丞相，拿很高的俸禄，又不能为魏国人民做什么贡献，深感内心不安，甚至是深感罪恶。

孔斌的好友新垣固问："你当魏国丞相，九个月就下台，是不是没有做出什么贡献？"孔斌坦诚地说："我是没有做出什么贡献，才辞去丞相的！"

孔斌恪守儒士的本色，纯洁正派，坦坦荡荡，不贪恋高官厚禄，不谋求本就不该得的私利，为官做事，一心为民，特立独行，令人钦佩！

再看说客。

在司马迁的笔下，说客基本上都是为了私利而进行游说的，但有一个人例外，这个人就是鲁仲连。司马迁对他的评价是："好奇伟俶

品司马迁

倪之画策，而不肯仕宦任职，好持高节。"这个评价很高，说他节操高尚，智慧超群，善设奇谋妙计，而不愿做官。他的游说是为了国家利益、民族利益，而非个人私利。

公元前279年，田单率军攻击齐国境内的狄部落，出发前请教鲁仲连，鲁仲连则说："依我看，你打不垮他们。"田单不服，结果打了三个月，毫无战果。孩子们编儿歌唱道："大帽子像个簸箕，长宝剑支住面颊，狄国打不下，枯骨已堆积如山。"田单于是再请教鲁仲连。鲁仲连说："你在固守即墨时，坐着的时候就编草筐，站着的时候就挖土，同士卒同唱军歌，当时你有必死的决心。而现在，你东有夜邑的奉养，西有临淄的丞相之尊，身戴黄金带，骑骏马驰骋，有生的无穷乐趣，怎么能把狄部落打垮呢？"田单听懂了，第二天就亲擂战鼓，冒着乱箭投石带头冲锋，终于把狄部落扫平了。

公元前260年，秦、赵长平之战，赵国惨败之后，秦国又发兵包围了赵都邯郸。

赵国的平原君于是四处搬兵，从楚国搬来了八万，从魏国搬来了十万。但魏国十万大军开到邺地后，停在那里观战。原因是秦昭襄王派出使节，对魏安釐王吓唬了一顿。说魏国如果救赵国，灭了赵国就来灭魏国。魏安釐王害怕，就授意魏军将领晋鄙隔岸观战。魏安釐王又派出一名叫新垣衍的将军，悄悄潜入赵国，对赵孝成王说："秦国攻打赵国的真正用意，是秦昭襄王逼迫各国拥戴他称帝。如果此时赵国带头拥护他称帝，秦王一定高兴，邯郸之围便解除了。"

恰在这时，鲁仲连来到邯郸，见新垣衍，但谈不拢，双方争起来了。鲁仲连说："那我就叫秦王把魏王煮了！"新垣衍反唇相讥，说："我倒想听听您怎么叫秦王把我们魏王煮了？"鲁仲连则联系商纣王把九侯剁成肉酱、齐湣王游鲁邹接连碰壁的历史，得出结论说：当今天下，秦、魏都是拥有万乘战车的国家，国君都位居王位，仅仅看到秦国打了几次胜仗，就要尊他为帝，而自己却退缩到被剁成肉酱、被晒成肉干的卑微地位。可魏国没看清，一旦秦国称帝，就会换上他们所亲近信任的人，或许还会派出自己的子孙来主持魏国。到那时，魏王不被煮杀，还有别的下场吗？而你还能受到宠信吗？

包围邯郸的秦将，听说鲁仲连与新垣衍的谈话后，下令退军五十里。恰在这时，楚、魏大军也赶到了，邯郸之围得解。

赵国感谢鲁仲连，要给他封授，鲁仲连坚决不接受。恰逢鲁仲连生日，平原君给他设宴祝寿，酒喝得兴起时，平原君拿出千金赠给鲁仲连，鲁仲连拒收，并说："所贵于天下之士者，为人排患释难解纷乱而无所取也。即有所取者，是商贾之事也，而连不忍为也。"他辞别平原君，走了。

鲁仲连的所作所为，堪称"贵于天下之士者"。

这之后，鲁仲连又发挥其士人的智慧，解聊城固守之难。

齐国的田单，采用奇招、奇战，绝地反击，将侵犯齐国的燕军打跑，但固守聊城的燕军，既不投降，又不回撤。原因是，燕军攻占聊城后，无恶不作，鱼肉百姓，引起民愤，纷纷向燕王控诉守城燕军的罪行。燕军将领害怕撤回燕国被罚，又怕投降齐国被罚，所以固守聊城。齐将田单率大军围攻聊城，死伤无数，仍攻不下来。

鲁仲连于是给燕军将领写了一封信，用箭射入城中。

信中写道："智者不倍时而弃利，勇士不怯死而灭名，忠臣不先身而后君。今公行一朝之忿，不顾燕王之无臣，非忠也；杀身亡聊城，而威不信于齐，非勇也；功败名灭，后世无称焉，非智也。三者世主不臣，说士不载，故智者不再计，勇士不怯死。今生死荣辱，贵贱尊卑，此时不再至，愿公详计而无与俗同。"

从非忠、非勇、非智三个方面，指出死守聊城的弊端后，鲁仲连又给燕军守将指出了回燕国、降齐国两条出路。投降齐国，自然是享受荣华富贵；回燕国的出路，则是把燕军全部带回去，让百姓看到他们的子弟平安回来。这样的话，燕王不会责罚，百姓还会感激。

燕军守将捧着鲁仲连的信，哭了三天三夜，思来想去，还是自杀，聊城因此得以收复。

齐国要封赏鲁仲连，鲁仲连则拔腿就跑，一直跑到海边隐居起来，只听他气喘吁吁地说："吾与富贵而诎于人，宁贫贱而轻世肆志焉！"

不接受富贵而屈从于人，宁享受贫贱而特立于世。这，就是鲁仲连作为说客，在战国树起的典范！

再看羊倌。

羊倌叫卜式，河南人，父母双亡，有一个小弟弟，是卜式既当爹又当妈一手拉扯长大的。弟弟长大成人后，卜式要进山放牧，便把田地、房产和部分牲畜留给弟弟，自己则赶着百十头羊进山了。十多年后，卜式放牧的羊群发展到一千多头，自己又置了田地、房子。而弟弟呢，牲畜、家产连同房子全部折腾光了。卜式又把房子、家产、牲畜分出一半给弟弟。因为这个原因，卜式在当地的名声很好。

武帝刘彻开始大规模反击匈奴时，羊倌卜式上书皇上，愿意拿出一半家产支援边疆战事。这在当时是件稀罕事。在一般人包括皇上看来，这个羊倌之所以贡献出这么多家产，一定是另有所图，比如谋个一官半职什么的。于是，武帝刘彻特地派使者当面询问卜式。

使者："你贡献这么多财产，是不是想做官呀？"

卜式："我从小牧羊，不知官怎么当，我不愿做官。"

使者："你家里是不是有冤屈？"

卜式："我一生没有与人发生争执，乡亲中家里困难的，我就借钱给他们，有的人行为不端，我就教育他们，大家相处融洽，我从未被人冤屈过。"

使者："那你捐出这么多家产，图什么呢？"

卜式："皇上讨伐匈奴，在这种情况下，贤德的人应该为节而死，有财产的人应该输送财产，这样，就可以打败匈奴。"

没有半点个人私欲，卜式就是为了替国家分忧。

公元前121年，匈奴浑邪王率部投降，朝廷耗巨资欢迎安置，一度造成政府财政空虚。朝廷于是号召各地富裕人家给政府捐助。卜式又一次拿出二十万元交给河南太守。河南太守把当地出资救助的名单和款项报给朝廷后，武帝刘彻一眼看到了卜式的名字，说："这是从前输送他家一半财产支援边疆战事的人。"于是下诏，除免除卜式的徭役之外，还免除卜式邻居四百人的赋税。卜式一激动，干脆把全部家产捐给政府，自己则再次进山去放牧……

再看义士。

在我看来，义士有侠客的特征。侠客似乎是个专门的职业，像司马迁笔下的豫让、聂政、荆轲，既讲义气，又一身武艺，收人钱财，替人报仇。义士则属于"路见不平一声吼"那一类，为朋友讲义气，甚至杀人，但不是为了钱财。司马迁笔下的郭解，就属于这类人。

公元前127年，武帝刘彻下诏，各郡和封国凡家产在三百万以上的土豪乡绅，全部迁移到茂陵。河南济源县的郭解，也在迁移之列。郭解是著名相术大师许负的外甥，年轻时性情暴戾，常常为朋友讲义气而杀人。但这家伙运气好，杀人以后总遇上皇帝大赦，也就没有受到追究。年纪大了以后，郭解收敛自己，以德报怨，帮了别人也不声张。郭解姐姐的儿子，仗着自己有这么一个很有名气的舅舅，与人喝酒时常常强迫人家，人家不喝他就硬灌。一次他又灌人家，把人家灌火了，拔出刀来把他杀了。郭解的姐姐很张狂，说："以我弟弟的名气，把我儿子杀了，还捉不到凶手？"于是把儿子的尸首放在路旁，故意给郭解难堪。郭解打听到了凶手的下落，凶手也知道想躲也躲不过去，就主动找到郭解，把经过向郭解说了。郭解觉得错不在对方，而在自己外甥，就把凶手放了，自己动手把外甥的尸体埋掉。不仅如

品司马迁

此，郭解还充当豪侠之间的调停人，化解了许多争端。迁移到茂陵的郭解，因为名气很大，颇受达官显贵敬重。一次，朝廷的查案委员到河南济源县办案，酒食桌上，查案委员称赞郭解的侠义行为，而参与陪吃的一位儒生，把郭解大骂了一顿。酒食散后，儒生被人杀死，舌头也被割了。县政府官员责成郭解交出凶手，郭解的确不知道是谁所为，县政府经过调查认定不是郭解所为，依法宣告郭解无罪……

再看官吏。

《史记》是写帝王将相的，是写皇后、嫔妃、皇子、皇孙的，写他们，必然写到普通官员，在司马迁的笔下，不少官员特别是小官，人性、品格非常高尚、光鲜！

比如宫廷禁卫官直不疑，同室的一个禁卫官钱丢了，就质问直不疑。直不疑拿出钱给他，还向他道歉。不久，同室的另一位禁卫官探亲回来，这伙计一踏进宿舍就打哈哈，说由于自己粗心，走时把另一位禁卫官的钱拿走了。他几个哈哈一打，把自己的一时粗心连同另一位禁卫官的无端怀疑全揭示清了。怀疑他的那个禁卫官赶紧把钱还给直不疑，直不疑笑笑收下了。后来，直不疑被皇帝一纸诏书任命为中大夫，诋毁他的绯闻跟着诏书流传起来，说直不疑跟他的嫂子私通，并传到了皇帝的耳中。直不疑从不解释，同事问起，他也只是笑笑。因为直不疑没有哥哥，哪里会有嫂子呢？直不疑的品行在这样一件件小事上，把优秀品质的光芒闪烁开来。

再比如韩安国，做梁国使者时犯法判罪，押解到蒙县监狱服刑。因为他在朝廷上下很有些名气，待他入狱后，狱吏田甲看他成了阶下囚，便拿他开心，经常羞辱他。韩安国对田甲说："难道熄灭了的火灰就不能再燃烧起来吗？"那意思是警告田甲，你不要在人家落难的时候横加羞辱，一旦人家东山再起，会有你的好果子吃吗？田甲则回答说："要是再烧起来，我就用尿来浇熄它。"那意思就不只是不相信韩安国会东山再起了，而且带有一种泼皮无赖般的耍闹。不久韩安国被任命为梁国内史，从囚徒一步踏上食邑两千石的高官。田甲吓坏了，弃官而逃。刚刚穿上内史朝服的韩安国，放言给田甲："你如果不回来，我就灭你三族！"这话可真不是吹的，他韩安国已经手握这么大权力了。田甲为了全族人的性命，硬着头皮，袒露上身到韩府谢罪。韩安国则笑着说："你现在可以撒尿了。"史载，韩安国善待田甲，让他继续做狱吏……

类似这样的小事，包括很多小人物的小故事，没有在司马迁编撰《史记》的刀笔之下遗漏，而且在所有大的事件中，几乎都穿插着这样一些花絮。

看得出来，司马迁看似不经意地写些花絮，其实是刻意的。司马迁是史学泰斗，他在编撰《史记》这部巨著时，沿着历史主脉的大事件下笔，用小人物、小故事的花絮着色，给他以后的史学家昭示了历史研究的方向，也给读他《史记》的人，留下了品味、鉴赏的精神食粮。

2020年11月13日于石家庄

品司马迁

品司马光

——用执政之资书写历史巨典

　　《资治通鉴》是司马光主持编著的。

　　这是一部宏大的中国历史巨著，共二百四十九卷，约三百万字，是一部编年体通史。它的历史跨度是，始于周威烈王的公元前403年，终于五代显德六年的公元959年，涵盖中国历史十六个朝代一千三百六十二年的政治、军事、民族关系，以及经济、文化、历史事件和历史人物的评价记载。"鉴于往事，有资于治道"，是宋神宗提出来的，也是编著《资治通鉴》的主旨。目的是对一千三百多年的历史中，十六个朝代兴兴衰衰的史实进行分析，以警示后人。可以说，《资治通鉴》是宋朝最高统治者皇帝，企图借历史以资政，进而巩固封建帝王统治利益的教科书。因为这个目的出于皇帝，因而怀疑其对历史事件取舍的偏颇，无疑是成立的。但全书读下来，令人情不自禁地打消了这种疑虑。

　　为什么呢?

　　因为编著的主持人是司马光!

　　司马光，字君实，1019年出生于大宋光山县（今河南光山县）的官舍，当时他的父亲司马池，在该县任知县。司马池很有才识，人很正直，还是一个大孝子。他对司马光的培养非常重视，不仅学习督察得很严，而且对他人格的培养更严。司马光六岁那年，有人给他家送了些青核桃。青核桃要剥掉一层肉质的皮，他姐姐左敲右蹭，弄得两手黑黑的，也没有把核桃皮剥下来，站起来走了。家里的仆人把核桃放进开水里烫了烫，皮就剥下来了。姐姐再回来时，司马光正吃核桃，姐姐很惊讶地问，谁这么聪明呀？司马光说："看不出来吧，是我呀！"突然背后传来一声呵斥："小子何得谩语！"司马光吓了一跳。原来父亲司马池把这件事全看到了，见司马光说谎，非常气愤，进而怒斥。

这件事影响了司马光的一生。他的朋友曾向他请教做人做学问的真谛，他说了一个字：诚。好友又问，那该从何开始呢？司马光说："从不妄语中入。"

从六岁起，父亲司马池便引导司马光读书，一进入书本，司马光就忘情忘我，乃至口渴饥饿、溽热寒冷全都浑然不知。尤其对历史格外钟情，且表现出天赋。七岁时，司马光听人讲《左传》，回到家便能把《左传》里的故事讲给家人听。也就是在这一年，司马光与小伙伴玩耍，院里有一口大缸，盛满了水。一个小朋友不小心掉到缸里，其他小伙伴吓得四散逃跑，司马光则就近搬来一块石头，把水缸砸了个大洞，水瞬间奔涌而出，小朋友因此得救。

父亲司马池官至群牧判官时，结识了同为群牧判官的庞籍。庞籍很有军事才华，治军极严。那时庞籍统军驻扎在延州，守军十万无壁垒，多寄住在百姓家，但秋毫无犯。司马池与庞籍一见如故，相互欣赏。庞籍常来司马池家做客，司马光侍立一旁，将庞籍的言行举止记在心里，对他一生影响极大。庞籍也特别喜欢沉稳的司马光，常常抚摸着他的头，问一些功课方面的问题。司马池还带着司马光，结识了治家颇有特色的张存。张存不穿戴整齐不见儿孙，向儿孙训话让他们一直站立，处理家务有条不紊。见到司马光后格外喜欢，没有请人做媒，自己拍板把司马光作为女婿的名分定下了。

宋时流行"榜下捉婿",即每逢考试发榜,京城的权贵和富豪,便齐聚榜下,争相从进士中择婿,不问八字时辰,不问阴阳吉凶,也不问世家出身,还出"系捉钱",即给男方家钱。为此,宋真宗写过两句诗:"娶妻莫恨无良媒,书中有女颜如玉。"司马光没有遇上"榜下捉婿",他少年沉稳,学识广博,家教很好,早早地被张存"捉"去了。公元1038年,司马光参加殿试,列进士甲科。也就是这一年,司马光踏上仕途,与张存的女儿携手走进洞房。

司马池为儿子司马光牵线交结的这些长辈,不仅都是民众口碑极佳的官员,而且也是满腹经纶、才华横溢、品格高尚的学者,这些人在司马光的仕途升迁上给予了大力扶持和帮助,给予了正直、诚实、高尚的诸多影响。司马光没有辜负长辈们的殷切期望,他从踏上仕途的那一天起,便用自己的从政之资书写历史!

用从政之资书写历史,无疑是写当下的历史,这必须具备两个条件:一是从政,且官还比较大,能够接触到皇上,或上书到皇上;二是具有广博的知识面,高起点的大局观,深邃的历史知识,过人的文学功底,以及用语言把自己所思所想表达出来的能力。这是两个客观能力,还必须具有一个重要的主观能力,即公正、无私、诚实、担当的人格和道德素养。这可是一般人所不具有的能力!我们知道,所有"今天"发生的事情特别是重大事件,都是明天的历史。明天及后人看"今天"的历史是否真实可信,源于"今天"具备从政之资的人如何去书写。真实地书写,就是真实的历史,歪曲地书写,就是歪曲的历史。真实书写的历史,就是后人宝贵的精神财富,就是历史的教科书,就能把一个国家、一个民族的全部历史衔接起来,千秋万代传续。而歪曲书写的历史,就是精神毒剂,就会误导后人,甚至割裂历史!

但是,用从政之资真实地书写历史,是一件很危险的事情,其危险程度,不只是丢官贬官,而是丢脑袋,甚至牵连父族、母族、妻族三族人。

司马光从踏上仕途之后的第一天起，无论是当小官还是当大官，无论是在皇上身边还是被贬到外地，都始终站在用从政之资书写真实历史的舞台上，书写着属于他那个时代的"今天"历史。

让我们往下看。

公元1050年闰十一月初六，仁宗皇帝诏令户部侍郎张尧佐为宣徽南院使、淮康军节度使、景灵公使。这三个使虽然都是虚职，但极为尊贵。初七，又加授张尧佐同群牧制置使，这是个肥缺。初八，仁宗皇帝又给张尧佐的两个儿子加官晋爵。为什么在短短时间里皇帝手里捏着的官帽给张尧佐父子戴了又戴呢？原因说来可笑，竟是张尧佐的侄女此时正受仁宗皇帝宠爱。初十，知谏院包拯等大臣上殿谏止，仁宗皇帝大手在空中一画，否决。十五，御史中丞王举正上殿谏止，仁宗皇帝又是大手在空中一画，否决。十五退朝后，王举正、包拯等大臣在大殿走廊指责宰相对皇上谏止不力，仁宗皇帝路过，喝散百官。十六，仁宗皇帝下诏："自今以后，台谏官集体上殿，必须先向中书省报告。"

这个诏令一下，臣僚百官看到了皇上的怒气冲冲，也看到了再谏下去的危险，一时间全部哑口了。

正在参与雅乐考订的司马光，偏偏在这个时候站出来了，向仁宗皇帝上书，谏止重用张尧佐。

司马光说："臣听说圣明的君主费心求谏，和颜悦色地接受。本来士人进谏都战战兢兢，更何况皇上镇之以威、下之以重呢。这种情况下，还指望忠臣来直言进谏？一个字，难。臣不忠，言不直，还希望天下太平，万事致治，那是根本不可能的。"

接着，司马光打了个比方：有一瓜农，特别爱护自己的瓜秧苗，盛夏的正午，太阳当头照，他生怕瓜秧晒得缺水，便顶着烈日去浇水，结果到傍晚时，瓜秧苗全蔫了。瓜农很勤劳，因浇水不是时候，把秧苗浇死了。陛下提拔张尧佐，已远远过分，天下侧目扼腕地恨

品司马光

他，而您却打击直谏的忠臣，这更加重了人们对张尧佐的怨恨，您这是烈日当空给瓜秧苗浇水！司马光接着说，您拒绝接受台谏官的当天，阴雾弥漫，遮天蔽日，树木结冰，终日不化。据历史书籍记载，这是阴气太盛，遮蔽了阳光，上下闭塞，疑惑不决的标志。陛下天性纯孝，严敬天命，容纳直言，深明得失。为何独一个张尧佐，却置天戒之不顾，弃忠言而不从，把祖宗的爵位不当回事，忽视历史上的前车之鉴，引起天下议论纷纷，损毁您的高大形象呢？最后司马光语重心长地说："您是君主，您实在想干的事，大臣谁也拦不住，但从今往后，如果有比这更大的事，大家只有沉默，只有袖手旁观了，这对朝廷来说，可不是什么好事！群臣如朽木，陛下如雷霆，哪里是您的对手呢？"

司马光的这个上书，不论皇上采纳还是不采纳，无疑是他在用从政之资书写历史！因为，无论是当时，抑或这之后的皇上还是臣僚，读到这篇上书，都会从不同的角度学习、理解、运用。

再看另一起司马光用执政之资书写的历史事件。

前宰相夏竦死后，仁宗皇帝念他曾做过自己还是太子时的属官，特赐谥"文正"。谥号就是盖棺定论，事关一个人一生的评价。谥号"文正"中的"文"主要指文化修养，"正"就是指社会舆论评价。"文正"是谥号的最高等级。

夏竦是何许人，他能否享受"文正"的谥号呢？

史书载，夏竦，好学且天分极高，经史、百家、阴阳、律历，乃至佛学、道学，几乎无所不通。夏竦还写得一手好文章，"典雅藻丽"享誉天下，朝廷大典所需文字，多交由他写。尤其是，夏竦还是个古文字学家，认识战国时期通行于六国的古文。但世人评价夏竦"当世以为奸邪"。他率军戍边，经常发生戍卒集体抢劫的事，夏竦常常将参与抢劫的官兵全部杀光。夏竦人性贪婪，他曾派仆人替他经商，发现仆人的贪污后，立马"杖杀之"。夏竦家财万贯，生活腐化，"畜声伎甚重"。他常使用的伎俩，就是挑拨离间，使人相互猜疑，他从中牟利。夏竦养了很多美女，使得夫妻关系非常紧张，其妻杨氏就到朝廷告他。

对于这样一个德性的人，死后赐"文正"，显系不当。对此，包括包拯在内的谏官及臣僚，反复在朝会时提出反对意见。仁宗皇帝则大手一挥，否决。

司马光又站出来，连上了两份奏状，陈述了两点意见。一点是，赐谥号的人，必须是王公或三品以上的官员，其必经的程序是，先将材料报中书省，由中书省核实修订后，交由太常礼院拟谥号，然后再报中书省上奏皇上。陛下省去了这些环节，自己就定了，有违祖训，有违常规。按今天的话说，就是不合法，也叫程序违法。另一点是，"文"与"正"，是两个最美好的谥号，就算周公那样的人，都不敢兼取，何况夏竦这等人呢！名与实不符，谥与行相悖，传续下去，叫后辈如何效法？司马光还说，朝中的士大夫畏惧夏竦的子孙，不敢多说，而天下四方之人，他们没有什么可怕的，认为夏竦这种德性谥"文正"，这不就是把赐谥当儿戏吗？且都能看出，这是出于陛下的私恩，是国家之失！

孔老夫子论述过，器与名乃天下之公器。面对这个公器，皇帝必须公正，不可偏私。仁宗收到司马光的第二封上书后，将夏竦的谥号改为"文庄"。虽然还是有些拔高，但远不及"文正"耀眼了。

这便是司马光用执政之资书写公正的历史！

试想，如果将夏竦这种人死后谥"文正"，后辈读历史的人们，看了夏竦的种种恶劣表现，再对照他"文正"的谥号，会如何看待祖先笔下历史的真实呢？会相信我们中国延绵数千年历史的丰富多彩吗？

好了，下面说说司马光主编《资治通鉴》的情况。

司马光写一部编年体通史的想法，由来已久，工作之余，他已经

品司马光

着手写了《通志》八卷。英宗皇帝诏令他主编史书后，他上奏说，臣自小以来，略涉群史，见纪传体史书很多，专门的学者都难以尽读，何况君王日理万机，尽读更不是件容易的事。臣常想上自战国，下至五代，正史之外，旁采他书，凡事关国家盛衰，系生民休戚，善可为法，恶可为戒。帝王应知道的，略依《左氏春秋传》的体例，编成一本编年体史书，名叫《通志》，多余文字，全部删除。希望或听或读都不辛苦，且可闻见广博。但凭我一人，无力办到。司马光问道："臣曾以战国八卷呈进，不知是令臣续成此书，还是另外编集？此书上下贯穿千余载，愚臣独不能修成。"因而司马光提出增加两位"史学为众所推"的助手。英宗皇帝诏令接续《通志》八卷编写，书成后赐名。至于助手，命"自择馆阁英才"。司马光便选了刘恕、刘攽。

刘恕，筠州（今江西高安市）人，非常聪明，过目不忘。十三岁时，刘恕打算参加科举考试，向人借阅《汉书》和《唐书》，一个月便看完归还。他曾去拜访宰相晏殊，所提问题并诘难，晏殊都答不上来。为此晏殊把他召到府上，请他讲《春秋》。司马光早就认识刘恕。刘恕十八岁时参加贡举考试，司马光是考官，应诏参加考试几十人，围绕《春秋》《礼记》提二十个问题，刘恕采取先列注疏，再引先儒不同的说法，最后谈自己结论的方法，逐题作答，擢为第一，赐进士及第。刘恕重情义，守承诺，他初入仕途的上司遭弹劾，刘恕周济他的妻小，如同自己的骨肉。关键是，刘恕治学严谨，在编辑《资治通鉴》的过程中，相关的历数、地理、官职、族姓，甚至前代的官府公文，都拿来研究佐证。听说曾任亳州知州的宋次道家中藏书很多，他便急速赶去，把自己关在书斋，夜以继日，口诵手抄，十天时间，"尽其书而去，目为之𥌓"。眼睛都读坏了。

刘攽，临江新喻（今江西新余市）人，诙谐幽默，为人豪爽，在州县做了二十年的地方官，才得任国子直讲。王安石讲筵时，要求坐下来讲，刘攽说："侍臣讲论于前，不可安坐，避席言语，乃古今常礼。"刘攽曾做考官，另一个考官吕惠卿，把阿谀时政的都列于高等，而直陈时政缺失的都列其下。刘攽复考，全都倒过来。刘攽对新法不满意，写信给王安石，提出批评，王安石火了，把他贬为泰州通判。苏轼等人上奏："刘攽博闻强记能文章，从政直追古代循吏，多才多艺，坚韧不拔，朝廷应使其留京师。"皇上诏准。

司马光、刘恕、刘攽，三人都是才高八斗的学者，德才俱佳，志同道合，他们在远离京师的洛阳，共同开启了历史巨典《资治通鉴》的编辑工作。按照分工，《史记》，前、后汉，刘攽负责；三国历九朝而隋，刘恕负责；司马光负总责，他要在完善战国《通志》的基础上，与两位助手研究确定各个历史阶段的"丛目"。仅"丛目"，就包含各朝各代的奏折、御批、臣僚及变化、重大事件及人事变动，以及天象、气象、灾害，等等。"丛目"确定后，再按分工进行"长编"。刘恕说，仅唐史"丛目"就超千卷，每天看一两卷，全部看完也得一两年功夫。可见修书的工作量是多么巨大。而刘恕到洛阳一年后，其母去世，他悲伤至极，加之长时间伏案劳作，得了风疾，右半身偏废，卧床数月。但就是在这种情况下，他仍在"每呻吟之隙，辄取书修之"。病好转，便回书局工作。1078年，刘恕离世，年仅四十七岁。接替刘恕的，是另一位学者范祖禹。

《资治通鉴》的编写，得到神宗皇帝的大力支持，他专门给书局批了笔墨绢帛，还赐果饵金钱。每过一段时间，就找司马光索要编好的书稿，并组织臣僚经筵上读，所读将尽，而新进未至，就下诏催促。神宗皇帝并亲自赐予书名，意喻"鉴于往事，以资于治道"。

皇上的反复赞赏，臣僚的口口相传，必然招来一些小人的诋毁。有人说司马光等人如此卖力地编写《资治通鉴》，是贪图皇家的笔墨绢帛，以及圣上的果饵金钱。暗中调查发现，皇上虽有圣旨，但司马光他们从未请领。又有人说，《资治通鉴》主要是助手编写的，其中刘恕功劳最大，司马光没做什么具体工作，浪得虚名。历史记载，司

品司马光

马光在助手把"长编"整理出来后，他要对"长编"审核删定，"日力不足，继之以夜；遍阅旧史，旁采小说，简牍盈积，浩如烟海，抉摘幽隐，校计毫厘"。为使听或读《资治通鉴》的人"都不辛苦，且可闻见广博"，司马光不仅要一个奏御一个奏御地校对，一件事一件事地审核，还要从文字上把关，大刀阔斧地删除多余的文字。以《唐纪》为例，我们今天从《资治通鉴》中读到的《唐纪》，共八十一卷。而交到司马光手上的"长篇"是多少卷呢？是近七百卷。从近七百卷压缩到八十一卷，司马光披沙拣金，付出的艰辛可想而知！

成书之后，司马光说："臣今筋骸癯瘁，目视昏近，齿牙无几，神识衰耗，目前所为，旋踵遗忘。臣之精力，尽于此书。"他的身体瘦弱，憔悴不堪，眼睛昏花，视力模糊，牙齿掉得不剩几颗，精神衰弱，眼前做的事，转眼便忘了，他的精力，已为此书耗尽。可以说，《资治通鉴》是司马光全部生命的结晶！

尤其值得称道的，是《资治通鉴》中的"臣光曰"。所谓"臣光曰"，即是司马光对一千三百六十二年中十六个朝代所出台的重大政策、所发生的重大事件，以及重大的历史人物，包括重大的学术理论进行评价。这是《资治通鉴》中必不可少的。司马光不仅是史学家，而且是儒学家、易学家、文学家，他具备评价的学识能力。

例如，《孝经》是孔子与曾参论孝的记录，秦始皇焚书坑儒后，《孝经》也被一并烧毁。汉代颜芝的儿子得到一本《孝经》，十八章，称作今文《孝经》；西汉时鲁恭王拆孔府旧宅，从夹墙中发现《孝经》共二十二章，因是用先秦大篆书写的，称作古文《孝经》。汉代以后，对这两部《孝经》的真伪，一直争论不休。司马光认为，古文《孝经》与古文《尚书》，都是在夹墙中发现的，现在认定古文《尚书》为真，却怀疑古文《孝经》为伪，这简直就跟相信切成条的肉能吃，却不相信烧熟的肉能吃一样荒谬。因而他在编集《资治通鉴》中，以古文《孝经》为底本，但不排斥今文《孝经》，而是两者相互参照。今文《孝经》旧注中未解释清楚的，将其引申；不符合原意的，将其更换。

司马光的如此之"曰"，不仅是对的，而且极其重要。

再看司马光对贾谊的"曰"。

贾谊是洛阳才子，才华横溢，被汉文帝刘恒破格录为博士。贾谊数次上书，用"为之痛哭"陈述，说诸侯太过强大，就好比脚指头粗过大腿，若不迅速削弱，必酿大祸。"臣光曰"：这个说法不对，治理天下，怕的是政令刑法不立，而不是诸侯过强。为什么呢？因为没有采纳贾谊的建议，直到文帝刘恒去世，诸侯也不曾为患。贾谊还对匈奴犯边"为之痛哭"，匈奴是未开化的国家，天下太平人民富足，即便匈奴不服，也不损皇帝威德；天下大乱民不聊生，即便匈奴臣服，也不算皇帝有功。况且治理天下的工具，无先于礼仪；安定天下的根本，无先于嗣君。司马光问："**舍国家之纪纲，遗天下之大本，顾切切然以列国外夷为虑，皆涕泣之，可谓悖本末之统，缪缓急之序，谓之知治体何哉？**"

我们今天读《资治通鉴》中的"臣光曰"，仍能体悟到他的全局观，以及他虑事的周密和深刻。

《资治通鉴》成书后，司马光复又回到宋朝的政治中心。他深得神宗皇帝赏识，常把他与王安石召去商议新法事宜。司马光反对新法，与王安石针锋相对。本来司马光与王安石友情笃厚，与吕公著、韩绛被誉为"嘉祐四友"。但因为对新法的不同立场，使得他们分道扬镳。神宗皇帝支持王安石的新法，但也很欣赏司马光的才学、人品。神宗皇帝去世后，哲宗皇帝年幼，太皇太后主持朝政，她把司马光推到宰相的位置，司马光一而再再而三地推辞，太皇太后就是不允，只好硬着头皮上任。坦率地说，这是赶着鸭子上架！司马光用全部精力投入《资治通鉴》，已经衰弱得快散架了，满口的牙掉得不剩几颗，手头的事转眼就忘，加之六十七岁高龄，怎么能再担起大宋帝

品司马光

国宰相的重任呢？不到一年时间，司马光便离世，享年六十八岁。

史书记载，司马光继任宰相后，在很短时间里，便把王安石推行的新法全部废除了，全社会随即兴起一股诋毁、构陷王安石的风潮。之后编成的《宋史》，也因为对王安石的无端诋毁、构陷，成了一部"杂乱、卑劣"的史书。作为宰相司马光，不赞成新法，与王安石是政敌，因而一上来便废新法。政敌嘛，道不同，可以理解。他诋毁过王安石的新法，诋毁过王安石的用人，但自始至终对王安石高尚的人格钦佩有嘉，对王安石广博精深的学识才华钦佩有嘉，对王安石卓绝的文学造诣钦佩有嘉。诚如他用执政之资书写历史那样，心中始终秉持着公正。

史学巨匠司马光，是个中规中矩之人，他的家教中规中矩，他的治学中规中矩，他的为官中规中矩，甚至他的交友也中规中矩。他是儒学大家，在他广博丰富的历史记忆中，儒学成了他评判事物的砝码，因而他为人处世恪守中庸，不偏不倚，淡定而平和，对自己要求非常严格。1055年，司马光任并州通判。这期间，司马光的两个儿子夭折。有人给司马光买来一个妾，大概是希望这个妾为司马光生儿育女。可司马光对妾不予理睬。他的夫人张氏认为司马光可能有所顾忌，便出门离开几天，临出门时还特地叮嘱那妾，叫她好好打扮，到书院那边服侍老爷。可那妾进到书院后，司马光非常吃惊，说夫人不在，你怎么能到这儿来呢？

司马光当了宰相后，亲书"榜稿"，即告示，张贴在客厅，内容如下：

访及诸君，若睹朝政阙遗，庶民疾苦，欲进忠言者，请以奏牍闻于朝廷，光得与同僚商议，择可行者进呈，取旨行之。若但以私书宠谕，终无所益。若光身有过失，欲赐规进，即以通封书简分付吏人，令传入，光得内自省讼，佩服改行。至于整会官职差遣、理雪罪名，凡干身计，并请一面进状，光得与朝省众官公议施行。若在私第垂访，不请语及。某再拜咨白。

这份宰相客厅的告示，读来令人肃然起敬，特译如下。

来访诸君，若见朝廷缺失，或黎民疾苦，欲进忠言，请以奏章上报朝廷，我将与同僚商议，择可行的进呈圣上，领旨施行。如只以私信垂示，终无益处。如果我自己有过失，欲赐匡正，请以书信交门吏传进，我将深刻反省，谨遵改正。至于升迁官职，或洗雪冤屈，凡与自身相关，都请一律呈状，我将与朝廷众官公议施行。若在私第垂访，请勿谈及。司马光再拜谨禀。

做官，如此严于律己，做学问，会马虎草率吗？

《资治通鉴》，就是这样一部与司马光伟大品格交相辉映的历史巨著！

2020年7月16日于山东海阳

品司马光

品王安石

——苍天可鉴的伟大改革家

一个人是否伟大，苍天可鉴！

王安石，就是苍天可鉴的伟大改革家！

但读泱泱华夏五千年光辉历史，读到《宋史》便不忍再读了。《四库全书提要》如此评价《宋史》："它的主要目的和意图是以表彰古板、迂腐的道德为宗旨，其他的事都不太留意，所以错乱谬误之处多得数也数不清。"清代学者檀萃评价《宋史》："杂乱、卑劣十分严重，而且是非观念相当混乱，没有一个公正的立场。"

《宋史》的这种"错乱""卑劣"，集中体现在对王安石特别是对他推行新法的颠倒黑白、肆意抹黑上。

看看《宋史》中一段荒唐的记载吧！

《宋史》记载了王安石与崔公度的一件小事，是这么写的：崔公度只知道取悦王安石，拍他的马屁，不管白天还是晚上，他都去拜访王安石，王安石蹲在厕所里见他，他也不在意。崔公度还从后边握住王安石衣带的一端，王安石回过头去看他，他笑着说："你的带子上有污垢，让我用袍子把它擦去吧。"看到的人都笑了，说崔公度够恬不知耻的。

崔公度是何许人也？他与王安石是幼时的好朋友，他学识渊博、才华横溢。欧阳修读到他七千余字的《感山赋》后，立马与他约见，并多次推举他到朝廷为官，他都以有病为由婉拒。就因为他是王安石的好友，堂堂《宋史》竟把这种纯系瞎编的花边新闻写进去，简直令人不可思议！凭崔公度安贫乐道、超凡脱俗的节操，是无论如何做不出这等下作之事的！再看那个场景，不只是王安石与崔公度两人，而是还有许多人围观。王安石上个厕所，怎么会有那么多人跟着守着呢？如此不近情理且肮脏的事，竟然写到宋朝的正史中去了，说明什么呢？说明丑化、诋毁王安石到了无以复加的程度，连王安石的朋友都不放过！

好了，下面说王安石吧。

王安石，字介甫，号半山，临州人。少年时，随父辗转多地居住，二十一岁中进士，二十七岁调任鄞县知县。这期间乃至这之后的很多年，朝廷多次召他进京做官，他都以家庭生活困难、负担过重为由拒绝赴任，直到朝廷授命他为翰林学士，他才不再推辞。第二年，宋神宗打破常规，将王安石提拔为右谏议大夫、参政知事，相当于副宰相。两年后，王安石以宰相的身份掌握中央执政大权。这之后，王安石利用宰相大权，为宋朝推行了在中国整个封建社会期间前无古人的一系列重大改革。

要深入了解王安石为什么要推行一系列改革，以及推行这些新法改革的重要意义，必须回到王安石所处的宋朝，看看它到底是个什么样子，是不是改革迫在眉睫，不改革行不行。

我们今天看到宋朝的光鲜，是欧阳修、范仲淹、苏轼，包括王安石等一大批文人，用优美的文学作品烘托起来的。真正的宋朝，是中国历史上军事最衰弱的一个朝代。其原因极其复杂，我倒以为，主要源于宋朝开国皇帝赵匡胤的治国理念出现重大偏差。赵匡胤当皇帝之前，只不过是个殿前都检点，相当于现在的卫戍区司令，且没有建立过赫赫战功。但陈桥兵变，他在醉酒尚未醒过来时，皇袍披在了他的身上。赵匡胤当然清楚，将士们可以把他抬举出来做皇帝，也可以把他从皇帝的位置上拉下来。因而他披上皇袍后，想的只有一件事，做的也只有一件事，那便是"卧榻之侧岂容他人鼾睡"——削弱将领的兵权，使他们没有能力来抢他的皇位。"杯酒释兵权"，就是赵匡胤的一大杰作。实际上，"杯酒释兵权"，就是用腐败换兵权。带兵的将领被用财富、美色解除兵权后，全国的士兵便成了一盘散沙。面对辽国的不断进犯，在臣僚的鼓动下，赵匡胤发动全国军事力量，兴兵北伐，结果一败涂地，军队死伤过半，赵匡胤也被流箭击中，两年后撒手人寰。此后，宋朝的北面辽国、西面西夏国，成了宋朝的百年之患。为了换取短暂的苟安，宋朝先后与辽、夏、金签订了五次比较重要的盟约，每年向对方支付大量的岁币。

我们不妨实录如下：

公元1005年，宋辽澶渊之盟，宋朝每年给辽国白银十万两，绢二十万匹；

公元1044年，宋夏庆历和议，宋朝每年给西夏国白银七万二千两，绢十五万三千匹，茶叶三万斤；

公元1141年，宋金绍兴和议，宋朝每年给金国白银二十五万两，绢二十五万匹；

公元1164年，宋金隆兴和议，宋朝每年给金国白银二十万两，绢二十万匹；

公元1208年，宋金嘉定和议，宋朝每年给金国白银三十万两，绢三十万匹。

痛心啊！就是为了朝廷的苟安喘息，宋朝大量的盐铁税收入，特别是广大庶民百姓用血汗换来的财富，白白贡奉给了他国！

王安石在宋朝推行的新法改革，就是基于这样的历史背景。

特地作一点儿说明，王安石做宋朝的宰相是公元1071年，公元1076年辞相离任，在江宁闲居到生命的最后旅程。加上任副宰相的时间，王安石在宋朝执政不到九年。

王安石还是副宰相时，就推行了一项重大改革，即设立制置三司条例司，即管理国家财政的机关，也是全面领导宋朝推行新法的机构，具体负责制定户部、度支、盐铁三司条例，王安石主持这个部门的具体工作。其基本出发点，就是抑制大地主的兼并，合理调剂分配天下财富，使普通百姓富裕起来。一国之中豪强巨富少而贫民多，而富豪靡费奢侈，不把财富用于扩大再生产，百姓少得可怜的资本用于维持生计而耗尽，民众如何富起来？国家如何强起来？王安石就想把财政大权集中到国家手里，由国家调剂分配，拿多余的弥补不足或亏损，让老百姓都能享有一定的财富，进而有能力从事生产。这是类似于国家资本主义的集权制构架，甭说积贫积弱的宋朝，任何封建王朝都做不到。倒是三司条例中的户部、度支条例，因减免皇帝宗室人员的用度，以及裁减庸官的薪酬等，使得宋朝政府的财政开支，每年裁减了十分之四。

实行制置三司条例的效果，站在王安石新法对立面的苏轼，就有过这样的上奏：熙宁初年，看到各地报上来的财务账簿，其中有报上之后二三十年没有开封的。实际上，各州郡上报财务账簿的时候，随着这些账簿一起来的还有贿赂，贿赂都有一个常数，达到这个数额的就不开封查验了，如达不到这个数额，就百般刁难，直到把钱要足为止。由于这个原因，还在衙署中安排了接待、侍奉的吏员，专门在暗中与这些送交公文卷的人讨价还价。以前这种财政机关的腐败，由此可见一斑。

苏轼看到的，是王安石实施改革前的情况，王安石设立制置三司条例以后，这种行政机关的"编外腐败"问题解决了，毫无疑问，这就是制置三司条例司彰显出来的善政！

在设立制置三司条例的同时，王安石即着手推行新法改革，其内容涵盖社会发展、军队建设、社会管理等方方面面，下面择主要的新法，作一点儿分析。

先看"青苗法"。《宋史·食货志》是这样解释的：根据当时的谷价，遇到市场上谷价高的时候，州县政府要适当降低谷价，卖给困难的农民；遇到市场上谷价低的时候，州县政府要适当提高谷价，收购农民手中的粮食。还可采取将青苗纳入税收的办法，春天将钱粮贷给困难的农户，以青苗作为抵押，秋天将粮食用作贷款收回，收取利息两分，也可用现钱进行兑换。青苗法瞄准解决的一大问题，即广大农民的"青黄不接"问题

这一做法有实践基础。陕西转运司李参，为了解决戍边士兵军粮不足问题，下令当地百姓估算一下一年的粮食产量，官府在春季把钱借贷给他们，等到秋收时向官府缴纳粮食，把借贷给农民的钱收回。经过几年运营，仓库里有了余粮，老百姓也能从事正常的生产、生活。关键是，遇到灾年荒年，那些企图兼并农民土地的富豪，就不能再利用"青黄不接"向农户发放高利贷了。

王安石在鄞县任县令时，也采用过这种办法，效果非常好。王安石在宰相之位推行"青苗法"时，作了一些改进，如从军士兵的家庭贷款，有残疾人家的贷款，还有对国家有过功劳人家的贷款等，还贷时不收利息。同时规定，借贷每年分两次进行，一次在正月，一次在五月，还贷时愿意缴纳粮食的，或因粮价高愿意还钱的，都从其便。如遇灾年荒年，到期贷款可暂不还，可在下一次贷款到期时再还。

写到这里，我们不要用脑子去想了，用脚趾想想都知道，"青苗法"真是利国利民的一项大法、好法！

实行"青苗法"的效果好吗？史载："开始以为没有人愿意贷款，而实际上前来贷款的人堵也堵不住；后来又担心人们不能还贷款，结果还贷款的人多到几乎无法应付。""过去，贫苦农民向富

户豪强借债付息，如今，贫苦农民向官府借债付息了，官府把利息定得很低，解救了老百姓的困苦。""老百姓都欢呼感念这个政德呢！""百姓感到很便利，没有不喜欢的。"

但是，"青苗法"能推行开吗？回答是：不能！

为什么？

因为王安石设立的制置三司条例司，裁减了各级政府、庸官的开支十分之四，涉及朝廷大多数官员的实际利益。而"青苗法"的本意是抑制豪强富户的兼并，可朝廷中的官员多数都是豪强富户，他们的兼并之路被"青苗法"堵死了。

史载，当时朝廷之上群情激愤，几乎没有人不站出来指责王安石，包括程颢、欧阳修、司马光、苏轼等后世景仰的大家。

再看"市易法"。简单说，就是把物价的控制权掌握在政府手中，用以平抑市场的物价。"市易法"先在边疆的贸易中实行，后在京城设置了一家交易市场。目的是，"如果市场价卖得贱了，政府就提价买进来，如果市场价高了，政府就减价把货物卖出去，所收获的结余上缴政府"。

想法很好，但政府每一件事都亲力亲为，并任命官吏来进行管理，国家那么大，角角落落的市场都管，管得过来吗？管得会好吗？结果不用脑子去想，脚趾就能想明白。

再看"募役法"。在我看来，这是王安石推行的新法中，挽救时艰、施恩惠于百姓的最好政策！我国从尧、舜、禹时代开始，就实行"力役之征"，主要是征集民众参与国家要兴办的一些工程，那时规定，每人每年不超过三天。但随着时代的推进，"力役之征"成了悬在庶民百姓头上的一把铡刀，天子、君主可不管什么农忙、农闲，也不分富家、穷家，只要高兴了或不高兴了，就下诏征发民役。秦始皇为修一个自己死后安置的陵墓，一次就征召了七十万人。"力役之征"发展到宋朝时，其弊端到了无以复加的程度。宋朝把农户分为九等，下

品王安石

五等免差役，还有太常寺的乐工、进士及第的人家，僧、道、女户、单丁户，城市居民和商贾也都免差役，不能免的只有中小地主和自耕农。

司马光就对英宗皇帝如此谏过：自规定农户到衙前服役以来，百姓更加困苦，不敢生产或经营，富裕的人家还不如贫穷的人家，贫穷的人家也不敢成为富裕人家。我曾在农村中行走，见农民的生产工具都很少，问他们是什么原因，都说不敢置办。如今想要多种一棵桑树，多置一头牛，家里储存了可以吃两年的粮食或积攒了十匹绢帛，邻居就看你是个富户，指名挑选要你去衙前服役了，哪还敢盖房子买地呢？三司史韩绛说得更令人心酸：危害农民的弊端没有能超过差役的。最沉重的负担是衙前差役，常常使人破产；其次是州役，也需要花很多钱。我听说京城东边有父子二人，将要去衙前服役，父亲对儿子说"我准备去死，这样才能使你免除劳役之苦"，结果父亲上吊自杀了。又听说江南有人嫁其祖母，并与母亲分居以逃避差役的……

王安石推行的"募役法"，按农户的贫富程度，分为上下五等，城郭户分为十等，每年夏秋两季按等级交钱。其中农户自四等、城郭户自六等以下免交役钱；有产业的上等户，由所在县算定交钱；中等户按上、中、下户平衡交钱。分家另立门户的，按分开的产业计算等级，交钱或不交钱；官户、女户、寺观和未成年丁户，一律减半缴纳。同时规定，过去由官府承包给商人的酒税征收权，承包费交官府支配，用于官府雇人充役；盐铁专卖税，用于奖励衙前服役之人。对过去从事最苦、最繁重差役的人员，官府要补偿对他们的亏欠。总之，"募役法"实施后，凡有产业、有能力而不去服役的人员，必须出钱助役。

毫无疑问，在这个法规中，能让人钻空子的，即上、中、下等户的评定。上等户有官员资源、人脉资源，通过打招呼、行贿，便能评定为下等户，就能免交助役钱；而下等户没有任何可以利用的资源，很可能被评为中等户，甚至上等户。这些人家连糊口都十分困难，又怎么拿得出助役钱来呢？夹在中间的中等户，有官府、人脉资源的，可能评为下等户，而没有这些资源的，则可能评为上等户。可以说，这是一个天大的漏洞，如果不能堵上，"募役法"又将成为一纸空文。

王安石就是王安石，他的非同凡响，体现在两个方面。

一方面，"募役法"在全国推行之前，选择两个州府进行试点，边试边修改。另一方面，经试点完善后的"募役法"，张榜公布一个月，让庶民百姓进行评议，大家都认可了，再定为法律，颁布全国实行。

这里的问题又来了。

"户等"的划分工作由州府负责，也是进村入户，逐一考察评定的。但是，参与考察评定"户等"的人，如果不实事求是怎么办？如果接收贿赂不按标准提升或降低"户等"怎么办？

王安石想到了，他借神宗之诏严令天下：用三到五年时间（城郭三年，乡村五年），郡县在农闲时，把普通百姓分片集中评议，根据评议情况，再进村入户考察，将所有"户等"重新划分一遍，该升的升，该降的降。出现弄虚作假的，对原考察评定人员，依法严厉惩处！

厉害了，王安石！

环环紧扣，滴水不漏，能想到的，王安石都做到了。

出钱助役，以财产多少分出等级，富户豪强就征收得多，一般人家就征收得少，最贫困的人家免于征收。这种做法的实质，即是把徭役变为赋税，与我们今天征收的个人所得税，不是异曲同工吗？

《文献通考》载：京城附近的上等户，完全停止了过去的衙前差役，他们缴纳的钱财，比过去减少了十分之四五；中等户过去要充当弓手、手力、承符、户长之类，如今要求上等户、城郭户、寺观、单丁、官户等都出钱助役，所以中等户缴纳的钱财比过去减少了十分之六七；下等户完全摆脱了繁杂的事务，有男丁的专门充当壮丁，而且不用缴一贯钱，所以他们缴纳的钱财比以前减少了十分之八九。

都受益，但受益最大的是庶民百姓！

品王安石

官户、豪强，看不得百姓受益，于是集中火力对"募役法"进行攻击，并给王安石戴了一顶"聚敛民财"的高帽。

王安石还推行了一项重要改革，即"省兵"。"省兵"就是裁减兵员。

北宋养了百余万士兵，每年财政的三分之二用于军费。但自从赵匡胤用金钱贿赂解除各将领的兵权后，军队便一盘散沙，根本抵挡不住辽、西夏的进犯。朝廷养的百万大军，平时不训练，又缺乏军纪的约束，完全成了百姓的祸害。苏轼就上奏说："一个人的生命，从二十岁以上直到衰老，不过四十余年，年轻气盛，勇武有力，敢于上战场拼杀的时间，也就二十余年。如今却要养老送终，一个士兵大约二十年没事做而仍靠官府养着。照此推论，养十万兵，就有五万人可以除去；屯兵十年，就有五年是没有效益的。"

王安石当然也看清了，他推行的"省兵"改革是，凡不能胜任禁军的降为厢军，不能胜任厢军的，就免除为老百姓；四十五岁作为服役的最高年龄，过了这个年龄的可以回家。如此"省兵"改革，在王安石执掌宰相期间，全国裁减兵卒达二分之一。

当然，效果再好，也要遭到一致的抵制，连苏轼也不例外。

文章写到这里，就有一个深层次的问题，需进行探讨了。

为什么王安石推行的一系列改革，于国于民并无不利，几乎从皇上到每个百姓都能看到、体会到它的好处，可朝廷官员包括文学大家范仲淹、欧阳修、苏轼等，思想理论大家程颢等，史学大家司马光等，都无一例外地反对呢？且这些人在王安石没有站在宰相的位置之前，大都是王安石的好友，都对王安石推行改革所指向的各种社会弊端，大声呼喊过必须革弊。而王安石站到宰相之位，对这些社会弊端进行改革时，却无一例外站到了王安石的对立面呢？

我以为，根源在于文人的"朋党之祸"！

"朋党"，就是按一个人的朋友圈划分派别。而这个"派别"，并非要组建一个什么党，反对派认定你是哪个朋友圈的，你就是那个圈的"朋党"。因此可以看出，所谓历史上发生的各式各样"党争"，是不分是非的。

宋朝的"朋党之祸"，始于宋英宗继位后。仁宗没有后代，过继堂兄的儿子继承皇位，即英宗。英宗的父亲赵允，被仁宗封为濮安懿王。英宗披上皇袍的次年，下诏讨论如何举办其生父濮王的典礼，即对他的亲生父亲，是称父亲呢，还是称伯父这样一个无聊的问题。对此，朝廷分成两派，即两个"朋党"。范仲淹在仁宗后期，取代吕夷简做了几个月的宰相，他大刀阔斧地实行改革，并亲自深入郡县考察，撤了一批庸官的职，得罪了一批人，因而在"濮议之争"中遭到各种无端的诽谤，攻击范仲淹等人为"朋党"。他们不仅攻击范仲淹，还攻击与范仲淹是好友的欧阳修，造谣说他与外甥女乱伦，甚至有人上书杀欧阳修以谢先帝。

这股"朋党之祸"一直弥漫在整个宋朝，"朋党"成员，无一例外都是文化人，有不少人还是后世景仰的大家，几乎分不清谁是君子谁是小人，能分清的，是清一色的文化人。他们不分好坏，不论是非，只要不是我这个圈子的朋友，就对其进行攻击。王安石在宋神宗的主持下推行新法，必然成为众矢之的，集中受攻。这便是苏轼、司马光等大家火力全开，一起站在王安石的对立面，对王安石及其推行新法进行全面诋毁、攻击的真正原因！

应该说，王安石的内心极其强大，意志极其坚韧。只要定下的改革事项，要攻击由你攻击去，要诋毁由你诋毁去，要谩骂由你谩骂去，他的内心岿然不动，他的身段丝毫也不放软。

例如，王安石在宰相的位置上特别重视教育，他创办了京东、京西、河东、河北、陕西五个大学，还把办学延伸到州府。学校以经学为主，王安石专门编写了包含《周礼》《诗经》《书经》的《三经新义》，发各学校让学生研习。有的学生写文章反对变法，而老师把这

品王安石

种文章列为优等，王安石即把全体学官赶走……

例如，知谏院范纯仁自己反对新法不说，还告诫州县不要实行新法。王安石非常愤怒，把他贬到州里任职……

再例如，程颢、苏辙，都是王安石最初提拔起来帮他辅政的，同时把韩琦、富弼、文彦博、吕公弼等朝廷元老，召到身边共事。但这些人因不赞成新法，动不动就以去留相要挟，有的甚至发誓不与他同朝为官。王安石只好把他们贬下去……

得罪的人越多，王安石就越危险。这一点，王安石心知肚明。因而在为相的后期，多次以身体有病为由，提出辞相。神宗皇帝知道王安石身体确实撑不住了，因而忍痛割爱，同意免去他的宰相之职，回到江宁休养。但同时诏定，朝廷有要事商议，王安石就是从病床上爬起来，也必须来朝廷。

公元1085年3月，神宗皇帝驾崩，新继位的哲宗皇帝年少，由宣仁太后主持朝政。随后司马光执掌宰相大印，"青苗法""免役法""市易法""保甲法"等王安石推行的一系列新法，在反对派的一片欢呼声中，全部废除了。

公元1086年4月，王安石在反对派的一片欢呼声中去世，享年六十六岁。

王安石死了，反对、诋毁王安石的不少人的良心回归本位，对王安石做出公正评价，包括对王安石所推行的新法也多有肯定。

请看大文学家苏轼，用"良心"作笔，为哲宗皇帝起草的"敕令"吧：

我仔细观察古代的文物，清楚地看到上天的意图，就在一个不寻常的大事件将要发生的时候，上天一定会造就稀世的人才出来，要让他的名声超过当时所有的人，他的学问贯通古今，才智足以使他抵达理想，言谈足以将他的思想传达给别人，如果用他来治理国家，在短短的一年时间就能风靡天下，使天下人的习俗得到改变。因此来看，观文殿大学士、司空、集禧观使王安石，年轻时读孔子、孟子的书，晚年以瞿昙、老聃为师，汇集了"六艺"的古代遗文，用自己的思想去评判；把历代各家对经典的解释视为糟粕，自己对经典自有新的解释。恰逢神宗想有一番作为，第一个就任用了他这个群贤中最突出的人。神宗对他深信不疑，这种君臣之间的感情古今都没有过。正需要他建功立业的时候，他却突然要归隐山林。哪里有什么富贵如浮云啊，辞官就像丢掉鞋子一样，一点儿也不可惜。常和渔夫、樵夫争座位，却不使麋鹿惊慌失措。做官和隐退，都能从容不迫，儒雅可观。我刚刚开始掌管这个国家，先皇的去世仍让我哀痛悲伤。怀念您这样的三朝元老，您却远在长江以南。认真观察揣摩您的治国方略，仿佛看到您当年的风采。哪知道您去世的消息竟出现在我居丧期间。为什么没有长命百岁呢？我不禁为您落泪。啊，生与死，用与舍，谁能违背天意？赠您谥号，发布哀悼褒奖的文告，难道不应该由我承担吗？把师臣的爵位赐给您，来表示我对您的宠信，也给儒者争光。也许您在天有灵，希望能接受我的诏命，特别将"大傅"赠予您。

苏轼借给皇上起草"敕令"之机，真实地表达了他的内心世界！这就是盖棺定论！

假若没有朝廷弥漫的"朋党之祸"，我想，苏轼将是王安石实行新法的最坚定的支持者！

我们不妨回观一下，王安石没有做宰相之前，与苏轼是很好的朋友，书信诗词也多有附和。王安石当上宰相并推行新法后，苏轼便站到了王安石的对立面，在反对、诋毁王安石的"朋党"圈里，屡屡发起对他的攻击。例如，在经学研究中，自古就有对古今物体名目进行

品王安石

对比探究的。王安石也不例外，他编纂了一本与汉代许慎相匹敌的大作，叫《字说》。许慎把汉字分为象形、指事、会意、形声等几种，王安石认为没有形声字，并在《字说》中把数万个形声字，归纳到象形、指事、会意中进行解说。传说苏轼就找王安石理论，问东坡的"坡"字怎么解释。王安石说，"坡"就是土之皮。苏轼说，照你这么解释，那"被"就是衣之皮、"波"就是水之皮了吧？王安石表示赞同。苏轼便又问："那么'滑'就是水的骨头了？"王安石无言以对。

虽然这是个逸话，但也从一个侧面看出，王安石的《字说》有很大的片面性，似乎也不是很科学。

苏轼、范仲淹等大家，在王安石死后保持了一份良心的公正，但历史却在对王安石的诋毁中延续。王安石的"罪状"，王安石的"不齿"，王安石的"敛财"等，被后人谴责了上千年。尤以邵伯温的《邵氏见闻录》最没底线，牛头不对马嘴地胡扯瞎编，让人读来后背一阵阵发冷，仿佛一支支毒箭"嗖嗖"射来。

文章写到这里，不得不回过头去，看看王安石所推行的一系列新法改革，究竟效果如何。

我们还是联系宋朝与辽、夏、金签订的五个盟约来作点分析。

公元1004年，宋辽签订澶渊之盟，四十年后与夏签订庆历和议，九十七年后与金签订绍兴和议，二十三年后与金签订隆兴和议，四十四年后与金签订嘉定和议。五个盟约间隔时间最长的是九十七年。再将这九十七年时间划分一下看，王安石当副宰相之前二十五年，当副宰相、宰相九年，再到宋金绍兴和议六十三年，这么划分下来，即能用时间佐证一个问题：

从王安石当副宰相开始，他所推行的新法改革，为宋朝获得了七十多年的休养生息。王安石推行的"省兵"改革，确定的军事战略是："远收吐蕃，近开瑶侗，北和辽邦，西讨党项。"他在宰相位上共打了三场半战役，即河湟战役，基本达成斩断西夏右臂的战略目的；西南苗、壮之役，使"安化靖州等州县，迄今为文治之邑"；四川澌井之役，完全平定澌井监夷人的叛乱；交趾之役打了半场，宰相被免。这些战役，几乎囊括了宋朝军事上的全部胜利。正是这些胜利，使得辽、夏、金收敛了向中原挺进的马蹄。加之新法实行近十年来在全社会形成的惯性，皇帝一道诏命未能使其戛然而停，改革的效果持续发酵，这才有了王安石罢相后宋朝六十多年没有再签屈辱盟约。

王安石推行的改革虽很快被扼杀了，但其改革的伟大、改革的效果，抹杀得了吗！

王安石是唐宋八大家之一，他的文学造诣极高，写出了许多经久传世的文学大作。历史上就有王安石在文学上三难诗、词、赋、书法、绘画全才苏东坡的佳话。据《警世通言》载，王安石用一则上联难住了苏东坡，王安石出的上联是：一岁二春双八月，人间两度春秋。叫苏东坡对下联。那年恰巧闰八月，农历正月立过一次春，十二月又迎来了立春节气。据说苏东坡冥思苦想也没对上。

王安石还是中国历史上少有的大儒，但他不在儒学中钻牛角尖，他的著作等身，都是在读诸子百家著作中，自己领悟出来的学问。晚年的王安石，潜心于哲理的研究，在道学方面颇有心得。今天有不少人在研究老子的《道德经》，那就看看王安石对《道德经》的领悟吧：

道有根本的道，有具体的道。根本的"道"，是万物赖以生存的元气；而具体的"道"，是由元气的运动、变化而生成的万事万物。根本的"道"出于自然，所以它不依赖人力而由万物自然生成。而具体的"道"由于涉及具体事物，所以它必须依赖人力才能造成万事万物。对于不依赖人力就可以生成万事万物的"道"，圣人固然可以不说话，也没有作为；而依赖人力才能造成万事万物的"道"，圣人就不能不说话了，也不能无所作为了。所以，昔日高高在上而把造就万物为己任的圣

品王安石

人，就一定要制定四种措施。这四种措施就是礼、乐、刑、政，这就是万物能够生成的原因。所以圣人只是致力于怎样造成万物生长，而不去议论谁生成了万物，大概就是因为万物赖以生成的元气是自然的主宰，不是人力所能干预的。

看到了吧，王安石对圣贤学说的研究，是肤浅还是深刻？是嚼他人的舌头，还是有自己独到的见解？尤其令人景仰的是：他的研究始终不离最根本的一条，即对国家治理吸取理念智慧！

2020年8月9日于石家庄

品　朱　熹
——理学将儒学打造成了皇权学

品朱熹，写下这个题目我顿笔思索良久。朱子学可是被元、明、清三朝奉为官学的，朱熹也因此被请到孔庙，与孔子、孟子并肩而立，微笑着享受世人的顶礼膜拜。如此一位大家，我这篇小文的标题，是不是对他不恭，或写得不准呢？于是，我又走进各种史典，寻找解开我疑虑的答案。

朱熹与同期的另一位大儒陆九渊，一个信奉程颐，一个信奉程颢，并将各自的信奉推上理学的极致。

程朱理学作为新儒学的发展体系，登上一个新的高峰，并作为国家意识形态被固化了。所谓固化，就是被皇帝钦定为"正统"理论、皇权理论。

这可不是什么好事！任何理论都有个与实践相结合的问题，都有个被实践检验的问题，都有个在实践中运用、探索、发展的问题，一旦被固化下来，也就死定了！

就在明朝，不少学者便提出尖锐批评，说程朱理学是禁锢天下气息的精神枷锁，是照着皇帝屁股下交椅稳固打造的理论。原因是，在理学的框定下，任何人只需照理学的规矩行事就足够了，任何问题都有理学给出的答案，无须提出新的问题，也无须去作新的探索。而只要怀疑、探索，就是叛逆，就是异端，就受到打压。

瞧瞧，被固化的程朱理学，似皇帝一般，至高无上，金口玉律，不允许怀疑，不允许讨论，更不允许反对。明朝学者朱季友，跟朱棣皇帝谈程朱理学的缺陷，朱棣顿时暴跳如雷，骂他是"儒家的逆贼"，下旨对他廷杖重罚。

中国自盘古开天地一路走来，走到秦朝时，走成了千和、百和之国，走成了大一统的天下。那么广阔的土地，那么众多的人口，用一种固化的理论，把全社会方方面面、点点滴滴、一言一行都规范起来，这怎么可能呢！

还有学者认为，王安石推行的一系列改革措施，是中国历史上最接近现代文明的一次有益尝试，而毁掉这次尝试的元凶，就是程朱理学。

当然，还有一些学者对朱熹的一些做法进行过挑剔。例如，朱熹时代不少学者出版发行自己的或先贤的著作，按规定必须自筹资金出版，但有不少人利用地方官的特权，动用公款出版。朱熹的论敌唐仲友，利用关系用公款刊行了荀子和扬雄的著作，遭到朱熹弹劾，罪名是"利用地方政府公款印刷刊行书籍"。从法律上说，唐仲友确系违法。但从当时的情况看，各地政府都这么做，且得到社会默认。因此有学者评论说：朱熹故作正人君子，挥舞正论大棒，控告并搞掉自己的论敌。"朱熹真是一个令人厌恶的家伙！"

一下笔就写了这些对朱子学包括对朱熹本人算不上"正能量"的文字，我又顿笔了，强迫自己停下来，以端正自己往下写的笔端走向。

朱熹，南宋著名的理学家、思想家、哲学家、教育家，是闽学派的代表人物，也是继孔、孟之后最杰出的儒学大师。他的《四书章句集注》《楚辞集注》《晦庵词》（朱熹字元晦），流传数朝，至今仍闪闪发光。孔老夫子"大学之道，在明明德，在亲民，在止于至善"的著名论断，"亲民"改读"新民"，是朱熹改的。虽然在我看来，"亲民"才更符合孔老夫子"大道"的本意，但朱熹的"新民"

之说，也不失为多一种领悟。还有"问渠哪得清如许，为有源头活水来"的千古传诵佳句，就是朱熹在《观书有感》中写的。此外，声名显赫的白鹿洞书院、岳麓书院、紫阳书院等是朱熹帮助完善的……

无须再列举了！毫无疑问，福建出个朱熹，南宋出个朱熹，中华民族出个朱熹，是中国之大幸！是中国之骄傲！

朱熹师从李侗，李侗师从罗从彦，罗从彦师从杨时，杨时则师从程颢、程颐。这一路"师从"下来，朱熹与二程联系起来了。理论上的一脉，加之朱熹的理论建树极大，故史称"程朱理学"。这一学问以儒家的政治理论为中心，糅合佛、道思想，把自然、社会、人生等诸多问题纳入其中，建立起庞大繁杂的哲学体系，"致广大、尽精微、综罗百代"，形成了儒学的集大成者。

南宋的学风极盛，学者之间的交流、论战时有发生。朱熹在治学上走得快，走得远，因而学术观点必然引发分歧，争论也就少不了。"鹅湖之会"就是历史上著名的一次论战。

公元1175年夏，被誉为"东南三贤"之一的吕祖谦，乘访福建回浙江之机，邀陆九龄、陆九渊兄弟到江西信州鹅湖寺，与朱熹进行学术问题讨论。虽然他们的理论同出一源，但在一些观点特别是在方法论上，分歧很大。如围绕"格物致知"，朱熹认为这本就是一回事，主张多读书，多观察事物，加以分析归纳，最后得出结论即可。二陆认为格物就是体认本心，尊德性，养心神最要紧，反对多做读书穷理之功夫。吕祖谦本意是调解他们之间的分歧，结果谁也不让谁，你来我往争论了三天，火星四溅。朱熹所主张的"即事穷理"，被陆九渊讥为"支离事业"；陆九渊倡导的"发明本心"，被朱熹讥为"与禅同调"。调和不了，不欢而散。

"鹅湖之会"成了朱熹与二陆的分水岭，朱熹撑起了"理学"的大旗，二陆则踏上了"心学"之路。

下面，让我们进入朱熹的理学。

品朱熹

朱熹好学，虽是以儒家经典为主，日读《大学》《中庸》《论语》《孟子》无有间断，但他涉猎面很广，佛家、道家，乃至禅道文章、楚辞、兵法等，也多有钻研。他还有个特点，就是静坐，他认为这是读书渐悟求"理"的唯一方法。"理"，是朱熹全部学术思想的本体。

在中国哲学的本体论中，有以"天"为本、以"道"为本、以"气"为本、以"无"为本、以"心"为本等本体论，而朱熹构建的理论体系，则是以"理"为本的。他认为，"理"不依赖天地万物而永恒存在。这种永恒性，表现为"理"先于天地万物而独立存在，这就是天始；天塌地陷之后，"理"依然独立存在，这就是无终。朱熹说："合天地万物而言，只是一个'理'。没有天地的时候，只有一个'理'存在着。由于它的存在，才有了天和地，才有了人和物。所以天、地、人、物都由最根本的'理'所产生、囊括和承载。从宏廓来说，'理'弥漫天地，涵着万物，其大无外；从隐微来说，'理'退藏于密，其小无内。这表明，作为宇宙根本的'理'，无所不包，无所不在。"

朱熹认为，与"理"相对应的哲学范畴是"气"。"气"充满天地，弥漫宇宙。"气"属于物质概念。眼睛看得到的是具体的物质，眼睛看不到的是抽象的物质。"气"具有运动变化的特性，是一个活活泼泼的物质，"气升降，无时止息""屈伸往来者，气也""气聚则生，气散则死"。"气化""形化"的无穷变化，便生出人和物来。朱熹说，宇宙间先有"理"，然后由"理"生出了气。但"气"一旦从"理"处派生出来，便具有一定的独立性。这时，"理"又寓于"气"之中，也可以说，是精神性的"理"寓于物质性的"气"之中。

从"理"主"气"次出发，朱熹展开了阴阳变易、五行变化、一分为二、合二为一、对立统一等诸多的哲学课题。既是哲学课题，就不能不进入认识和实践，即知行领域。朱熹的知行观，是"知先行后"，这就离不开儒家倡导的"格物致知"了。在这个问题上，朱熹与程颐产生了分歧。程颐主张格物要一个一个来，今天格一个，明天格一个，一个通万个通。朱熹反对格一物通万理的主张，认为天下没有一理通万理皆通的道理，唯有通过一个一个地"格物"积累，才能达到"积习通"。通过"格物穷理""积习贯通"，才能获得正确的认知。至于"行"，朱熹认为，知之愈明，穷理愈深，则"行"愈笃，且无过之不及的弊病。无"知"而"行"，或穷理不深，便是"硬行"或"冥行"，其结果是"失之于野"，有违"圣贤之成法"。

在知行论上，朱熹有两个重要观点。

一个是：行重知轻。朱熹说，论先后，知为先；论轻重，行为重。儒家的传统说法是，"知之非艰，行之惟艰"。程颐修正了一下，提出"行难知亦难"。朱熹在知行的认识上，强调"行"更难，应重"行"。他特地举了个例子，说如果"行"不难，为什么孔子的七十多个弟子，跟随孔子多年却不肯离去呢？因为两日说完的知识，躬行起来，几年也未必能做好。所以是知容易，行艰难。

另一个是："行"是检验"知之真不真"的标准。这就类似于我们今天常说的"实践是检验真理的唯一标准"。朱熹说，预知知之真不真，意之诚不诚，只看做不做。如果真个如此做底，便是知至意诚。在这个问题上，朱熹的视野领域没有展开出去，没有放到人类实践活动的大范畴去认知，而是局限在道德层面。因而他所谓的"真知"，是"心"与"理"在自身心中的合一，即"心"的自我印证。诚如他所说，如"知善"而不"行善"，则是不真"知善"。当然，朱熹还是向前走了一步，即"知行须相互发"之说，也就是知行合一，从知与行相互联结，相互促进方面作了深入论述。

朱熹是个大儒，对四书研究深透，故他的理学必然要落到三纲五常、人性善恶等伦理道德上来。这方面的论述很多，我们挑出两个问题来做个简单分析。

品朱熹

第一个问题，即人之初，性本善还是本恶。

自从孟子提出"性善"论之后，历史上的争论就没有停止过。孟子认为，人性都是善的，犹如水之下流一样，没有水不往下流的，人性没有不善的。荀子针锋相对，提出了"性恶"论，他的理由是，只要由着人性，便是"目好色，耳好声，口好味，心好利，骨体肤理好愉逸"，所谓的善者，不过是假装出来的罢了。扬雄调和了一下，提出性"善恶混"论，他认为人性中有善有恶，善恶之分在于修养，修养得好就"性善"，修养得不好就"性恶"。此外，还有性"无善无恶"论，也作过大篇幅的论述。

朱熹没有肯定孟子，也没有肯定荀子、扬雄，他主张用"天命之性"和"气质之性"来解决"性善""性恶"的问题。他提出的这一解决办法，源于程颐、程颢的理论，他们二位认为，"天命之性"即"理"，"气质之性"即"气"。朱熹对二程的理论有所修正，认为"气质之性"是"理"和"气"相杂构成，这就决定了"气质之性"的"善""恶"两重性，人之所以有善有恶，缘于气质之禀，各有清浊。"气质是阴阳五行所为"，其中阴阳是气，五行是质。阴阳之气行于天，五行之质行于地，天气地质的运行，便产生"善""恶"的不同。朱熹认为，人的贵贱、贫富、寿夭、聪明、愚笨等，也取决于气禀。气禀清而高者，就会贵；气禀丰富者，就会富；气禀长久者，就会长寿；气禀清明者，就会聪明。反之，则贱、贫、夭、笨。

朱熹的这套理论，往下还延伸了许多，最终落脚在"存天理，去人欲"上。

这是一个引发世代争论的问题。无论是贵人、庶民都有吃、喝、拉、撒的欲望，都有吃好、喝好、穿好、住好等愿望，把这种愿望当作"人欲"而灭掉，这叫个什么理论！对此，朱熹也费了不少笔墨。

朱熹认为，人的"本然之心"是"天理"，"人欲"则是心的毛病，是"恶的心"，是被物质的欲望所蒙蔽或迷惑而产生的恶念。

朱熹回到"气质之性"上,认为耳被好听的声音所牵累,目被鲜艳的颜色所迷惑,口被香甜的饮食所陶醉,鼻被芬芳的气味所引诱。结果是,非礼而视,目欲害了"仁";非礼而言,口欲害了"仁";非礼而听,耳欲害了"仁";非礼而动,违礼的作为害了"仁"。

再往下论,朱熹便回到了人们普遍的共识了。他认为,"欲",是人们对物质生活的正当要求,如饥而欲食,渴而欲饮,是正常的欲望。他甚至讥讽佛教"无欲"的主张,就好比"终日吃饭,却道不曾咬过一粒米一样;满身着衣,却道不曾挂着一条线"那样荒诞可笑。"饮食者,天理也;要求美味,人欲也。"朱熹以此作了"存天理,灭人欲"的注脚。

显然,追求美味,也不可作为"人欲"灭掉!

但我们不可超越历史阶段,也不可遗漏一个理论的完整体系。一棵大树有很多枝杈和树叶,一片树叶枯黄了,整棵树仍是郁郁葱葱。

具体如何"存天理,去人欲"呢,朱熹在他的《静斋箴》中教了一种方法:衣冠要整齐,状貌要庄严,平时管束住思绪,像面对上帝那样虔诚。手足举措,毕恭毕敬。选择善的以自处,像在蚂蚁洞里周旋。像出门见大宾那样慎重,像承担重大的祭礼那样严肃。战战兢兢啊,哪能有一点随便。要守口如瓶,要防意如城,非常谨慎啊,哪敢有一点轻率。临事要存心在意,不能让心思东想西想,到处驰走。要精神集中,专注于一,不能忽二忽三,要警惕瞬息中万变。

这个方法叫"持敬"。

今天看,"持敬"作为修养的一种方法,不无道理!

此外,朱熹还热衷于教育事业。他的门徒众多,从事讲学活动约五十年。尤其在他从政期间,每到一地便整顿县学、州学。武夷精舍、同安县学、考亭书院是他创办的,白鹿洞书院、岳麓书院是他在原有的基础上,帮助扩建完善并扩大影响的。他亲自制定学规、编撰教科书,为中国封建社会培养了大批知识分子。

朱熹将父子有亲、君臣有义、夫妻有别、长幼有序、朋友有信作为教育的"定本"，由此展开了儒学、理学的全方位教育传授。朱熹认为，"夫为妻纲"是三纲之首。他说了一句人世间的大实话，即人有不可告父兄之事，但无可告妻子之事。正是从这个意义上说，"夫为妻纲"极其重要，是三纲之首，教育之首。此外，朱熹还对不同人的教育区分了层次，即"懒人"之教、"中人"之教、"富人"之教。对于"懒人"，朱熹认为是无过失之人，因此要对他们进行"劳而劳之""邪者正之""枉者直之"的教育；所谓"中人"，朱熹认为是处于"君子"和"小人"之间不稳定的人，对他们的教育要去"气质之偏，物欲之弊，正心修身"；至于"富人"之教，朱熹说："富而不教，则近于禽兽，故必立学校，明礼义以教之。"可见，朱熹"明义返本"的教育宗旨，是为了培养有仁义之德、五伦之理，能够齐家、治国、平天下的贤达人才。在朱熹为白鹿洞书院制定的校规中，把**"父子有亲、君臣有义、夫妻有别、长幼有序、朋友有信"**作为五教之目；把**"博学之、审问之、慎思之、明辨之、笃行之"**作为为学之序；把**"言忠信、行笃敬、惩忿窒欲、迁善改过"**作为修身之要；把**"己所不欲，勿施于人，行有不得，反求诸己"**作为接物之要。这一校规，凸显了他的理学精要。

公元1177年，朱熹的人生开始大放异彩，且连续光芒四射十多年。朱子学被皇帝用诏令固化，权威至高无上，完全成了一种"朕理论""寡人理论"，走进了僵死、枯干的死胡同。

好景不长！公元1195年，宁宗赵扩继位，拉开了打压朱熹的大幕，朱子学被斥为"伪学之魁"，诸如"不给母亲吃好米""在浙东多发赈粮"等十大罪状，加到了朱熹头上。

朝廷的打击没有在朱熹头上止步，而是要求他的弟子"改视回听"，如"遂非不悔"，"必罚无赦"。朝廷还将宰执、武臣、士人等五十九人贴上"伪学逆党"的标签，一并进行严惩。面对铺天盖地、扑面而来的巨大打击，朱熹一笑了之，不能讲学传授了，便伏案修改《大学》；没有弟子登门讨教了，便踱步自吟，时常哈哈大笑。

在把朱子学作为"伪学之魁"收拾一遍后的公元1209年，也即是朱熹去世后的第九年，宁宗皇帝为朱熹平反，不仅将《论语集注》《孟子集注》等列入官学，作为法定的教科书，而且把朱熹请进了孔子庙，让他与孔子、孟子一道站上了神坛。

不只是站上了神坛，而且站上了民众传颂的神化之地。

传说朱熹出游永春，来到蓬壶高丽的林氏祖宇，见千山凝翠，万木葱茏，一时雅兴上来，索要纸笔，题字以赠。人们找来竹纸，但找不来毛笔。朱熹即砍来茅草，临时扎成一个草笔，书写了"居敬"二字以赠。乡老以楠木做匾，刻"居敬"二字悬挂于祖宇厅堂，并将草笔置于匾后，以示子孙。清康熙年间，骆起明任永春知县，前往高丽谒见林氏祖宇。距时四百多年，只见"居敬"二字辄发毫光。再看草笔，仍完好无损。骆起明对草笔爱不释手，乡老便将草笔送他赏玩。骆起明如获至宝，随身携笔。后骆起明回家省亲，乘船渡江时，突然妖风邪浪卷起，眼看船就要倾覆了，船上的人纷纷把镇邪之物扔进江中，可船的摇摆越来越大。情急之下，骆起明将随身携带的草笔扔进江中，江面顿时风平浪静，暖风徐徐吹来。全船人索问骆起明，得知是朱熹写"居敬"二字的草笔，从此传为美谈。

建立了庞大的理学体系，成为宋代理学集大成者的朱熹，其哲学思想成为后代帝王巩固封建社会统治秩序的精神支柱，对后来明朝王阳明的心学产生了深刻的影响。

2020年5月23日于山东海阳

品朱熹

品 王 阳 明

——超狂入圣"致良知"

王阳明是儒学大家，他在孔子之后的诸多儒家派系中，拉出一个山头，在这个山头上竖起的旗帜，叫"致良知"。

简单说，"致良知"即用良知去为人处世。用老百姓的话说，就是凭良心做人做事。

如此简单、平常的道理，王明阳竟然狂妄地宣称："致良知"学说直接来源于孟子，只不过这一圣学在孟子那里戛然而止了。虽然这之后的韩愈、程颐、陆九渊、朱熹等都自称承续了"致良知"，但他们停留在讲坛，学的是皮毛，跑偏了，只有他王阳明，掌握了真谛，承续了血脉！

王阳明的这种狂气，几乎招来了儒家弟子的炮火齐开。这么多儒学泰斗，连编撰"四书五经"的国教大师朱熹都不放在眼里，儒学弟子一个个气疯了，攻击他的"致良知"是枯禅，与禅宗的直指本心、人人都有佛性、佛在心中、无需外求等主张异曲同工，了无新意。

王阳明的狂妄，不是那种为人处世高调、腹中空空却目空一切的张狂，而是源于他对真理的坚守，以及坚守的韧劲。面对天下的一片骂声，他置之不理，嗤之以鼻，仍然悠闲地与前来讨教人间是非的聋哑人杨茂进行笔谈。

王阳明问："你的耳朵能听到是非吗？"

杨茂手语作答："不能，我是个哑巴。"

王阳明问："你的心知道是非吗？"

杨茂拼命点头，高兴得手舞足蹈。

杨茂的拼命点头，契合了王阳明心学的大道理。任何人，包括聋哑人，心才是掌控人生观、世界观、价值观的主宰，心能辨别是非善恶，只要心的驱动方向是良善，就是"致良知"。

这就涉及两个重大问题。

一个是，人性的善恶问题。孟子说，性本善；荀子说，性本恶；告子说，性可善可恶；董仲舒说，上等人性本善，中等人性可善可恶，下等人性本恶。后人对此争论不休，有认可孟子说的，有认可荀子说的，有认可告子说的，也有认可董仲舒说的。王阳明没有参与这一争论，他认定的是，任何人见孺子入井，自知恻隐。还认定，人饿了要吃饭，是"天理"，一张嘴便要吃山珍海味，是"人欲"；劳动了，获得报酬，是"天理"，不劳而获，甚至敲诈、盗抢，是"人欲"。"天理"即是满足人生存的基本要求，包括社会发展进步后生存标准提升的需求，"人欲"则是这之外的奢求。王阳明对人性本质的这一认定，大方向是与"致良知"契合的。

这不是王阳明与反对他的儒学弟子的根本分歧，根本分歧在于第二个问题，即王阳明心学对程朱理学的离经叛道。

"程"是指程颢、程颐兄弟，他俩从周敦颐《太极图说》的"无极"理论中抽出"理"和"道"，用理论进行一番阐释后，打造出一个超现实、超社会的标准，即"天理"，同时给"天理"树了一个敌人叫"人欲"。"存天理，灭人欲"便是理学的旗帜。在这面旗帜下，程颢、程颐兄弟俩的理论分岔了。程颢主张"天理"在心中，修心就足够了；程颐则认为仅修心是不够的，还需从外界寻求"天理"。有一件事能看出该兄弟二人理论分歧在现实中的反应。他俩同时参加一个宴会，主人给每个宾客身边安排了美女，哥哥程颢抱着美女温存备至，弟弟程颐对美女看都不看一眼。回家后，程颐指责程颢，程颢则说，现在我怀里没有美女了，心中也没有了，而你心中还有美女。那意思很明确，心修好了，怀里有个美女也乱不了套。

"朱"即南宋大儒朱熹。他与同期的另一位大儒陆九渊，他们二人一个信奉程颐，一个信奉程颢，并将各自的信奉推上理学的极致。

至此，程朱理学作为新儒学的发展体系，登上严密完整、至善至美的高峰，并作为国家意识形态被固化下来。即在理学的框定下，任何人只需照章行事就足够了，任何问题都有现成的答案，无须提出新的问题，也无须去做新的探寻。而只要怀疑、探寻，就是叛逆，就是异端。

这无疑是禁锢天下气息的精神枷锁，是照着皇帝屁股下交椅稳固打造的理论体系。

王阳明就生在程朱理学作为国家意识形态的明朝。他的爷爷王天叙，是一位饱读"四书五经"的理学信徒，他的父亲是抱着"四书五经"走上秀才又走上状元之路的理学获益者。他生活在这样的家庭，不可能不抱着"四书五经"一路走去。朱熹是王阳明心中的偶像，他按照偶像的教诲，读经书、打坐，用打坐规范自己的心理世界，抑制自己的"人欲"；用读经书充实自己的知性修养，储备内心的"天理"。

"格竹子"，是朱熹打王阳明的一记耳光。朱熹讲"格物致知"时，强调一草一木都有它的道理，格它，就能明白它的道理。王阳明遵照执行，约一位学友，到一片竹子面前打坐，盯着竹子不动，格竹子的道理。三天后，那位学友跑了，理由是朱熹的格物不是凡夫俗子能做到的，他产生了幻觉，竹子飘起来了。王阳明也出现了幻觉，但他仍旧坚持。竹子不仅飘起来了，而且开口说话，但没有说出什么被格的道理。"格竹子"，格得王阳明昏倒在竹林，被家人抬回去躺了几天才醒过来。他醒后说的第一句话是：朱熹讲的"格物致知"有问题，"圣人之道，大误"。

这是离经叛道！也是王阳明狂妄的开始。他的狂妄瞬间熄灭了对朱熹崇拜的狂热。

往前走，没有别的路，只有仕途。1492年的乡试，王阳明金榜题名。正当家人用一片赞扬鼓励他参加来年的会试时，可他转向了，埋头钻研道家的养生术，企望从道家养生术中找到往前走的人生秘籍。1493年的北京会试，王阳明没有重演乡试的荣耀；1496年的会试，再度名落孙山；直到1499年，王阳明才通过会试，步入仕途。此时的王阳明，已经二十七岁了。仕途很无聊，先是在工部跑腿，后到刑部任云南清吏司主事。这在老百姓眼里是个官，而在王阳明眼里是个干不成任何事的衙役。他请假回家，上了九华山，踏上方外求仙之路。他请道教高人喝酒，请教长生不老之术。道教高人酒足饭饱之后，打着饱嗝给了他两个字："尚未。"王阳明不死心，转而向佛，到山中寻找得道高僧，吃尽苦头，在九华山深处见到一位高僧。高僧当头给王阳明泼了一瓢凉水，不仅明确拒绝他投奔佛道，而且告诫他求仙之道走不通，转身离去时还扔给他一句话："北宋的周敦颐是儒家的好秀才。"这无异于指点他跟周敦颐去学心学。王阳明沮丧极了，回北京上班，又重新捡起辞章，在京城的文化圈混。觉得没劲，又请假回家，钻到浙江余姚的山洞钻研佛经，修炼引导术，他想把世间的一切放下，以此摆脱心中的苦闷。但他做不到，他想爷爷，想父亲，想妻子，想家人。王阳明在静坐中猛然睁开双眼，跟佛教说再见，又回北京上班。

1506年，十五岁的朱厚照穿上龙袍，被刘瑾为首的一帮太监哄得晕头转向，朝纲混乱。刘瑾大权独揽，贪得无厌。史载，在刘瑾大权独揽不到四年的时间里，贪污的财产相当于明帝国十年的全部财政收入，按今天的币值算，平均每天贪污两亿元人民币。一帮臣僚上书揭

品王阳明

露刘瑾，结果是，谁上书谁挨打。其中一位叫蒋钦的监察官，屁股挨了三十军棍后被贬为平民后，继续上书，又挨了三十军棍，扔进锦衣卫大牢，在大牢里他继续上书，最后被追加的三十军棍活活打死，打得整个朝廷乃至天下都噤若寒蝉。

就在这时，王阳明站出来了。他上书朱厚照，从皇帝对臣僚的劝谏应该包容，处置这些臣僚将堵塞言路等角度，论述了一番利害得失。朱厚照不知王阳明是何人，就连刘瑾等一帮太监也不知王阳明是谁，上书一上去，圣旨便下来：廷杖四十，扔进锦衣卫大牢。王阳明从锦衣卫大牢出来，发配到贵州龙场驿站。那是个人迹罕至的地方，只不过朝廷在那里设了一个驿站。

去龙场驿站之前，朝廷允许他回家省亲。王阳明往家走，刘瑾派出的锦衣卫杀手跟着追。恐惧惊慌之下，王阳明保持了一份机敏，他写下一封遗书，用石头压在钱塘江边，脱下衣服扔到水里。当锦衣卫看到漂到江中的衣服后，拿着王阳明的遗书回朝廷复命了。

王阳明没有因刘瑾的追杀而躲藏起来，他继续往贵州龙场驿站走，他觉得那里天高皇帝远，刘瑾顾不上惦记他；他还深信，刘瑾为非作歹的日子不会太长，他王阳明作为朝廷的谪官，还有出头的日子。

贵州龙场驿站，比王阳明想象的还要恶劣，偏僻荒凉，虫蛇横行，阴暗潮湿，瘴气流溢，能呼吸清新的空气，但给不了人任何希望。加之被谪官员不能住驿站，只能自己想办法，唯一能想到的办法，就是找山洞。王阳明和带去的两个仆人找到几个山洞，砍下树木搭建窝棚，在低洼处开垦种地，做长期住下去的准备。

要活下去，就得自己给自己找希望，找乐子。王阳明给自己准备了一副棺材，分别给山洞起名，有的叫"易玩窝"，有的叫"何陋轩"，有的叫"君子亭"。他给仆人讲这些文雅洞名的用意，教他们学诗词，教他们唱山歌，更多的时间是凭记忆朗读《易经》。读着读着，便又回归他的思维轨道。他问自己：如果是一个圣人，处在我这样的环境下，该如何做？他当然想得起周文王，但他被拘押在大牢里，仍有书可读；他还想到"孔子厄"，那受困挨饿也只是几天的事；他还想到孟子讲的"天将降大任于斯人也，必先苦其心志，劳其筋骨，饿其体肤，空乏其身，行拂乱其所为，所以动心忍性，增益其所不能"。但他王阳明眼前的境况，使得他找不到给自己出路的参照目标，怎么办？那就从内心找吧。他又回到朱熹的"格物致知"，朱熹提倡到外部世界格真理，可他王阳明如何从现在的环境中，也格出好好活下去并看到出路的真理呢？"格物致知"与"圣人处此该如何"两个问题，在他的脑海里相互碰撞，溅出的火花时而使他兴奋不已，时而使他痛苦万分。肯定了再否定，否定了再肯定，翻来覆去，覆去翻来。

一天夜里，整个世界都在睡梦之中，王阳明"不觉呼跃，从者皆惊"。他坐在床上自言自语地说："始之圣人之道，吾性自足，向之求理于事物者，误也！"他的解释是：心即理，圣人之道，从我们自己的心中求取即可满足。从前枝枝节节地推求事物的原理，真是大误。实际上，"格"就是"正"的意思，正其不正，便归于正。心以外无"物"。人能"为善去恶"就是"格物功夫"。"格物"而后"知致"，"知"是心的本体，心自然会"知"。见父知孝，见兄知弟，见孺子入井，自然知恻隐，这便是"良知"，不假外求。倘若"良知"勃发，就没有了私臆障碍，就可以充足恻隐之心，恻隐之心充足到极点，就是"仁"了。在常人，不可能没有私臆障碍，所以要用"格物致知"一段功夫去胜私复理，到心的"良知"没有障碍，能够充塞流行便是"致知"。"致知"就是"意诚"了，把心这样推上去，可以直到"治国、平天下"。

"吾性自足，不假外求"，王阳明"龙场顿悟"悟出的"心即理"对他二十多年探寻程朱理学作了一个了断。从此他不仅与程朱理学分道扬镳，而且从此"超狂入圣"，登上了中华民族传承儒学真血脉的最高峰。

面对朱熹的"众物必有表里精粗，一草一木，皆涵至理"之说，王阳明说，错！没有人用心去探究，草木的"至理"何在！

面对朱熹"向之求理于事物"的"格物致知"之说，王阳明说，错！向事物中求不到"致知"，没有人心"致良知"这面镜子，怎么能格出事物之理，又怎么能格出它的对错是非！宇宙之中，无论是事还是物，都必须经由人的主体投射，才能产生意义。人的主体不投射，何为天？何为地？世间诸多领域的神秘、怪异、不解，不正是人的主体投射不及吗？

面对朱熹关于社会道德规范和伦理原则的"天理"之说，王阳明说，错！"天理"不是外界和他人强加的道德规范，"天理"也不等同善良，它只是一种辨别善恶的能力，这种能力正是人内心深处的良知。

…………

就连朱熹对孔老夫子"大学之道"的解释，王阳明也提出反对意见。明明是"亲民"怎么能说是"新民"呢？"至善"是"明德""亲民"的终极法则。"亲民"就是"视天下之人，无外内远近，凡有气血，皆其昆弟赤子之亲，莫不欲安全而教养之"；"亲民"，就是"视人犹己，视国犹家"。"明明德"是要倡立天地万物一体的本体，"亲民"是天地万物一体的自然运用。因而"明明德"必然要体现在亲爱民众上，而只有亲民爱民，才能彰显出光明的德性。

王阳明就这样，从长期的焦虑、痛苦、折磨中解脱出来，他把自己逼到绝地，把现实的官宦荣誉全部打碎，把灌进脑子里的圣贤教诲全部敲打一遍，把利害得失甚至生命都全部放下，在天地我心、一片光明之中得真皈依，承接起儒学血脉的传续。从今以后，他任风吹，任雨打，任人咒，任人骂，广收弟子，释心传播，汇聚起中华民族优秀文化传承的滚滚洪流，一波一波向前推进，被誉为"五百年来，儒家的源头活水"。

那么，王阳明"超狂入圣"的秘籍究竟是什么呢?

答案是：宏大志向加特立独行，朝向"致良知"。

王阳明生活的年代，是朝廷只认程朱理学的年代；王阳明生活的家庭，是因为程朱理学学得好而显贵的家庭。王阳明四岁之前不会说话，五岁一张嘴，把家人吓一跳，"三人行，必有吾师""大学之道，在明明德，在亲民，在止于至善"等圣贤经典语录他张口就来。爷爷王天叙问他怎么学来的，他说听爷爷、父亲朗读时学的。与大多数儿童一样，王阳明好动、好说、好问，兴趣广泛，但转移也很快。七八岁时，王阳明迷上中国象棋，成天抱个棋盘找人挑战，吃饭时，桌上摆着棋谱，睡觉时，枕边摆着棋谱，洗澡时，木桶边摆着棋谱，钻进象棋里不出来，把父亲规定他背诵的儒家经书置诸脑后。父亲训斥他，母亲气得把他的棋谱连同棋盘、棋子扔进水里。扔了他的棋谱、棋盘，扔不掉他野多违俗的秉性。王阳明转而迷上了道家的养生术；接着，迷上了舞枪弄棒；接着，又迷上了辞章。迷上什么，他就沉迷其中不出来。父亲一次次用吹胡子瞪眼断绝他的痴迷，母亲一次次用泪水规劝他迷途知返，唯有爷爷王天叙是王阳明的坚定支持者。王天叙饱读诗书，思想开放，和蔼可亲，他支持王阳明为所欲为，是支持王阳明儿时才有的天真和快活。

1482年，父亲王华考上状元，调北京任官，全家搬到北京，十一岁的王阳明被安排在京城最好的私塾读书。课堂上，老师问他的问题他不回答，而是反问老师"何为第一等事"。老师说"当然是读书做大官"，王阳明说不对，"唯为圣贤，方是第一"。在北京，王阳明的老毛病不改，又迷上了军事指挥，经常旷课逃学，组织小伙伴排兵布阵，他端坐指挥位置，洋洋得意。随着年龄的增长，王阳明更野

品王阳明

了。十五岁那年，他单枪匹马私闯居庸关，见两个蒙古人骑着高头大马，他驱马奔去，拉开弓箭，还学着古代名将的口气，大喊："哪里走，吃我一箭！"因为野得出格，父亲王华气得暴跳如雷，下决心用体罚叫王阳明长记性。每当这个时候，王阳明的保护伞王天叙就会站出来，他是王阳明老子的老子，他不许打便打不成。

十七岁那年，王阳明到江西南昌娶妻。妻子的父亲叫诸养和，任江西布政司参议，属副省长级干部。结婚那几天热闹非凡，新郎新娘拜完天地父母祖宗，手牵手进了洞房。王阳明有些疲倦，便从洞房出来，步入诸府后花园散步，结果是脚不听指挥，鬼使神差地走出诸府，走到了南昌赫赫有名的铁柱宫，坐在一位仙风道骨的老道前神聊起来。王阳明熟读过儒道释经典，还专门钻研过道家的养生术和佛教的引导术，按父亲王华的话说，王阳明还爱"吹牛皮"，有表现欲，自然话匣一打开便收不住，聊着聊着黑夜过去了，太阳出来了，把诸府上下急得彻夜不宁。携妻回家时，途经江西上饶，王阳明拜访了理学大师娄谅，娄谅一句"圣人必可学而至"的话，进一步激发了他的"学为圣贤"之志。

"内圣"之志，加上优越的家庭条件，还加上爷爷王天叙这把保护伞对王阳明特立独行的放纵，使得他一步步走来，一点点铺就"超狂入圣"的积淀。

不可否认的是，官场对王阳明的打击，为他"超狂入圣"帮了大忙。"龙场悟道"，是朝廷贬官发配王阳明的一次"帮忙"，这次"帮忙"，使得王阳明顿悟，完成了他"心即理"的"内圣"。

王阳明认为，"心"是本源，宇宙中的万事万物，没有人的"心"作为主体投射，就谈不上"知"。而"心"的驱动对不对、善不善、诚不诚，仍要回到"心"的本源，运用到具体的"事上练"去，即用实践去检验。

刘瑾倒台后，王阳明重返政坛，朝廷派他巡抚江西、福建、湖南、广东，进行剿匪平乱，给了他一个"事上练"的广阔平台。山高林密的赣南地区，土匪被称作当地的"特产"，他们结伙成帮，占据险要山头打劫抢夺，长期与政府对抗。朝廷多次派军队围剿，都无功而返。王阳明受领任务后，先是进行广泛调研，走访山民，在基本弄清哪个山头属哪股土匪、土匪都是些什么人组成之后，制定的剿匪计划真真假假、虚虚实实，以此先把潜伏在官府的内奸挖出来以后，叫他们按自己的设计给土匪通风报信。然后再用真真假假的信息，对这些"双面间谍"进行反复检验。一切准备停当，王阳明采取集中兵力围攻土匪老巢、却又久围不攻的战法，逼着粮食匮乏的土匪，反复跳进他设计的陷阱，分而剿之。在把各股土匪打成惊弓之鸟、惶恐不安之后，王阳明则采取"招安"的办法，迫使走投无路的各股土匪头子，手牵手来到他居住的巡抚衙门投降。进行"事上练"的王阳明当然清楚，要把这些土匪头子的"假降"变成"真降"，必须挑选几个曾经反复"假降"的祭刀，然后给其他犹豫不决的土匪头子，指明"真降"的出路。对于土匪喽啰，王阳明则一律遣送回家，并组织他们的亲人，到土匪窝去领人。

王阳明的剿匪平乱取得巨大成功，其成功的秘诀，就是"心即理"的"事上练"。剿匪平乱，是朝廷赋予王阳明的使命；而他面对的土匪，是被官府逼迫、生计无着的贫苦农民。用"心即理"的驱动看待这些土匪，落实到"事上练"，就不应是"灭"，而是"抚"。

王阳明就是这样，把自己创立的心学，由"心即理"上升到"事上练"，最终在他心学的高地，插上"致良知"的旗帜！

平定江西、湖广、广东等地的叛乱后，王阳明又奉命前往福建处理兵变事宜，尚未到达福建，盘踞江西南昌的王爷朱宸濠反了，朝廷的圣旨下来，王阳明只好调转船头，向南昌驶去。

船头这么一转，与之交锋的就不只是王爷了，还有当朝皇上。

朱宸濠是朱元璋的第五代孙，他天赋很高，过目不忘，是儒家经

品王阳明

典和历史学的专家，他还有写诗填词的特长，与文人墨客多有来往。被后人演绎得神乎其神的唐伯虎，就是朱宸濠王府的常客。说到王府，有必要多说几句。朱元璋给子孙设藩时，是有顾虑的，为防止藩王日后造反，朱元璋规定"不列土，不领民"。朱棣上台后，更是规定藩王只能住当地的布政司官署。朱宸濠为搞出一个宁王府来，便在府院边上纵火，把相邻的百姓房屋一并烧掉，用这样的方法把邻居挤走，而后堂而皇之地把宁王府大院建起来了。朱厚照登上帝位后，重用宦官、荒淫无度、昏庸无能的所作所为，极大地膨胀了朱宸濠取而代之的潜在欲望。他在宁王府的座椅上自称"朕"，把警卫称为皇帝卫队，把他的命令说成是皇帝敕令，还要求南昌地方官员见他要穿朝服。江西官员的举报像雪片般飞向朝廷，但都被朱宸濠送出的大把金钱搁置在皇帝的御批桌之外。1519年五月中旬，朱宸濠等不及了，以当今皇上朱厚照是野种为由，伪造太后密旨，举起了反叛旗帜。

王阳明就是在这种情况下调转船头的。朱宸濠坐镇南昌，王阳明赶到了镇江；朱宸濠号称十八万大军，王阳明能调动的军队只有三万余人；朱宸濠夜以继日，排兵布阵，王阳明还时不时抽空给弟子们讲讲心学。在平定朱宸濠的叛乱中，王阳明并非没有焦虑彷徨，没有担心后怕。战场瞬息万变，一旦战局走势判断有误，或战机错失，后果不堪设想。王阳明是文人，虽读过大量兵书，也在儿时演练过排兵布阵，但这都不足以使他运筹帷幄，指挥神通。此时的王阳明，仍旧坚守自己的本心，把"龙场顿悟"获得的"心即理"，运用到指挥作战的"事上练"来，针对朱宸濠的野心，联系战场的现状，分析战局倾覆的症结，从而确定获胜的战略走向。王阳明认定，平息这场反叛的制胜关键，是把朱宸濠吸在南昌。为此，他发动自己曾在江西剿匪平乱时建立的人脉关系，不断散发消息，扰乱朱宸濠的意志；虚虚实实地调兵遣将，引诱朱宸濠上当。尚未开战前的这种心与心对弈，朱宸濠已经败下阵来，成了王阳明"事上练"的一个棋子，叫他向东，他就向东，叫他奔西，他就奔西，心慌意乱，疲于奔命，损兵折将。王阳明率军在安庆顶住朱宸濠的最后反扑后，战局彻底倾斜，仅四十三天，朱宸濠就走进了王阳明预先给他准备的囚笼。

王阳明向朝廷发出两道捷报，一道是南昌收复，一道是生擒朱宸濠。

朝廷对王阳明的捷报没有任何反应，太监张忠派锦衣卫找到王阳明，提了两个要求，一是把朱宸濠带走，交给皇上朱厚照；二是把捷报的时间改为皇上亲自擒获朱宸濠之后。

这是王阳明万万没有想到的！他倒不计较平叛的功劳归谁，而是锦衣卫捎来张忠的口信，叫王阳明心急如焚。锦衣卫告诉他，皇上已经率文武百官和十几万大军，浩浩荡荡从紫禁城出发，皇上将亲自披挂上阵，与朱宸濠决战，生擒朱宸濠，大写他用兵如神、英勇无敌的辉煌。

张忠等人导演的这场滑稽剧，剧情是这样的：王阳明把朱宸濠交给皇上后，让朱宸濠换上宁王战袍，分一些政府官兵扮作朱宸濠的部下，皇上朱厚照率兵在鄱阳湖与朱宸濠叛军激战，最后朱宸濠被皇上朱厚照亲手拿下。这样的剧情设计，皇上朱厚照竟欣然应允。

而张忠等人导演的这场滑稽剧的真实意图是，随皇上出去，大肆搜刮。

王阳明心急如焚的正是这一点。文武百官、十几万大军浩浩荡荡，从北向南，所到之处，像蝗虫掠过。吃，要对百姓盘剥；住，要对百姓骚扰；进贡，要搜刮百姓。皇帝要进贡，随行的文武百官要进贡，地方官员要从进贡中截留，军队还要掳掠……这对百姓不是浩劫又是什么呢！

按照王阳明的性格，天地我心，无所顾忌，是非不容混淆，完全可以不理它这一套。但想到百姓将遭受的劫难，尤其是听到皇上一行走了三天才走到涿州，他妥协了，把朱宸濠交了，把捷报的时间也改

品王阳明

· 259 ·

了。王阳明的妥协，换来了皇上率大军胜利班师，圣旨随之下来，王阳明获得第二等功劳，皇上朱厚照连同张忠等一帮官宦功劳第一。

手捧圣旨，王阳明仰头向天，长叹出一口气。这口气，舒出了他的心意，更是舒出了"致良知"的真谛。他说：

　　一个有征略四方之志的人，应视功名利禄如浮云，要诚心做事，敢于担当，而不必计较事成之后的荣耀，无荣耀是我命。这就是良知给我的答案。

王阳明的"致良知"就这样接上了地气，他高举的这面旗帜，飘扬在庶民百姓平平安安过日子的大地上。

王阳明也由"致良知"而超狂入圣！

最后，让我们再次聆听王阳明的心学经典吧！

　　我的灵明，便是天地鬼神的主宰。天没有我的灵明，谁去仰他高？地没有我的灵明，谁去俯他深？鬼神没有我的灵明，谁去辩他吉凶灾祥？天地鬼神万物离却我的灵明，便没有天地鬼神万物了。我的灵明离却天地鬼神万物，亦没有我的灵明。

2014年3月16日于石家庄

品 曾 国 藩

——儒家"修、齐、治、平"的典范

曾国藩，湖南湘乡人，著名军事家、理学家、政治家、书法家，湘军创立者。1811年生，1872年去世。曾国藩的一生跌宕起伏，但他能抓住跌宕起伏的机缘，下勤俭、隐忍之功，实现了儒家修身、齐家、治国、平天下的人生理想，书写了立功、立德、立言"三不朽"的伟大事业，被誉为"中兴第一名臣""儒家宗师""中华第一千古完人"。

真不敢想象，一个地地道道的湖南人，能成为"中华第一千古完人"。

我是地地道道的湖南人，从小生活在湖南，成年后虽离开湖南，但我的视野，特别是我的情感，从未离开过湖南。加之退休后每年要回去几趟看望父母，因而比较熟悉湖南的山山水水，熟悉湖南的风土人情，尤其是湖南人的脾气性格。湖南伟人辈出、政治家辈出、军事家辈出、思想家辈出、文学家辈出、科学家辈出，是这片山水孕育的题中应有之义，但出"中华千古第一完人"，却有些出人意料。

为什么？我是这么看的。

湖南物竞天择，风景如画，山连山，水连水，山上树木竹林葱郁，山下江河湖泊百川。历史上生活在这片土地上的人们，不仅要与天斗、与地斗，还要与山斗、与水斗。我国改革开放之前，山里人、村里人常年打赤脚上山下河，光着脚挑担干活。夏天潮湿闷热得皮肤炸裂而劳作不歇，冬天大雪纷飞踩碎冰面而耕作未间。在这样的环境中求生存，求出了湖南人的"霸蛮"血性！这"霸蛮"血性，我作过一个概括，即是：**把死撂到一边，把苦踩在脚下，违众人共识而标新立异，逆权贵之规而特立独行。此乃湘人之"霸蛮"也。**解释说就是，湖南人吃得苦，敢赴死，讲义气，重情谊，脾气暴，嗓门大，信巫傩，不畏强势，敢于标新立异，敢于特立独行。像谭嗣同那样，革命失败了，友人给他铺设了逃往他国之路，但他认为尚未唤醒民众，坚持慷慨赴死，"我以我血溅轩辕"；像左宗棠那样，抬着棺材去收复新疆，看到上海租界的公园插着"华人与狗不得入内"的牌子，上去一脚踢翻……如此这般，才最能代表湖南人的"霸蛮"血性！

正是从这个意义上说，湖南这片山水，能出伟人，能出英雄，能出大家，但出儒家标准的"完人"，极其难得！

湘乡人曾国藩，是如何修炼成"完人"的呢？

首先是：勤奋。

勤奋，是炎黄子孙共有的特质，更是湖南人最鲜明的特质。湖南那样的地理环境，不勤奋无法立门立户、生存发展。曾国藩的勤奋，可称作湖南人的典型代表。但他的勤奋，更多地体现在读书学习上，这也是湖南上了年纪的人，最看重的一种勤奋。

曾国藩的遗训，第四条是这么写的："习劳则神钦。人一日所着之衣所进之食，与日所行之事所用之力相称，则旁人韪之，鬼神许之，以为彼自食其力也。若农夫织妇终岁勤动，以成数石之粟数尺之布，而富贵之家终岁逸乐，不营一业，而食必珍馐，衣必锦绣，酣豢高眠，一呼百诺，此天下最不平之事，鬼神所不许也，其能久乎？古之圣君贤相，盖无时不以勤劳自励。为一身计，则必操习技艺，磨练筋骨，困知勉行，操心危虑，而后可以增智慧长才识。为天下计，则必己饥己溺，一夫不获，引为余辜。大禹、墨子皆极俭以奉身而极勤以救民。勤则寿，逸则夭，勤则有材而见用，逸则无能而见弃，勤则博济斯民而神祇钦仰，逸则无补于人而神鬼不歆。"

这段话几乎无须译成白话都能读懂，只是"必己饥己溺，一夫不获，引为余辜"需解释一下。说的是，一定要使自己饥饿，使自己陷入水火之中，把民贼强盗不能擒获，视为自己的过失。

关于勤奋的论述，在曾国藩的日记中、家书中比比皆是。

如"勤俭自持，习劳习苦，可以处乐，可以处约，此君子也"；如"无论大家小家、士农工商，勤苦俭约，未有不兴；骄奢倦怠，未有不败"；如"'勤'字功夫，第一贵早起，第二贵有恒"；如"尔兄弟奉母，除'勤'字之外，别无安心之法"；如"家勤则兴，人勤则俭，永不贫贱"……

曾国藩正是恪守这个"勤"字，成就了他辉煌的一生。

曾国藩并非天分很高的人。他出生在一个地主家庭，父亲考了个秀才，当了一辈子教书先生。但曾家家教很严，也很儒化。曾国藩开始读书识字时，常常因为反应慢、背书不畅，而被私塾先生骂他"蠢货"。大概在他七八岁的时候，父亲曾竹亭带着他和四岁的妹妹曾国蕙走亲戚。湘乡山川秀美，时值初春，燕子在花丛中低回，鲜花在春风中摇曳，两个孩子在花丛中蹦跳穿梭，你呼我唤，煞是快活。父亲兴致上来了，出题叫他俩"对对子"。"对对子"是湖南普通人家常做的游戏，通常由父母出题，由孩子们抢答，以引导学习，提升应对能力。父亲指着路旁的狗尾草，出了一句上联"狗尾草"，还未等曾国藩反应过来，曾国蕙便脱口而出"凤冠花"。妹妹先赢了一题。走到一座石拱桥上时，父亲又出了一个上联"观风桥"。这一回，妹妹没有对上来，曾国藩也没有对上来。过了几天以后，曾国藩对父亲说："我想起来了。"父亲早把"对对子"这事忘了，不知儿子想起什么事。曾国藩说："前几天父亲给我和妹妹出的对子，我当时没有想起来，这几天我一直在看书，想要找出答案来，今天终于想起来了，我用'听月楼'来对'观风桥'，如何？"

"听月楼"无疑对得很好，但对的时间有点儿长啊。

可也不得不说，曾国藩有一股子韧劲！

曾国藩考试入仕之路也走得极其不顺，考了又考，进京参加会试，两度名落孙山。但他始终不肯放弃，每次赴京赶考，他都把家里凑起来的钱，按旅途用度和在京用度精打细算，但少得可怜的盘缠，怎么算也算不出余钱来买书，他只好把暂时穿不着的衣服当掉，用当掉衣服的钱买书，起早贪黑苦读，常常读得白昼不分，头磕到桌上碰疼了，接着读。到二十八岁时才考上进士，在翰林院任庶吉士一职，端上了在朝廷的饭碗。

从做小官到大官，曾国藩日复一日、年复一年地在读书写作上耕耘，包括在与太平军的斗争中，打了胜仗读书，打了败仗也读书。他写信告诫曾家子弟，每天必读书十页，他自己就是这么坚持的。战事繁忙没时间读，待战事稍缓便把每天必读的十页补上。古文十页读下来，是要花些精力的，何况天天十页呢。曾国藩年轻时擅长画画，有朋友向他求画，但提了一个要求：画好了不要落款，盖上印章就可以了。原因是，曾国藩的毛笔字写得太难看了。曾国藩受到刺激，从此坚持每天晚上练一百个毛笔字，几十年如一日，最终练成了书法大家。

曾国藩有写日记的习惯，从1851年正月初一开始，到1872年二月初三，坚持了二十一年。二月初三这篇日记，是他处于"似将动风抽掣者"的状态时，颤颤抖抖写完的。放下手中的笔大约三刻钟，曾国藩才将他一生的读书写作画上句号。

勤奋、勤奋，还是勤奋，成就了曾国藩"立功、立德、立言"的"三不朽"事功，也使得他获得深深的人生感悟：

"人之气质由于天生，本难改变，惟读书则可变化气质。"

勤奋与俭朴是孪生的！因为只有在勤奋上用功体会过苦的人，

才能更深切地体会到一粥一饭的来之不易。清朝廷共设六部，曾国藩担任过除户部外的礼、吏、兵、刑、工五个部的侍郎，权倾朝野，威风八面。但他每餐只吃一个菜，被誉为"一品宰相"。他自己克勤克俭，对家人的要求也是如此。据史料记载，曾国藩任两江总督时，李鸿章为曾国藩接风设宴，但受邀的两个小女儿却争起来了。原来这两个小姐妹，只有一条体面的绸裤，平时出席一些体面的场合，姐姐去就姐姐穿，妹妹去就妹妹穿，这次二人同时受邀前去，便争起来了。饭后曾国藩许诺：如若明年续任总督，就给你们添一条绸裤。

其次是：隐忍。

曾国藩有三句至理名言：

"打脱了牙，和血吞"；"居官以耐烦为第一要义"；"养活一团春意思，撑起两根穷骨头"。

"打脱了牙，和血吞"，这无疑是"霸蛮"的隐忍！

曾国藩说："余庚戌、辛亥间，为京师权贵所唾骂，癸丑、甲寅为长沙所唾骂，乙卯、丙辰为江西所唾骂，以及滨州之败、靖港之败、湖口之败，盖打脱牙之时多矣，无一次不和血吞之。"曾国藩一路为官走来，一路被"唾骂"，一路被"打脱牙"，他一路"和血吞"。

如此隐忍，曾国藩哪儿像个湖南人！但，这也正是曾国藩成为儒家"修、齐、治、平"典范的主要原因！

湖南人的性格脾气火暴，吃苦能忍，受难能忍，但受气不能忍。时至今日，湖南人还是这个特质，你仗着权势欺负我不行，闹上天也跟你闹，你出手打，我奉陪到底，要打就拼命，打死一个够本，打死两个赚一个。但湖南人服理，你讲得在理，符合法律规定，符合乡规民约，符合老辈传下来的规矩，你骂我服，打我也服，且不记仇。

其实，曾国藩年轻时也是这个脾气性格，他自己就说："余天性偏激，痛自刻责惩治有年，而一触即发，仍不可遏。"踏上仕途以

品曾国藩

后，曾国藩很长时间与同僚的关系搞不融洽，看谁都不顺眼，难听的话还忍不住，就连皇帝的一些做法看不惯，也上书抨击。1850年咸丰皇帝登基，曾国藩立马上奏，抨击自己身边的臣僚和朝廷的丑陋，提出自己的建议。初登帝位的咸丰皇帝，不知道曾国藩是何许人，根本没心思看他的上奏。曾国藩急了，一连四次上奏，一次比一次激烈地进行抨击，接二连三地触碰身边臣僚的死穴和皇帝的痛点。没有不透风的墙啊！还没等皇帝批复下来，皇帝身边的宦官早把风传出去了。接下来，便是曾国藩渐渐被孤立了；再接下来，便是皇帝收到了很多诋毁曾国藩的上奏。

这一来，皇帝知道曾国藩是何许人了，就可以拿他说事，甚至拿他祭刀了。

关键时刻，朝廷名臣也是曾国藩的恩师吴文镕为他求情，咸丰皇帝才放他一马，诏令曾国藩去长沙"帮同办理"团练和剿匪。

受到这次打击，曾国藩的火暴性格有所收敛，但毕竟年轻，改也有个过程。

在长沙办团练，朝廷只给任务不给钱，人要自己到各地去招，钱要自己求人去筹。如果曾国藩能放低身段，跟当地官员、富绅搞好关系，招人、筹钱要容易得多。但曾国藩是湖南人，他早就看不惯湖南一些地方官的不良风气，也看不惯一些为富不仁的豪强，因而他端着朝廷命官的架子，不与他们沟通协商。尤其是，皇帝的上谕是让曾国藩"帮同办理"，做个助手，可曾国藩没把自己看成是"助手"，而是当仁不让地当上了"一把手"。他私设"审案局"，对抓到的土匪给予严惩，短短时间便杀了数百人，落了个"曾剃头"的恶名。

那个时候的土匪，都是穷苦人，都是被官府逼的呀！

曾国藩一心想大干一场，兵员不够，便染指湖南的绿营。绿营可是以满人为主导的军队，染指绿营是犯大忌的！可曾国藩不管，他耍尽手段拉拢绿营军官塔齐布，传令绿营与他的团勇一起操练，遭到绿营副将清德的抵制。曾国藩便上奏皇上，表扬塔齐布的同时，说清德"一切营务武备，茫然不知，形同木偶"。咸丰皇帝可能也是虑事不周，下诏革了清德的职，将塔齐布提升为副将。

这一来把湖南提督鲍起豹惹火了，他在处处限制曾国藩的同时，暗地挑动绿营挑衅曾国藩的团勇。结果械斗爆发，整个长沙城似太平军打进来了似的。好不容易械斗平息下来，鲍起豹又出手了，他假曾国藩的名义，将塔齐布手下的一些绿营士兵绑到辕门斩首示众。绿营官兵不干了，操起刀枪便冲向曾国藩的团勇，曾国藩的卫队被砍倒一片，曾国藩也被追得拔腿逃命。幸好湖南巡抚骆秉章出面，制止了绿营的追杀，才保住曾国藩的小命。

曾国藩在这一事件中看清了，在连续两次械斗事件中，湖南的地方官吏和乡绅，几乎没人出手相助，全在冷眼旁观看笑话，就连湖南巡抚骆秉章，虽表面对他客客气气地做官样应酬，内心却是对他"心诽之"。经过一段极其痛苦的反思，曾国藩拼尽全身心智，挣扎着从"霸蛮"的血性中迈出腿来，一步跨进了"隐忍"的修炼。

"打脱了牙，和血吞"，便是曾国藩转身隐忍的鲜明标志！

且看曾国藩是如何隐忍的吧！

曾国藩在北京为官时，弟弟曾国潢从湖南老家来信，说家里建新宅黄金堂，与邻居为一墙之宽的地界发生纠纷，闹到要打官司的地步，求他给地方官员通融。曾国藩回了一封长信，并附上康熙时大学士张英的一首诗："**千里修书只为墙，让他三尺又何妨；长城万里今犹在，不见当年秦始皇**"……

1864年，太平军盘踞的南京被攻克，处于主攻方向的曾国藩与处于侧攻方向的左宗棠，同时向朝廷报告战果。曾国藩报的是，太平军已一网打尽，幼主洪天贵福已自焚而亡。左宗棠报的是，洪天贵福趁乱逃跑了。正当朝廷不知该相信谁的奏报时，被俘的李秀成的供词报到了朝廷，李秀成供的是，幼主洪天贵福没死，朝湖州方向逃跑

品曾国藩

了。这一次，朝廷相信了左宗棠，慈禧太后对曾国藩大为不满，诏令他尽快查明再报。恪守隐忍的曾国藩忍无可忍，大胆顶撞朝廷，上奏反驳，矛头直指左宗棠，说左宗棠攻克杭州后，"伪康王汪海洋、伪听王陈炳文两股十万之众，全数逸出"，应予追究。左宗棠则针锋相对，上疏自辩，并指责曾国藩欺君罔上。

这就是轰动天下的"曾左交恶"事件，从此，这两人的关系彻底破裂。

但事态平息后，曾国藩又把刚刚迈出去的那"霸蛮"一脚收了回来，他告诫家人和弟子："尔辈少年，尤不宜妄生意气，于二公但不通闻问而已，此外着不得丝毫意见。切记切记。"说的是，你们这辈年轻人，尤其不该狂妄滋生偏激的情绪，对于左宗棠、宋葆桢二公，只相往来，在外面遇见了，不能有一丁点儿的意见，一定要牢记。

曾国藩特别重视的一个"浑"字，也与隐忍有关。曾国藩说："**余近年默省之勤、俭、刚、明、忠、恕、谦、浑八德……就中能体会一二字，便有日进。**"八字中的"浑"字，应该与"装糊涂"有关。本不糊涂却去"装糊涂"，这不就是耍滑头吗？曾国藩可能深有感悟，官场上看不惯的人和事很多，耍耍滑头，装个糊涂，便能守住自己隐忍的底线……

曾国藩是个聪明人，随着官职的不断提升，他对世态的严峻，特别是清政府对汉族重臣的严密防范，看得非常透彻。就说"文字狱"吧，顺治皇帝首创"文字狱"之后，历经康熙、雍正、乾隆等皇帝，一代一代传承，一代比一代严厉。史载，乾隆在位期间，大兴"文字狱"七十余起，一大批儒学士子杀身灭族。生活在这种阴风森森、杀气逼人、空气中弥漫血腥味的环境之中，曾国藩不得不强迫自己隐忍处之……

清政府在慈禧太后手中彻底腐朽了，内有农民起义暴动，外有八国联军侵华，国家千疮百孔，民族危机空前，加上洋务运动失败、戊戌变法破灭，清政府只能硬撑着一个摇摇欲坠的外壳。唯有一抹亮色，便是曾国藩亲自训练的十万湘军，在与太平军的战斗中，不时传来胜利的捷报。随着捷报聚焦的，便是曾国藩会不会"问鼎"。尤其是攻克太平军老巢南京后，曾国藩在全国的权重直线攀升，掌握在他手中的军队达百万之众。如果此时曾国藩振臂一呼，已经风雨飘摇的清政府，几乎没有本钱再住在紫禁城的皇宫。

此时，慈禧太后心急如焚，皇帝焦虑不安，大臣惶恐不安，志士仁人劝曾国藩"鼎之轻重，似可问焉"。

也就在此时，曾国藩与弟弟曾国荃正在硝烟尚未散尽的南京城外喝酒。曾国荃兴奋异常，大碗喝酒，表白自己的战功，等待朝廷的封赏。曾国藩当然记得，咸丰皇帝曾有"克复金陵者王"的遗命。此时他的内心极其焦虑，但他还是故作淡定，喝到嘴里的酒不知是辣还是香。他在急切地等朝廷的封赏。不！准确说，是等朝廷的态度。很快，诏书下来，表明了朝廷的态度：不给他们兄弟二人封王，而是封为侯爵。一接到这个封赏，早就想好应对之策的曾国藩便立马上奏，说湘军打仗时间太长了，已经失去了原有的战斗力和生气，请求裁军；说弟弟曾国荃沉疴又起，病情加重，希望皇上恩准他回乡养病。就在奏请上报的同时，曾国藩下令，将朝廷的封赏和缴获的太平军财物，全部分发给跟随他转战多年的湘军官兵。

关键时刻，曾国藩的隐忍，使得皇上、慈禧太后，及整个朝廷大松了一口气。

我们无法进入曾国藩的内心世界，探寻他当时的真实思想，而只能作一点儿与曾国藩恪守隐忍的分析：

曾国藩是儒家宗师，一生反复学的是孔孟之道，"忠君"的儒家理念，在这关键时刻，或许起了重要作用……

曾国藩打下南京后的态势是：东边李鸿章率重兵驻守富庶的上海，西边左宗棠率重兵在剿匪，北边有大量的绿营兵在驻防。一旦曾国藩举起称帝的大旗，北边的绿营似饿狼般扑上来是肯定的。至于李鸿章、左宗棠会不会出手相助自己，是个天大的未知数。在这种情况下，曾国藩盘算来盘算去，盘算出的结论是没有把握。而曾国藩的性格是，没有把握的事，坚决不干……

还分析看，湘军攻下南京时，杀害了许多无辜平民，包括老人和小孩；抢劫了大量的民财。尤其是曾国荃，带头杀害平民，带头抢劫民财。据史料记载，"子女玉帛扫数而入湘军"，曾国荃一船一船地往湘乡老家运。对此，社会上议论纷纷，朝廷也多有指责。曾国藩清楚，这样一支抢了大量财物、美女的湘军，在打打杀杀若干年后，老婆孩子热炕头的欲望，比对打仗求胜的欲望大得多，因而再叫他们跟着自己转战，且再打胜仗的可能性极大地降低。解散他们，叫他们回家过日子，是最明智的抉择……

此外，特别注重人际关系。

曾国藩说："欲成大事，须营运关系，借他人之力以成自己之事。"

又说："无应酬馈赠，寸步难行。"

还说："与他人交际，须常常往来，不可太疏，大小喜事，常常表示。"

曾国藩的此类感悟，也是有过体验而获得的。

曾国藩第三次进京会试时，家里东拼西凑也只凑了二十吊钱，连到京城的路费都不够。亲戚朋友能借的都借了一遍，全家人愁得不得了。恰在这时，村里的南五舅送来了十二吊钱，总算勉强可以进京了。原来南五舅得知曾家为孩子进京赶考筹钱发愁后，把自己家的一头小牛卖了，送来了十二吊钱。曾国藩被感动得潸然泪下。也就在这一刻，他突然明白了人际关系的极其重要性，明白了"全家扶一人，一人扶全家"的道理。在他官当大了以后，他写信这样告诫家人：只要是亲朋好友、邻居乡里，这些人来到家中，全都要恭恭敬敬地款待；他们有急事时，一定要周全地救济；有纠纷时，一定要帮助他们排除解决；有喜庆之事时，一定要去祝贺；生病时，一定要去问候；家里有丧事时，一定要去吊唁。

1843年，曾国藩参加大考，总考官穆彰阿见他人性忠厚，在考试结束后，就向他索要应试诗赋。曾国藩迅速将诗赋誊录后，送到了穆彰阿府上。如此一来二往，曾国藩与穆彰阿搭上了关系，过年过节曾国藩必带上礼物到穆府拜访，穆彰阿则在曾国藩的仕途上尽力帮忙。一次，曾国藩接到进宫觐见皇上的谕旨，他按时赶到那里以后，觉得特别奇怪，发现并非皇上召见臣僚的地方，他只好耐心等候，等了半天也没人领他去面见皇上。他只好往回走，直接去了穆彰阿的府上。

穆彰阿问："你可看见那地方悬挂的字幅了吗？"

曾国藩摇了摇头。

穆彰阿怅然："机缘可惜啊！"

曾国藩还是一头雾水。

穆彰阿于是叫来仆从："你立即把这四百两银子交给内监，请他连夜将壁间的字幅录下来交我。"

字幅录来后，穆彰阿嘱咐曾国藩，连夜把字幅的内容熟记于心。

次日入宫觐见，皇上所问的都是字幅所书的历朝圣训，曾国藩的应对合乎圣意，大受赏识。

史载：曾国藩由七品晋升为二品，只用了五年时间。

但曾国藩是个谨小慎微之人，在人际关系上，生怕拉扯上对自己不利的人和事，倒是他的夫人接地气，给他圆了不少场。

曾国藩任两江总督时，总督府戒备森严，一般人都进不去。一天，一位衣衫破烂的老人与总督府的侍卫吵起来了，老人说自己是曾国藩的干爹，他要进去看看干儿子。侍卫觉得曾总督不可能有这样寒酸的干爹，认为他是个骗子，要把他捆起来送衙门治罪。恰在这时，曾国藩外出回府，把干爹领进了府内。干爹这次来找曾国藩，是因为自己的田被人霸占了，官府护着那个恶霸，没地方讲理了，就来找曾国藩帮忙。曾国藩很为难，干爹的田被人强占，是该为他讨回公道；但要讨回公道，唯一的办法就是给当地官员写个条子；而写条子，便涉嫌干涉官府办公，这又会给自己造成负面影响。正在曾国藩踌躇不决时，曾夫人说话了：你作为父母官，为百姓申冤，是分内之事，不做，是失职；你作为老人的干儿子，不为老人排忧解难，就是不孝！曾国藩觉得有理，便取出一把朝廷命官签名的扇子交给老人，叫他拿着扇子去官府说明冤情。结果不用说了，官府老爷一看写有曾国藩大名的扇子，立即把老人被强占的田要回来了。

…………

作为"中华千古第一完人"，曾国藩其实在历史上诟病很多。两次兵败，投水自尽，让人觉得他缺乏男子汉大丈夫的血性；"曾左交恶"事件，虽然社会上对左宗棠"忘恩负义"的诋毁很多，但左宗棠实事求是上报战绩，并没有陷害曾国藩的主观故意，而曾国藩对左宗棠的"揭露"，更像是陷害；湘军很能打仗，但烧杀抢掠，甚至不分男女老幼地"屠城"，被世人称为"曾剃头""曾屠夫"，也没有给曾国藩的"完人"形象增色；奉命处理"天津教案"，不去追究洋人，反而以捕杀多名中国人草草结案，让人觉得他在洋人面前缺乏中国人骨气；坚持每日写日记，而且把所写的日记主动示人，让朋友看了以后到处宣扬，有为自己扬名作秀的味道……

但我们不能苛求曾国藩，他生活在腐朽没落的清朝末年，中华大地千疮百孔，民不聊生，能在这样的环境中立住脚，昂起头，并按照儒学修炼自己，完成立德、立言、立功的"三不朽"事功，实属不易！

2020年10月20日于石家庄

品左宗棠

——心怀江山社稷的"经世致用"

公元1880年4月18日，嘉峪关古道荒凉的戈壁滩上，狂风卷起黄沙，包裹着一支旌旗猎猎的队伍，几名壮士抬着一口棺材，棺材前的指挥乘舆中，端坐着一位老人，老人的背后，是一群咬着风沙前进，随时准备战斗赴死的将士。这位老人68岁，叫左宗棠。

左宗棠此番出征，目的是收复被沙俄抢占十多年的新疆伊犁。

抬着棺材出征，左宗棠告诉国人的是：收复国土，不惜赴死！告诉敌人的是：我华夏的国土，一寸也不让，我来收复国土，做好了战斗至死的准备！

左宗棠，晚清四大名臣之一，是一位饱受争议的风云人物。论学识，他不在其他三位名臣曾国藩、李鸿章、张之洞之下，都是饱读诗书、满腹经纶的儒学巨匠；论功绩，他是收复新疆的大功臣，曾国藩就说，"国幸有左宗棠也"；论个性，他胸襟坦荡，率性直言，特立独行，与其他三位名臣相比，更符合世人欣赏的个性标准。既如此，人们对左宗棠的褒褒贬贬为何无休无止呢？我们不妨走进历史，探个究竟。

国学热兴起之后，曾国藩博得世人一片赞赏，一套《曾国藩家书》，把他捧上了儒学大师的高峰。与左宗棠相比，曾国藩更有资本坐上儒学传承典范那把交椅。左宗棠虽然只比曾国藩小一岁，但在凭诗书进仕的道路上，左宗棠矮了曾国藩一大截儿。曾国藩在考取功名仕途上算是顺风顺水，童试、乡试、会试，虽有坎坷，但却关关都过，二十八岁入翰林院，三十七岁授礼部侍郎衔，官居二品，诰封三代。左宗棠就没有曾国藩那么幸运了，十四岁参加湘阴县童试，名列榜首；十五岁参加长沙的乡试，又摘得头名，但主考官为了照顾一个考了又考、年纪很大的考生，大笔一勾，把左宗棠的第一名勾成了第二名。从此以后，左宗棠在考取功名的仕途上，就没有顺过。正当他踌躇满志准备参加会试时，他母亲患病，他不得不把考试放下，回家照料母亲。不久母亲去世，他在家丁忧。丁忧期满，可以参加会试了，父亲又病故，左宗棠不得不又放弃考试，继续丁忧。1832年5月，左宗棠服丧期满，凑钱捐了个监生，获得参加省府举人考试的资格。还好，考上第十八名的举人。二十二岁参加京师会试，名落孙山。二十四岁再考，考得很好，但因湖南录取的名额过多，主考官再次大笔一勾，把左宗棠勾出去了，只被录用为"誊录"，即专门给别人抄文章的文书。这种号称在皇宫工作的"誊录"官，干好了也只能派出去当个县令。左宗棠不甘心，咬咬牙放弃了。但他放不下仕途，不走这条路，就只能回湘阴县当个私塾教师，终了一生。二十六岁那年，左宗棠第三次赴京参加会试，再次落第。他无可奈何的给妻子写信说："榜发，又落孙山。从此款段出都，不复再踏软红，与群儿争道旁苦李矣！"从北京回湖南，在湘潭种桑，教家人养蚕治丝。二十九岁那年，左宗棠最终回到私塾教师的命运宿点，在安化陶澍家当私塾教师，一当便是八年。又辗转几年后，四十一岁那年，被人推举到湖南巡抚张亮基门下当幕府。此时的曾国藩，风生水起，成了清政府依仗的重臣，左宗棠只能抬头仰视他。

诚然，官大就学问大，不是定律。在儒家诗书的修养上，左宗棠与曾国藩难分伯仲，腹中都塞满了修身、齐家、治国、平天下的一整套儒家学问。与曾国藩不同的是，左宗棠在旁落仕途的漫长岁月里，他不只是当陶澍家的私塾教师，还醉心于"经世致用"之学。

"经世"，即是经国济世，是一种理想抱负；"致用"，即是理论与实际相结合。"经世致用"的人生态度，不是为个人私利和名誉，而是为国家和人民，是"修齐治平"家国情怀的落地生根、生动体现。

陶澍是湖南有史以来通过科举考试做上总督的第一人，是管理今江西、江苏、安徽三省的封疆大吏。在陶澍家当私塾教师的左宗棠，一头扎进陶家的书堆，"唐宋以来史传别录说部，及本朝志乘记载，官私各书，凡有关系海国故事者"，这里应有尽有。尤其是，陶澍潜心钻研并留下的关于两江规划的设计，边防海防的预设蓝图，"经世致用"的深刻思考，使得左宗棠如醍醐灌顶，窥视天机。教书之余，左宗棠每天翻开的是清政府的"宪章文件"，以及陶澍收藏的"臣工奏稿"。正是在陶澍家的书堆里，左宗棠把自己的人生坐标作了调整，即把"读书求仕"的方向，调整到了"经世致用"上。他搬出孔老夫子的教诲为自己打气，孔老夫子说："诵诗三百，授之以政，不达；使于四方，不能专对。虽多，亦奚以为？"这不就是专对他左宗棠说的吗？左宗棠兴奋得大声喊叫："学问不求益身心，文如昌黎，诗如少陵，总为玩物丧志，何况以有用日月徇不可必得之科名邪？""头悬梁，锥刺股"，寒窗苦读数十载，读一肚子之乎者也，不能解决老百姓的吃穿，不能击溃洋鬼子的入侵，不能让子孙昂起头来做人，书读得再多，又有何用！

这之后的左宗棠，虽是"山野布衣"，但开始做"经世致用"的蛰伏准备。一是请他妻子当帮手，依据《康熙舆图》《乾隆内府舆图》等资料，断断续续花了几年时间，绘制了一张长达数十页的中国地图，把山川要塞、屯兵养民之地标得清清楚楚，早早地把江山社稷装进了血脉灵魂。二是钻研种稻、种桑等方法。为了证实"深水插秧，浅水耙田"这句农谚，他挨个访问了几十位种田高手，还自己下到田里，扶犁掌耙，抛秧插田，并根据自己的实践研究，编写了一本集种稻、种茶、种桑等于一体的《朴存阁农书》，把"经世致用"变成了实实在在的耕种操作。这就是积累，不仅是知识的积累，更是"经世致用、知行合一"的积累。左宗棠的这段"山野布衣"的积累，为他日后位高权重时捍卫江山社稷的才能施展奠定了坚实的基础。

不可否认，对左宗棠褒褒贬贬的重要原因，不是左宗棠留下的家书没有曾国藩多，而是他的为人处世难以为世人理解、认同。曾国藩是按儒家标准打造的典范，他性情平和，虑事周密，处事圆润，还特别注重自身的社会形象。而左宗棠呢，口气大，小小年纪便以"今亮"，即当今世的诸葛亮自居，并写下"身无半亩，心忧天下"的豪言；尤其是他的狂傲，给人留下了一贯的印象。国家每遇大事，左宗棠便血脉偾张，就觉得该他去处理才行，而对他人的处理方法，便总觉得不对路，甚至上书弹劾。因而左宗棠在世时，就受到社会舆论的广泛诟病，有人骂他孤傲得不知天高地厚，有人骂他过河拆桥，恩将仇报，有人骂他只顾追逐个人名利，出风头，伤害他人。曾国藩早就不与左宗棠来往了，郭崇焘也不再理他，胡林翼也与他渐行渐远。

这些人都有恩于左宗棠，帮过他，还救过他，为什么都与左宗棠疏远甚至断绝关系呢？我们不妨做点儿探究。

胡林翼是鼎力推荐左宗棠的大功臣，他向林则徐推荐、向陶澍推荐，把左宗棠的学识、能力、人品放大了夸赞。左宗棠四十一岁时，胡林翼向湖南巡抚张亮基推荐，当了张亮基的幕宾。幕宾是统治者网罗社会上的才智人士，虽不是朝廷命官，也不拿朝廷俸禄，但统治者在决策和处理一些军政事务时，要与幕宾商议。当然这要看幕宾的能力了，本事大的，格外受重用。左宗棠当上张亮基的幕宾后，就受到破格的礼遇。湖南巡抚换成骆秉章后，更是对左宗棠大撒手，不仅幕府的大事小事全由左宗棠掌管，而且军政事务也全交给左宗棠决策。一时间，左宗棠权倾湖湘，受到各级官吏和豪绅的看重和巴结。这时的左宗棠，大展了一番他人生四十年来学到、领悟到的"经世"之学。尤其在抗击太平军进犯武汉、长沙的战斗中，左宗棠更是才华超群，令世人刮目相看。

左宗棠虽是湖南巡抚的幕宾，但却是支持曾国藩抗击太平军的后勤部长，曾国藩要兵他募兵，要粮他筹粮，要钱他募款，成了曾国藩连打胜仗的得力保障。加之左宗棠辅佐骆秉章"内清四境""外援五省"，对缓解曾国藩在战场的压力，起到了举足轻重的作用。于是，曾国藩、胡林翼等一帮大臣上书朝廷，为左宗棠请功邀赏，清政府授左宗棠兵部侍郎，并赏戴花翎。左宗棠由此步入仕途。

仕途多风险。左宗棠朝服尚未穿热便感受到了。

左宗棠帮助骆秉章整饬湖南吏治时，大刀阔斧，罢免惩办了一批贪官污吏，这些人便成了左宗棠仕途上的"贼惦着"。长沙一位常姓富绅，三代单传，其儿子杀了人，按大清律应以死抵命。常姓富绅广散钱财，发动当地一些有头有脸的人找左宗棠"通融"，左宗棠不吃这一套，依律将他儿子处斩。常姓一家万分痛恨左宗棠，收了常家钱财来找左宗棠"通融"的一帮富绅名流，也跟着万分痛恨起来。

公元1858年，湖南提督病逝，湖广总督官文向朝廷举荐永州总兵樊燮。樊燮背后有满族大官撑腰，因而毫不顾忌地利用手中权力捞取。湖南巡抚骆秉章上书弹劾。樊燮深知弹劾状是左宗棠起草的，便专程到长沙拜谒左宗棠。左宗棠骨子里就恨这种人，表现出来的鄙视使得樊燮很是恼火，几句话一交锋，左宗棠忍不住了，"啪"地给了樊燮一耳光。这一巴掌打下去，把樊燮的后台、满族权贵的官文激怒了，他联系朝廷正纠结的满汉臣僚之间的矛盾，上书朝廷，弹劾左宗棠。咸丰皇帝也想借这一事件压压类似曾国藩这种新崛起的汉族重臣，于是下诏，命官文和湖北正考官钱宝青，将左宗棠押到武汉审判，并明示，如有不法行为，可就地正法。

刀已架到左宗棠脖子上了，湖北巡抚胡林翼率先站出来喊"刀下留人"；曾国藩也站出来找他的门生钱宝青设法营救；湖南巡抚骆秉

· 277 ·

章给在京的翰林郭崇焘写信，请他帮忙斡旋；郭崇焘请侍读学士潘祖荫给咸丰皇帝保荐奏疏；潘祖荫立马上疏为左宗棠辩护，不仅列数了樊燮的种种贪腐罪行，而且说出了传诵天下的名言："国家不可一日无湖南，而湖南不可一日无左宗棠。"面对桌上的一堆奏疏，咸丰皇帝问户部尚书肃顺的意见，郭崇焘早就跟肃顺沟通好了，皇上一问，肃顺毫不犹豫地替左宗棠说了一番好话，保住了他的小命。

关键时刻救左宗棠一命的曾国藩、郭崇焘等人，为什么会与左宗棠结怨，并断绝交往呢？这似乎不是一个政治命题，而是一个道德命题，用常人的道德标准衡量，这个问题不可能出现在曾国藩等人身上，而出在左宗棠身上。是不是这样，我们继续探究。

先看左宗棠与曾国藩的结怨。

1854年2月，太平军攻占湘潭，左宗棠从全局分析，提议湘军主力南攻湘潭，曾国藩完全同意。但在落实上，曾国藩走板了，他突然心机一动，背着左宗棠率湘军直奔长沙北面的靖港，遭太平军伏击，被打得落花流水。曾国藩万念俱灰，跳湘江自溺，被救。左宗棠赶过去，见到蓬头垢面躺在床上不起的曾国藩，激将了一把，拍着桌子骂他"不忠不孝不仁不义"。虽然左宗棠骂得很难听，但曾国藩并未动真气。后来在江西湖口惨败后，曾国藩率残败湘军左冲右挡，始终未能扭转被动局面。恰在这时，曾国藩的父亲去世，他以回家丁忧为由，未经朝廷批准，扔下烂摊子走了。左宗棠极其愤慨，大骂曾国藩自私、虚伪。左宗棠带头一骂，湖南官场群起响应，骂声一片。曾国藩把湖南官场的这片骂声，归结于左宗棠，当时就发誓与左宗棠断绝来往。

虽说断绝来往，但共同的使命、责任使得曾国藩、左宗棠的来往无法断绝。当时清政府风雨飘摇，太平天国、捻军等起义风起云涌，英国、俄罗斯对中国的领土虎视眈眈。在这样的时代背景下，曾国藩、左宗棠没有把恩怨情仇进行到底，而是该和就和，该帮就帮。尤其是左宗棠，他似乎把曾国藩骂他、恨他的事早忘了，给曾国藩提建议、拿主意依然如故。曾国藩也很开明，他上书朝廷让左宗棠组建楚军，扯上一面战旗，独当一面。左宗棠立下战功，曾国藩便为他邀功请赏。在围攻太平军之前，曾国藩奏请朝廷，让左宗棠独掌浙江，成了封疆大吏。但因为厘金的事，两人又闹翻了，曾国藩凭借两江总督的职权，把原已划归左宗棠的景德镇、汉口、乐平、婺源等地的厘金卡全部夺回，断了左宗棠的资金来源不说，还把他派往湖南、上海等地的办捐人员，统统排挤出去，以致左宗棠感叹："天下之盗贼易除，人心之盗贼难去。"

最终导致曾国藩、左宗棠关系破裂，是1864年6月，把太平军占领的南京攻克之后的"曾左交恶"事件。

南京攻克之后，曾国藩在主攻方向，左宗棠在侧攻方向，分别向朝廷报告战果。分歧在于，曾国藩奏报，洪秀全继承人幼主洪天贵福已积薪自焚而死。左宗棠奏报，洪天贵福趁乱逃跑了。朝廷查清洪天贵福没死后，对曾国藩大为不满。曾国藩把气撒到左宗棠头上，"揭露"左宗棠放走太平军，左宗棠则挑明了说曾国藩欺君罔上。至此，两人的关系彻底破裂，再无来往。

"欺君罔上"这顶帽子曾国藩戴不起啊！他饱读诗书，是大名鼎鼎的理学家，平生最看重的就是人格，就是诚信。谨小慎微，克谨克慎一生的曾国藩做梦也没有想到，给他戴上这顶帽子的，不是别人，而是他倾力帮助、扶持、救过的左宗棠！于是，左宗棠被世人骂他忘恩负义、恩将仇报有了事实凭证。左宗棠的形象在这一事件上没有添分，而是被绑在道德的耻辱柱上，被深深诟病。

再看左宗棠与郭崇焘的结怨。

1864年7月，南京攻破，太平军全部退往赣、闽、粤边境，清政府命左宗棠前去清剿。左宗棠要求江西的霍军入粤参战，军饷由广东负责。时任广东巡抚的郭崇焘，认为筹饷难度太大，加之听说霍军军纪败坏，一旦入粤，广东百姓遭殃，于是上奏朝廷，请淮军援粤。这可把

品左宗棠

· 279 ·

左宗棠惹恼了，他上书朝廷，拒理反驳，毫不留情地揭露郭嵩焘的私臆盘算。后左宗棠赴广东督师，命郭嵩焘协同作战，其间两次上奏，弹劾郭嵩焘会剿不力，谎报军情，逼得郭嵩焘打算卸任回家养老。

郭嵩焘也是湖南人，才华横溢，在科举考试的道路上，秀才、举人、进士一路过关，是我国历史上第一位驻外使节。郭嵩焘晚年回乡养老，左宗棠专程登门拜访。听说左宗棠来访，郭嵩焘心绪难平，恩怨情仇历历在目。他不想再见左宗棠了，可左宗棠坐在堂屋不走，执意要见，郭嵩焘执拗不过，磨磨蹭蹭出来与左宗棠见了一面。这次见面，左宗棠没有在郭嵩焘心里留下好印象，郭嵩焘在日记中写道：左宗棠"钦首，称老哥，述往事，深自引罪，再三谢"。但他"力诋沈幼丹，以为忘恩负义，而不自知忘恩负义之尤者也"。

郭嵩焘没有留左宗棠吃饭，左宗棠走时行礼，他也不搭理。左宗棠去世后，郭嵩焘的挽联是这么写的："世需才，才亦需世；公负我，我不负公。"表明的是，他与左宗棠的恩怨，终生无解。

左宗棠与胡林翼的恩怨，因为胡林翼的谦让，而没有过多的公之于世。

如果历史的回光只反照到左宗棠的这个层面，不用往下写了，左宗棠只能被钉在道德的耻辱柱上，浑身上下沾满世人的唾液。但历史的倔强与左宗棠的倔强在"经世致用"上聚焦后，翻过了左宗棠为人处世的一面，对左宗棠与曾国藩等人的恩怨作了深刻的阐释。

国家风雨飘摇，外有列强虎视眈眈，内有暴民起义此起彼伏，人民群众挣扎在水深火热之中。在这种情况下，志士仁人是抱着四书五经把自己修成石佛呢，还是致力于"经世致用"，把国家、人民从水深火热中解救出来呢？

答案不言自明！

左宗棠没有拿出答案示众，他只是付诸行动。

公元1864年，左宗棠从太平军手里收复杭州的第二天，他带领部下入城查看，"市列珠玑，户盈罗绮"看不到了，看到的是断壁残垣，满目疮痍；"羌管弄晴，菱歌泛夜，嬉嬉钓叟莲娃"看不到了，看到的是毙殍遍野，乞夫满地。看得左宗棠心如刀绞，心情凝重。他在下令"置义冢，埋尸骸"的同时，盘算着如何叫城里的百姓渡过眼下的难关。经过一番谋划，左宗棠摆了一桌"鸿门宴"，叫那些拿上百万两银子请洋人"常胜军"当保镖的富绅赴宴。饭是发霉变酸的米煮的，菜是树叶、荷叶、藕梗做的，富绅们夹进嘴里，咽不下去。左宗棠跟富绅们说的是，老百姓连这样的饭也吃不起了，请你们每人捐五十万两以上的银子，来救救百姓。富绅们吐出嘴里的饭菜哭穷，左宗棠勃然大怒，扔出两条叫他们选择：第一条是认罚，将欠朝廷的赋银如数缴付，半个月为限，超期一天，罚银一万；第二条是捐款，五天之内每户捐款五十万两。饭后五天不到，赈抚局筹到巨款，不仅及时给嗷嗷待哺的饥民发放了粮食，而且给无家可居的难民发了安家费。

这不正是落地生根的"经世致用"吗！

1866年4月，太平军全部被剿灭后，左宗棠从广州回到福州。脚下这片热土，上演过"虎门销烟"的英雄壮举，也演绎过两次"鸦片战争"清政府的卑躬屈膝，左宗棠热血偾张，心绪难平。他撇下久别重逢的妻子，四处奔走，多方察看，经过一番缜密的思考后，上书朝廷，请求设立福州船政局。他申辩的理由，不仅有海防之需，而且有经济发展之要。同年6月，朝廷准奏，左宗棠便一头扎进筹办之中。造船厂选在背山靠水的马尾，所需经费、设备、技术等都筹办顺利，就连"求艺堂艺局"，即福州船政学堂，连同"艺局章程"等，在左宗棠的亲自主持下，也都迅速推进。正当他踌躇满志，打算在实业兴邦上大展一番宏图时，同年9月，朝廷一纸诏命，调他任陕甘总督。这可把左宗棠急坏了，他不愿离开却又不能违抗君命，于是上书朝廷，请求延后一个月离任，他要在这一个月里，找到接任他办船厂的最佳人选。

有人举荐林则徐的外甥沈葆桢，左宗棠眼睛一亮。

　　沈葆桢就是那个"公生明，廉生威"的首创者，他学识超群，品德高尚，在晚清颓败的官场，始终坚持清廉。恰好沈葆桢闲居在福建老家，左宗棠迫不及待给他写信，请他出山。沈葆桢毫不犹豫地拒绝了。左宗棠再写，沈葆桢仍是再拒。左宗棠不放弃，经过一番思考，他提着一包东西来到沈家，硬塞给沈葆桢。沈葆桢以为是礼物，坚决不收。左宗棠说，这不是礼物，也不是我的东西，是你家的，我如数奉还。

　　这包东西是林则徐交给左宗棠的。

　　早在1849年，云贵总督林则徐告病还乡，路过长沙时，特邀左宗棠在他的官船上谈了一夜。话题从天下形势、新疆设省以及朝廷的腐败，到"师夷长技以制夷"，谈得非常投机。清晨告别时，林则徐把自己在新疆整理的地理数据、战守计划，以及英国在新疆的野心，俄国在新疆边境的军队部署等宝贵资料，都送给了左宗棠。在后来的转战岁月中，左宗棠将这些资料一直带着，有空就读，不仅深刻地读懂了爱国战将林则徐的嘱托，而且强化了他的"经世致用"理念。

　　沈葆桢接下左宗棠塞给他的这包东西，也就担起了左宗棠离任后主持福州船政局的重任。三年后，中国制造的第一艘轮船"万年青"号出海了，跟随其后的各类轮船、军舰共有十六艘。这期间，左宗棠与沈葆桢联名上书，请求挑选船艺局优秀学生派往欧洲深造。三批五十八名优秀学子，分别派往法、英、德、比等国，学习造船、驾驶、冶金、地质等学科，使"经世致用"与世界先进的科学技术接轨。

　　左宗棠在陕甘总督任上五年，主要与捻军、回军作战，仗打得很艰苦，付出的代价很惨重。眼看着自己带出来的三湘子弟，因为回民首领的出尔反尔，一批批倒在血泊之中，左宗棠一度失去理智，一次就杀了一千多名回军战俘，被世人贴上"刽子手"的标签。但在清剿肃州的最后一拨回军后，左宗棠在战后安抚的做法上，又回归理性，与"经世致用"的理念吻合了。

　　肃州大批的回民，是从陕西跟随回军过去的，他们离开家乡十多年了，家里的产业不是被战火毁灭了就是被官府没收了，简单地把他们遣散回乡，一方面他们无法生存立足，另一方面陕西的地方官员和乡绅，早已放出风来，不许这些跟随"叛军"的回民从肃州回来，来了也要被赶走。左宗棠经过反复权衡，决定在平凉、会宁、静宁、安定等地，选择有水有草、土地肥沃、河流与平原相间，适合回民聚族而居的荒地，集中安置。而肃州的回民，原则上"土回"回原籍，支持、参与回军抗击清军的"客回"，强行安置在固原、榆中、灵武一带。

安置是需要经费的，钱从哪儿来？清政府不愿拿也拿不出这样一笔巨资，只得由左宗棠自己想办法了。这回左宗棠没有出霸蛮之招，而是从实际出发，组织军队开垦荒地，叫停各州县的粮差、兵差、流差等差务，取缔各种苛捐杂费，组织社会募捐。他带头把自己的"茶马使"俸禄和"养廉银"拿出来，用于回民安置的房屋、窑洞建设。左宗棠就是这样，用帮助回民同胞安定下来安居乐业的实际行动，将他所信奉的"经世致用"落地生根。

对于清朝政府的"借师助剿"，即借英、法等国在我国成立的所谓"洋枪队""定胜军"等，协助清朝政府镇压太平天国的做法，左宗棠上书反对，认为这是"养虎为患""后患无穷"。尤其是当他得知这些借来的洋兵，在绍兴大肆抢掠，把抢来的物品卖给市民，拿不出现钱的，就立下借据，仅借据之款达万两白银的事件后，左宗棠暴跳如雷，在下令限制洋兵的同时，紧急上书朝廷，请求"将洋兵陆续遣散"。法国驻天津领事丰大业向市民开枪，被市民杀死的"天津教案"发生后，负责处理此事的曾国藩，听取"外交达人"李鸿章的建议，用抓八十多名"犯人"、就地正法七八人，换取法国"息怒"的做法，左宗棠站出来，上书朝廷，反对用无辜百姓的性命为丰大业抵命。清政府在西方船坚炮利的淫威下点头哈腰，左宗棠则以礼相待，不卑不亢。一次，英国公使威妥玛与醇王会谈，威妥玛先到场，毫不客气，一屁股坐到上座，左宗棠则毫不客气，叫他从上座滚下来，坐

品左宗棠

到他应该坐的位置上……

左宗棠骨子里有不屈不挠的血性！远赴新疆，抬棺出征，就是他血脉偾张的彰显！

新疆自古就是中国版图，公元前60年，西汉政府便在新疆设都护府，代表中央政府行使权力。清乾隆年间，勘定西域，改名新疆，并设伊犁将军，统"天山南北总会之区"，还从内地、南疆迁移大批兵民在伊犁等地屯田放牧。19世纪中叶，英国、俄国一南一北同时向中亚推进，也同时看中了一块肥肉——中国新疆。恰在这时，位于新疆西面的浩罕汗国派阿古柏进入新疆。这个出生于塔什干村子，说不清是乌兹别克人还是塔吉克人后裔的阿古柏，凭借其智慧和野蛮，攻城略地，挑唆民变，制造混乱，陆续攻占库车、和田、库尔勒等地，一统南疆，建立洪福汗国。于是，英国、俄国分别派特使会晤阿古柏，承认其政权。为拉拢阿古柏，英、俄两国还争相给阿古柏提供先进的武器装备。阿古柏羽翼丰满后，攻占吐鲁番，切断北疆与河西走廊的联系，进而把迪化、鄯善等地一并收入囊中。正当阿古柏准备攻占伊犁时，俄国抢先出兵，占领伊犁。至此，清军除塔城、乌苏等少数几个据点外，新疆全部沦陷。

阿古柏成了英、俄争相拉拢的香饽饽。英国维多利亚女王给阿古柏写亲笔信，拉拢安抚；俄国沙皇则将阿古柏任命为俄国统治下的所谓"东土耳其斯坦"（指新疆）的代理人。

左宗棠受命收复新疆后，从军队、保障、补充等各方面做了大量的准备。他把在陶澍家绘制的地图翻出来，把林则徐教给他在新疆打仗的策略、战术翻出来，联系自己多年率兵打仗的实际经验教训，确定的战略指向是，拿阿古柏开刀，先北疆后南疆，用几个大胜仗迅速降低阿古柏的身价，以阻止英、俄的插手。为此，他制定了"缓进急攻"的作战方针，用"缓进"站稳脚跟，用"急攻"一举取胜。左宗棠的战略指向和作战方针获得巨大成功，率先拿下乌鲁木齐后，北疆、南疆相继收复，迫使阿古柏在中国新疆的侵略步子越走越窄，越走越难，最终走到尽头，服毒自杀。

新疆大部分疆域已重新回到祖国怀抱，唯有伊犁尚在俄国手中。左宗棠深知沙俄是难啃的对手，于是抬棺出征，做最后的拼死战斗。

左宗棠抬着棺材出征了，朝廷从户部、吏部抽人组成的调查队伍也出发了，他们分两组调查左宗棠勾结不法商人胡雪岩套购军火谋利、在陕甘总督任上中饱私囊的贪腐问题，一组赴陕甘，一组赴闽浙。

前往陕甘的调查组，调查走访中看到的是士兵在垦田，在刨地种庄稼，在新建的回民聚居区修葺房屋，挖窑洞，整个陕甘地区到处呈现出恢复战争创伤的景象。最令调查组震惊的是，陕甘总督左宗棠，还兼管回、维、蒙的以马换茶事务，并有朝廷认可的俸禄。左宗棠竟然将"茶马使"俸禄三十多万两白银，全部用于军需后勤、为百姓修路架桥、开设书局等事务。调查的结论是，左宗棠不仅没有分文的贪污，而是把朝廷发给他的茶马费，全部用于回民聚居区的新建。赴闽浙调查组，把左宗棠与胡雪岩的往来账本翻了又翻，结论是，左宗棠与胡雪岩有千丝万缕的联系，但无金钱私下往来。

胡雪岩确与左宗棠有千丝万缕的联系。早在左宗棠从太平军手里收复杭州时，胡雪岩就雪中送炭，给左宗棠送去了几十船大米。开办福州船厂时，胡雪岩又是为左宗棠融资，又是帮左宗棠进口设备。听说水雷、鱼雷能炸毁侵略者的战船，左宗棠自掏腰包，用"养廉银"请胡雪岩为福建水师进口了二百具水雷、二十具鱼雷。在出征西北的岁月里，胡雪岩着力为左宗棠筹款，包括从洋行借款，购买枪炮，支持左宗棠的军需战事。胡雪岩早就成了左宗棠编外的后勤部长，只是这二人的合作，不是为了个人私利，而是为了践行"经世致用"。

两路调查组把调查结果向朝廷禀报后，慈禧太后下达了一道史无前例的口谕："三十年不许奏左！"担心空口无凭，还特地把这道口

品左宗棠

谕改为公文，下发除左宗棠大营之外的全国各省、州、县。

慈禧太后的"三十年不许奏左"，给足了左宗棠面子，他本就抬着棺材上路了，这一来更义无反顾了。

在伊犁与沙俄的决战最终没有打响，原因是抬着棺材、咬着风沙前进的大队人马，在左宗棠的指挥下，正杀气腾腾地向伊犁扑去。代表清政府与沙俄谈判的曾纪泽，仗着左宗棠率军赴伊犁的决战气势，推翻之前与俄国签订的不平等条约，迫使俄国把已经吞到肚里的中国伊犁又吐了出来！

这在中国近代史上是绝无仅有的！

左宗棠离开西北、离开新疆之后，他倡导并组织军民栽种的树木，在风雨飘摇中大片成林，其成林面积比六个英国国土的面积还大。汉、回、维、蒙等各族民众，在这片阻挡沙尘侵蚀、防止水土流失的树林庇护下，生儿育女，世代生息。

我国西北疆域稳住了，但历史那"落后挨打"的长鞭一挥，法国海军的大炮在福建闽江打响了。左宗棠主动请缨，要求去前线指挥抗法斗争。清政府命左宗棠为钦差大臣，督办福建军务。一年后的1885年9月5日，左宗棠在福州病逝，享年七十三岁。

左宗棠死了，英国、法国、俄国等国的担心、后怕和恐惧都释解了。英国人忘不了，英国领事在上海租界公园竖的"华人与狗，不许入内"的牌子，是左宗棠下令捣毁并没收公园的；法国人忘不了，他们正企图攻占台湾，是左宗棠发出的"渡海杀贼"动员令，使得法国军队不敢放胆前行；俄国人也忘不了，他们赖在伊犁十一年不走，是左宗棠抬着棺材出征，他们才不得不退走……

左宗棠在临死之前，上书朝廷，建议福建巡抚移驻台湾。弥留之际，左宗棠口授遗嘱："臣督师南下，遂未大张挞伐，张我国威，遗恨平生，不能瞑目。"

左宗棠走了，他给后人留下了深刻的思考。

我们来看发生在左宗棠身上的一件小事。左宗棠从新疆回京述命，觐见光绪皇帝，进宫门时被小太监拦住了，拦住的原因是索要宫门费。李莲英、安德海等太监头子，仗着慈禧太后的宠信，对京外官员进宫的，都要收取宫门费，如若不给，或给的数额不能令他们满意，他们就会制造出许多麻烦。给太监付宫门费，虽是腐败陋规，但也体现了儒家礼为先、和为贵、小不忍则乱大谋等诸多特色，也体现一个人儒学修炼的程度。左宗棠不，不让进不进，宫门费不给，掉头就走。这可是慈禧太后默许的一种潜规则，别的大臣连曾国藩这样的重臣都给，你左宗棠凭什么不给？因为左宗棠崇尚的是救国救民的"经世致用"，对儒学也站在帮凶的位置上助推这种腐朽陋习不屑一顾，绝不同流合污！

　　回过来再看"曾左交恶"。

　　太平军的首府南京攻克后，曾国藩向朝廷奏报幼主洪天贵福"积薪自焚"，而左宗棠奏报洪天贵福已经逃跑。可以肯定地说，曾国藩不是欺君罔上，他是根据下属提供的情况上报朝廷的，假若知道洪天贵福跑了，他是绝不会虚报邀功的。左宗棠也不是有意给曾国藩难看，而是实事求是上报战场情况。如果把"曾左交恶"放在国家事务中来看，是很平常的，无需对谁进行指责；而如果把这一事件联系曾国藩曾经帮过他、救过他来看，就很不正常了，就是左宗棠对曾国藩的恩将仇报了。

　　世人对左宗棠的诟病，无疑是道德品评的结果。

　　"曾左交恶"，曾国藩站在道德的高地，与左宗棠断绝来往。左宗棠站在"经世致用"的高地，挥挥手过去了，你不理我，我还理你。因为，这件事不大，大也不过是个人恩怨；国家社稷的安危，才是真正的大事！

2015年3月6日于石家庄